KB077832

태령 궁주의 神狼 신랑

태령궁주의 神狼

초판 1쇄 찍은 날 | 2017년 7월 19일
초판 1쇄 펴낸 날 | 2017년 7월 26일

지은이 | 임지영
펴낸이 | 서경석

편 집 책 임 | 조윤희
편   집 | 이은주
             이예진
디 자 인 | 최진실

펴 낸 곳 | 도서출판 청어람
등록번호 | 제387-1999-000006호
등록일자 | 1999. 5. 31
어람번호 | 제5-463호

주소 | 경기도 부천시 부일로 483번길 40 서경B/D 3F
        (우) 14640
전화 | 032-656-4452 팩스 | 032-656-4453
http://www.chungeoram.com
E—mail | chungeorambook@daum.net

ⓒ 임지영, 2017

ISBN 979-11-04-91386-0 03810

Chungeoram romance novel

태령 궁주의

神狼

임지영 장편소설

신랑

도서출판 청어람

목차

서

　별을 읽는 작은 손가락이 떨렸다. 황금으로 치장한 방의 한쪽에서 커다란 창을 통해 별점을 본 소년이 다시 떨리는 손가락으로 가지를 흔들었다.

　부러진 가지들이 제각각이다. 작은 소년의 앞에 앉은 늙은 여자의 눈에서 눈물이 흘렀다. 화장으로 눈을 검게 색칠해서 근엄함과 동시에 범접할 수 없는 위압감을 뿜어내고 있던 여자가, 이제는 지친 표정을 하고 공포와 슬픔으로 범벅이 된 눈을 올려 자신의 왕을 바라보았다. 앞에 앉은 소년의 입에서 낮은 속삭임 같은 말소리가 들렸다. 침착하려 애쓰지만 목소리는 갈라지고 떨렸다.

　"이것이 정녕 하늘의 뜻인가?"

늙은 여자는 얼어붙은 눈길로 그의 작은 손가락에 잡힌 나뭇가지를 보고 있었다.

신라 제이십대 마립간. 나이 일곱 살, 하지만 막강한 군의 힘이 그의 편이고 아직 그의 숙부와 가문이 굳건하다. 김 씨가 왕위를 세습한 지 겨우 오 대째다. 눌지왕이 죽고 어린 소년이 왕위에 올랐다. 눌지의 동생인 진환의 협력이 없었다면 불가능한 일이었다.

진환 또한 왕위에 욕심이 없었던 것은 아니었다. 하지만 진환은 아들이 없었다. 눌지왕의 가신들이 많은 상황에, 이어나갈 아들도 없는데 무모한 일을 할 정도로 정신머리가 없는 인사도 아니었다. 그는 어릴 적부터 군인으로 컸고 군인답게 생각을 했으며 모사와 계략은 그의 분야가 아니었다.

자비왕은 수없는 살해 위협에 시달리고 있었지만 겉으로는 평온함을 가장할 정도로 의지와 영리함이 있었다. 왕위에 오른 지 일 년 남짓, 아직은 별 잡음 없이 그럭저럭 왕위를 지키고 있었다.

"이, 나라가 멸망한다는 소리인가?"

늙은 여자, 신의 사제인 천부인 가웅은 아직도 믿기 힘든 별점을 보면서 굳어 있었다. 별점을 보고 믿기지 않아서 다시 신성한 태한산의 나뭇가지로 점을 보았다. 그녀의 입에서 주문이 흘러나오자 검고 단단한 가지는 마치 먼지로라도 만들어진 것처럼 부서져 내렸다. 산산이 부서진 나뭇가지는 같은 결과를 보여주었다. 서라벌의 멸망이다.

서라벌에서 제일 높은 지대인 반월성이 있는 왕궁의 안쪽, 왕

　태령궁주의 神狼

의 침전보다 더 깊숙한 곳에 위치한 신궁과 사제의 거처에서 별점을 보는 것은 이상한 일은 아니지만 초봄, 밤이 늦은 시각. 새소리와 벌레 소리만 무성한 지금, 소년 왕과 천부인 단둘이 점을 보고 있는 것은 기괴하게도 보였다.

아이의 조용하지만 힘이 있는 목소리가 다시 들렸다. 수많은 살해 위협에 시달리는 인생이었다. 음식에 독은 귀여운 수준이고, 이어지는 한밤 살수의 습격은 아이를 아이로 두지 않았다. 아이는 잘 웃지도 않고, 잘 울지도 않았으며, 호응은 찾아볼 수 없었다.

"방법이 있을 것이다! 뭔가, 방법이! 이대로 서라벌이 멸망하게 놓아둘 수는 없다. 생각을 하라."

천부인이 부러진 나뭇가지를 멍하니 보다가 뭔가가 떠오른 듯 고개를 확 들었다. 덜덜 떨리던 입에서 부르짖듯 말소리가 크게 터져 나왔다.

"태한산의 산신을 붙잡아야 합니다."

왕의 눈이 반짝였다.

"태한산?"

천부인이 고개를 끄덕였다. 눈이 광기에 휩싸여 번뜩였다. 신녀들 중에서 천부인으로 뽑혀 마립간을 대대로 보좌한 것이 벌써 몇 십 년이다. 왕궁에서 신을 모시는 가장 커다란 힘이 정보다. 비밀리에 숨겨둔, 몇 대에 거쳐 전해져 내려오는 신관들의 두루마리에는, 신력에 대한 매우 중요한 정보가 담겨 있었다.

"백제와 고구려, 그리고 저희 신라, 삼국이 접한 곳입니다. 커다란 산맥이라서 좀처럼 사람들이 접근하지 못하는 곳이기도 하지요. 하지만 태한산의 산신이 돌봐주는 나라가 삼국을 통일할 것이라는 점괘가 고대부터 이어져 오기도 했습니다."

소년의 눈빛이 냉철하게 빛났다. 그러나 빛나던 눈빛은 곧 불안하게 흔들리기 시작했다. 왕은 모든 것을 행해야 하는 자리라고 자기 자신에게 말하고 있기는 하지만 어느 순간, 엄마의 손을 놓친 아이처럼 불안이 소년의 모든 것을 잠식했다.

"아무리 신성한 산이라고는 하지만 산신이 이 별점의 결과를, 하늘의 뜻을 뒤집을 수 있을까?"

천부인이 번뜩이는 눈빛으로 고개를 끄덕였다. 그녀는 알 수 있었다. 그 산이 얼마나 신성하고 얼마나 위험한 곳인지 말이다. 겉으로 보기에 그저 커다란 산맥일 뿐이지만 그곳은 그런 곳이 아니었다. 신과 귀신이 공존하고 아직도 늑대들이 신으로 군림하는 마지막 신의 땅. 하늘의 뜻이 움직이고 행해지는 곳이었다.

신녀가 떨리는 손으로 가지를 잡았다.

"태한산이 어떤 산입니까? 하늘님이 천지에서 내려온 맥입니다. 그곳에서 갈라져 하늘님의 아들과 그 아들들이 나아간 길의 중심입니다. 그곳의 산신님은 천지의 호랑이도, 곰도 아니고 흰 사슴도 아닙니다. 그곳의 산신은 회색 늑대입니다. 수명이 이미 이백년이 넘으신 그분은 하늘님의 아들로, 지상의 모든 것은 그분의 뜻대로 움직입니다. 그분의 마음만 잡을 수 있다면 하늘의 뜻은 비켜갈 것입니다."

자비의 심장이 두근거렸다.

소년 왕을 지켜보는 천부인의 가느다란 손가락이 소년왕의 손을 붙잡았다.

자비는 신성을 입고 태어난 왕이었다. 아직 어리지만 별의 뜻을 읽었다. 그리고 그것을 아무도 눈치 못 채게 할 정도로 영리했다. 가문의 힘을 업은 듯 겸손하게 행동하고 있지만 가문의 막강한 힘이 없더라도 그는 자신의 권좌를 지킬 머리가 있었다. 그러나 신라는 약소국이었다. 고구려와 백제가 벌써 율령을 발표하고 국호를 세우고, 법전을 공포했는데도 신라는 신궁에서 점괘를 받고 신의 대리인이 왕의 정책에 개입을 하였다.

아비의 형이 계략에 빠져 고구려에서 오지 못한 적이 있었고 아비의 동생이 왜의 도움 요청으로 건너가 붙잡혀 삼십 년이 지나서야 재상의 용맹으로 겨우 돌아왔다. 게다가 이제는 고구려의 힘이 너무 강성했다. 광개토왕과 그 아들은 중국을 광대하게 먹은 것으로도 모자라 이제는 아래로 시선을 돌리고 있었다.

백제와 가야의 협공으로 멸망의 위기를 겪던 그때, 고구려는 도움을 핑계로 서라벌에 군사를 입성시켰다. 그 군사들은 여전히 불량스러운 모습으로 서울의 번화가를 활보하고 다니곤 했다.

백제는 기운이 꺾였다고는 하지만 정교한 사회체계를 갖추고 있어, 타국으로 무수한 첩자와 군사들을 보내고 있었다. 국지전은 끝이 없고 틈만 나면 서로를 공격했다. 영토분쟁은 일상이었고 첩자를 보내고 간자를 잡아내는 일이 다반사였다.

그리고 별점은 신라의 멸망을 나타냈다. 이렇게 끝낼 수는 없다. 그의 아비가, 또 그 아비의 아비가 어떻게 지켜온 나라인데.

"태한산의 늑대를 붙잡으려면 어떻게 해야 하지?"

천부인이 기억을 짜내며 인상을 썼다. 태한산의 신성을 적어놓은 두루마리에는, 이변들과 그것들의 대가가 적혀 있었다. 산신의 마음을 붙잡기 위해서는 산신이 원하는 것을 바치는 걸로는 부족하다. 그가 원하지 않지만 원하는. 그가 갖고 있지 않은 오로지 단 하나. 그의 마음과 눈과 모든 것을 빼앗을 수 있는 그런 것이 필요하다.

"제물, 제물이 필요합니다."

자비가 작은 손을 맞잡았다. 아이 같은 가느다란 목소리가 떨리면서 흘러나왔다.

"제물? 제사라도 지내야 한다는 것인가?"

천부인이 고개를 저었다. 그것이 아니었다. 제사 따위의 그런 뻔한 수로는 태한산의 산신을 속일 수 없다. 그리고 속이는 것이 아니라 계약을 맺어야 했다. 마지막까지는 어렵다 하더라도 마음을 얻는 순간에는 그를 완벽하게 속여야 한다. 멸망을 비켜가려는 의도를 들켜서도 안 되고 그렇기 때문에 제물이 허술해서는 더더욱 안 된다.

"하늘의 뜻을 산신님도 아실 것입니다. 아무리 크게 제사를 지내보았자 받지 않으실 터이지요. 산신님의 눈과 뜻과 손을 속여야 합니다. 그러려면 제물은 특별해야 합니다. 사람을 바쳐야 합니다. 완벽하게 순결한 여인으로. 하지만 태한산의 산신을 속여야 하니 심약하고 나약한 여인은 가능치 않습니다. 그, 그것을 어떻게……."

천부인이 말을 더듬었다. 냉철하고 까다로운 아미가 일그러졌다. 절망감이 밀려온다. 말하고 나니 조건에 맞는 여인은 없었다. 도대체 어느 여인이 순결하고 또 강인할 수 있단 말인가. 그런 여인이 이 세상에 있기는 하단 말인가.

자비의 입가에 작은 미소가 어렸다.

"적임자가 있다. 그런 여인이. 산신을 속일 수 있는 여인이."

천부인이 아직도 그의 뜻을 모르고 초조한 듯 손에 쥔 나뭇가지를 꽉 쥐었다. 하지만 소년 왕의 머릿속에는 계획이 서서히 자리를 잡고 있었다. 한참 검토를 하고 나서야 실제로 충분히 자신의 뜻을 이루기가 가능하다는 것을 깨달은 자비가 천부인을 바라보았다.

그제야 일곱 살에 어울리는 환한 웃음이 얼굴에 퍼졌다.

1. 장군

어두운 밤이다. 왕궁을 바라보는 태령의 눈이 어둡게 변했다. 황금으로 만들어진 기와의 끝에 부정과 재난을 막으려는 작은 괴수들의 동상들이 지상을 노려보며 줄지어 서 있었다. 사실 이렇게 늦은 밤에는 누구도 왕궁의 출입을 하지 못했다. 그리고 그녀는 낮에도 왕궁에 들어오기 싫어했다. 더구나 제일 싫어하는 것은 전쟁에서 돌아온 직후이다.

전장에서 돌아온 밤이면 부하들과 함께 술집에 들어가서 밤새도록 술을 끝없이 퍼마시는 것이 태령이 유일하게 하는 일이었다. 아침에 보좌관들의 손에 질질 끌려서, 아니면 근처의 관에서 나온 관병들에 의해서 집에 던져지는 것이 그녀가 가장 좋아하는 일이기도 했다. 그런 태령이 야밤에 왕궁의 앞에 서있다.

출격 후 돌아온 밤에는 절대 궁에 들어오지 않는 버릇을 언제나 소년 왕은 무시한다. 서쪽의 국경에서 적들의 침입이 일곱 차례 있었다. 그때마다 군대를 끌고 가서 격퇴를 했지만 적들은 마치 술래잡기라도 하듯 밀려났다가 다시 슬금슬금 발을 들이민다. 태령이 내궁의 앞에서 피곤한 얼굴로 호위군을 노려보았다. 호위가 안으로 말을 전하자 안에서 들어오라는 명이 떨어진다.

"외군, 국경군을 책임지는 급찬. 장군 김태령이 대왕을 뵙습니다."

인사를 하는데 그녀를 부른 어린 왕은 어디에도 없다. 궁은 어두웠다. 내궁의 안으로 들어가자 소년 왕의 후원이 넓게 펼쳐졌다. 간간히 얼굴을 아는 궁인들과 귀족의 여인들이 지나가며 친근하게 눈웃음을 보였다.

나무가 무성하고 새들이 많아서 작은 숲을 연상시키지만 나무들은 억세고 새들은 길들여지지 않아 숲으로 들어가기 좋아하는 대신들은 많지 않았다. 태령이 숲의 입구에 무심하게 서 있자 뒤에서 따라 들어온 부장군 교운이 조그맣게 속삭였다.

"또 이상한 말씀을 하시는 건 아니겠지요?"

태령이 한숨을 쉬었다. 낮에 활에 비껴 맞은 팔뚝은 욱신거리고 대충 닦은 갑옷은 피로 끈적거려 움직일 때마다 쩍쩍 소리가 났다. 기분도 나쁘고 머리는 더 아프고 화는 치솟았다.

"모르겠다. 술이나 마시고 들어가 잤으면 좋겠다."

교운이 동의한다는 듯 고개를 끄덕였다. 숲에서 아이의 맑은 목소리가 들렸다.

"부장군은 술이나 마시고 들어가 잘 것이지 어째서 과인의 궁 안에 있는가?"

태령과 교운이 고개를 숙였다. 아이가 숲에서 걸어 나왔다. 뒤에서 호위군 대장인 커다란 몸집의 적신이 따라 나왔다. 다시 그 뒤로 신녀이자 신의 사제인 천부인이 우아한 얼굴로 서 있었고 또 그녀의 뒤로 호위와 시녀들이 한 무리 줄지어 서 있었다.

작은 새들이 왕의 어깨에 앉아 있었다. 소년의 입에서 귀엽고 사랑스러운 표정, 말투와는 전혀 동떨어진 내용들이 흘러나왔다.

"김태령, 외군 사령관 장군. 그래, 내 혼인 요구는 생각해 보 셨습니까?"

태령이 또 시작이네 하는 표정과 함께 한숨을 쉬었다. 이제 화 도 나지 않는다. 말마저 냉담하고 매끄럽게 흘러나온다.

"불가합니다."

자비가 귀엽게 고개를 갸웃거렸다. 잘생긴 얼굴의 표정이 앙증 맞게 귀엽다. 그런데도 입에서는 자신을 피곤하게 하는 말들이 쏟아진다.

"이제 '죄송합니다만'이라는 어휘도 빼먹습니다. 어째서요? 장 군이 이미 혼인 적령기는 넘겼다고 다들 그러던데?"

태령이 인상을 썼다. 처음에는 화도 내고, '죄송합니다만 불가 합니다'라고 또박또박 말을 했지만 언제부터인지 죄송이고 나발 이고 다 떼고 그냥 불가하다고만 하고 있다. 그녀는 자비왕을 냉 담하게 바라보았다.

자비왕의 어머니, 눌지대왕의 왕후는 대왕의 장례를 치르고 겨우 감기에 걸려 갑작스럽게 죽었다. 어차피 여리고 여린 감성의 주인이라 어린 왕의 의지가 되지는 못했겠지만 그래도 존재만으로 큰 의미였을 텐데. 살짝 누그러지려던 마음이 순간 흠칫했다. 이 영악한 왕이 어머니가 없는 가여운 사촌동생이라는 처지를 얼마나 많이 이용해 먹었는가가 생각났다. 매순간마다 호소력 짙은 눈망울로 자신을 올려다보며 태연하게 힘든 일을 시켜먹었다. 그 많은 일이 한꺼번에 상기된다.

"그러니까요! 그러니까!"

태령이 치밀어 오르는 분을 참으면서 다시 크게 숨을 들이마셨다. 진정하자, 진정해. 마립간의 말에 화를 내면 안 돼. 비록 깐족대며 자신을 놀리고 약 올리고, 못살게 굴고는 있지만 그는 자신의 왕이다.

태령은 자신이 억지 미소로 인해 괴상한 표정이 되었다는 것은 알지 못하고, 아이에게 모르는 내용을 설명하듯 최대한 자신이 낼 수 있는 가장 인자한 말투로 말했다. 사실 자신이 인자한 말투 따위는 해본 적이 없다는 것도 인지하지 못했다.

"마립간께서는 일곱 살입니다. 저는 지금 스물한 살이고요. 전하는 좀 더 어린 분과 혼인을 하셔야지요. 그리고 저는 혼인 적령기를 넘겨서! 바로 그 이유로 혼인과 동시에 후계자를 낳고 싶습니다. 가능하다면요."

작은 소년이 순진한 표정으로 환하게 웃었다. 그리 어려운 조건도 아닌데 뭘 걱정을 하느냐는 얼굴이다. 말투 또한 매우 명랑

했다.

"아, 그거 말이군요. 그거야 한 육, 칠 년만 기다리면 될 겁니다. 장군은 이제껏 전투와 끊임없는 전쟁으로 아직 남자를 모른다고 하던데 차라리 기다렸다가 왕가의 후계자를 낳는 것이 더 낫지 않겠어요?"

태령과 교운이 놀라서 헉 하고 숨을 들이마시며 소년을 바라보았다. 아직은 순진한지 알았는데, 이놈의 왕궁은 애를 어떻게 키우기에 이 모양이지? 그리고 왕의 뒤 수행원들을 노려보았다. 그들은 왕이 하는 말에 무슨 문제가 있냐는 듯한 얼굴로 무표정하게 서서 태령을 보고 있었다.

태령이 다시 흠흠 목을 고르고 진중하게 말을 했다. 무슨 말을 해야 이 어린 찰거머리를 손쉽게 떼어낼 수 있을까.

"아이고, 말도 안 됩니다. 육, 칠 년이라니요? 그리고 제가 남자를 모른다고 누가 그럽디까? 제가 전장으로 사내놈들과 어울린 것이 벌써 칠 년입니다."

태령의 엄숙한 그러면서도 화가 난 표정을 보고 소년이 천진하게 웃었다.

"대장군, 아니 갈문왕께서 그러더군요. 그리고 이번에 꼭 혼인을 시켰으면 한다고요."

웃었다. 분명히! 왕뿐만 아니라 그 뒤에 서 있는 적신과 천부인도. 그 뒤로 꽤 많은 인간들이 분명히 입을 살짝 움직였다.

태령이 붉게 타오르는 얼굴로 왕이 아니라 적신과 천부인을 노려보며 이를 갈았다. 왕을 노려보면 안 된다. 더 화가 난다. 자칫 자신의 신분을 잊고 소년에게 덤벼들지도 모른다. 태령이 한숨을 쉬었다. 그리고 자신이 생각보다 꽤나 인내심이 많아서 놀란다.

"그런 말씀이시면 이만 물러나도 되겠습니까? 이기고 돌아와서 몹시 피곤합니다."

소년이 천천히 움직여서 태령의 가까이로 다가왔다. 그리고 손을 움직여 태령에게 고개를 숙이라는 표시를 한다. 자비의 날카로운 눈빛을 보고 태령이 신중하게 고개를 숙였다. 장난스럽게 말을 하고 농담으로 자신을 골리기를 좋아하지만 어린 왕은 공과 사를 구별할 줄 아는 인물이었다. 지금은 매우 중요한 일이 있는 것이 분명했다.

"내일 당장 태한산으로 가시오. 태한산의 계곡에서 흰 개구리가 떼 지어 죽었다는 전령이요. 국운에 불길한 징조라는 점괘가 나왔소. 중요한 일이라 직접 장군을 보내는 것이오."

태령이 고개를 숙이고 잠자코 귀를 기울였다.

"아마 길이 험할 것이요. 두, 세 달은 걸릴 것이나 국경은 걱정하지 마시오. 이번 전투에 우리 군이 크게 이겼으니 분명 적군과의 전투는 반년 이상 소강상태일 것이요. 대장군과 다른 장군들이 국경을 지킬 것입니다. 장군의 임무는 무척 중대하니 꼭 이 상황을 밝히고 사태를 진정시키기 바라겠소."

태령이 다시 깊숙이 허리를 숙였다. 인사를 하고 나가려는데 자비가 다시 태령을 불렀다. 그리고 태령의 손에 작은 동물 모양의 돌을 쥐여주었다. 구멍이 있고 가죽 줄이 걸려 있어 목에 걸수 있었다. 태령이 의아한 눈빛으로 자비를 보았다.

"이것은 무엇입니까?"

소년이 미소를 지었다. 그리곤 걱정스러운 눈빛으로 태령을 보았다. 태령이 미심쩍은 눈초리를 돌려주었다.

"그대가 나의 전령이라는 표시요. 물론 장군인 그대가 지닌 지위, 권력, 모든 것을 활용할 수 있지만 만약 그래도 그대를 못 믿는 누군가가 있다면 이것을 보여주시오."

태령이 고개를 끄덕였다. 하지만 조잡한 모양이라 도대체 이게 무슨 동물인지를 모르겠다. 여우? 늑대? 아니면 오소리? 주둥이만 뾰족하고 동글동글한 이런 인형은 왜? 개구리가 죽었다니 뱀의 모양이 나을 텐데. 이런 것은 필요 없지만 혹시 모르니 태령이 감사를 올리고 목에 걸었다.

다시 나오려는데 자비가 태령의 손을 잡고 목을 끌어안았다. 태령이 소스라치게 놀랐다. 한 번도 이런 접촉을 한 적이 없는 왕이다. 누구에게도 이렇게 친근하게 굴지 않는 왕인데 급작스러운 친근함의 표시가 괴상하기만 하다.

"장군. 내가 장군의 희생에 얼마나 감사하고 있는지 모른다오. 사촌누이라서, 내 아버지의 조카딸이라 하는 말은 아니오. 대장군인 갈문왕의 가문이 대를 이어서 왕실에 바치는 충정과 그대가 여인임에도 불구하고 장군까지 올라 가문을 빛냄을 자랑스럽게 생각하오. 반드시 살아오시오."

태령이 한쪽 눈썹을 치켜 올렸다. 반년 전 전군이 총격에 나선 대전투에서도 이런 반응은 아니었는데? 태령이 자비왕의 귀에 작게 속삭였다. 냉담한 말투가 쌀쌀맞게 울렸다.

"이런다고 제가 전하의 청혼을 받아들이지 않습니다."

자비가 크게 웃었다. 잘생긴 소년이 환하게 웃는 것을 보자 태령의 마음도 밝아졌다. 자비가 고개를 끄덕였다.

"그대가 살아온다면 모든 것이 달라질지도 모르지. 가보시오."

태령과 교운이 다시 깊숙이 허리를 숙여 하직인사를 하고 궁을 나왔다. 피곤한 몸을 이끌고 열심히 그 넓은 궁을 나왔다. 지나치게 커다란 월대 앞을 지나자 호위들이 득실거리는 왕궁의 문 앞이다. 호위들은 태령이 나오는 것을 마치 흥미로운 구경거리라도 있는 것처럼 기다리고 있었다.

궁 앞에 한 무리의 군병들이 기다리고 있었다. 전부 말을 탄 기마병들이다. 그리고 몇 명은 화려하게 장식된 보라색의 공복을 입고 있었다. 공복과 화려한 두건이, 귀족들과 진골 왕족들임을 나타냈다. 궐의 호위들이, 태령을 잡으러 온 귀족과 사병들의 무리를 눈이 휘둥그레져서 보았다. 맨 앞의 대장군은 검은 말을 타고 서 있었고 그 옆에는 덕지 각간이 하품을 하면서 익숙하게 말을 타고 있었다.

웬만하면 도망을 가겠는데 그걸 막으려고 했는지 말을 탄 사병만 스무 명이 넘었다. 환하게 밝힌 등불과 횃불들을 보면서 태령이 끄응 신음 소리까지 냈다.

연신 하품을 하는 덕지 각간을 보면서 태령이 짜증을 살짝 담아서 한숨을 쉬었다.

"덕지 각간도 고생이 많습니다. 이렇게 고집불통 노인네의 완력에 끌려 나와서 한밤중에 궁 앞에서 벌을 서고 계시다니. 서라벌의 최고 권력자 각간이 어쩌다 이렇게 되시었소.”

각간이 다시 하품과 함께 나오는 눈물을 닦았다. 그리고 뭐 한밤중에 이렇게 끌려 나오는 것이 그리 싫지는 않지만 그렇다고 또 기쁜 일은 아니라는 듯 진환을 노려보았다.

“서라벌 제일의 권력자면 뭐합니까? 갈문왕께서 나오라면 나와야지요.”

대장군은 이제는 옅은 흰색 수염이 나는 얼굴로 뒤를 보며 신호를 보냈다. 갈문왕 김진환. 병권을 쥐고 있는 군의 총사령관이다. 그의 얼굴에 맹렬한 의지가 가득했다.

뒤에서 새카만 말을 타고 누군가가 타박타박 앞으로 나왔다. 각간의 아들인 수리였다. 꽤나 잘생긴 얼굴로 온 서라벌의 여인네들의 마음을 훔친다고 소문난 남자는 아버지의 뒤를 이어 화랑에서 부제랑을 거쳐 아찬 벼슬을 하고 있다고 누군가가 말했었다.

대장군 진환이 태령을 향해 뚱한 목소리로 말했다. 거친 목소리가 살짝 우물거리는 것이 조금은 그도 부끄러운 상황이었다. 그도 이러고 싶지는 않았다.

“아찬 수리랑은 알고 있지 않느냐? 너와 혼인을 하기로 정했다.”

태령이 수리를 보면서 웃었다. 수리는 어두운 밤인데도 잘생긴 얼굴로 시익 웃었다.

“밝은 낮에 말씀하시면 안 되십니까? 벌써 부엉이가 낮게 날아다니는 것을 보니 새벽이 다가오는데 궁 밖에서 이리 기다리시다니, 누가 보면 제가 아버님을 피해 도망 다니는 줄 알겠습니다.”

웃으면서 하는 태령의 말소리가 냉랭하다. 주위의 사병들과 귀족들은 진환을 보며 조용히 있었고 뒤의 궁의 호위들은 그들의 이야기를 놓칠세라 귀를 세우고 있어서 태령의 높지 않은 목소리는 맑고 선명하게 울려 퍼졌다.

대장군, 갈문왕 진환이 뒷목을 잡을 뻔했다. 도망 다니고 있으면서 말은 잘 한다. 딸이 열두 살에 자신을 따라 전쟁터에 뛰어들면서 아들이 없는 왕족의 집안에서 무인으로 산다고 했을 때에는 그러다 말겠지 했다. 의외로 딸이 무력에 소질이 있어 검술 실력이 수준급인 것을 약간은 자랑스러워하면서. 하지만 그뿐. 그는, 여자는 아이를 낳고 집 안에서 전쟁터에 나간 남편을 기다리는 것이 당연하다고 생각하는 전형적인 무인이었다.

그가 걱정하는 것은 태령이 팔이나 손, 다리가 없어지면 어쩌나 하는 것뿐이었다. 물론 팔 하나 없어도 갈문왕의 막내딸인 그녀가 혼인을 못하거나 하지는 않겠지만 말이다. 아무튼 그는 전투에 나간 딸이 무사히, 금세, 아마도 풀이 죽어서 돌아오리라 믿었다.

그런데 딸은 질 것이 뻔한 전투에서도 이기고 돌아오기 시작했다. 그러면서 점점 관직도 높아졌다. 왕족이라서, 성골이라서 승진이 빠른 것이 아니었다.

딸이 돌아오기를 바라는 진환이 이찬에게 왕족이라서 승진하는 비리는 없어야 한다고 넌지시 말한 적도 있었다. 그런데 이찬은 입에 침을 튀기면서 김태령이 하위 군병부터 시작해 지금에 이르렀으니 대장군께서는 그런 염려는 하지를 말라고 그의 뜻도 모르고 염장을 질렀다.

이제 마침내 급찬. 장군으로 올라섰다. 외군이라서 급찬이라도 장군이 된 것이다. 물론 중앙의 병부에 들어오면 낮은 행정관직이지만 외군에서, 성골인 그녀의 신분은 장군직이 가능했다.

대부분 빠르면 여덟 살 늦으면 열두 살에 화랑을 시작으로 늦어도 열여섯 살에 참전을 하니 스물한 살이면 아주 어린 나이는 아니다.

게다가 태령은 열네 살에 이미 자신의 곁에서 전투를 했다. 파격적인 승진을 하고 군의 사령탑을 향해 오르는 태령은 전혀 여인으로의 삶을 염두에 두고 있지 않았다.

그의 딸들, 다섯 명이나 되는 딸 중 태령을 빼고 전부 혼인을 했다. 큰아이는 벌써 여섯 명의 손자를 자신에게 안겨줬다. 그런데 제일 어린 딸이 저렇게 백마를 타고 자신을 빤히 노려볼 때는 진환은 혈압이 올랐다. 평생을 전쟁터에서 살아온 그의 가장 큰 적수는 제 막내딸이 아닐까 하는 심정이 되었다.

"아니라면 당장 수리랑과 혼인 날짜를 잡고 네 어미에게 전하여라. 네 집에서 너를 기다린 지 벌써 반년째다."

태령이 느물거리는 웃음을 지으며 수리를 향해 가볍게 고개를 끄덕였다.

"마립간께서 제게 새 임무를 맡겼습니다. 내일, 아니 벌써 오늘이군요. 아침 일찍 출발하여 두, 세달 걸릴 것입니다. 제가 서울로 돌아오면 그때 혼인 날짜를 잡으시지요."

대장군이 벌컥 화를 내려고 하자 덕지가 욱하는 성격이 문제인 친구의 팔을 잡았다. 대장군이 돌아보자 각간은 느긋하게 웃으며 태령을 향했다.

"그럽시다. 겨우 석 달인데 그걸 못 기다리겠습니까? 안 그렇습니까? 대장군."

태령이 각간을 마주하고 방긋 웃었다. 대장군이 못마땅한 표정을 지으면서 한참을 노려보더니 겨우 화를 누르고 사병들을 향해 손짓을 했다. 그리고 태령을 향해 뭐라고 하려는 듯 손가락을 올렸지만 그녀의 삐딱한 눈초리를 보고는 입을 꾹 닫았다. 그는 이내 고개를 끄덕이고 천천히 말을 돌려서 몰았다. 거의 스물도 넘는 말들이 우르르 방향을 트니 먼지가 자욱하게 일어난다. 말을 모는 사병이면 전부 간부급이다. 정말 자신을 잡으려고 작정을 했구나 싶어 태령은 인상을 찌푸렸다.

맨 뒤로 수리가 지나가며 태령을 향해 마주 웃었다. 태령이 눈썹을 치켜 올렸다. 저렇게 볼우물을 파면서 웃는 것을 누가 좋아했었지? 태령이 한참을 생각하다가 생각이 났다. 자신의 먼 사촌인 아영궁주다. 함께 축제에 참관했다가 수리를 보고 난리를 치며 숨이 넘어갈 듯하던 아영을 보고 태령은 그녀의 이상한 취향을 바보 같다고 생각했었다.

"잘 다녀오십시오. 장군, 고대하고 또 기다리고 있겠습니다."

모르는 사람이 보면 사이좋은 사람들끼리 좋은 덕담이라도 나눈 것같이 인사와 웃음이 지나고, 사병들을 보낸 태령과 교운이 사람들이 사라진 캄캄한 밤을 보았다.

둘은 천천히 말을 몰아서 태령의 집으로 향했다. 허허벌판에서는 별이나 달이 밝아서 어둡지가 않았다. 그런데 서라벌의 수도인 금성도 어둡지가 않다. 귀족들의 금와택을 보니 기와가 번쩍거려 작은 빛에도 환하게 빛나 주위를 밝힐 정도였다.

금장기와라…… 태령이 날카로운 눈빛으로 주변을 돌아보았다. 봄기운이 만연한 것이 벌써 꽃이 피고 있었다. 밤하늘에 희미한 향기가 어른거렸다.

교운이 태령을 흘끔거렸다. 태령은 시커멓고 땟국물이 줄줄 흐르는 얼굴에 검은 갑주를 입고 허리를 곧게 세우고 있지만 피곤한 기색이 역력했다. 하지만 큰 키와 갸름한 얼굴은 날렵하고 맑은 눈은 날카로웠다.

처음 그녀를 봤을 때는 미모나 가꾸는 화랑 출신인 줄 알았다. 화랑 출신들은 용감한 이들도 많았지만 실제 전투에서는 쓸모 없는 인간들도 꽤 있었다. 그들은 팔이 날아가고 피가 쏟아지는 전쟁터에서 오래 버티지 못했다. 무기가 떨어지면 육박전이 벌어지는 피구덩이에서 다시 그녀를 봤을 때, 그녀는 두 명의 적군을 향해 주먹을 휘두르고 있었다. 그리고 그 주먹에 맞자 그대로 쓰러지는 적군을 보고 적이 허약한 놈인가? 이렇게 생각했다가 한참 후에 직접 그녀의 주먹에 맞아보고 깨달았다. 무자비하고 잔인한 주먹질이 그녀의 특기라는 사실을.

"정말 수리랑과 혼인을 하실 것입니까?"

태령이 교운을 돌아보았다. 교운의 걱정스러운 눈빛이 조심스러웠다.

"너와는 상관이 없는 일이다."

냉랭한 대꾸에 교운의 얼굴이 굳었다. 한참 뒤에 다시 조용하지만 끊길긴 말소리가 들렸다.

　"장군, 지금 외군사령관이신데 수리랑과 혼인을 하시면 내군으로 바꾸셔야 합니다. 서라벌의 서울에 있는 병부는 장군께서 생각하시는 것보다 암투와 정쟁이 과하고……."

　태령이 말을 끊었다.

　"나는 근무지를 바꿀 생각이 없다."

　교운이 의아한 표정을 지었다. 잠자코 태령의 뒷모습을 바라보자 그녀는 뒤도 돌아보지 않고 말을 했다.

　"혼인을 해도 나는 외군사령관으로 국경을 지키며 전쟁터에서 싸울 것이고, 수리 아찬은 서울에서 살 것이다."

　멀리 태령의 집이 보였다. 등을 밝히고 문밖에서 기다리고 있는 사람은 어머니와 시녀, 하인들이다. 어머니가 손을 흔들었다.

　"내게 혼인은 의미가 없다. 아마 수리랑도 마찬가지일 것이다. 가문의 결합. 그 이상도 이하도 아니야."

　교운이 더욱 굳은 표정을 지었다. 말에서 내린 태령이 어머니의 품에 웃으면서 안겼다.

2. 새로운 임무

　다음 날 김태령 장군의 집 마당에 몇 명이 모였다. 서라벌 외군 사령부 부장 교운. 외군 총책 사담. 국경군 정보책 선명. 외군 정책 장교 아후. 모두 피곤해서 하품을 연달아 하고 있었다. 셋은 어제 도착한 이후로 한동안 술과 함께 자유로이 관녀들과 노는 생활을 할 거라고 신나 하던 와중에 끌려온 것이라 제정신들이 아니었다. 뒤에서 그들의 말들은 푹 쉬었는지 한가롭게 풀을 뜯고 있었다.

　사담이 부루퉁한 표정으로 교운을 바라보았다. 엄청난 덩치인 그가 움직일 때마다 근육이 꿈틀거렸다.

　"부장, 어제, 아니지 오늘 아침까지 술을 마셨습니다. 그리고 관령에게 곧 간다고, 옷 벗고 기다리라고 말까지 한 상태인데 너무하시는 거 아닙니까?"

아후가 킬킬 웃었다. 키가 큰 아후는 적당한 근육을 가진 날렵한 몸매를 자랑했다. 하지만 약간은 방정맞은 구석도 있었다.

"그러니까 나처럼 오자마자 관령에게 바로 갔어야지."

사담이 같이 웃으려다가 눈을 뾰족하게 떴다.

"뭐? 관령에게 바로 갔다고?"

"관령이 이 다리, 저 다리 걸치는 거 모르나 봐?"

선명이 미련한 곰을 보는 것처럼 사담을 향해서 차갑게 말했다. 정보책임자인 선명은 아름다운 얼굴에 색기가 줄줄 흐르는 아담한 키의 여인이었다.

사담이 아후의 멱살을 잡으려 하자 아후가 황급히 고개를 저었다.

"아냐, 아냐, 생각을 해봐. 관령이 관녀들을 통솔하고 있잖아. 그녀의 집에 아름다운 여인들이 몇 명이나 있는지 알아? 전부 번화가의 기녀들보다 더 아름답고 더 향기로워. 그중 한 명, 아닌가? 두 명하고 밤새 있었다는 얘기야."

선명이 희미하게 픗 웃었다. 그녀의 반응에 사담이 눈살을 찌푸리곤 다시 아후를 보았다.

"진짜야? 관령과 있었던 거 아니고?"

"아니야! 관령이 너와 혼인을 앞두고 있다고 노래를 하는데 내가 왜."

사담이 고개를 끄덕이고 다시 맞은편 교운을 바라보았다. 교운은 상냥한 얼굴인 데다 성격도 좋았다. 약간은 우유부단한 면이 있었지만 태령과 함께하면서 단점은 장점이 되었다. 태령의 살벌하고 인정머리 없는 구석을 교운이 덮어주고 교운의 우유부단한 면은 태령이 사정없이 잘라 버림으로 상쇄가 된 것이다. 그래서 이 사령관과 부사령관은 이기기 어려운 전장에서도 살아서 돌아오는 군대를 가지게 되었다. 그 군대에는 또 이 희한한 조합의 간부들이 있었다.

교운이 미안한 표정을 지으며 부드럽게 말을 했다.

"왕께서 새로운 임무를 내리셨다. 우리는 태한산으로 향한다. 그곳에서 임무를 마치고 서울로 돌아오면 꽤 오래 쉴 수 있을 것이다."

사담이 억울한 표정으로 고개를 끄덕였다.

"군병은 몇 명이나 끌고 갑니까?"

교운이 다시 미안한 표정을 지었다. 눈매가 아래로 향하며 가장 아끼는 부하들을 향해서 부드럽지만 인정 없는 말을 했다.

"군병은 없다. 우리 네 명이 다야."

모두들 놀라서 교운을 보았다. 선명이 아름다운 얼굴에 약간 질린 표정을 지으며 말했다.

"아니, 부장. 그건 아니죠. 태한산이 어떤 곳인데! 열 명이 들어가면 나오는 사람이 두 명뿐인 곳이야. 나머지는 백년이 지나도 안 나와."

"왜 안 나와?"

사담이 놀라서 물었다. 태한산이라는 지명도 처음 듣는데 선명이 말하는 것처럼 불길한 얘기는 더더욱 처음이다.

선명이 아름다운 눈을 치켜뜨며 사담을 보았다. 사담은 처음 보는 선명의 반응에 살짝 놀랐다. 선명은 어떤 정보를 들어도 놀라는 법이 없었다. 그리고 아무 정보가 없어도 겁을 먹는 경우는 더욱 없었다. 그런데 이렇게 대놓고 겁에 질려서 목소리를 높이다니.

"전부 죽었다는 소리지, 멍청아!"

선명이 손가락으로 목을 긋는 시늉을 했다. 선명은 사담을 구박하는 것만으로는 성에 차지 않는지 아후를 향해서는 도와달라는 눈짓도 보냈다.

"그리고 그 두 명 중 한 명은 시체로 나오고 다른 한 명은 혼이 나가서 바보가 되어 나온다고 하는 곳입니다!"

사담이 눈을 굴리면서 아후를 향해 작은 소리로 물었다.

"왜 죽어?"

아후가 한숨을 쉬었다. 선명과 더불어 정보를 모아 정책을 다루는 그에게 신성한 산과 금기는 낯선 일은 아니었다.

"태한산은 신성한 산이야. 태산의 아들들이 멀리 백두산에서부터 이어지는 등줄기를 타고 내려왔다고 일컬어지는 신성한 산이지. 사람들이 들어가지 않기 때문에 엄청나게 큰 동물들이 많아. 낮에도 호랑이나 곰들을 볼 수 있다고. 그리고 그곳은 회색 늑대들의 본거지야. 태한산의 회색 늑대를 본 적 없지? 나는 한번 봤거든. 서면 키가 나만 하고 덩치는 너만 해. 태한산의 산신이 회색 늑대지?"

선명이 고개를 끄덕였다. 그리고 마주선 인간들을 향해, 음모를 꾸미는 것처럼 치켜뜬 눈빛을 쏘았다. 제발 자신의 말을 믿고 지금이라도 행선지를 바꿨으면 하는 심정이 적나라하게 얼굴에 나타났다.

"그 태한산의 늑대가 산신이 된 지가 벌써 오래야. 이백 년이 넘는다는 소문이 있는데, 백제의 책계왕이 늑대를 잡겠다고 설쳤다가 화를 사서 고구려의 침입 때, 왕이 자신의 궐에서 죽었지. 전장의 신이라 불리던 왕이 말이야."

사담의 눈에 공포가 어렸다. 교운이 한숨을 쉬고 굳은 목소리로 말했다.

"우리는 늑대를 잡으러 가는 것이 아니다. 태한산의 계곡에서 일어난 해괴한 사건을 해결하려 가는 것뿐이야. 화를 당할 일은 없어."

아후가 고개를 저었다. 삐죽 나온 입이 불평을 토해냈다. 부장이 하는 말이 더 괴상했다. 자신들은 군인이다. 어딘가를 침투해서 누굴 죽이거나, 누군가를 빼오는 일도 아닌데 어째서 이런 일에 자신들이 동원되는지 살짝 이해가 되지 않았다.

"그러니까 왜 우리가 가냐고요? 우리는 군인입니다. 조사관이 아니라고요. 그런 건 관인이나 천녀를 시켜야지, 아니면 신관이나. 우리가 가면 뭐 압니까?"

위에서 섬뜩하게 냉랭한 목소리가 울렸다.

"그래서 못 가겠다는 거냐?"

저택의 높은 기단 위에서 연한 풀빛의 민간인 차림을 한 태령이 내려다보았다. 짧은 머리칼은 아무렇게나 빗었는지 각자의 방향으로 자유를 지향하고 있었다. 맑은 눈빛이 싸늘하게 모두를 훑어보았다.

아후는 태령을 보자마자 눈을 번쩍 뜨고 굳은 표정으로 고개를 저었다.

"장군님. 제가 가려고 집에서 군장까지 챙겨왔습니다. 석 달이요? 그 정도야 몇 번이고 다녀올 수 있습니다."

선명은 한숨을 쉬면서 태령을 힐긋 보고 억지로 웃었다. 태령을 따라서 첩자로 백제의 왕궁에 침투할 때에도 느끼지 못했던 소름이 슬쩍 끼쳤다. 별거 아닌 임무처럼 말하는 태령을 보면서 속으로 투덜거렸다. 어쩐지 꼭 별거 아니라고 할 때마다 목숨이 간당간당했었다.

"뭐, 늑대와 연관이 없다면야 저도 갑니다."

사담이 둘을 보며 눈을 굴리다가 태령을 향해서는 환하게 웃었다.

"저는 장군님만 좋다고 하시면 어디든지 갑니다. 장군님과 함께라면 살아서 돌아올 자신이 있습니다."

태령이 자신의 심복들을 돌아보며 차갑게 말했다.

"이번 임무는 누구에게도 말해선 안 돼. 그래서 우리 다섯 명만 가는 것이다. 기밀이 제일이야. 우리는 그저 태한산의 태수에게 물건을 전해주러 가는 것이다. 알겠나?"

모두가 서로를 바라보았다. 가벼운 듯한 태령의 말도, 진중한 교운의 말도, 결국은 한 가지 뜻을 내포하고 있었다. 이번 임무가 그렇게 가볍지는 않을 것이라는 것을.

❖

따스한 바람에 봄꽃 향기가 섞이자 태령은 크게 숨을 들이켰
다. 무척 기분이 좋았다. 전투도 아니고, 첩자를 잡는 것도, 자
신이 첩자로 잠입해 들어가는 것도 아닌, 뭔가를 조사하는 단순
한 임무를 위해 자신의 나라를 돌아다닌다는 것이 그저 좋았다.

목숨을 거는 작전이 아닌 임무는 거의 자신의 몫인 적이 없었
다. 장군이면 뒤에서 지시만 내려도 되었지만 태령은 그렇게 한
적이 없었다. 항상 무슨 일이든 가장 위험한 일을 선두에 서서 했
고 침투나 탈출에서는 가장 나중에 빠져나왔다. 항상 긴장과 두
려움이 그녀의 곁에서 붙어살았었다.

말 위에 앉은 태령에게로 봄바람이 부드럽게 불었다. 느긋하게
여유를 가진 여행이라는 것은 아마 처음일 것이다. 겨우 이런 일
을 자신에게 시키다니 자비왕이 이제 철이 든 것일까? 입가에 미
소가 떠올랐다.

주위를 돌아보자 한가한 풍경이 펼쳐졌다. 작은 소년 왕이 나
름 열심히 노력을 한 덕분인지 농사를 준비하는 농민들의 움직임
은 분주했다. 사람들의 활기찬 얼굴은 자신이 지키고 있는 것이
무엇인지 잊은 지 오래인 태령의 얼굴을 저절로 풀어지게 만들었
다.

혈례(청도의 오리산)에 가까이 오자 꽤나 큰 도읍이 나타났다.

혈례는 신성한 산으로 순례자들, 수행자와 불가의 승려들, 그 뒤를 따라서 장사치들도 꽤나 왕래하고 있었다. 주막에 들어가자 겨우 빈곳을 찾을 정도로 사람들이 많았다

밥을 잘 먹고는 느닷없는 싸움이 벌어졌다. 아무리 둔해도 사담 또한 군의 총책임자였다. 일이 돌아가는 꼴을 모를 리가 없었다. 배부르게 먹은 아후가 즐겁게 던진 말이 화근이었다.

"아, 배부르다. 배부르다니까 하는 말인데 관령이 밤새 괴롭히니까 자기 배가 불러오면 혼례복을 다시 해야 한다고 화를 내더라고. 하하하."

사담의 주먹이 곧바로 아후의 면상을 향해 날라 갔다. 방심하다가 얼굴을 맞은 아후가 사담의 목에 발차기를 날리자 사담이 주먹을 들어 얼굴을 막았다. 싸움이 벌어지자 교운이 둘을 말리려 했지만 눈이 돌아간 사담을 말리기에는 역부족이었다. 게다가 유일하게 말릴 수 있는 태령은 느긋하게 이를 쑤시며 그것을 보고 있었다. 곁에서 선명은 태령에게 속닥거리며 킬킬거리기까지 했다.

"이번에 누가 이길까요, 대장?"

비밀 임무나 첩자 임무를 맡을 경우 태령은 대장으로 불렸다. 어느새 태령도 슬그머니 웃고 있었다.

"나는 사담에게."

선명이 곰곰이 생각하더니 당황해서 뛰어다니는 교운을 향해 소리를 질렀다.

"부장, 부장이 아후에게 걸어! 나랑 대장은 사담에게 걸게."

누군가가 관병을 불렀는지 관병 셋이 나왔지만 사담에게 엄청나게 얻어맞았고 관병들이 더 몰려와서 겨우 둘을 잡았다. 교운이 태령을 보자 태령이 별 수 있냐는 표정으로 어깨를 으쓱했다. 둘은 포박당하고 셋은 그대로 혈례의 태수 앞으로 끌려갔다.

태령이 태수관을 묘한 눈으로 훑어보았다. 혈례는 유명한 지방이기는 하지만 그래도 농업 외에는 특별할 것이 없는 곳이었다. 무역으로 유명한 것도 아니니 돈이 모이지도 않을 텐데 태수관이 으리으리했다. 커다란 공관과 뒤쪽의 태수의 전각도 다른 고장에 비해서 너무 컸다. 더 이상한 것은 공관의 뒤쪽에 판관이 있는 옥사였다.

옥사로 판단되는 건물이 너무 컸다. 옥사가 지나치게 크다라, 도대체 옥사가 큰 이유가 뭘까? 태령의 냉담한 얼굴이 조금씩 굳었다.

혈례의 태수는 넓은 공관 마당에서 이방인들을 돌아보았다.

남자인지 여자인지 구별이 어렵지만 하얗고 성격 있어 보이는 인간 하나. 덩치는 있지만 귀공자처럼 온화하게 생긴, 하지만 무장이 확실한 남자 하나. 엄청나게 커다란 덩치에 근육이 우락부락해서 보기만 해도 조금 겁나는 남자 하나. 날씬하고 키가 큰, 날카롭게 생겼지만 태평한 인상이 좀 능글맞은 남자 하나. 그리고 마지막 여자를 본 순간 태수는 눈을 의심했다. 너무나 아름다운 여자다. 불그스름한 볼과 빨간 입술이 새초롬한 것이 눈을 뗄 수가 없었다.

태수가 목을 가다듬고 질문을 했다.

"도대체 어디서 온 사람들인가?"

귀공자가 나섰다. 그는 태수에게 옥패를 내보였다. 옥패는 성골이라는 증표임과 동시에 그가 왕족이라는 것을 나타냈다. 태수인 흥문이 천천히 일어나서 옥패를 한참이나 보고는 귀공자에게 허리를 굽혀서 황송하게 인사를 했다.

"옥패에 김가 태령이라고 쓰여 있으니 태령공이라고 모시겠습니다."

귀공자가 보이지 않게 살짝 움찔하더니 고개를 끄덕였다.

넓은 공관에서 연회가 벌어졌다. 맑은 술이 동이째 나오고 닭, 돼지가 통째로 구워 나왔다. 흥문은 태령공으로 가장한 교운을 붙잡고 계속 도성의 정황을 물었다. 사실은 도성 출신으로 영리하여 아찬까지 할 줄 알았는데 골품이 낮아서 물을 먹다가 지방 태수까지 내려왔다는 넋두리를 시작하기도 했다. 교운은 주는 대로 술을 마시고 취해 버렸다.

사담은 원래 술을 좋아하고 아후는 슬슬 맞은 곳이 아프기 시작하자 술로 잊고자 벌컥벌컥 마셨다. 태령은 주위를 살피면서 술을 마셨다. 선명은 같이 온 인간들이 술로 하나둘 곯아떨어지자 한심스럽게 바라보았다. 선명만이 술은 아니 마시고 고기만 먹고 있자 흥문이 다가왔다. 그리고 선명의 얼굴을 넋을 잃고 바라보았다. 선명이 눈을 가늘게 뜨고 흥문을 노려보았다. 능글거리는 놈이 예쁜 건 알아서.

"술을 드시지 않습니까?"

선명이 수줍게 웃는 척을 하며 날카로운 눈길을 보냈다. 이런 놈에게는 요조숙녀 같은 흉내를 낼 필요도 없었다. 바로 본색을 드러내며 선명이 이를 드러냈다.

"뭐가 들었는지 알고 막 마십니까? 처음의 청주는 어디 가고 탁주만이 상 위를 돌아다니는데 탁주에는 뭘 넣어도 잘 모릅니다."

흥문이 고개를 끄덕이며 탄복했다는 듯 감탄사를 보냈다. 그리고 손가락을 탁 울렸다. 관병들이 다가오더니 선명의 입을 막고 꽁꽁 묶었다. 선명의 인상이 찌그러졌다. 뭔가 말을 하려는 듯 몸짓을 하자 흥문이 손가락으로 입을 막은 천을 내렸다. 선명의 신경질적인 항의가 높게 관사를 울렸다.

"우리가 누군지 알고 이러시는 것입니까? 죽음이 두렵지 않은가 봅니다?"

흥문이 사람 좋아 보이는 얼굴로 다시 천을 올렸다. 능글거리는 웃음이 만면에 가득 찼다.

"제가 바보인지 아십니까? 갈문왕께는 아드님이 없습니다. 따님만 다섯이죠. 그에게 아들이 없어서 조카인 자비왕이 순조롭게 왕위를 지키고 있는 것을 모르는 신라 사람이 있답니까?"

선명의 눈에서 아차 하는 빛이 흐르자 흥문이 손을 흔들었다.

"네놈들이 누구인지는 차차 알겠지, 그리고 너는 내가 좀 데리고 있고 말이다."

선명이 다시 몸을 뒤틀었지만 흥문이 손짓을 하자 관병들이 다가왔다.

태령이 눈을 뜨자 그들을 들여다보던 두, 세 명이 놀라서 뒤로 물러섰다. 천장이 격자무늬의 나무로 첩자를 가두던 감옥과 비슷한 구조인데? 머리가 띵 울렸다. 상체를 들어서 천천히 일어나 앉자 멀리 도망갔던 사람들이 주춤거리며 다가왔다. 감옥이 맞다. 술을 많이 마신 사담, 아후, 교운은 아직도 자고 있었다. 아주 편안하게 코까지 골면서 숙면을 취하고 있다. 술에 뭘 넣었는지 불순물이 많은 모양이었다. 머리가 빠개질 정도로 아팠다. 마치 양미간에 대고 쇠로 만든 종을 치는 것 같다.

앞에서 작은 체구의 중년 남자가 태령을 불쌍하다는 눈길로 바라보며 말을 걸었다.

"당신들도 땅을 빼앗겼소?"

뒤에서 한 여자가 남자를 때리며 힐난했다.

"이곳 사람들이 아니요. 차림새를 보면 아시지 않겠소? 외부인이지."

남자가 고개를 갸웃거렸다. 여자에게 또 맞을까 봐 겁이 나기는 한데 그래도 궁금증을 참을 수가 없는지 슬쩍 다가왔다.

"그러면 어째서 잡혀온 것이지?"

"뭔가 태수가 갖고 싶은 것을 갖고 있었겠지."

작게 속삭이는 목소리가 사람들 사이에서 울렸다. 태령이 고개를 기울이자 가느다란 체구의 남자가 허리를 단정하게 펴고 앉아 있었다. 사람들이 남자를 보호라도 하듯 그를 둘러싸고 있었다. 남자는 원래는 꽤나 단단한 체구였을 것 같았다. 그런데 오랜 수감생활 탓인지 몸은 쇠약해서 팔과 다리가 가늘어졌다.

갑자기 교운이 눈을 뜨더니 웩하고 토하기 시작했다. 시큼한 냄새가 퍼지자 사람들이 투덜거렸다. 그 작은 남자가 일어나서 교운의 고개를 숙이게 하고 등을 두들겨주었다. 태령이 눈을 가늘게 뜨고 무표정하게 계속 바라보았다. 작은 남자가 태령을 보면서 혀를 찼다.

"일행이 아니요?"

태령이 희미하게 웃었다.

"일행이요."

작은 남자가 어이가 없다는 듯 태령을 보았다.

"그러면 당신이 두들겨 주어야 하는 거 아니요?"

태령이 남자를 보면서 고개를 저었다.

"싫소. 나는 더러운 것은 딱 질색이라."

남자가 헛웃음을 터뜨렸다. 사람들이 그를 도와서 교운을 제대로 앉혀주었다. 사람들은 작은 남자의 지시에 순순히 따르고 그의 말을 경청했다. 태령이 남자에게 말했다.

"당신은 왜 이곳에 있소?"

남자가 입을 닫고 있자 곁에서 심약해 보이는 작은 소녀가 그를 바라보며 말했다.

"보령공은 이곳에서 오래 사셨습니다. 귀족이시고 풍월주까지 하셨어요. 홍문 태수가 처음 오셨을 때는 보령공의 진언을 많이 받으셨죠. 그런데 태수의 욕심이 점점 과해지더니 남의 땅, 집, 아내까지 빼앗기 시작하고 그것에 보령공이 항의하시자 옥에 가두셨죠."

태령이 궁금하다는 듯 남자를 향해 말했다.

"어째서 항의하셨소? 당신은 뭘 빼앗겼는데?"

보령공이라고 불린 작은 남자가 태령을 바라보았다. 편안한 웃음이 남자의 얼굴에 흘렀다.

"자신의 것을 빼앗겼을 때만 항의하면 안 되오. 곧 당신 차례가 될 거니까."

태령이 주변을 보면서 냉담하게 말을 했다.

"그래도 맨 나중이 될 수 있지."

사람들이 겁에 질린 듯 뒤로 조금 물러났다. 단정한 이마의 남자는 가냘픈 어깨를 흔들며 유쾌한 웃음을 지었다. 화를 내는 것도 아니고 자조도, 웃겨서 웃는 것도 아닌. 이런 통찰이 담긴 대화를 나눌 수 있는 상대를 만난 것이 너무 오랜만이라 친우라도 되는 것처럼 순수하게 말이 통하는 것이 즐거워서 웃었다.

"나중이 되는 게 뭐가 좋겠소? 죄책감에 시달리기나 하지."

태령이 입가를 비틀면서 웃었다. 군인에게는 없는 감정이다.

"그런 감정은 잘 몰라서. 태수가 원하면 뭐든 주지 그러시오? 그가 수백의 아내를 거느릴 것도 아닌데 말이오."

보령공은 이런 대화가 정말 즐겁다는 듯 환하게 웃었다.

"탐욕이라는 것을 무시하시는군. 그 괴물을 풀어주면 안 되는 법이오."

태령이 보령공을 가만히 바라보았다. 사담이 으으 하는 신음소리와 함께 눈을 떴다. 그리고 곁에 누운 아후를 보자마자 주먹을 날렸다. 주먹에 맞은 아후가 벌떡 일어섰다. 눈에 살기를 띤 둘이 서로를 으르렁거리며 바라보자 태령이 작게 말했다.

"조용히 해."

둘은 순간 주먹을 내리고 단정하게 앉았다. 교운이 기침을 하면서 정신을 차렸다. 아후가 아픈 얼굴을 손으로 문지르면서 주변을 살폈다. 그리고 태령을 향해 얼굴을 찡그리고 물었다. 감옥에 간힌 것이 불쾌하다는 듯 사람들을 향해 눈을 부라리면서.

"우리가 왜 이곳에 있는 것이죠?"

태령이 재미있다는 표정을 지었다. 태수가 그저 탐욕스러운 놈인지 알았는데 꽤나 머리가 돌아가는 자이다. 아니 그 이상일지도.

"흥문 태수를 우습게 봤는데 꽤나 서울 정계의 사정에 밝은 자였군. 내 옥패를 알아보았어. 갈문왕에게 아들이 없으니 교운이 내미는 것이 아니었는데."

아후가 머리를 저었다. 정신을 차리려는 것이 아니다. 자신이 묻는 것이 질문이 아니라는 것을 밝히듯이 퉁명스러운 말투로 아픈 머리를 짓누르고 말을 내뱉었다.

"그러거나 말거나 이곳에 선명이 없는 것은 선명이 그자에게 끌려갔다는 것인데, 왜 아직도 저희가 이곳에 있냐는 말이죠. 보통 벌써 열쇠를 갖고 와야 하는 거 아닌가요?"

바깥에서 짤랑거리는 열쇠 소리가 들렸다. 선명이 열쇠를 들고 있었다. 그리고 문을 열고 손짓을 했다. 아후가 투덜거렸다.

"왜 이렇게 오래 걸렸어? 너……."

선명이 붉은 얼굴로 아후의 입을 손으로 막았다. 태령이 나오고 교운과 일행이 나왔다. 사람들은 멍하니 그것을 보고만 있었다. 사람들의 눈에는 보는 것을 믿을 수 없을 때 나타나는 감정이 선명하게 떠올랐다. 놀람과 의아함. 혹시 이방인들의 이러한 행동이 나중에 화로 닥칠까 봐 겁도 나고, 한편으로는 슬그머니 밀려오는 희망에 끌리는 자신을 주체할 수 없을 때. 그런 모든 것이 눈동자들에 소용돌이 치고 있었다.

태령이 손짓을 하자, 갇혀 있던 이들 중 작은 소녀가 엉거주춤하게 일어나선 보령공과 어른들을 바라보았다. 다시 손짓을 하자 잔뜩 겁을 집어먹은 얼굴로 소녀가 쭈뼛거리며 밖으로 나왔다. 사람들에게 나오라고 손짓을 하자 사람들이 주섬주섬 나왔다. 보령공만 안에서 움직이지 않았다. 태령이 보령공을 향해 투덜거리며 말했다.

"당신이 할 일이 있습니다."

보령공이 고개를 들고 태령을 바라보았다. 태령이 거만한 눈초리로 바라보자 보령공은 다른 사람의 부축을 받고 겨우 나왔다. 태령이 혀를 찼다.

"이래서 일을 부탁할 수나 있나."

보령공이 심각한 표정으로 태령을 향해 진지하게 대답했다. 오랫동안 사람들을 격려하고 고난을 견뎌내고 있었지만 이 무서워 보이는 여자를 믿고 싶은 기분이 들었다. 자신을 조금도 동정하지 않는 것이 오히려 태령을 믿음직스럽게 만들었다. 그녀가 시키는 일은 뭐든 할 수 있을 것이다.

"나는 맡은 일은 반드시 해내는 사람이오."

태령이 보령공에게 말했다.

"지금 이들과 서울로 가시오. 갈문왕 김진환을 찾아 혈례의 부정부패를 알리고 그에게 왕께 보고를 드려달라 전하시오. 태수를 파면하고 혈례 태수의 직을 달라고. 당신, 보령공에게."

보령공은 태령의 말에 얼어붙었다. 그런 일은 불가능하다. 누구도 그들의 말을 믿지 않았다. 몇 개월에 한 번 오는 감독관도, 지방관을 순시하는 왕의 대리인들도, 보령공의 용감한 지지자들이 금성까지 가서 아찬이나 각간을 만나려고 갖은 노력을 했지만 누구도 고위당직자들을 만날 수 없었다. 곁에서 작은 소녀가 주저하며 말을 했다.

"그 말을 아무도 믿지 않을 텐데요? 갈문왕께 가까이 갈 수 있을지도……."

태령이 품에서 손안에 들어가는 은괴를 꺼내 보령공의 손에 올려놓았다.

"여비요. 갈문왕을 믿게 만드는 것은 당신의 몫이오. 그 정도는 하실 수 있으시겠지. 전 풍월주인데. 그래도 의심하면 이렇게 말하시오. '내 말을 믿지 않으면 아찬과 혼인은 물 건너간 줄 아시라'."

보령공의 눈이 망설임과 의심, 불안함으로 가득 찼다. 태령이 다시 한쪽 입가를 올리며 비웃듯이 웃었다.

"누가 두렵소? 설마 설득하지 못할까 봐 겁이 나는 것은 아니겠지?"

보령공의 눈동자에 분노와 그 분노가 끌어온 용기가 찰랑거렸다. 부축한 사람들의 손을 꽉 붙잡은 보령공이 담담한 말투로 조용히 대답했다.

"바로 출발하지."

보령공 일행을 배웅한 태령의 일행이 조용히 관의 안채로 향했다. 옥사와 다른 곳에 쓰러져 있는 관병들이 보였다. 이제는 꽤 정신을 차린 교운이 관병들을 보면서 선명을 향해 물었다.

"전부 자고 있는 것이 맞나?"

선명이 당연하다는 듯 고개를 끄덕였다. 자신이 밟고 왔는데도 꼼짝하지 않는 군병의 팔을 발로 슥 뒤쪽을 향해 밀었다. 그리고 결백한 얼굴로 절대 사람을 죽이거나 하지 않는다는 듯 순진무구한 표정을 지었다.

"그렇게 믿으십시오."

침실을 열자 질펀한 정사의 향이 가득하다. 태령과 일행이 어이없는 표정으로 전부 선명을 돌아보았다. 선명이 얼굴을 새빨갛게 붉히고는 변명했다.

"그, 그게 꽤나 잘하더라고, 너무 오래 굶어서, 내가……."

안으로 들어가자 아직도 침상에서 정신없이 자고 있는 홍문이 보였다. 태령이 손짓을 하자 사담이 홍문의 뺨을 세게 때렸다. 놀라서 펄쩍 뛴 홍문이 일어나 그들을 보고 소리를 쳤다.

"어, 어떻게!"

태령이 벌거벗은 홍문의 위로 옷을 던졌다. 홍문이 옷을 입으면서 선명을 보자 환하게 웃었다.

"아, 내, 내가 너를 후처로 삼을 것이다."

선명이 겸연쩍은 표정으로 그를 외면했다. 태령이 즐겁다는 듯 웃으며 곁의 의자에 앉았다.

"미안하지만 줄을 서야 한다. 내 정보관을 후처나 아내로 맞겠다는 귀족과 왕족들이 넘쳐 나서. 네놈은 아마 내 기억으로 서른일곱 번째이다."

홍문이 놀라서 태령을 바라보았다. 그리고 멍한 표정에서 순간 뭔가 깨달았다는 표정으로 바뀌었다. 태령이 흐뭇하게 웃으며 고개를 끄덕였다.

"그렇다. 내가 갈문왕 진환의 딸인 태령. 이번에 새로 급찬, 외군장군으로 올라선 김태령이다."

놀란 홍문이 말을 더듬었다.

"죽, 죽을죄를 지었습니다. 장군, 그, 제가 얼굴을 몰라서, 죽을죄를……!"

태령이 냉랭한 어조로 말을 했다.

"그래, 내 아름다운 얼굴을 몰라본 것은 죽을죄지. 그런데 다른 죄는 없느냐?"

홍문이 무릎을 꿇고 빌기 시작했다. 후회가 막급이다. 어쩐지 옥패는 정교하고 완벽한 게 진짜 같았다. 옥패가 진짜라면 누군가가 그것의 주인이라고 생각했어야 했는데. 선명의 너무나 아름다운 모습에 동해서 그녀를 품고 싶은 마음에 다른 것은 전부 무시해 버린 것이 실수였다. 정말 너무 큰 실수다.

"옥, 옥사에 가둔 것도 죽, 죽을죄……."

태령이 우아하게 고개를 끄덕였다.

"옥사에서 재미있는 사람들을 만났다. 네놈의 탐욕으로 집과,

땅, 아내, 딸을 빼앗긴 사람들이더군."

홍문이 손을 모으고 바닥에 엎드렸다. 등에서 땀이 폭포처럼 흐르기 시작했다. 잘못하면 당장 목숨을 잃을 수 있다. 부정부패가 문제가 아니었다. 이제껏 첩자들과 내통해 막대한 금전을 받은 것이 알려진다면 바로 사형이다.

"아, 아닙니다. 장군. 그, 그들은 첩, 첩자들입니다. 배, 백제의……!"

태령이 고개를 갸웃거렸다. 그녀의 표정은 정말 순수하게 의문으로 차 있었다. 홍문이 희망을 품기 시작했다. 아직 그녀는 아무것도 모른다. 하기는 조금 전에 이곳에 도착했는데 이곳에 대해서 뭘 알겠는가. 태령을 설득할 수 있을 것이다.

"첩자라니. 혈례는 국경에서도 한참 떨어져 있는 곳인데 첩자가 그렇게 많다는 말이냐? 그리고 첩자는 바로 군에 고하게 되어 있는데? 어째서 고하지 않았지? 참, 이곳에 오래 산 사람들이던데 모두가 첩자란 말이냐? 열 살 먹은 소녀도?"

홍문이 입에서 침을 튀기며 변명했다.

"네, 네! 전부 첩자들이었습니다. 돈 몇 푼에 눈이 멀어서 첩자질을 했습니다."

태령이 홍문을 가만히 노려보았다. 똑똑한 놈인지 알았는데 그것도 아닌 모양이다. 태령은 마지막 질문을 했다.

"그러면 보령공은? 그이도 첩자냐?"

홍문이 놀라서 태령의 얼굴을 보았다. 보령공은 화랑 출신으로 풍월주까지 역임했다. 풍월주. 그들은 목숨보다 명예를 소중히 여겼다. 세상의 어떤 가치보다 나라를 지킨다는 명예. 그것만이 그들이 지키는, 세상에서 유일한 가치였다. 그런 그를 첩자라 주장하는 것은 미친 짓이다. 홍문이 이를 악물었다.

"네! 보령공도 첩자입니다."

태령이 담담한 표정으로 한참 동안 혈례 태수를 내려다보았다. 한숨과 같이 말이 흘러나왔다.

"그렇군. 정말 탐욕은 무섭군."

홍문이 희망이 깃든 눈으로 태령을 올려다보았다. 목숨은 건질 수 있다. 모두를 첩자로 몰면 된다. 국지전이 일상인 곳에서 첩자란 낙인은 상당히 파괴력이 컸다. 그 많은 이들을 모두 조사하려면 몇 달은 걸릴 테고 그사이 자신은 도망을 치거나 재산을 빼돌릴 수도 있다.

"네, 네, 탐욕에 보, 보령공이⋯⋯."

태령이 사담에게 눈짓을 하자 그가 칼을 뽑았다. 놀란 홍문의 눈이 휘둥그레졌다. 두려움으로 가득 찬 눈이 주위를 돌아보았다. 그리고 문가에 삐죽 나와 있는 호위관병의 누운 발을 보자 눈빛이 변했다. 이미 주변에 도움을 줄 사람은 없었다. 이들이 관병들을 모두 제압한 것이다. 하기는 태령 장군의 소문을 듣기는 했다. 무자비하고 살벌하기까지 한 일처리. 그녀의 편이 아니면 포로가 되지 말라는 말까지 있었다. 홍문이 눈을 벌겋게 뜨고 이를 갈았다.

"내, 내가 갑자기 사라지면 국경의 백제군이 움직일 것입니다. 그, 그들에게 내가 얼마나 큰 의미인지 아십니까? 내가 백제군의 침입을 막고 있단 말입니다."

태령이 홍문의 눈을 바라보며 천천히 허리를 펴고 일어섰다. 한숨을 쉬며 쯧쯧 혀까지 찼다. 그리고 단정한 표정으로 교운을 향해 고개를 끄덕였다.

교운이 칼을 꺼내며 공식적인 판결을 내렸다. 태령이 자비왕의 대행 표식으로 받아온 번쩍이는 철검을 하늘을 향해 올렸다.

"외군 서부 사령관 김태령이 즉결 명을 내린다. 첩자에 관한 처분은 군에서 즉결처분 가능하다는 자비왕의 특명이 계셨다. 혈례 태수. 홍문 너를 백제의 첩자로 확인. 즉각 처형을 내린다. 사형. 다른 죄로 부정과 부패, 고을민을 착취, 축재와 축첩을 하고 바른 진언을 하는 자들을 가둔 죄이다. 이 죄 또한 판결을 내린다. 사형. 마지막으로 지나는 외부인을 잡아 마음대로 희롱, 강간을 한 죄이다. 형은 사형이다."

홍문이 교운을 잡고 매달렸다. 살려달라는 애원이 사라지기도 전에 사담이 홍문의 입에 천을 물렸다. 태령이 몸을 돌려서 나왔다. 뒤에서 끅끅거리다가 교운의 칼 소리와 함께 털썩 쓰러지는 소리가 들렸다.

"각간에게 보고를 할까요?"

태령이 고개를 끄덕였다. 뒤에서 사담과 교운이 따라붙었다. 교운이 아후에게 지시했다.

"태수의 전서구를 보내. 빠르게 처리를 해야 한다고 각간에게 보고하고 태수의 첩자질이 어디까지 관련이 되었는지 조사가 필요하다고 하고. 깐깐한 보령공이 가니 그에게 혈례의 골치 아픈 일을 다 맡기는 것이 좋을 거 같다고 올려."

아후가 쯧쯧 혀를 찼다.

"그 작은 양반에게 너무하신 거 아닙니까? 몸도 아픈 거 같던데. 여기 벌려놓은 일이 보통은 아니지 않습니까."

태령이 그게 뭐? 하는 얼굴로 차갑게 말했다.

"나에게 건방지게 조언이랍시고 한 보답이다."

선명과 사담이 고개를 끄덕이며 보령공의 과로사는 알 바 아니라는 표정을 짓자 아후가 한숨을 쉬었다.

❖

교운이 고을의 연장자와 보령공의 지지자들을 위주로 임시 관리를 맡긴 후 일행은 바로 길을 떠났다. 시간이 지체되므로 앞으로 임무 외의 일에 싸움을 한다거나 힘을 쏟으면 나머지 짐을 모두 짊어지고 길을 가라는 태령의 으름장이 떨어지자 일행의 분위기는 급하게 화기애애해졌다.

잠깐 쉬고 길을 떠난 지 아흐레나 지나서 겨우 골화(영천의 금강산)에 도착을 했다. 전부 거지꼴을 한 채라 마을의 초입에서 하루를 쉬기로 했다. 근처에 온천지가 있다는 정보를 접한 선명이 제일 가까운 여관에 짐을 풀었다.

일행은 수건을 들고 온천지로 향했다. 온천지는 그리 크지 않았다. 자그마한 온천이 일곱, 여덟 개의 웅덩이로 나뉘어 있었다. 산에서 제일 가까운 웅덩이는 너무 뜨거워 들어가지 못하고 점점 밑으로 내려온 웅덩이가 그나마 들어갈 만했다.

김이 자욱해서 앞을 못 볼 정도다. 각자 마음에 드는 웅덩이에 들어가 피로를 풀었다. 한참을 쉬고 있는데 누군가가 가까이로 걸어왔다. 태령과 함께 있던 선명이 다가오는 누군가에게 소리를 질렀다.

"거기, 누군지 신분을 밝혀라."

여자의 목소리가 들렸다.

"이곳 여관의 하녀입니다. 주인께서 등을 밀어드리라 하셔서."

선명이 곧 반기는 목소리로 불렀다.

"이리로 오너라. 그러지 않아도 등을 밀고 싶어……."

모습을 드러낸 하녀를 보고 선명과 태령이 놀랐다. 하녀는 작은 체구에 가냘픈 몸매를 하고 있었는데 너무나 사랑스러웠다. 작고 높은 코, 앵두 같은 입술, 하얀 치아, 말을 할 때마다 살짝 드러나는 흰 치아는 뭔가 모르게 색스러울 지경이었다. 선명이 태령에게 말했다.

"이 여관, 혹시 하녀를 이리저리 쓰고 있는 거 아닐까요?"

태령이 고개를 끄덕였다. 선명의 말처럼, 그녀는 자신도 모르게 남자를 홀릴 미모를 가지고 있었다. 어쩌면 그 목적으로 여관을 하고 있는지도. 하녀이니 그녀를 취한다고 크게 문제될 일은 없을 것이다.

하녀가 선명의 등을 밀기 시작했다. 선명이 시원하다고 감탄을 하다가 폭신한 수건에 몸을 말고 잠에 빠졌다. 코까지 골았다. 그리고 하녀가 자신의 등을 밀자 태령은 기분이 오싹했다.

가느다란 손가락이 이상했다. 등에 닿았는지 감각도 없는데 포근하고 아득한 것이 점점 몸을 녹진하게 만들고 있었다. 마치 몸이 흘러내리는 느낌이었다. 눈꺼풀이 깔리고 시야가 가물거렸다. 이 하녀의 목욕 시중이 아무래도 보통이 아닌 거 같다는, 사람이 아닌 거 같다는 생각이 슬그머니 들기 시작할 때 태령의 눈이 완전히 감겼다.

선명이 눈을 떴을 때, 주변에는 아무도 없었다. 찬바람에 오싹해진 선명은 태령이 자신을 버리고 또 가버렸다고 투덜거리며 여관으로 돌아왔는데, 그 어디에서도 태령의 모습은 보이지 않았다. 사담, 아후, 교운도 돌아왔는데 태령은 없었다. 선명이 주인에게 아까 보낸 하녀가 어디에 있냐고 묻자 주인이 오늘은 하녀들이 없었다고, 전부 읍내로 물건을 사러 보냈다고 말했다. 선명이 그럴 리가 없다고, 아까 보낸 예쁘장한 하녀가 있었다고 목청을 높였지만 주인은 고개를 저었다.

"나중에 보시면 알겠지만 예쁘장한 하녀는 들이지 않습니다. 전부 벗고 목욕을 하는데 그런 하녀는 다른 시중을 뜻하는 거 아니겠습니까? 술과 여인을 파는 주락가에서 항의가 들어와서 태수가 금지했습니다."

일행의 시선이 서로 부딪치고 점점 표정이 굳었다. 김태령, 대장이 사라졌다. 이상한 하녀와 함께.

요상한 감각에 태령의 눈이 뜨였다. 자신의 입술에 입을 맞추려 하는 누군가가 있다. 아까 그 하녀다. 눈을 깜박거리자 작은 콧날과 붉은 입술, 그리고 머리 위로 솟은 보들보들한 귀가 보였다. 손을 뻗어 만지자 쫑긋거리는 것이 진짜 귀다. 여우 귀.

혀를 내밀어 자신의 입술을 핥는 하녀의 목을 턱 잡았다. 놀라서 껑충 공중제비를 넘으며 뒤로 물러선 예쁘장한 얼굴이 태령을 보면서 웃었다.

"눈을 떴군요, 태령궁주."

"여우?"

하녀의 눈이 깜빡거렸다. 그리고 살그머니 웃었다.

"아, 궁주는 여자니까 이게 편하시려나?"

앙증맞은 입술과 코가 흔들리더니 곧 잘생긴 얼굴로 변했다. 곧게 뻗은 콧날과 잘생긴 입술, 그리고 가느다란 눈이 골격이 훌륭한 남자의 얼굴이다. 하지만 여우 귀는 여전하다. 남자가 웃자 잘생긴 얼굴이 서라벌에서도 소문난 수리가 따라오지 못할 정도였다.

태령의 눈이 점점 날카롭게 변했다. 남자는 금세 아쉽다는 표정이 되었다.

"아, 역시 뭔가 신물이 있어. 내 최면이 이렇게 금세 깨질 리가 없는데."

태령이 주위를 돌아보자 온천지는 아니었다. 큰 수건으로 휩싸인 채 어딘지 모를 곳에 있지만 여우굴이 틀림없다. 아직도 여우의 최면에서 완전히 빠져나오지는 못한 듯 번쩍거리는 천장과 화려한 장식으로 가득 찬 방 안이 보였다. 커다란 침상에서 잘생긴 남자의 곁에 누워 있는 자신을 보자 웃음이 나왔다.

"누군가가 내 소원을 이루어주라고 네게 빌었나?"

남자가 눈을 반짝이며 다시 다가왔다. 고개를 빼고 태령의 쪽으로 얼굴을 기울였다. 작은 속삭임이 들린다.

"내 것이 되는 게 어떻습니까? 형님은 힘듭니다."

태령이 고개를 기울이고 남자를 보았다.

"형님?"

남자는 태령의 목에 걸린 목걸이를 한참동안 바라보다가 그것을 향해 손을 뻗었다. 태령이 손을 뿌리치자 골이 난 표정을 지으며 태령을 노려보았다.

"형님은 인간들을 동정하지 않습니다. 가봤자 헛수고란 말입니다."

태령이 남자를 바라보고 물었다. 귀가 쫑긋거렸다.

"너는…… 골화의 산신인 여우냐?"

남자가 다시 매력적으로 웃었다. 그리고 환한 웃음을 뿌리면서 다가왔다.

"역시 명석하고 무자비하다고 소문난 태령궁주군요. 귀신들이 그대를 호시탐탐 노리는 거 알고 계십니까?"

태령이 고개를 저었다. 어디서 거짓말을. 하기는 여우가 진실을 말하리라고 여기는 것이 웃기다. 골화의 여우에게 홀려서 재산과 목숨을 잃은 남자들이 숱했다.

"그럴 리가. 수로부인이 산신에게 납치당했을 때에도 곁에 있던 나는 무사했다."

남자가 웃기는 말을 들은 듯 웃었다. 그때야 아이였으니까 그렇지. 태령은 그 뒤로 어릴 때부터 아버지를 따라 전장으로 돌았다.

"그대가 여인이 되기 전에 군대에 들어가 사셔서 그렇습니다. 남자들이 득실거리니 그런 양기 속에서 견딜 귀신이 어디에 있겠습니까?"

태령이 함께 웃었다. 뭔가 말이 되지 않지만 답은 되는 것 같은 느낌이다. 여우가 귀를 쫑긋거리며 색스럽게 웃었다. 그리고 말했다. 뭔가 중요한 것을 알려주려는 듯 자신에게 고마워하라는 표정이다.

"게다가 그대의 부장인 교운이라는 자는 성정이 반듯하고 사려가 깊어서 귀신들이 특히 싫어하는 인간입니다."

흠, 하고 태령이 고개를 끄덕였다. 혼령과 신령. 귀신들은 수로부인같이 엄청나게 아름다운 미인들을 보면 갖고 싶어 했다. 아름다움에 혹해서 부인은 꽤나 자주 납치를 당했다. 물론 그때마다 구출을 하기는 했지만 태령은 한 번도 그런 일을 당한 적이 없어서 관심도 없었다. 그런데 이런 일을 당하고 보니 아녀자들에게 호신무기나 호신술을 가르쳐야겠다는 생각이 들었다. 그리고 이런 녀석들은 혼내줘야지.

"형님은 누구냐?"

남자가 눈을 반짝였다. 그리고 입을 닫고 태령을 보다가 고개를 저었다. 모두가 태양이 동쪽에서 뜨는 것을 알고 있는데 그것을 모르는 사람을 보는 것처럼 남자가 황당한 표정으로 태령을 보면서 기가 막힌다는 듯 웃었다.

"모르시는군요. 아무것도. 호오."

태령이 번개같이 허리를 일으켜서 남자의 목을 움켜쥐었다. 남자의 얼굴이 터질 듯이 부풀어 오르더니 붉은 눈이 데룩데룩 굴렀다. 태령의 강인한 양손가락이 꽉 목을 누르자 머리가 점점 더커졌다. 마치 농가에서 볼 수 있는 커다란 박같이 엄청나게 부풀어 오른다. 이마와 얼굴에 붉은 핏줄이 거미줄처럼 쩍쩍 갈라졌다. 붉은 입술이 공기를 애타게 바라듯이 열렸다. 바람이 새는것처럼 갈라진 말소리가 들렸다.

"이 이상 개입을 하면…… 죽을 수도."

세게 압력을 주자 손에서 남자의 머리가 터졌다. 하지만 마치축국의 공으로 쓰이는 돼지 방광이라도 터진 것처럼 소리만 요란하고 손에서, 눈앞의 모든 것이 사라졌다.

맑은 꽃향기만이 주위에 자욱했다. 방도, 높은 천장도 사라지고 어두운 숲 속에서 수건으로 몸을 둘둘 만 채 서 있는 자신뿐이었다.

태령이 천천히 숲 속에서 내려왔다. 횃불이 근처에서 어른거렸다. 횃불을 보고 걷던 태령이 일행을 만났다. 선명이 귀신에게홀렸다고 난리를 치고 괜찮으냐고 몇 번이나 물었지만 태령은 곰곰이 생각에 잠겨서 주위의 말을 듣지 못했다.

❖

다시 열흘이나 쉬지 않고 말을 달려 태한산의 입구에 도착했다. 태한산의 태수를 찾아가자 서울에서 온 전서구가 있었다. 갈문왕 진환에게서 온 편지 하나. 덕지 각간에게서 온 편지 하나.

덕지 각간의 것은 매우 깔끔한 답장이었다. 혈례의 태수가 첩자 노릇을 한 것에 대해 새로 태수가 된 보령공이 조사 중이라고 하였다. 보령공은 수도에서 혈례의 부정부패를 고하고 대기하다가 태수가 죽은 것을 알고 몹시 놀랐다고 하였다.

오랜 수감 생활로 몸이 매우 쇠약해져 있었지만 진환의 집에서 약과 영양이 든 식사를 하며 대기해서 그런지 돌아갈 때에는 몸이 많이 좋아졌다고 했다. 혈례로 무사히 돌아간 보령공은 사람들과 함께 그간의 부패를 청산하는 데 사력을 다하고 있다는 소식이었다. 그리고 진환에게서 온 편지는 더욱 간단한 답장이었다.

─누리 아찬과 혼인 날짜를 잡았다.

태령은 편지를 보더니 간단히 구겨서 버렸다. 태한산의 태수는 도함이라고, 이미 육십이 넘은 노인이었다. 도함공은 태령의 일행을 극진히 대접했다. 큰 별관을 통째로 쓰라고 하고는 저녁에 회연을 준비했다.

맑은 술을 마시면서 큰 돼지구이를 먹었다. 춤을 추는 무희들을 보고 있는데 태수가 다가와서 조사 계획을 물었다. 태령이 교운을 불렀다.

"사실 저는 별 계획이 없습니다. 교운 너는 어떠냐?"

교운이 도함공을 보며 작은 두루마리를 꺼냈다. 거기에 적어 놓은 준비물들을 하나하나 요구했다.

"태한산에서 그 사건이 일어난 것은 지난달 초이레 자시입니다. 마침 모레가 이달 초이레니 자시에 협운 계곡으로 가보려 합니다."

도함공이 애매하게 웃었다. 일을 잘 모르는 아이에게 가르쳐주고 싶은데 혹시 마음에 상처라도 받을까 봐 애쓰는 어른처럼 중얼중얼 말을 했다.

"그게, 그 협운 계곡이 멉니다. 내일 아침 일찍 출발해도 모레 자시에 도착할지 모릅니다. 일꾼도 모아야 하고……."

태령이 도함공에게 잠깐! 이라고 말이라도 하듯 손가락을 들고 의아하게 물었다.

"어째서 일꾼을 모아야 합니까? 관병이나, 하인들을 데려가면 안 됩니까?"

도함공이 이제는 땀을 흘리기 시작했다.

"협운 계곡으로 간다고 미리 말을 해야 합니다. 신성한 태한산이고 협운 계곡은 평시에도 기괴한 일들이 숱하게 일어나는 곳이라서 모두들 꺼리고 있습니다. 보수를 넉넉히 주겠다고 하고 그래도 가겠다는 하인들만 데려가야지 아니면 그 입구에서 전부 도망칩니다. 그러면 짐도 부리지 못하고 난감한 일이 벌어집니다."

일행의 표정이 살짝 일그러졌다. 이 정도일 줄은 몰랐는데. 계곡에 가기도 전에 한숨이 나왔다.

일단 가겠다고 하는 일꾼들만 데리고 출발을 하기로 했다. 조사차 몇 번을 갈지 모르는 일인데 자신들뿐이라고 해도 별수 없다.

새벽에 나오자 넓은 태수관의 마당에 단 두 명의 일꾼이 있을 뿐이었다. 태령이 어쩔 줄 모르고 쩔쩔매는 도함공을 보고 억지로 웃었다.

"괜찮습니다. 일꾼들이야 식량만 짊어지면 되지요. 떨어지면 사냥을 하면 됩니다."

도함공의 얼굴이 새파랗게 질렸다. 뒤를 보고 마침 지나가던 하인을 불렀다.

"거기! 산랑! 너도 가거라. 네가 그래도 관에서 힘이 제일 세니 네가 많이 짊어지면 되겠다."

산랑이라고 불린 하인이 다가왔다. 키가 엄청나게 크고 몸도 좋았다. 선량한 웃음을 짓고 서 있는데 아무래도 살짝 백치 같은 느낌을 주었다.

"너는…… 우리가 협운 계곡에 가는 것을 알고 있느냐?"

태령이 빤히 하인을 보았다. 하인은 영문을 모르겠다는 표정으로 도함공을 바라보았다. 도함공이 미안한 얼굴로 태령을 보며 대답을 했다.

"이 아이는 벙어리입니다. 그리고 이해력이 딸려서 그저 가라고 하면 됩니다. 먹는 것만 잘 챙겨주면 아무 일이라도 합니다. 힘이 좋아서."

태령이 아, 하고 이해를 했다. 도함공이 태령의 손을 잡았다. 늙어서 주름투성이인 손이 달달 떨렸다.

"태한산에서 사냥을 하시면 안 됩니다. 절대로! 사냥은 안 됩니다. 식량을 많이 가지고 가십시오. 사냥을 한 이들은 돌아오지 못했습니다."

겸으로 다가온 교운이 산랑이라고 불린 하인에게 짐을 가리켰다. 하인이 고개를 끄덕이고 다른 하인들과 함께 짐을 짊어졌다.

교운과 태령은 도함공에게 사냥을 하지 않겠다는 약속을 하고 출발을 했다.

3. 태한산

산의 초입은 다른 산들보다 평탄한 길이었다. 공기는 마치 다른 세상에 온 것처럼 맑고 투명했다. 들이쉴 때마다 감탄이 나왔다. 희미한 나무와 꽃향기는 사람을 취하게 만들었으며 약간은 날카로운 새소리를 제외하면 사방이 조용했다.

산으로 들어서서 개울이 나오자 잠시 쉬었다. 육포를 나눠주고 씹고 있으려니 다른 하인들이 산랑을 외면하고 소곤거렸다. 벙어리에다 정신이 온전치를 못하니 다른 이들에게 외면을 받고 있는 것이 틀림없었다.

태령이 개울가에 서서 육포를 씹고 있는 산랑에게 다가갔다. 덥수룩한 머리칼 때문에 얼굴이 잘 안 보였다. 태령이 손을 내밀자 산랑이 움찔했다. 태령이 안심을 하라는 듯 미소를 지었다.

"때리려는 것이 아니다. 걱정하지 말거라."

산랑이 가만히 있자 태령이 머리칼을 걷었다. 맑고 가느다란 눈이 보였다. 아름다운 눈이다. 태령이 산랑의 머리칼을 귀 뒤로 넘겨주었다.

"보아라, 이리 하니 더욱 예쁘다."

산랑이 손에 쥐고 있던 꽃을 내밀었다. 하얗고 작은 꽃송이가 종종 피어난 작은 꽃줄기이다. 희미한 향기가 상쾌하다. 약초인 듯 향은 매콤하기도 했다.

"내게 주는 것이냐?"

산랑이 고개를 끄덕였다. 태령이 꽃을 받았다. 누군가에게 꽃을 받은 것은 처음이다. 물론 선물도 처음이다. 선물이란 것을 받을 필요가 없는 사람이 태령이었다. 태어나면서 이미 많은 것을 갖고 태어났고 그 이후에는 받기도 전에 빼앗았다.

태령은 저도 모르게 미소를 지었다. 꽃이라니.

언니 중에 한 명이 좋아하는 화랑에게 꽃을 받았다고 자랑을 한 적이 있었다. 그때는 먹지도 못하는 것을 받아서 뭐가 좋다는 말인지 이해를 하지 못했다. 그런데 정작 자신이 꽃을 받고 보니, 잘 모르는 하인에게서 받은 것인데도 기분이 이상하게 좋았다. 꽃의 향기가 살아 있는 듯 풍성하고 가슴에 술렁술렁 차올랐다.

태령이 살며시 웃자 산랑이 조금 뒤로 물러섰다. 태령이 고개를 들고 꽃을 흔들면서 더 크게 웃었다.

"고맙구나. 꽃을 받은 것은 처음이다."

산랑이 고개를 숙이고 더욱 뒤로 물러섰다. 머리칼이 다시 수북하니 내려왔다. 태령이 머리칼을 다시 귀 뒤로 넘겨주고 싶다는 생각을 하면서 원래 있던 곳으로 돌아갔다. 일행에게 돌아오니 전원이 하얀 꽃을 들고 있었다. 교운이 의아한 표정으로 꽃을 가리켰다.

"일꾼들이 대장께 벌써 말을 했습니까?"

태령이 날카로운 눈을 들자 교운이 자신이 들고 있는 꽃을 입에 넣으며 말했다.

"태한산의 꽃향기에 독성이 있어서 미리 이 백화를 먹어야 한다고 합니다. 아니면 정신을 잃고 길을 헤매거나 낭떠러지에서 떨어져 죽는다고 합니다."

태령이 멀리 서 있는 산랑을 돌아보자 그가 꽃을 들고 먹는 시늉을 했다. 어서 먹으라는 몸짓이다. 뭔가 살짝 기분이 나쁘다. 순수하게 자신에게 준 꽃인 줄 알았는데.

태령이 꽃을 입안에 넣고 질겅질겅 씹었다. 맵고 시었다.

점점 깊은 곳으로 들어갈수록 산은 모습을 바꾸었다. 곳곳이 절벽이고 사람이 다닐 수 있는 길은 하나도 없었다. 무성한 풀들에 옷자락을 베기 일쑤였다. 단단한 천으로 손목과 발목을 동동 감고 왔는데도 날카로운 풀과 가시들로 인해 팔과 다리가 피투성이가 되었다.

갑자기 태령이 발을 멈췄다. 누군가가 자신을 보고 있는 느낌이 들었다. 마치 숲 속에서 나뭇잎의 사이로 몰래 들여다보고 있는 그런 따끔거리는 느낌. 온몸에서 땀이 나고 시선을 느낄 때마다 기분이 나빴다. 하지만 아무리 주변을 살피고 숨도 안 쉬고 귀를 기울여도 움직이는 이는 없었다.

날이 어두워지자 태령이 귀를 기울였다. 근처에 물소리가 들렸다. 작은 개울이 있는 모양이었다.

"이곳에서 야영을 한다."

천막을 치고 불을 피웠다. 갖고 온 고기와 채소를 넣고 국을 끓였다. 주먹밥을 연잎에 싼 채 달아오른 돌 판에 굽기 시작했다. 향긋한 냄새가 피어올랐다. 하인 둘이 개울에서 물을 길어왔다. 밥을 먹기 시작하는데 느닷없이 늑대 울음소리가 들렸다. 사담이 흠칫 놀라며 선명의 곁으로 달라붙자 선명은 그를 팔꿈치로 찔렀다.

"달라붙지 마! 밥 먹는 데 방해돼!"

아후가 교운에게 국을 퍼주며 주위를 살폈다.

"늑대가 덤비지는 않겠죠?"

교운이 날카로운 눈빛으로 고개를 저었다. 하지만 그리 확신에 찬 표정은 아니다. 조심스러운 그의 말투에 사담이 불안하게 움직였다.

"먼저 우리가 해를 끼치지 않는 한 덤비지는 않을 게다. 봄이라서 새끼들이 있어. 민감하니 신경이 날카로워서 경고를 하는 거지."

태령이 밥을 먹으면서 사담에게 경고했다.

"너는 아무 데나 오줌 싸지 말고."

사담이 억울하다는 듯 항의했다.

"내가 언제 아무 데나 쌌다고 그러십니까! 대장은!"

다른 일행이 왁자지껄 떠들면서 웃었다. 아후와 선명이 가세하며 크게 거들었다.

"너는 아무 데나 싸!"

"더러워!"

"너희도 싸잖아!"

태령이 웃으면서 다시 말했다.

"늑대들은 특히 너를 싫어해."

불가에 앉은 사람들이 다시 폭소를 터뜨렸다. 태령이 한참 멀리 앉아서 밥을 먹고 있는 산랑을 보았다. 그의 입가가 느슨하게 풀어졌다. 누가 보면 웃고 있는 것으로 생각하겠다. 하지만 모닥불의 이야기가 들리기에는 너무 멀었다. 태령이 고개를 기울이다가 피식 웃었다. 약간 모자라는 아이니 남들이 웃으니까 따라 웃는 것일 테다.

날이 밝자마자 출발을 했다. 이제는 한낮인데도 빛이 들지 않았다. 보통 겨울에는 나무가 앙상해서 봄까지 산길은 환했다. 주변도 다 보이고 지나는 동물들도 보였다. 그런데 태한산은 마치 그런 법칙에서 벗어난 곳인 듯 나무들은 시퍼렇게 잎들이 무성했다. 벌써 봄이 완연하니 잎이 무성해진 것인지 아니면 이 산에는 사철 뾰족한 잎의 나무들이 빽빽한 것인지 알 수가 없었다.

그저 꿈속인 듯 어두운 숲길을 걸었다. 가끔 가다가 시선이 느껴지는 것은 여전했다. 하지만 누구도 시선을 느낀다고 말하지 않는다. 그것이 이상했다. 태령의 심복들은 잠복 능력이 뛰어날 뿐더러 첩자로도 오랜 시간을 보냈다. 그런 만큼 누군가가 자신들을 뒤쫓으며 들여다본다면 바로 알아채고 태령에게 알릴 것이었다. 일행이 알아채지 못했다면 태령 한 사람만 느낀다는 것이다. 몽환같이 시퍼런 색으로 가득 찬 주변을 보면서 태령이 숨을 가쁘게 쉬었다. 나만 느낀다고? 그게 가능한 일일까? 앞에서 길을 안내하던 짐꾼 중 한 명이 다가왔다.

"앞쪽의 길이 새로 난 물길에 허물어져 있습니다. 돌아가면 초이레 자시까지 계곡에 도착하지 못합니다."

앞으로 가보자 꽤 넓은 물길이 나 있었다. 길은 끊어졌다. 한참 동안 눈을 가늘게 뜨고 길을 보던 태령이 손짓을 했다. 교운과 아후가 다가왔다. 물길을 보면서 세기를 가름하던 아후가 한숨을 쉬면서 어쩔 수 없다는 몸짓을 했다.

"건너야 합니다. 물살이 좀 세기는 하지만 떠내려가지는 않을 듯합니다. 짐을 들고 물속을 걸어서 건넙시다."

선명이 자신은 몸을 적시면서 건너기 싫다고 아등바등 난리를 쳤다. 일꾼들이 난감해하더니 산랑을 불렀다.

"네가 업어라."

산랑이 굳은 표정으로 선명을 바라보았다. 선명은 산랑의 근육이 잘 잡힌 몸매를 보더니 갑작스럽게 안색이 바뀌었다. 환하게 웃는 표정으로 선명이 산랑의 등에 찰싹 붙었다.

한 명씩 물을 건너고 허리까지 잠겼던 바지와 옷을 짜고 있는데 맨 나중에 건너던 산랑이 풍덩 소리와 함께 물속으로 잠겼다. 그 등에 업힌 선명도 함께 물에 빠졌다. 일꾼들이 놀라서 달려들었다. 짐과 선명을 먼저 건지고 물을 털고 있는데 혼자 걸어 나온 산랑이 뒤에서 잠자코 물을 짰다. 일꾼들 중 한 명이 산랑에게 화를 냈다.

"이놈이 미친 게냐! 한 번도 물속에 빠진 적이 없는 놈이 무슨 짓이야! 이분들이 누군지 알고!"

선명이 말리는 척 산랑의 손목을 쥐었다.

"아이, 그럴 수도 있지. 나는 괜찮으니 너무 화내지 마시게."

산랑이 묵묵히 손을 잡힌 채 굳은 얼굴로 서 있었다. 일행이 보면서 한숨을 쉬었다. 선명이 그를 다음 제물로 찍은 모양이다. 제 마음에 드는 하인은 어떻게든 갖고 마는 선명의 성질에 일행이 고개를 저었다. 아후가 교운에게 들으라는 듯 큰소리로 말을 했다.

"온전치 못한 사람을 저렇게 희롱하는 것은 법으로 금해야 합니다. 부장."

선명이 마지못해 손을 떼고 흠흠 하는 소리와 함께 일꾼들에게 추우니 불을 피우라고 중얼거렸다.

거의 다 벗은 채 몸을 말리는 선명 때문에 한 시진이나 지체했다. 일꾼들이 넋을 놓고 바라보는 것을 모르는 척하며 선명이 산랑을 찾았다. 하지만 산랑이 보이지 않았다. 태령과 교운이 당황해서 산랑이 없다고 말을 하자 일꾼들이 여전히 선명을 힐끔거리며 걱정하지 말라고 대답을 했다.

"그놈은 가끔 이렇게 사라지곤 합니다. 태한산에서 데려온 아이라 길을 잃는 일은 없습니다. 마을에서는 얌전한데 숲에서는 제멋대로입니다. 그래도 나중에 짐을 들고 일행을 찾아오니 걱정하지 마십시오."

태령이 선명을 붙잡고 으르렁거렸다.

"그 아이를 내버려 두어라. 네가 개울을 건널 때 그 아이 바지에 손을 넣는 것을 보았다."

선명이 안달을 하면서 사정했다.

"대, 대장, 그놈이 아이는 아니잖아? 다른 일꾼이 그러는데 스무 살이 넘었다는데. 그리고 만, 만약 그놈이 나를 좋다고 하면? 그러면?"

태령의 얼굴이 미묘하게 변했다. 산랑이 선명에게 반해서 쫓아다니면? 그것은 상관없지 않은가. 그런데 기분은 여전히 나빴다.

"그놈이 너를 좋다 하기 전에는 절대 손대지 말 것을 명한다."

선명이 함박 웃었다. 그녀가 작정하고 꼬시려고 한 이상 넘어오지 않는 남자는 없다. 그놈이 사람이 아닌 이상.

한참을 가고 있는데 남겨놓은 짐을 짊어지고 산랑이 다시 나타났다. 맨 뒤에 붙은 산랑을 보고 하인들을 뺀 일행이 안도의 한숨을 쉬었다. 계곡에 도착하기 위해 저녁을 거르고 길을 서둘렀다. 자시가 다 되어서야 협운 계곡에 도착했다. 계곡의 숲에서 야영을 정하고 일꾼들이 짐을 푸는 동안 태령 일행은 소문의 개구리가 나타난 폭포의 앞에 섰다. 봄철 가뭄 탓인지 물이 적어 폭포는 별 감흥이 없었다. 주위를 샅샅이 살펴본 교운이 태령에게 다가왔다.

"별다를 게 없습니다. 그저 폭포일 뿐인데요."

태령이 일행에게 다시 잘 살피라는 말을 하고 자신도 주위를 살피기 시작했다. 사담이 초록색 개구리를 잡았다.

"이건가?"

선명과 아후가 동시에 한숨을 쉬었다. 그리고 아후가 고개를 갸웃거리고 태령의 눈치를 보면서 중얼거렸다.

"뭔가 덫이라는 느낌이 듭니다."

태령이 아후를 보며 물었다.

"덫? 뭘 잡으려고? 이곳에 우리를 보낸 사람은 왕인데 그가 우리를 미끼로 써서 여기서 뭘 잡으려고 든다는 말이냐?"

아후가 고개를 흔들면서 기다란 막대기를 폭포 밑의 연못을 향해 던졌다.

"우리가 미끼인지, 개구리가 미끼인지, 혹은 자비왕이 미끼……는 아닌 게 확실하고 아무튼 사냥이 일어나고 있는 것이 느껴집니다. 우리가 미끼가 아니기를 바랄 뿐이죠."

태령이 교운과 일행의 조심스러운 눈초리를 보다가 다른 곳으로 외면했다. 사냥이라…….

자시가 다 가도록 아무것도 찾지 못하자 일행은 야영을 하는 곳으로 돌아왔다. 저녁을 먹고 몸을 눕히자 험한 산을 장시간 탄 사람들은 전부 쓰러져 잠에 들었다.

깊은 밤. 별안간 잠에서 깬 태령이 몸을 일으켰다. 자신이 갑자기 눈을 뜬 이유가 뭔지 알 수가 없었다.

이곳은 전쟁터가 아니다. 전쟁터에서는 잠을 깊게 자지 못하고 얕은 잠으로 목숨을 부지했다. 하지만 전쟁터를 벗어나서는 이렇게 느닷없이 잠을 깬 적이 없었는데, 마치 잠에서 깬 상황이 꿈인 듯 느껴진다. 천천히 천막을 벗어나 맨발인데도 아무렇지 않게 풀숲을 걸어가는 자신의 행동이 꿈에서 일어나는 것과 흡사했다.

태령은 자신도 모르게 폭포로 향했다. 낮에 본 폭포 그대로다. 물도 별로 없이 볼품없고 바람도 불지 않고 아무런 신령스러움도 괴기도 감지되지 않는 어디서나 볼 수 있는 그저 그런 폭포. 멀리서 늑대의 울음소리가 들렸다. 여러 마리가 함께 노래라도 부르는 듯 달을 향해 울고 있었다.

환한 달빛 아래, 폭포의 앞에 누군가 서 있었다. 그에게 다가갔다. 뒤를 돌아보는 이는 산랑이다. 그가 작고 하얀 꽃을 태령에게 내밀었다. 태령이 하얀 꽃을 받아들고 먹으려 하자 산랑이 고개를 저었다. 그리고 그녀의 눈을 들여다보았다.

"먹는 것이 아니다."

말소리가 아닌 듯 머릿속에서 울렸다. 그가 입을 열지도 않았는데 저음의 부드러운 목소리는 몸을 흔드는 것처럼 울려 퍼진다. 꽃향기가 말소리와 함께 스며들었다. 벙어리가 말을 하는데 태령은 전혀 놀라지 않았다.

꿈이 분명하다. 게다가 보통 이럴 때 그녀는 수상하다고 판단하고 몸을 날려 남자를 제압할 텐데 마치 다른 사람이라도 된 것처럼 산랑을 멍하니 보기만 했다. 태령이 그의 머리칼을 향해 손을 뻗자 산랑이 뒤로 물러섰다. 그리고 문득 자신을 보면서 미소를 지었다.

"내 머리칼이 신경 쓰이는가?"

산랑이 자신의 머리칼을 두 손으로 쓸어 넘겼다. 온 얼굴이 다 드러났다. 이런 얼굴이었나? 날카로운 눈과 의외로 육감적인 입술 탓에 부드러운 인상이 아니었다. 선량하지도, 순하지도, 모자란다는 느낌도 주지 않았다. 그런데 어째서 그런 느낌을 받았던 것이지?

남자는 태산 같은 중압감을 준다.

아까는 순박하게 보였던 얼굴이 마치 야차와 같은 날이 서서 섬뜩하기까지 했다. 그리고 눈. 하얗게 빛이 나는 은회색의 눈동자는 인간의 눈동자가 아니다. 게다가 안의 빛나는 고리는 황금색이다. 노랗고 둥근 빛의 고리를 보자 회색 늑대의 눈동자가 생각났다. 늑대의 눈동자.

태령의 입술이 움직였다.

"너는 ……누구지?"

산랑의 손이 다가왔다. 캄캄한 밤인데도 명확하게 보였다. 크고 마디가 굵은, 그런데도 섬세한 손이 태령의 입술을 가볍게 쓰다듬었다.

태령이 소스라치게 놀라서 눈을 번쩍 떴다. 아침이라서 주위가 환하다. 눈앞에 선명이 앉아서 걱정스러운 표정으로 보고 있었다. 그 곁으로 다른 일행들도 있었다. 교운이 태령의 앞에 뜨거운 찻잔을 내밀었다. 아직도 멍한 표정으로 있는 태령을 향해 아후가 말했다.

"대장, 대장 자면서 걸어 다녀요?"

"뭐?"

태령이 차를 마시자 아후가 한숨을 쉬며 중얼거렸다.

"대장이 폭포가 보이는 풀숲에서 쓰러져 자고 있는 것을 부장이 찾아서 업고 왔어요."

진짜 꿈인가?

태령의 눈이 주위를 살폈다. 불을 피우면서 일행을 힐끗거리는 일꾼들이 보였다. 산랑은 없었다.

"산랑은 어디 있지?"

교운이 불편한 음색으로 대답을 했다.

"나뭇가지를 모아오라고 시켰습니다. 곧 올 것입니다."

산랑이 나뭇가지를 한가득 품에 들고 불가로 다가오는 것이 보였다. 일꾼들이 산랑을 향해 뭐라고 타박을 하자 산랑이 고개를 숙이고 뒤로 물러섰다. 덥수룩한 머리칼로 눈을 가린 그에게서는 여전히 뭔가 모자란 느낌이 들었다.

왜지? 어째서 이런 느낌이 드는 것이지? 분명 꿈이 확실하고 저 모자란 아이가 늑대가 아닌 것이 확실한데 꺼림칙하고 수상하다. 그리고 어젯밤 그 꿈은 대체 뭐였을까?

다시 폭포로 가서 보자 주변에 온통 늑대 발자국이다. 어른 손바닥만 한 크기가 즐비했다. 태령이 고개를 들고 다시 살폈다. 멀리 폭포의 위에 검은 그림자가 보였다.

뚫어지게 바라보자 늑대다. 회색 늑대. 덩치가 엄청나다. 저

정도면 호랑이나 곰보다 작지도 않았다. 이 거리에서는 보이지 않을 텐데 늑대의 노란색의 눈동자가 분명하게 보였다. 간담이 서늘하게 식었다. 태령이 여전히 보고 있자 늑대가 몸을 돌려서 사라졌다. 태령이 일행을 향해서 냉랭하게 말했다.

"밥을 먹고 돌아간다."

돌아가는 동안 산랑은 보였다가 보이지 않았다가 했다. 그리고 선명을 빼고는 누구도 신경을 쓰지 않았다. 선명은 산랑이 나타나면 곁에서 온갖 교태를 부리고 눈길을 끌려고 애를 썼지만 산랑의 고개는 전혀 돌아가지 않았다.

계곡을 겨우 벗어나자 곧장 해가 졌다. 마지막 야영을 하고 아침부터 무리를 하면 다음 날 저녁에는 태수의 공관에 도착을 할 수 있다. 불을 피우고 가지고 온 고기를 굽는데 기름이 뚝뚝 떨어지자 사람들이 눈을 번뜩이며 불 옆에서 움직이지 않았다.

커다란 덩어리를 하나씩 사람들에게 잘라주고 마지막으로 산랑이 다가왔다. 교운이 고기를 자르는 것을 보고 있다가 산랑의 손이 다가오자 태령이 덥석 산랑의 손목을 쥐었다. 그리고 맹렬히 타고 있는 불 위로 손을 확 끌어당겼다. 사람들이 경악해서 입을 쩍 벌렸다. 공포와 긴장으로 아무도 말을 하지 못했다. 산랑의 손이 지글거리며 타고 있다. 경악한 사람들을 무시하고 태령이 산랑의 얼굴을 노려보았다. 손이 타고 있는데 산랑은 굳은 얼굴로 입을 닫고 태령을 보고 있었다.

"까악!"

고기를 뜯다가 뒤늦게 이 광경을 본 선명이 산랑의 손을 확 잡아끌었다. 사람들이 겨우 숨을 쉬며 소란을 떨었다.

"약! 약! 아, 약이 없나? 약초는?"

누군가가 풀을 뜯어서 손으로 짓이겨 즙을 바르고 이겨진 약초를 그대로 산랑의 손에 붙였다. 선명이 손목에 감은 천을 풀어서 산랑의 손에 감았다.

"대장! 미쳤나 봐, 고기가 많은데 왜 이이 손을 굽고 난리야! 먹을 게 없다면야 모르지만"

사담과 아후가 멍하니 태령을 바라보았다. 교운은 잠자코 구운 고기를 산랑에게 건넸다. 고기를 받은 산랑은 배가 고픈지 고기를 먹기 시작했다. 탄 손이 아픈 내색은 전혀 하지 않았다.

한손을 쓰지 못하는 산랑이 물 잔을 떨어뜨리자 선명이 곁에서 물을 먹여주었다. 산랑이 얌전히 물을 마시자 흥이 난 선명이 곁에서 조잘거렸다.

"내가 곁에서 도와줄게, 걱정하지 마. 그리고 우리 대장이 사람을 잘 죽여서 그렇지 성격은 착해. 네 손을 먹으려고 한 것은 아니니 너를 죽이지는 않을 거야."

사람들은 이런 일이 비일비재한 것처럼 말도 없이 다시 고기를 먹기 시작했다. 태령이 고기를 먹다가 힐긋 산랑을 보았다. 그리고 자신을 보고 있는 산랑과 눈이 마주쳤다. 산랑의 한쪽 입가가 비스듬히 올라가 자신을 바라보고 있었다. 태령의 눈빛이 번뜩였다. 산랑의 입술이 더욱 올라갔다.

"시끄러워."

선명의 천막에서 늦은 밤부터 밤새 교성과 신음 소리가 난무한다. 잠이 깬 아후와 사담이 술을 마시기 시작했다. 언제 챙겨온 것인지 아후가 술병을 짐에서 꺼냈다.

"결국 놈과 일을 치르는군."

꺼진 모닥불을 쑤시면서 아후가 하품을 했다. 뒤에서 교운이 다가왔다. 사담이 자리를 내었다.

"부장도 시끄러워서 깼습니까?"

교운이 술을 받으며 한숨을 쉬었다.

"그런데 이렇게 시끄러운데 일꾼들은 잘도 자는군."

사담도 따라서 하품을 했다.

"그러네요."

아후가 교운을 보면서 중얼거렸다.

"대장도 못 자고 있을 거 같은데 술 드시라고 할까요?"

교운이 고개를 저었다.

"깨면 나오시겠지. 주무시고 계실 수도 있으니 가지 마라."

아후가 어처구니가 없는 눈길로 교운을 바라보았다. 그리고 살짝 이상한 눈초리로 태령의 천막을 보았다. 하긴 이상하기는 하다. 조그마한 잡음에도 태령은 순식간에 깼다. 그런데 아직도 누워 자다니.

태령은 눈을 뜨고 있었다.

그리고 눈앞의 남자를 바라보았다. 자신이 누워 있으니 이 남자도 누워 있는 것이 틀림없다. 이 남자가 자신의 곁에 누워 있다면 지금 선명의 천막에서 그녀를 소리 지르게 만들고 있는 남자는 누구인가? 자다가 너무 시끄러워 눈을 뜨니 남자의 얼굴이 보였다. 산랑이 태령의 곁에 바싹 붙어서 눈을 들여다보며 누워 있다.

멀리서 선명의 환희에 찬 교성이 다시 울렸다.

"아하, 앙아앙, 그래, 더, 더."

산랑이 호기심에 가득한 눈빛을 하고 태령의 눈을 들여다보았다. 태령이 속삭였다.

"저건 누구지?"

산랑이 태령의 귀에 입술을 가져갔다. 그저 입술이 다가오기만 했지 그가 말을 하지는 않았다. 그런데 소리가 들린다.

"남자."

태령이 피식 웃으며 다시 산랑을 보고 물었다.

"너는 누구지?"

산랑이 태령의 눈을 들여다보며 다가왔다. 마음에 드는 선물을 보는 아이처럼 남자는 눈빛 가득 호기심과 흥미를 지니고 태령의 얼굴에 자신의 얼굴을 붙였다. 산랑의 입술이 부드럽게 태령의 입술에 닿았다. 여전히 머릿속에서 그의 말소리가 울렸다.

"물음이 틀렸다."

태령의 입술을 비집고 산랑의 부드러운 혀가 밀려들었다. 움직이려 했지만 몸이 움직여지지 않았다. 꿈인가? 컴컴한 천막의 안에 이렇게 부드러운, 정체를 알 수 없는 빛이 스며들 리가 없기는 하다.

산랑의 아름답기까지 한 눈매와 서늘한 표정이 완벽하게 보인다. 꿈에서 이 남자는 마치 거대한 산짐승같이 느릿하고 우아하다.

남자는 누운 태령의 얼굴을 두 손으로 부드럽게 잡고 깊고 아득하게 입을 맞췄다. 입안 가득 찬 자신의 혀와 끈적이는 놀음을 한참 동안 하고 떨어지는 산랑의 얼굴에 태령의 헐떡이는 숨이 닿았다.

"어떤 물음?"

산랑이 머리칼을 쓸어 넘겼다. 날렵한 눈매와 희미하게 은회색을 띠는 황금색 고리가 한 번도 느껴보지 못한 강한 긴장과 압박감을 드리운다. 거만하게 내려다보는 눈동자가 자신을 비웃는 듯 장난스럽게 빛났다.

"네가 뭐냐고 물어라."

태령은 여전히 산랑의 냉랭한 눈빛을 보며 숨을 골랐다. 심장이 터질 듯이 두근거렸다. 꿈속에서, 부리는 일꾼과 이런 입맞춤이라니. 이렇게 무기력한 꿈은 처음이었다. 꿈이든, 현실이든 자신이 힘도 쓰지 못하고 가만히 입맞춤을 허용하는 일이 벌어지다니.

"나는 뭐지?"

산랑의 빛나는 황금색 눈이 다시 부드럽게 다가왔다.

"너는 제물이다."

태령이 눈을 뜨자 다시 환하게 밝은 해가 보였다. 이번에는 교운이 걱정스럽게 자신을 바라보고 있다. 사담과 아후가 뜨거운 차를 들고 왔다. 태령이 인상을 찌푸리며 온몸을 뒤틀었다. 마치 야외에서 잠을 잔 듯 몸이 찌뿌듯하고 삭신이 쑤셨다. 말소리에 날이 섰다.

"왜?"

교운이 침착하게 고개를 저었다.

"이번에도 풀 속에서 자고 있었나?"

사담이 고개를 끄덕였다.

"풀 속은 아니고 저 넓은 바위에 올라 자고 있었습니다."

태령이 한숨을 쉬었다. 주변을 살피자 일꾼들이 꾸물거리며 천막을 걷고 있었다. 선명은 보이지 않았다.

"선명은?"

아후가 웃으면서 고개를 저었다.

"밤에 그 난리를 치고 허리가 나갔는지 아직도 누워 있습니다.

교운이 인상을 썼다.

"하인들도 잠을 설쳤는지 기운이 없네요. 밤에 뭘 했는지 허리를 잡고 피곤한 기색이 역력합니다."

아후가 코웃음을 쳤다.

"그렇게 따지면 제일 기운을 쓴 산랑은 쓰러져야 하는데 정작 그놈은 쌩쌩합니다."

사담이 부러운 듯 입을 내밀었다.

"그놈 그쪽으로 출중한 거 아닐까요?"

아후도 고개를 끄덕이며 사담에게 속삭였다.

"가서 비법이라도 물어봐야 하는 거 아냐?"

태령이 자신의 목에 걸린 인형을 잠시 바라보았다. 제물? 태수의 관으로 돌아가 알아봐야 할 일이 많다. 벌떡 일어서서 주변을 둘러보자 산랑이 없었다.

"산랑은?"

교운이 잠시 태령을 보더니 조용히 대답했다.

"불을 피우고 밥을 하고 나서 짐을 지고 먼저 내려갔습니다."

태령이 고개를 끄덕이고 짐을 쌌다. 아침을 먹고 산을 내려가는데 선명의 끙끙거리는 소리가 들렸다. 태령이 의심스러운 표정으로 선명의 곁으로 다가갔다.

"네가 색공을 익혔다고 나에게 그렇게 뻐기더니 겨우 촌아이 하나 감당 못해서 이 지경이냐?"

선명이 기겁한 표정을 지었다.

"그게, 색약을 먹은 것도, 취음 술을 마신 것도 아닌데, 둘로 보이면서, 둘과 밤새 합하니 무리가 좀 됩니다."

태령이 고개를 기울이자 앞으로 피곤해서 정신을 못 차리는 두 짐꾼이 보였다. 헛웃음이 나왔다. 산을 다 내려가 태수의 관가에 이를 때까지 산랑은 나타나지 않았다.

4. 제물

    도함공은 긴장한 채로 태령의 앞에 앉아 있었다. 태령의 질문이 무엇에 대한 것인지 사실 잘 감이 오지 않았다.

    "네? 산랑이요?"

    태령이 고개를 끄덕였다.

    "그 아이는…… 사람들이 두려워하기도 하고 싫어하기도 합니다. 태한산에서 발견된 아이인데 오 년 전에 눌지대왕께서 전쟁에서 승리하시고 돌아가시면서 이곳에 잠시 머무셨습니다. 사냥을 하면 안 된다고 진언을 드렸는데 조석 파진찬께서 웃어넘기고는 사냥을 한 것으로 압니다. 그 밤에 조석 파진찬과 그 일행 마흔아홉 명이 죽었습니다. 아무 상처도 없이요. 눌지대왕께서는 무사히 금성으로 돌아가셨지만 그 해를 넘기시지 못하고 병석에 누워 작년에 돌아가셨지요. 마흔아홉의 시신들을 수습하러 제가 태한산으로 갔었습니다. 그리고 오는 길에 저 아이가 저희를 따라오더군요."

곁에서 교운이 태령을 걱정스럽게 바라보았다.

"그러면 산랑은 이곳 사람이 아니라는 말입니까?"

도함공이 고개를 끄덕였다.

"네, 그래서 산에서 데려온 아이라고 산랑(山郎)이라 부릅니다. 벙어리인 데다 글을 쓸 줄도 모르니 신분을 알 길이 없습니다. 그저 데려오자 내자가 씻기고 일을 시키니 곧잘 해서 하인으로 데리고 있습니다."

태령이 도함공을 향해 차가운 어조로 말을 했다.

"산랑이란 자가 말을 못하는 벙어리가 확실합니까?"

도함공과 교운이 동시에 놀랐다.

"네, 이리저리 위급한 순간도, 마을 사람들에게 해를 당한 일들도 있었는데 그때에도 말은 한 번도 들은 적이 없습니다."

태령이 잠자코 도함공의 순하고 정직한 눈을 바라보았다. 이 노인은 모르는 것이 확실하다. 그놈의 정체를.

태령의 눈이 교운을 향했다.

"너는 잠시 나가 있어."

교운이 놀라서 태령을 보았다. 이제껏 한 번도 기밀사항이나 일에 관련해서 자신을 빼고 의논한 적이 없는 태령이었다. 태령의 차가운 눈빛을 보다가 교운이 입을 다물고 굳은 표정으로 밖으로 나갔다.

도함공은 파랗게 질려서 태령을 올려다보았다. 태령의 소문은 일찍이 들은 적이 있다. 김태령, 외군 서부사령관. 그녀가 성골이라는 사실과 왕족이라는 것은 소문과 전혀 관련이 없었다. 그녀의 무시무시한 소문은 군사령관으로 적군과 첩자, 부정한 자를 다룰 때에 인정사정없는 손속에 관한 것이었다. 그녀에게 걸린 첩자는 정보를 다 털리고도 죽을 것이 뻔해서 바로 죽기를 원한다는 소문이었다.

태령의 서늘한 눈빛을 보자 등골이 오싹해지고 온몸에서 땀이 흘렀다.

"태한산의 제물에 대해서 들어본 적이 있는지요?"

도함공의 낯빛이 이제는 녹색이 되어갔다.

"태한산은 신성한 산입니다. 장군. 신라의 모든 신제가 태한산을 시작으로 올라갑니다. 작게는 팥밥과 과일을 바치고요. 크, 크게는……."

"크게는?"

도함공이 말을 더듬었다.

"제, 제가 잘 몰라서 태수관에 신관이 있습니다. 그이를 불러드리겠습니다."

태령이 고개를 끄덕이려다 다시 문득 말을 이었다.

"신관은 어디의 신관입니까? 태한산에도 신사가 있습니까? 아니면 절인가요?"

도함공이 겨우 살아난 얼굴로 웃으려고 노력했다.

"저희 태수관에 있는 신관입니다. 태한산에는 신사도 절도 없습니다. 지을 수가 없습니다. 백제에서도 몇 번 시도를 했는데 완성도 하기 전에 불이 나고, 무너지고, 짐승들의 습격이 있어서요. 그냥 저희 신각에서 준비를 하고 큰 제를 따로 올릴 때에는 금성에서 신관과 신녀들이 대대적으로 와서 제를 치릅니다."

태령이 고개를 끄덕이고 일어섰다.

"내가 찾아가지요. 신각이 어디에 있습니까?"

도함공은 신각의 위치를 들은 태령이 나가자 한숨을 쉬면서 땀을 닦았다. 태한산의 제물은 오 년 전에도 올렸다. 인신공양. 작은 아이를 죽여 묻었다.

밖으로 나오자 날씨가 좋았다. 햇살이 따스하고 꽃잎이 흩날리는 것이 공기 중에 향기가 섞여서 주변의 모든 것에 섞여들었다.

"이상하게 모든 곳에서 꽃향기가 나는 것 같군."

태수관의 가장 안에 신각이 있었다. 그리고 안에서 신관이 뭔가를 쓰고 있었다. 태령이 들어서자 어린 신관이 고개를 들었다. 겨우 열다섯 살 정도. 전임 신관의 신복이 커서 헐렁거리는 옷을 접고 접어서 돌돌 말아 올려 끈으로 고정을 했다. 관도 커서 뒤로 넘겨 머리카락에 고정을 했다. 바싹 붙여서 끈으로 묶은 관이 살짝 찌그러졌다.

태령이 이건 아닌데? 라는 표정으로 들어가자 그런 표정을 많이 보아왔는지 신관이 씁쓸하게 웃었다. 그리고 다시 환하게 웃으면서 허리를 굽혀 인사를 했다.

"어서 오십시오, 장군."

태령이 고개를 숙여 인사를 하면서 가져간 술을 내려놓았다.

"안녕하십니까? 신관. 이렇게 어리신 분인지 모르고 술을 선물로 가져왔습니다."

신관이 술을 받고 잔을 꺼내 술상을 분주하게 차렸다.

"향을 맡으니 금성에서 가져온 것이 분명한 고급주군요. 마시게 되어 감사합니다. 작년에 받은 제주도 이렇게 고급품은 아니었답니다."

안주는 누가 바친 것인지 꽤나 고급인 얇은 고기포가 있었다. 고기포를 바라보자 신관이 다시 환하게 웃었다.

"이곳 태한산의 신각에는 모든 것이 다 고급품으로 진상이 들어옵니다."

술을 마시면서 태령이 무심하게 주변을 둘러보았다.

"태한산의 제물은 뭐가 있습니까?"

어린 신관이 곰곰이 생각하는 듯 손가락으로 꼽으며 속으로 세었다.

"먼저 팥밥, 과일, 특히 붉은 과일을 좋아한답니다. 그다음은 고기만두, 물고기도 좋아하시지요. 아! 고기도 좋아합니다. 그리고 심지어는 수박도 좋아하신답니다. 그리고……."

태령이 술을 마시며 어린 신관의 말을 아무렇지 않게 끊었다.

"사람도 바칩니까?"

신관이 미소를 지으면서 태령을 향해 고개를 끄덕였다.

"당연하지요. 점점 마립간들께서 금지하고는 있지만 이곳은 태한산이 아닙니까. 오 년 전 극심한 가뭄에 시달렸을 때 어린아이를 죽여 묻었지요."

태령이 인상을 찌푸렸다. 한심하기는. 아직도 이런 풍습이 버젓이 행해지다니.

신관이 태령의 표정을 보고는 부끄럽게 웃었다.

"장군께서는 이런 모든 것이 어리석게 보이시지요?"

태령이 어린 신관의 얼굴을 내려다보았다. 그리고 냉정하게 고개를 끄덕였다.

"네."

신관의 얼굴에도 상심한 빛이 감돌았다.

"사실 저도 그렇습니다. 점차 인신공양은 사라질 것입니다. 나중에는 팥밥과 과일만 남겠지요? 생각하면 우울합니다."

고기포를 하나 집어 먹은 태령이 그 야릇한 맛에 놀라 고개를 들었다.

"이건 무슨 고기입니까?"

신관이 아! 하고 다시 환하게 웃었다.

"그 고기는 남만이라는 지방에서 바친 푸른색이 도는 새고기입니다."

"새고기?"

신관이 순진하게 웃었다.

"네, 산랑이 좋아합니다. 사람들이 그러는데, 남만 놈들은 믿을 수가 없어서 혹시 사람 고기일 수도 있다고 하더군요."

태령이 흠, 하고 술을 마시고 다시 고기를 씹었다. 천천히 술을 마시고 신관을 느릿하게 노려보았다. 어린 신관의 눈빛이 날카로운 눈길을 피하며 허공의 어딘가를 방황했다.

"먹는 진상품이나 제물을 몰래 산랑에게 줍니까?"

어린 신관이 부자연스럽게 웃으며 술을 마시고 대답을 피했다.

"장군께선 뭐가 궁금하신가요?"

태령이 순진해 보이는 신관을 뚫어지게 보았다. 의외로 순진하지 않을 수도 있다. 어리지만 신라 최고의 신성한 산을 모시는 신관이다. 보이는 것이 다는 아닐 때가 종종 있었다. 태령이 한참 생각하다가 다른 급한 것을 묻기로 했다.

"스물한 살이 넘은 여자를 산 채로 바치는 경우가 있습니까?"

신관이 고기를 씹으면서 골똘하게 인상을 썼다. 취기가 올라서 그런지 볼이 불그레했다.

"혹시 그 여자가 처녀인가요?"

태령이 흠칫 놀라서 신관을 보며 고개를 끄덕였다.

"아, 내가 아는 사람이 아는 사람의 아는 사람이라서, 잘은 모르지만 분명히, 아마 그럴 겁니다."

신관이 별거 아니라는 듯 손을 내저으며 웃었다.

"아, 그러면 그겁니다. 산신의 반려로 바쳐지는 것입니다. 태한산에서는 한 번도 보지 못했지만 다른 신산에서는 가끔 봅니다. 대부분 어린 소녀를 바치는데 스물한 살이라니. 꽤 늙은 편이네요."

태령이 심사가 꼬인 듯 표정이 일그러졌다. 언제부터 스물한 살이 너무 늙은 편이 되었던가. 혼인도 아니고 제사에 쓰이기에도 늙었다니 기분이 매우 나쁘다. 말이 퉁명스럽게 튀어나온다.

"그 처녀는 어떻게 됩니까?"

신관이 고개를 갸웃거렸다. 보통 신제는 알겠지만 처녀를 바치는 제…… 처녀가 어떻게 되는지는 잘 모른다. 신관이 알기로 태한산에는 처녀를 바친 적이 단 한 번도 없다. 죽지 않을까? 험한 산에 신의 반려라고 버려진 여자아이가 어떻게 살아남을 수 있겠는가? 하루도 못가 실족사나 사고사, 아니면 짐승의 밥이 될 것은 보지 않아도 알 수 있다.

"글쎄요. 산신에게 바쳐진 여인이 살아서 돌아온 경우가 없어서 잘 모르겠습니다. 골화의 여우에게 바쳐진 여인이 십년 정도 살았다는 말은 들었는데 그녀는 신녀였거든요."

태령이 술을 마시고는 주위를 살피며 속삭이듯 말했다.

"처녀는 어떻게 바칩니까? 제사를 지내나요? 그냥 산으로 올려 보냅니까? 신부로 꾸며서?"

신관이 한참 동안 기억을 더듬다가 이내 고개를 흔들었다. 술이 많이 취해서 이제 살짝 혀가 꼬였다. 눈도 반쯤 감겼다.

"잘 모르겠습니다. 제가 신부를 올린 제는 한 적이 없어서요. 아직 어려 경험이 부족하여…… 하지만 알기로 여기 태한산은 신라의 제일 신성한 산이기는 하지만 그런 제는 올린 적이 없습니다."

태령이 한숨을 쉬고 벌떡 일어섰다. 이곳에서 알아볼 만한 것은 다 알았다. 이제 자신을 여기로 보낸 자비왕에게 물어야 할 것이다. 망할 자비왕 애새끼, 뭔가 낌새가 이상하기는 했는데 도대체 이곳에서 자신의 역할이 정확히 뭔지 알 수 없었다. 만약에 내가 제물이라도 무엇을 위해서 제를 올린다는 말이지?

아니다. 개구리에 대한 조사를 하라고 했었지. 그래, 개구리에 대해 조사를 하는 척을 해야 한다. 개구리. 개구리.

태령이 술병을 흔드는 신관을 향해 지나가는 말로 물었다. 어린 신관은 고개를 따라서 몸이 반쯤 기울어졌다. 취하면 쓰러져 자는 습관일 수도 있다.

"그 개구리 사태에 대해 신관께서는 어떻게 생각하십니까?"

눈이 감기기 시작하는지, 신관은 느릿한 어조로 말했다.

"흰 개구리…… 보통 소멸을 나타내는데, 멸망…… 경고 아닐까…… 요?"

어린 신관은 미추대왕이 그려진 제관의 앞 넓은 마루에서 스르르 눈을 감더니 옆으로 누워 잠이 들었다.

태령의 눈동자가 별안간 엄청나게 커졌다. 멸망? 경고? 잊고 있었다. 개구리를 가볍게 생각했다. 결코 가벼운 일이 아니다. 하지만! 만약 사실이라면 이건 너무 큰일이다. 일개 군인인 자신이 감당할 일이 아닌 것이다.

앞날도 보지 못할 뿐만 아니라, 만약 멸망의 예고라고 해도, 자신이 어떻게 막을 것인가. 자신이 제물이라고 하여도 아니, 자신을 백 명이나 바쳐도 이런 사태는 수습할 방법이 없다. 정말일까? 태령이 벌떡 일어나서 별관으로 향했다.

별관으로 들어오자 교운이 오래된 문서를 읽고 있었다. 사담과 아후는 술을 마시고 있고 선명은 보이지 않았다. 태령이 사담과 아후에게 말했다.

"가서 산랑이라는 놈을 잡아오너라."

사담이 놀라서 태령을 보았다.

"대장도 산랑이란 놈에게 비법을……."

아후가 사담의 머리를 후려쳤다. 사담이 놀라서 벌떡 일어서더니 정신없이 자신의 칼을 찾아서 등에 매었다. 둘은 서둘러 별관을 나갔다.

태령이 다가가자 교운이 책을 덮었다. 태령은 사담이 마시던 술을 홀랑 마셔 버리고는 교운에게 말을 걸었다.

"무슨 책이냐?"

교운이 책을 건넸다.

"태한산에서 벌어진 이상한 현상에 대해 적어놓은 책입니다. 그런 현상과 점괘, 그리고 그 후에 일어난 꽤 큰일들을 세세하게 적어놓았습니다."

태령이 책을 받아 들고 펼치며 보지도 않고 물었다.

"이번 흰 개구리에 대해서도 적혀 있느냐?"

교운이 고개를 저었다.

"아닙니다. 고대부터 일어난 일을 기술한 책이라 최근 일은 적혀 있지 않습니다."

태령이 책을 들고 일어섰다.

"전서구를 날려라. 금성의 유명한 신관과 신녀에게 이번 개구리에 대한 의견을 적어서 보내라고 해."

교운이 일어서며 잠시 머뭇거렸다.

"사실 궁에 계신 천부인 가응이 제일 고명한데 그분께도……?"

태령이 책을 들고 자신의 방으로 가면서 비아냥거렸다.

"흥, 그분이 나를 이리로 몰았는데 사실대로 말하겠느냐? 그쪽은 두어라."

교운의 안색이 어두워졌다. 그는 잠시 허둥대다가 서둘러 나갔다.

태령이 방으로 돌아와 책을 살폈다. 별의별 이야기들이 적혀 있었다. 말도 안 되는 일들, 개구리는 차라리 현실적이었다. 나무가 쪼개지고 아이가 나와서 천기를 누설했다. 별이 떨어져 세상이 암흑에 빠졌다. 금성의 우물들이 피로 물들자 천제가 제를 지냈는데 하늘에서 물고기가 떨어졌다. 태령이 고개를 들었다.

이 이야기는 군병에게 들은 적이 있는 것 같았다. 그는 남방에서 흘러들어온 이로, 이국적인 외모를 지녀서 어디서나 여인들에게 인기가 있었다. 파란색 눈을 가진 잘생긴 놈은 인물만큼이나 이야기도 잘했다. 바닷가가 고향인 그는 이러한 이상을 자연스럽게 받아들였다. 그는, 물고기가 비에 섞여 떨어지는 일은 흔하다고 말했다. 먼 바다에서 회오리바람과 더불어 바닷물이 휩쓸려 올라가면 그것이 구름과 함께 길을 떠나 여행을 하다가 비가 떨어지는 아무 데서나 쏟아진다고 하였다. 그것은 권능이 아니라고 무서워하는 다른 군병들을 보며 웃었다.

그렇다면 모든 권능이나 이변은 설명할 수 있는 것이 아닐까? 그러면 그놈은? 산랑이라는 놈. 그놈도 단순히 태한산의 독화나 약초를 이용해서 사람들을 취하게 만들고 남들을 속이고 있는 것이 아닐까? 골화의 여우는? 그놈은 어떻게 설명하지?

태령이 아픈 머리를 부여잡고 있다가 침상에 벌렁 누웠다. 술 기운이 이제야 올라오는 듯 나른하고 잠이 쏟아졌다.

눈을 뜨자 사방은 어두웠다. 교운이 밖에서 나직하게 말하는 소리가 들려왔다. 선명과 이야기를 하고 있는 듯했다. 사담과 아후는 아직도 그놈을 잡지 못했나? 부스럭거리는 소리를 들었는지 교운이 문 앞에서 말했다.

"산랑이란 놈을 잡아왔습니다."

태령은 한참이나 앉아 있었다. 산랑이란 놈. 어떻게 하지? 고문? 아니, 손이 불에 타는데도 눈썹 하나 꼼짝하지 않던 놈이다. 그러면 회유? 유혹? 자신의 정보관인 선명은 전대 왕께서도 침을 흘리셨을 정도로 미인이다. 그녀는 신라인은 아니었지만 가야의 귀족이었다. 또한 왕실의 여인으로 사는 것을 목적으로 색공과 온갖 비법을 익혔었다. 포로로 잡혀 겁탈 당하는 것을 태령이 구해준 후로, 선명은 신라 귀족과의 혼인마저 거절하고 독과 약의 비법을 익혔다. 그녀는 그렇게 스스로 삶의 방향을 바꾸었다. 태령을 따라 험한 곳을 다녀서 그렇지 귀족, 왕족 할 것 없이 그녀를 원했다. 그녀가 손가락만 까딱하면 목숨도 바칠 장수들도 즐비했다. 그녀를 거부하는 남자는 태령이 알기로 한 명도 없었다. 그런데 이놈은 처음부터 싫어했다. 방법이…… 방법이 없나? 태령이 벌떡 일어서서 밖으로 나갔다.

마당에는 산랑이 밧줄에 묶여서 꿇어앉혀져 있었다. 어수룩해 보이는 것이 여전하다. 태령이 바로 코앞으로 다가갔다. 그리고 손을 내밀어 살짝 긴 머리카락을 귀 뒤로 넘겼다. 순간 산랑의 굳은 얼굴 위로 잠깐 미소가 지나갔다. 그 짧은 미소는 오직 태령만이 알아챘다.

"개구리에 대해 알고 있는 것이 있는가?"

산랑이 어리둥절한 표정을 지었다. 그리고 주위 사람들도 모두 태령을 이상하게 바라보았다. 산랑이 벙어리라는 것을 모르는 것이 태령 한 사람뿐인 것처럼.

태령이 분한 눈길로 산랑을 노려보았다.

벙어리로 가장하고 있는 이놈에게선 공개적으로 정보를 뽑아낼 방법이 없다. 진퇴양난이다. 태령이 그를 잡아끌고 일어섰다. 그리고 안 가려고 버티는 놈을 질질 끌고 자신의 방 안으로 밀어넣었다. 모두들 괴상한 눈빛으로 태령을 바라보았다. 교운은 거의 경악한 눈빛이다. 사담이 아후에게 보라는 듯이 말했다.

"내가 말했잖아! 저놈에게 비법을 배우려는 거라고!"

아후가 사담을 한심한 눈빛으로 바라보았다.

"대장이 여자라는 걸 너는 항상 잊더라?"

사담이 아! 하는 표정으로 보다가 이상한 표정으로 아후를 보았다.

"그럼 대장도 선명처럼 저놈에게 빠진 건가?"

아후가 사담을 이 멍청한! 이라는 눈빛으로 보다가 정말 그런가? 하는 눈빛으로 바뀌었다.

선명은 떨떠름한 표정으로 어깨를 으쓱하고 아직도 피곤하다는 표정으로 다시 자려고 들어갔다.

교운은 이해할 수 없는 표정으로 마루의 의자에 앉았다. 이 상황을 어떻게 받아들여야 하는지 그는 알 수가 없다. 태령은 단 한 번도 남자에게 흥미를 보인 적이 없었다. 그녀는 성골의 왕녀이다. 만약 지금의 자비왕이 십 년만 먼저 태어났다면 아마 태령은 그의 왕비가 되었을 것이다. 전대 왕의 후비로 들어갈 수도 있었지만 이미 그녀의 언니 둘이 후비였기 때문에 전쟁터에 있는 그녀에게까지 강요는 없었다.

신라의 최고의 남자들 중에 가장 마음에 드는 남자를 누구든 골라잡을 수 있는 그녀가 선택한 남자는 아무도 없었다. 그녀는 열 살에 칼을 쥐고 훈련을 시작해 열두 살에 전투에 참전하고 열네 살에 이미 진환의 곁에서 군대를 지휘했다.

비록 지금은 장군으로 활약하는 그녀가 무서워 남자들이 청혼장이 올까 봐 겁을 내고 있었지만 말이다.

한 번은 술에 취한 사량공이 그녀의 막사에 몰래 들어간 적이 있었다. 그녀의 남편이라는 지위는 사실 탐이 나는 자리이다. 갈문왕의 사위 자리는 왕이 되고 싶은, 깊은 뱃속에 은밀한 욕망을 가진 남자들은 누구나 꿈꾸는 자리였다. 하지만 사량공은 들어가자마자 시체가 되어 군병들에게 들려 나왔다. 사량공 또한 귀족이고 당시 그의 아비가 각간이라서 난리가 났지만 태령은 아무런 벌도 받지 않았다.

갈문왕이 사량공의 죄를 강간 미수가 아니라 명령불복종으로 처리했기 때문이다. 너무나 한심스럽게도 사랑공의 죽음은 건방지게 묻지도 않고 장군의 막사에 들어온 죄로 인함이었다.

그 후로도 태령은 남자를 그저 동료, 아니면 부하로 보았다. 그런데…….

교운의 심장이 뛰었다. 불안하고 또 불안했다. 그녀가 남자에게 관심이 없는 것은 차라리 좋았다. 그 누구에게도 관심이 없으면 아직은 희망이 있다는 소리니까. 그런데 산랑이라는 그 백치 같은 놈은 어째서 이리도 불안한지 알 수가 없었다. 분명 그놈을 심문할 이유가 있겠지만 그놈은 벙어리다. 맹렬히 타오르는 불속에서 손이 익어가는 데도 놈은 소리를 내지 못했다. 그런 놈을 심문을 위해 태령이 방으로 끌고 들어가자 가슴속에서 불길이 치솟았다.

교운이 벌떡 일어서서 아후를 보며 물었다.

"근처에 술집이 있는가?"

아후가 교운을 착잡한 표정으로 잠시 바라보다가 사담의 어깨를 짚었다.

"근사한 술집이 있습니다. 여자들도 예쁘고 특히 술 향이 정말 향기롭더군요. 안내하겠습니다."

바깥이 조용해지자 태령이 산랑의 밧줄을 풀었다. 곁에 있는 작은 책상 위에 술과 신각에서 가져온 고기포를 올려놓았다. 술잔에 술을 따른 뒤 산랑에게 마시라고 눈짓을 했다. 산랑이 조용히 앉아서 놓인 술을 마셨다. 그리고 고기포를 입에 넣었다.

"내가 고기포를 먹으라는 말은 안 했는데?"

포를 향해 움직이던 산랑의 손이 움찔하더니 다시 내려갔다. 태령이 초의 심지를 잘라 등잔에 올려 불을 키웠다. 방이 조금 더 밝아졌다.

태령은 산랑의 앞에 마주 앉아 술을 마셨다. 고기포를 입에 넣고 잘근잘근 씹는 태령을 보며 산랑이 술을 마셨다. 그리고 고기포를 내려다보았다. 침이라도 흐를 것 같은 산랑의 표정에 태령의 입꼬리가 올라갔다.

"고기포를 먹어도 된다."

산랑이 고기포를 집어서 입에 넣었다. 음미하듯이 꼭꼭 씹는 것이 얼핏 귀엽다. 태령은 자신이 이 남자를 보고 귀엽다는 생각을 했다는 것에 놀랐다. 그리고 술을 마셨다.

술병에 술이 떨어지자 태령은 하인을 불러서 다시 술을 가져오게 했다. 계속 술을 마시다 보니 상 위에 이미 열두 병의 술병이 있다.

맑은 술은 소주로 양은 적어도 금세 취했다. 산랑을 바라보자 전혀 취한 기색이 없다. 주면 넙죽넙죽 받아 마셔서 아마 저놈이 여덟 병은 마셨을 텐데.

태령은 말도 없이 계속 술만 마시다가 산랑이 문득 자신을 바라보는 것을 눈치챘다. 밤이 깊어가고 주변은 기침 소리도 없이 조용했다.

봄의 간질거리는 향기가 온통 컴컴한 밤중에 물결처럼 밀려왔다가 어디론가 밀려간다. 작은 등 외에는 주변이 암흑이다. 아무

소리도 들리지 않았다. 작은 풀벌레 소리도, 한밤에 우는 괴상한 새소리도 들리지 않았다. 술을 마시고 있으니 몽롱해지는 것이 역시 지금도 꿈 속 같은 느낌이 들었다.

이놈이 나오는 꿈을 연달아 꾸는 이유가 무엇일까? 그건 정말 꿈일까? 그리고 이놈은 왜 꿈에서 사람이 아닌 것으로 나타나는 것일까? 산랑의 진짜 정체는 무엇일까?

"네가 나오는 꿈을 꾼다."

태령이 속삭이듯 말하자 술을 마시던 산랑의 손이 우뚝 멈추었다. 내려온 앞 머리칼 사이로 검은 눈동자가 보였다. 머리칼이 너무 덥수룩하고 길게 내려와서 부드러운 입매밖에 보이지가 않는다. 저놈의 머리칼이 마음에 들지 않았다.

"나의 꿈에서 네놈은 눈동자가 노랗지."

산랑의 검은 머리칼이 흔들렸다. 웃고 있는 것 같다. 자신을 바라보고 있는데 그저 느낌이 웃는 것 같다. 갑자기 산랑의 입술이 부드러운 호선을 그리고 위로 올라간다.

"꿈이라 생각하는가."

태령이 한참을 맞은편에 앉은 산랑을 노려보았다. 꿈이 아니라고?

말술인 자신이 왜 이 정도 술에 이렇게 취하는지 갑작스럽게 눈앞이 어지러웠다. 그리고 깨달은 사실은 산랑의 입술이 움직이지도 않는데 말소리가 머릿속에서 울린다는 사실이다. 꿈이 확실하지 않은가? 말을 하지 않았는데 말소리가 들리니까. 아닌가? 꿈이 아니라면 이자는? 이자는 무엇이지? 태령의 붉은 입술이 멍하니 벌어졌다.

방 안에서 희미하게 꽃향기가 났다. 그리고 등잔불이 어두워지면서 산랑이 고개를 들었다. 검은 눈동자가 점점 밝아지더니 눈동자가 은회색으로 변했다. 은회색의 가운데에 황금색의 둥근 고리가 소용돌이 치고 있었다.

그는 태령이 자신의 머리칼을 못마땅하게 바라보는 것을 눈치채고 미소를 지었다. 저음의 부드러운 말소리가 들린다.

"머리칼이 정말 마음에 들지 않는 모양이군."

태령이 다시 술을 마시면서 중얼거렸다. 자신의 말소리가 술에 취해서 어눌하게 들렸다.

"개구리에 대해 말해라."

은회색으로 빛나는 눈동자가 웃음으로 가득 찬다. 은회색의 눈동자가 장난이라도 치는 듯 빤짝이며 춤을 춘다. 이상하게 놈이 미소를 지을 때마다 두근거리기 시작했다.

"내가 왜 말해줘야 하지?"

태령이 다시 인상을 쓰고 생각하기 시작했다. 그래. 그가 왜 나에게 말해줘야 하는가?

"너는 태한산의 산신으로 신라를 지켜야 하지 않는가?"

산랑이 소리 없이 웃기 시작했다.

"나는 신라의 산신이 아니야. 그저 이 산에 머물고 있는 것뿐이다. 물, 공기, 꽃향기와 같은 존재이지."

태령이 태연하게 무표정한 얼굴로 억지를 썼다.

"태한산은 신라에 가장 크게 속해 있다. 제를 지내는 사람도 신라인이 제일 많으니 너는 신라의 신이 맞다."

웃음소리가 더욱 커졌다. 소리도 나지 않고 입술을 움직이지도 않는데 웃음은 점점 커졌다. 즐거운 듯 웃는 웃음에 약간의 비웃음, 조금 더 큰 서글픔, 그리고 가장 큰 분노가 섞여 출렁거렸다.

"산과 바람, 물과 생명에 선을 긋고 색을 칠하면 그것이 누구의 것으로 결정되는가?"

웃음을 그친 산랑이 술을 마시기 시작했다. 검푸른 분노가 그의 등을 뚫고 치솟았다. 그 새파란 분노가 태령의 눈에 보였다. 태령의 눈에도 마치 등에서 돋아난 거대한 날개처럼 보이는 기운과 살기가 방 안을 메웠다.

그의 몸이 점점 커지고 커져서 방을 비집고 터져 나가려고 했다. 시퍼렇다 못해 검기까지 한 살기가 그의 몸을 휘감고 소용돌이쳤다.

산랑이 금색의 동그라미가 빛나는 은회색의 눈으로 태령을 바라보았다. 자신의 산에 인간들이 저지른 온갖 더러운 일들이 그의 기억에 쏜살같이 몰려들었다.

사냥을 금했다. 그런데 그렇게 큰 금기도 아닌데 권력자들은 항상 금기를 어겼다. 겨우 인간이면서 감히 자신들에게 금기가 주어졌다는 것을 견디지 못했다.

허황된 존재들이다.

신성한 늑대와 호랑이, 곰이 죽어서 버려졌다. 먹으려 잡은 것이 아니다. 그는 굶주림으로 사냥을 한 인간은 이해하고 용서했다. 하지만 그저 가죽을 원한다는 이유로. 하물며 그조차 원하지 않은 적도 있었다. 사냥대회, 누가 가장 많이 죽였는지를 겨루는 것뿐이었다. 이유도 없이 단순히 개수를 세기 위해서 동족과 신성한 생명들이 죽어갔다. 인간들은 숲을 태우고 짐승들을 죽이고 물을 더럽혔다. 한심하고 추잡스러운. 자신이 딛고 있는 양발을 불태우는 그런 어리석은 존재들이었다.

산과 들은 누구에게나 공평하다. 모든 생명은 함께 살아가야 하는 것이다. 누가 독점할 수도 그리고 누구의 것이라고 건방지게 말을 할 수도 없는 것이다.

태령이 자신을 노려보는 산랑을 마주 노려보았다. 마치 금방이라도 자신을 찢으려는 살기를 견디며 태령이 떨리는 입을 열어 말했다.

"말해주지 않으면 이곳이 평화로워지는가?"

산랑이 태령을 뚫어지게 보며 얼어붙었다. 부들부들 떨리는 태령의 말이 이어졌다.

"내게 정보를 주지 않으면 이 신성한 곳이 지켜지는가? 지겹고 더러운, 추잡한 전쟁이 끝나고, 이곳이 순수하게 지켜질 거 같은가?"

태령이 그의 시퍼런, 날이 선 분노를 이겨내고 있었다.

술잔을 들었던 산랑이 그대로 움직이지 않고 태령을 뚫어지게 바라보았다. 눈동자 가운데 황금색의 고리가 움직일 때마다 살이 터질 정도로 날카로운 광기가 꿈틀거렸다. 금방이라도 온몸이 갈가리 찢기고, 백년이 넘은 나무로 만든 책상과 침상은 가루로 변할 듯이 부들거렸다.

태령의 손이 무의식중에 산랑의 머리칼로 향했다. 그리고 머리칼을 그의 귀 뒤로 넘겼다. 태령의 맑고 날카로운 눈동자를 바라보던 산랑이 고개를 기울이고 미소를 지었다. 순간 광기는 사라지고 넘실거리던 분노는 바람처럼 날아갔다.

"사랑스럽군."

갑작스러운 말에 놀란 태령의 눈이 휘둥그레졌다. 산랑의 머리칼은 다시 날려 덥수룩해졌다. 태령은 자신도 모르게 뻗은 손을 멈칫했다. 태령의 손이 중간에 멈추자 산랑이 그 손에 자신의 머리를 들이밀고 문질렀다. 개 같아. 태령이 의외로 부드러운 산랑의 머리칼을 쓰다듬었다. 산랑이 기분이 좋은 듯 웃었다.

"개구리는 소멸이다. 봄철에 성하지. 이 봄에 왜가 침범해 적성까지 밀려올 것이다."

태령이 놀라서 손을 내리고 탁자를 붙잡았다.

"그, 그 정도는 늘 있었던……."

산랑이 태령의 손을 아쉽게 바라보고 아무렇지 않게 술을 마셨다.

"그것을 시작으로, 아니, 막지 못하면 신라에는 혼란이 올 것이고 적국은 자신들에게 기회가 왔다고 느낄 테지. 적국들이. 백제가 가야와 결합, 원성을 삼키고 금성까지 몰려올 차례야."

태령의 눈동자가 파랗게 떨렸다. 자신이 가장 걱정하는, 제일 가능성이 큰 예상이다.

"그, 그렇게 쉽게 멸망은, 고구려가 원군을……."

산랑이 태령의 눈을 응시하며 술을 마셨다. 황금색의 고리가 엄청나게 커지자 노란색의 눈동자가 이글거렸다.

"그들은 그대의 나라가 망하는 것을 지켜볼 것이다. 기쁜 마음으로."

태령의 입이 벌어졌다. 하얗게 변한 얼굴이 그대로 움직이지 않았다. 이럴 수는 없다. 겨우 왜를 막지 못해서 멸망을 한다고? 그까짓 키가 허리밖에 오지 않는 놈들을 막지 못해서?

"언제? 언제 그놈들이!"

산랑이 태령의 눈을 지그시 응시하고 다시 술을 마셨다. 이미 넘쳤다. 별거 아닌 선물에, 흑요석처럼 반짝거리는 이 맑은 눈동자에 혹해서 한 번도 흘리지 않던 하늘의 뜻을 너무 많이 말했다.

태령이 산랑의 눈동자를 노려보았다. 차갑고 서늘한 심장. 그의 마음을 돌리려면 어떡해야 하지? 태령은 산랑이 더 이상 말을 하지 않을 것을 알아챘다. 알아내야 한다. 반드시.

태령이 산랑을 노려보면서 술을 마셨다. 그리고 그대로 탁자에 쿵 하고 이마를 부딪치며 정신을 잃었다. 기다랗고 단단한 산랑의 손가락이 술에 취해 널브러진 태령의 머리칼을 부드럽게 쓰다듬으며 지나갔다.

5. 산신

눈을 뜨자 천장의 격자무늬가 보였다. 태령이 한숨을 쉬었다. 요즘 너무 정신없이 잠을 잔다. 옆에서 한숨 소리가 들려 눈동자를 돌리자 교운과 태수 도함공, 어린 신관까지 걱정스러운 눈길로 자신을 보고 있었다.

"내가 설마 또 아무 데나 돌아다닌 것은 아니지?"

태령이 낮은 목소리로 말하자 교운이 고개를 저었다. 그리고 도함공을 보면서 인사를 했다.

"감사합니다, 태수."

태령이 고개를 들자 이마에 올려놓은 작은 수건이 떨어졌다. 이마를 만지자 불룩 튀어나온 것이 어디에 세게 박은 것만 같다.

인상을 쓰고 교운을 보자 그가 신중하게 말을 했다.

"술을 너무 드셨는지 이마를 탁자에……."

태령이 아! 하고 목소리를 높였다.

"그놈! 산랑은?"

어린 신관이 태령의 이마에 뭔가 약초 같은 것을 발랐다. 초록 물이 주룩하고 눈앞으로 떨어졌다.

"새벽에 어디론가 가는 것을 보았습니다."

태령이 뭔가를 말하기도 전에 신관이 힐긋 태령을 보며 고개를 저었다.

"붙잡기는 힘드실 겁니다. 가끔 산으로 도망쳐서 몇 달이고 돌아오지 않습니다. 혹시 장군께서 심문을 하신다고 때리고 괴롭히신 거 아니십니까?"

태령이 신관을 가만히 보다가 벌떡 일어섰다. 이마에서 약초가 떨어지거나 말거나 한참을 서성거리며 움직이던 태령이 신관을 붙잡고 급하게 말을 하려다 교운과 도함공을 보고 희미하게 웃었다.

"도함공, 죄송한데 교운에게 도성으로 보내라 했던 전서구에 답이 왔는지 확인해 주십시오."

도함공이 잠시 망설이다가 교운의 팔을 잡았다. 교운이 불쾌한 표정으로 간신히 화를 누르며 말했다.

"바로 어제 전서구를 보냈는데 어떻게 오늘 답이 오겠습니까?"

도함공이 태령의 살벌한 얼굴을 보더니 교운의 팔을 질질 잡아끌었다.

"부사령, 혹시 압니까? 제가 새들을 한 마리씩 확인해 드리겠으니 어서 오십시오."

두 명이 겨우 방을 나가자 어린 신관이 살짝 두려운 표정으로 태령을 보았다. 태령이 다시 곰곰이 뭔가를 생각하더니 어색한 표정으로 물었다.

"혹시, 산신의 반려로 바쳐진 여인을 산신이 거부하는 경우도 있습니까?"

신관이 이상한 표정으로 한참 동안 생각을 했다.

"그, 가능하지요. 너무 못생겼다거나, 자격에 맞지 않으면 화를 입는 경우도 있지요."

태령의 표정이 기묘하게 변했다. 못생겼다고? 너무 세속적인 이유인데? 하지만 이해는 간다. 그리고 갑자기 화가 났다. 내가 못생겼다는 거냐?

태령이 일어서서 구석에 놓인 함을 열었다. 함에 붙은 거울이 비스듬하게 기울여져 태령의 얼굴을 비추었다. 하얗기는 하지만 여인들만은 못하다. 전쟁터에서 굴러서 결코 부드럽다고는 말할 수 없는 피부, 단정한 콧대, 굳게 닫힌 입술, 자신은 마음에 드는 입술이지만 선명이 그리기를 금성에서는 도톰한 입술을 선호한다고 말했다. 태령은 자신의 얼굴이 싫은 적이 없었다. 미인이라고 자랑하고 다닐 정도는 아니지만 그렇다고 못생겼다고 말할 정도는 아닌데. 도망을 가?

"자격에 맞지 않는다는 것은?"

신관이 멍하니 태령이 하는 것을 보고만 있더니 꾸물거리며 말했다.

"그게, 처녀가 아니거나, 처녀라고 해도 누군가를 마음에 담고 있거나, 아니면 산신이 받아들이지 않거나."

태령이 신관을 노려보았다.

"산신이 받아들이지 않는다는 것은 무슨 말입니까?"

신관이 태령의 눈치를 보았다. 태령이 왜 바치지도 않은 제물에 대해 이렇게 묻는지 알 수가 없었다.

"저도 들은 말인데 반려라는 것은 좀 까다롭습니다. 신성한 산은 골화나 영천처럼 어리고 약한 소녀를 바치는 곳이 대부분인데 태한산은 그런 소녀는 바치지 못합니다."

태령의 의아한 눈초리를 보고 신관이 으쓱하게 고개를 들고는 살짝 자랑스러운 미소를 지었다.

"제가 어제 장군께 제물에 대한 질문을 받고 신탁과 제물에 대해 알아보았는데 오래전에, 아주 오래전에 태한산에 실제로 백제의 왕이 산신의 신부를 바친 적이 있었습니다. 이 산이 워낙 커서 삼국에 걸쳐 있지 않습니까? 삼국이 제를 각자 올리지요. 그 신부는 어린 왕녀였는데 제가 끝나기도 전에 늑대에게 물려 죽었습니다."

"늑대에게 물려 죽어요?"

태령의 눈초리가 살벌하게 변하자 신관의 입가에서도 웃음이 사라졌다.

"네, 늑대들은 약한 암컷을 좋아하지 않습니다. 그래서인지 그 후에 신관이 늑대를 죽이지 못하는 신부는 바치지 말라고 했답니다."

늑대를 죽일 힘이 없는 신부는 필요 없다? 태령의 당황한 얼굴을 보고 신관이 맞장구라도 치는 것처럼 말을 했다.

"세상에 늑대를 죽일 수 있는, 그것도 태한산의 늑대를! 그런 열다섯 살 미만의 처녀가 어디에 있겠습니까? 신부에 대한 시험이 그러하니 이후로 태한산에 신부를 바치는 신제가 단 한 차례도 없었던 것이지요."

태령이 물끄러미 자신의 손을 내려다보았다. 굳은살이 단단하다. 여인들처럼 손톱을 기다랗게 길러 꾸미지도 않았고 말캉한 여린 살도 없다. 늑대를 죽일 수 있을까? 제를 올리고 산에 올라가 늑대를 죽이면 산랑이 나타날까? 산랑이 늑대신이기는 한 걸까? 태령이 인상을 썼다.

신부거나 말거나 그게 중요한 게 아니었다. 왜가 언제 쳐들어오는지 알아내 그 전쟁에서 이겨야 한다. 그래서 멸망의 시계추를 늦추고 아니, 그 시계추를 부수고 나라를 구해야 한다.

산랑 이놈을 어떻게든 잡아야 한다.

✤

태령은 산에 오를 준비를 마쳤다. 교운과 사담만 따라나서기로 했다. 산속을 헤매는 데 선명은 방해가 되고 아후는 밑에서 도함공을 도우면서 자신들을 기다리기로 했다. 태령이 손목과 발목에 천을 둘둘 말면서 단도와 활, 화살, 칼을 챙겼다. 곁에서 지키던 아후가 놀란 눈으로 보았다.

"늑대라도 때려잡으실 기세입니다."

태령이 한쪽 입꼬리를 올리며 웃었다. 태령에게서 서늘한 기운을 느낀 아후가 슬금슬금 피했다.

늑대가 많이 나타나는 협운 계곡과 그 위쪽을 향해 방향을 잡고 산을 오르기 시작했다. 셋 다 말이 많은 편이 아니라 오르는 내내 조용하기만 했다. 사담이 차가운 주먹밥을 먹으며 살짝 한숨을 쉬었다.

"세 명이나 되는데 어째 외롭습니다."

교운이 웃자 사담은 연거푸 한숨을 쉬었다. 태령의 날카로운 눈이 주변을 살폈다. 산으로 들어오자 다시 누군가의 눈초리가 따라붙었다. 늑대인가? 사람이 이렇게 기척도 없이 자신을 뒤쫓을 수는 없다.

밤이 되어 산막을 치고 잠을 자도 꿈은 꾸지 않았다. 눈을 감았다가 뜨면 날이 밝았다. 닷새나 산속을 헤맸지만 그들은 아무것도 보지 못했다. 나무와 풀을 제외하면 살아 있는 것이라고는 그 흔한 산짐승 하나도 보지 못했다. 하지만 아무것도 보지 못하는데도 소리는 가득했다.

얼마나 울창한지 낮에도 컴컴한 산속에서 호랑이의 포효 소리, 곰의 영역 싸움 같은 외마디 비명 소리, 늑대들의 낮은 울음 소리, 야밤에는 늑대들의 노래 소리가 바람을 따라 느릿느릿 그리고 때로는 격한 군무처럼 사납게 몰려들었다. 치열한 전쟁터에서도 동요가 없다고 해서 보살이라고 불리는 교운조차 불안에 잠을 설쳤다.

식량이 떨어지고 있었다. 태령의 눈초리가 점점 초조한 기색을 띠었다. 이 넓고 깊은 산속에서 인간의 모습을 한, 만약 늑대의 모습을 하고 있다면 더욱 그놈을 찾는 것은 불가능한 일이 아닐까? 그놈이 자신에게 와주지 않는 이상.

열흘이 지나자 식량이 완전히 떨어졌다. 태령이 마지막 육포를 씹으면서 하늘을 올려다보았다. 교운과 사담이 곁에서 그녀의 눈치를 보았다.

멀리서 무슨 소리가 들렸다. 작은 북소리와도 같은 소리에 태령이 그쪽으로 고개를 홱 돌리자 교운도 소리를 들었다. 사담이 큰소리로 부르려고 하자 교운이 입을 홱 막았다. 교운의 긴장한 눈이 태령을 보았다. 태령이 사담을 향해 손가락을 입에 가져다 대고 조용히 하라는 손짓을 했다.

교운이 사담에게 속삭였다.

"백제의 군에서 쓰는 소고 소리다."

세 명이 북소리를 향해 조심스럽게 전진했다. 발소리를 죽이고 살금살금 빙 둘러서 접근하자 커다란 봉우리 앞에 한 무리의 백제군이 보였다.

봉우리보다 한참 위 언덕에 숨어서 살피자 백제군은 거의 백 명도 넘어 보였다. 제를 올리려 하는지 돼지와 과일, 팥밥이 보였다. 맨 앞에 제관이 향과 기름을 들고 서 있었다. 꽤 이름이 있는 신관으로 태령도 본 적이 있었다. 분주하게 움직이는 군인들을 보면서 언덕 뒤로 모습을 숨겼다. 교운이 태령을 보고 작게 속삭였다.

"안 들키게 내려가야 하지 않습니까?"

사담도 긴장한 눈초리를 했다. 태령이 다시 언덕 아래를 슬쩍 보고는 사담을 보았다. 뱃속에서 꼬르륵거리는 소리가 들렸다.

"몰래 제삿밥을 **빼앗아** 먹고 갈까?"

교운이 고개를 저었다.

"우리는 세 명입니다. 저쪽은 백 명도 넘고요."

태령이 시익 웃었다.

"총책이 일당백이라던데 아니냐?"

교운이 고개를 다시 저었다.

"네, 아닙니다. 여기서 죽으면 개죽음입니다."

태령이 태연하게 고개를 끄덕였다.

"밤이 되면 내려가자. 낮에는 위험해."

교운과 사담이 잠자코 언덕 밑으로 더욱 고개를 숙였다. 북소리가 간간이 들리더니 밤이 되자 본격적으로 제를 올릴 준비를 한다. 향이 피어오르고 돼지의 비명 소리와 함께 연기가 피어올랐다. 태령이 살짝 내려다보았다. 신관이 제문을 읽는 소리가 띄엄띄엄 들렸다.

"……천문에 ……멸망의 ……신라 ……통일의 제물이 되도록 ……왕께서 올리니……."

태령이 이를 악물었다. 이마에서 힘줄이 솟고 눈동자에 핏발이 섰다.

"이 개새끼들이."

어떤 경로인지 몰라도 점을 쳤는지, 천문을 읽었는지, 아니면 개구리 사건이 백제의 귀에도 들어갔는지 모르지만 멸망의 예언을 백제의 신관들도 알고 있는 것이 틀림없었다. 그리고 때는 이 때다 싶어서 깨춤을 추며 제사를 올리는 것이다. 쐐기를 박듯이.

태령이 제문을 읽는 신관의 심각한 얼굴을 보면서 눈을 부릅떴다. 이 제사가 성공적으로 끝나게 둘 수 없다. 제는 약속이고 약속은 언제나 구속력을 지닌다.

태령의 입술이 꽉 다물어졌다. 눈을 가늘게 뜨고 제의 진행을 바라보는 태령의 표정이 서늘하게 변했다. 교운이 태령의 팔을 붙잡았다.

"저따위 제는 항상 올리는 것입니다. 대장."

태령이 교운의 눈동자를 들여다보았다. 곧은 눈길이 애원하고 있다. 이대로 내려가자고, 여기서 뭘 하려고 하지 말고.

태령이 교운의 가까이 얼굴을 가져다 대더니 속삭였다. 서늘한 눈빛에는 아무런 감정도 담겨 있지 않았다.

"사소하게 시작하는 것이다. 모든 끝의 시작은, 이따위 제를 막지 못해서. 왜의 사소한 도발을 눈감아서, 주변의 불의를 못 본 척해서 말이다. 하늘의 뜻이라고? 웃기고 있네."

사담과 교운이 어둠속에서 빛나는 태령의 눈을 바라보았다. 미소를 띤 태령이 한가롭게 심부름이라도 시키는 것처럼 둘을 보고 손으로 바위의 오른쪽을 가리켰다. 가벼운 말투는 농담처럼 들렸다.

"너희들은 곧 반대쪽으로 달려 내려가라. 어둠을 틈타면 운이 좋을 수도 있다."

태령이 활을 들고 화살을 메겼다. 활을 힘껏 잡아당기다 둘 다

움직이지 않는 것을 보고 잠시 멈춘 태령이 인상을 썼다.

"뭐하는 것이냐."

사담과 교운이 자신들의 활을 꺼내며 인상을 쓰고 투덜거렸다.

"일당백이라고 했잖습니까."

태령이 표정을 일그러뜨리다가 담담한 표정의 교운과 긴장한 사담을 보면서 혀를 찼다. 그리고 활을 다시 힘껏 당겼다.

"우리는 오늘 죽지 않는다."

❖

쐐액!

제문을 끝내고 불로 정화의식을 치르려 손을 내밀던 백제 신관의 목에 커다란 화살이 박혔다. 목을 관통하고도 기운을 잃지 않은 화살은 바닥에 박혀 푸르르 떨었다. 신관은 그 자리에서 즉사했다. 비명도 없이 쓰러진 신관을 발견한 신녀의 비명 소리가 밤하늘에 울렸다.

"까악! 활입니다!"

그 곁에 부신관도 동시에 화살에 맞아서 죽었다. 몸을 홱 돌리던 신녀는 다리에 화살을 맞고 비명을 질러댔다. 군병을 이끌고 올라온 백제의 태수와 관리가 고함을 질렀다.

"위쪽입니다! 위쪽!"

화살이 안개처럼 피어오르더니 비처럼 쏟아졌다. 언덕 밑으로 기어들어가자 화살의 비가 내리고 잠시 허둥대는 소요가 들려왔다. 태령이 둘에게 손짓을 하고 백제군의 오른쪽 방향으로 내려가기 시작했다. 언덕을 향해 대규모의 군병들이 허둥지둥 올라오는 소리가 와아! 하는 함성과 함께 들려왔다. 오른쪽은 바위가 험해서 올라가는 것이 불가능하다. 태령이 바위 밑으로 몸을 숨기며 살금살금 기어서 내려왔다. 교운과 사담도 덩치에 안 맞게 소리 없이 움직였다. 군병들이 몰려 있는 곳은 아직도 비명 소리와 고함 소리로 가득 차 있었다. 자신들을 잡으러 반 이상이 올라갔을 터였다.

수 십 명이 몰려 있는 곳에서 그들을 등지고 허리를 숙여 숲을 내려오는데 중간에 갑작스러운 비명 소리가 앞쪽에서 울렸다. 물동이를 짊어진 어린 군병이 자신들을 보며 고함을 질렀다.

"여기입니다! 여기!"

군병들이 술렁이더니 태령과 교운, 사담을 향해 고함과 북을 울리며 달려오기 시작했다. 태령이 사담과 교운을 보며 숨을 크게 쉬고 소리쳤다.

"달려라!"

숲을 정신없이 달렸다. 선두로 달리던 태령은 누군가가 나타나면 칼로 베고 발로 걷어찼다. 오른쪽에서 교운이 뒤를 향해 활을 쏘았다. 왼쪽에서는 사담이 육중한 몸으로 쿵쿵거리고 달렸다. 날랜 병사들이 자신들보다 앞서 달리다가 덤벼도 세 명의 진을 뚫지 못하고 누군가의 칼과 주먹에 맞고 뒤로 나동그라지는 것이 쏜살같이 달려가는 와중에도 보였다.

쇄액! 소리와 함께 활들이 날아왔다. 화살이 나무들의 두꺼운

동체에 콰득! 하고 박히는 것을 뒤로한 채 세 명이 나는 듯이 달렸다.

절벽이 옆에 나타나자 태령이 사담의 멱살을 잡고 어두운 절벽의 틈으로 방향을 홱 틀어서 들어갔다. 교운이 쏜살같이 태령의 뒤를 따라 그늘로 숨어들었다.

입을 막아 거친 숨을 숨기자 뒤에서 달려온 병사들이 어두운 숲에서 누구를 따라가는지도 모르고 그저 무리를 지어서 앞으로 계속 질주했다.

사담의 등에 두 개의 화살이 박혀 있었다. 태령이 사담의 입을 막자 교운이 화살을 뽑았다. 인상을 쓰면서 묵묵히 숨을 고르는 사담을 보고 태령이 밖을 살폈다. 인기척이 있기는 했지만 몇 명이 되지 않는 것이 확실했다.

밖으로 나가자 사방이 어두워 누가 어디에 있는지 분간이 가지 않았다. 거친 숨소리가 곳곳에서 헉헉대며 소리를 질렀다.

"놈들을 잡아라!"

"몇 명 되지 않는다! 말을 시켜! 대답하지 않는 놈을 잡아라!"

태령이 계곡을 향해 몸을 숨기면서 완벽한 백제의 사투리로 소리쳤다.

"저쪽! 저기로 갔다!"

자기들끼리 소리를 지르기 시작하자 이제는 더 이상 누가 어디를 가리키는지 알 수가 없었다. 군병들이 무작정 그리로 몰려가기 시작했다.

셋은 군병들을 피해 협운 계곡에 다다랐다. 계곡으로 내려가자 물길을 건너는 길이 있었다. 어둠 속에서 몸을 구부리며 가는 세 명의 앞에 갑자기 불길이 확 불타올랐다. 환하게 횃불로 주변을 밝힌 것은 태한산의 백제 방면 태수인 견주였다. 커다란 덩치의 견주가 세 명을 노려보며 혀를 찼다. 하늘을 보다가 큰소리로 욕을 하면서 억울한 표정으로 주변을 향해 고함을 질렀다.

"세 놈! 겨우 세 놈이야!"

태령이 앞으로 점점 몰려드는 군병들을 바라보았다. 그리고 뒤를 보았다. 교운은 멀쩡했지만 사담은 숨을 헐떡이고 있었다. 피를 흘린 탓인지 얼굴이 핼쑥했다. 태령의 눈이 긴장과 살기로 불타올랐다. 앞을 뚫어져라 바라보던 견주가 활짝 웃었다.

"뭐야! 이게 누구야?"

태령이 견주를 다시 바라보았다. 견주는 자신을 알아보지 못하는 태령에 섭섭하다는 듯 큰소리로 으르렁거리며 소리를 질렀다.

"김태령! 이 개자식아, 네놈 때문에 이번 전투에서 진 걸 생각하면!"

태령이 곰곰 생각하다가 갑자기 아! 하고 감탄사를 올렸다. 견주가 반가운 표정으로 얼굴을 활짝 폈다.

"내가 누군지 알겠냐?"

견주 못지않게 환하게 웃으면서 태령이 말했다.

"아니, 모르겠는데."

시퍼렇게 얼굴이 변한 견주가 뒤에 부장에게 고갯짓을 했다.

"사로잡아!"

태령의 칼이 순식간에 내리꽂히더니 앞에서 소리를 지르며 덤비던 군병의 목이 날아갔다. 점점 더 많이 몰려드는 군병들을, 태령과 교운이 물 흐르듯이 갈라냈다. 초조한 눈빛을 한 견주와 부장은 피 튀기는, 하지만 한편에 일방적으로 우세한 대결을 바라보았다.

견주가 칼부림을 보면서 스스로를 위로했다. 비록 태령과 놈들의 무자비한 칼에 군병들이 계속 죽어가고 있지만 그에게는 아직도 수많은 군병들이 남아 있다. 결국 세 놈은 힘이 빠질 것이고 잡힐 것이다.

앞에서 덤비는 자들은 베어도, 베어도 끝이 없다. 점차 숨이 턱까지 오르고 손끝이 떨리기 시작했다. 피곤해진 교운의 칼이 미묘하게 느려졌다. 그 틈을 타고 사담과 교운의 위로 수십의 군병들이 달려들었다. 사담은 거의 정신을 잃은 상태였다. 교운이 이를 갈면서 몸부림을 쳤지만 그 위에 붙은 십여 명의 압력에 결국 두 손이 묶였다. 태령을 보면서 견주가 이죽거렸다.

"여기서 도망가지 못해, 김태령. 왜 이곳에 있는지는 모르겠지만 너를 사로잡을 수 있는 기회를 놓칠 수는 없지. 아! 제는 망쳤지만 엄청난 수확이야."

온몸이 피로 범벅이 돼 눈만 하얗게 뜬 태령이 시익 웃었다. 그리고 견주를 향해 입을 열었다.

"나를 사로잡을 수 있다고?"

견주가 사담과 교운을 가리켰다.

"칼을 버려. 네 부장들이 죽는다."

컴컴한 숲 속에서 하얀 이만 다시 보였다. 하얀 이가 미소를 짓는다.

"죽여라."

견주가 태령을 멍한 표정으로 보았다. 인상을 쓴 견주가 항상 말하지만 언제나 효과적인 거짓말을 했다.

"김태령, 네놈을 장군으로 대우해 주마. 포로 교환도 할 수 있어. 이번 전투에 잡아간 백제 왕족과 말이다. 고문도 안 해, 네놈한테 통하지 않을 테니."

태령이 피로 미끄러운 칼 손잡이에 천을 감으며 퉤, 하고 피와 섞인 침을 뱉어냈다. 손은 부들부들 떨렸다. 태령은 머리를 흔들었다. 정신무장. 자신이 제일 잘하는 일을 했다.

나는 이곳에서 죽지 않는다. 나는 살아 돌아간다. 몇 명인지 모르지만 모조리 죽이고 살아갈 것이다. 결코 한순간도 아주 조금의 감정도 허락하지 않는다.

만약? 혹시 내가 잘못 생각한 것인가? 여기서 살아갈 수 없지 않을까? 너무 무리한 싸움이었나? 무모한 시도였나? 포기할까? 투항하면 살 수 있지 않을까? 이따위 말랑한 생각은 하지 않는다. 그것이 이제껏 그녀가 살아남은 비결이었다.

"네놈 손에 들어가는 건 내 시체다."

견주가 부장에게 손을 내밀었다. 부장이 공손하게 칼을 건넸다.

견주가 주변의 군병들에게 비키라고 손짓을 하자 그들은 눈에 띄게 안도하며 뒤로 물러섰다. 견주가 치켜뜬 눈에 이를 악물고 자신의 칼을 손에 쥐었다.

견주가 그 덩치에 맞는 칼을 휘두르며 태령의 칼을 부술 듯 내려쳤다. 칼날에서 불꽃이 튀었다. 견주가 내려친 칼 뒤에 있던 바위가 부서졌다. 번개같이 옆으로 휘두른 태령의 칼에 견주의 갑옷이 두 조각으로 갈라지며 너덜거렸다. 견주가 놀라서 뒤로 뛰지 않았다면 몰아치는 칼날에 몸이 두 동강이 났을 것이다.

견주의 커다란 칼은 무게로 인해 날렵하지는 못했다. 견주가 다시 칼을 뒤로 당겨서 힘을 실어 내려치자 태령이 내려오는 칼을 겨우 머리칼 정도의 틈으로 휘어 당겨 곁으로 흘리며 견주의 코끝으로 바싹 다가갔다.

피를 뒤집어쓴 태령의 웃음을 보자 견주는 소름이 끼쳤다. 텅 빈 눈동자에는 어떤 감정도 실려 있지 않았다. 이 사신 같은 놈.

태령의 시퍼런 칼날은 언제 휘둘렀는지 보지도 못했는데 어느새 견주의 목을 향해 날아오고 있었다.

그 순간이었다. 뒤에서 화살이 날아왔다. 태수를 구하라는 부장의 갑작스러운 호령에 당황한 군병들이 목표물도 제대로 확인하지 않고 허둥대며 무작정 쏘아올린 화살들이다.

화살과 칼 중 누가 먼저 주인의 뜻을 이룰까?

그리고 아무 소리도 들리지 않았다.

정적이 흘렀다. 시간과 공간이 멈췄다.

눈을 깜박거리며 태령이 죽였던 숨을 내리쉬었다. 칼이 아슬아슬하게 견주의 목에 닿았다. 온몸이 아팠다. 긴장감으로 인해 수축되었던 온몸의 근육들이 비명을 지르면서 한꺼번에 폭발하듯 꿈틀거렸다.

태령이 주위를 살펴보았다. 모든 것이 멈추었다. 순간이 얼어붙은 것처럼.

시간과 공간이 멈춘 것이 이해가 되지 않았다. 태령은 자신의 코앞에서 겁에 질려 눈을 화등잔만큼 크게 뜬 견주의 얼굴을 바라봤다. 견주의 머리에서 솟아오른 땀방울이 튀기 일보직전에 멈춰 있다.

화살이 날아오다 멈춘 그 방향에서 누군가가 천천히 자신에게 다가왔다. 눈을 가늘게 뜨고 그를 본 태령은 이내 그가 누구인지 알아보았다.

산랑이 태령을 향해 다가오고 있었다. 압도적인 위압감으로 온몸이 푸른 기운에 싸인 채 엄한 눈으로 태령을 내려다보고 있었다. 태령이 올려다보자 산랑이 한숨을 쉬었다. 은빛 눈동자에 황금색의 고리가 더욱 환하게 빛났다. 눈이 온통 노랗게 불타고 있었다. 그는 화를 내고 있었다.

"말썽쟁이로군. 그대는."

산랑이 태령의 손을 잡고 천천히 자신의 방향으로 잡아당겼다. 붉은 피를 뒤집어쓴 태령이 산랑의 손을 꽈악 잡았다. 산랑은 태령을 가만히 노려보았다.

머리부터 발끝까지 피투성이다. 짧은 머리칼에서는 피가 뚝뚝 흘렀다. 태령의 고집스러운 눈빛과 이를 악문 표정이 산랑의 마음에 박혔다. 이런 꼬락서니의 신부라니.

헛웃음이 나왔다. 팔도 베였고 어디선지 모르지만 화살이 허벽지에 박혀 있다. 자신의 한계를 모르는 듯, 한계 따위는 없다는 듯 구는 이 여인에게 어째서 끌리는 걸까? 이 공허한 눈빛 때문일까?

산랑의 커다란 손이 태령의 볼을 쓰다듬었다. 부들거리며 떨리는 다리에 힘을 주고, 죽음 따위는 모르겠고. 그래도 결코 그냥 죽지는 않겠다는 눈빛으로 칼을 휘두르는 이 여인을 그냥 보내려고 했다. 자신은 산신이고 인간들의 삶에는 개입하지 않는다. 이 원칙으로 이백 년을 살아왔고 지금도 그 원칙은 변하지 않았다. 하지만…….

자신에게 바쳐진 제물. 태령이 목에 건 제물구가 웅웅거리며 자신을 향해 공명하고 있었다. 신라의 소년 왕이 영악하군. 산랑이 태령이 목에 건 제물구를 향해 손을 내밀었다. 파란 기운으로 휩싸인 동물 인형이 손끝에 닿았다. 산랑의 손에 닿자 인형은 부서져 푸른 불꽃으로 변해 손끝으로 휩싸여 들어간다.

처참한 모습으로, 그럼에도 자신을 향해 불량한 눈빛을 보내며 버티고 선 태령을 보자 자신도 모르게 미소가 지어진다. 산랑이 산 위로 솟은 거대하고 완벽한 보름달을 보고 손을 저었다.

"아학!"

멈췄던 시간과 공간이 움직이기 시작했다. 견주가 비명 같은 고함을 지르며 펄쩍 뛰었다. 동시에 견주의 양쪽에서 태령이 있던 방향으로 화살의 비가 콱콱! 쏟아져 내렸다. 있어야 할 곳에 태령이 없자 견주가 놀라서 주위를 정신없이 돌아보았다. 그리고 뒤에서 피로 감싸인 태령을 지키듯이 서 있는 남자를 보았다.

"누, 누구냐! 너는!"

황금색 눈빛을 빛내며 남자가 말을 했다. 아니다, 입을 열지 않았으니 말을 한 것은 아닌데 소리가 모든 사람에게 커다랗게 들렸다.

"사람들을 이끌고 돌아가라. 백제의 태수."

견주의 눈빛이 번뜩였다. 광기에 휩싸인 눈빛이 그의 뒤에 선 태령을 뚫어지게 바라보며 침을 삼켰다. 안 돼. 태령을 끌고 가야 한다. 살아서가 아니면 죽여서라도.

신관들이 모조리 죽었다. 제는 엉망이 되고 성과는 아무것도 없이 왕에게 실패를 알려서는 목숨이 남아나질 않을 것이다. 신점을 읽었을 때부터 이 산제를 위해서 백제의 신관들이 얼마나 공을 들였는가.

저 이상한 놈은 한 명이다. 겨우 네 명의 신라 놈들이 어디서 나왔는지 모르지만 죽여서 같이 끌고 가야 한다. 태령에 대한 집착이 숨을 쉴 때마다 부풀어 올랐다. 뒤에서 부장이 그의 팔을 잡았다.

"태수, 제발, 가, 가야 합……."

견주가 부장의 손을 뿌리쳤다. 그리고 알 수 없는 남자를 향해 칼을 휘둘렀다.

"죽여라! 전부 죽여!"

견주의 명령에 불타오르는 광기가 군병들의 눈에서 번뜩였다. 군병들은 남자를 향해서 고함을 지르며 덤벼들었다. 산랑의 검은 머리칼이 나직이 부는 바람에 휩싸였다. 산랑이 살짝 감았던 눈을 번쩍 떴다. 황금색의 눈빛이 주변을 압도하며 번개처럼 온 사방을 환하게 밝혀 작렬했다. 부드러운 한숨이 대기 속에서 일렁이며 모든 살아 있는 것들의 귀를 스쳤다.

"어리석어……."

부드러운 저음의 목소리가 머릿속의 어디선가에서 들렸다. 산랑이 뻗은 손에서 시퍼런 분노가 살기와 함께 치솟았다. 바람과 흙먼지가 폭풍 같이 모두를 덮쳤다. 태령이 손으로 얼굴을 막은 채 눈을 감았다.

아무 소리도 들리지 않았는데 비명과 비탄과 한숨이 주변에 광풍처럼 휘몰아쳤다. 따끔거리는 흙에 태령이 더욱 눈을 가리고 뒤로 물러섰다.

주변이 다시 조용해졌다. 하지만 자잘한 소음은 여전했다 태령이 가늘게 눈을 떴다. 주변에 서 있는 것은 아무것도 없었다. 수십의 군병들은 전부 목에 손을 감고 쓰러져 있었다. 누군가가 숨구멍을 틀어막은 듯 파랗게 질려서 입을 벌리고 눈의 혈관이 전부 터져 붉은 눈으로 변한 채 죽었다. 끝도 없이 쓰러진 희뿌연 군복을 보자 손가락 끝부터 소름이 끼쳐 왔다.

멀리서 교운이 눈을 문지르며 무릎을 세우는 것이 보였다. 그 곁에서 꿈틀거리며 누워 있는 사담도 보였다. 산랑의 앞에 서 있던 백제의 부장이 감았던 눈을 뜨고 주변을 보며 숨을 죽인 채 덜덜 떨었다. 산랑이 태령에게 다가왔다.

둥근 달이 그의 뒤에서 환하게 비추었다. 하얀 달빛에 부드럽게 휘어지는 산랑의 은회색 눈을 보며 태령은 숨이 막혔다. 심장이 비정상적으로 뛰었다. 얼굴이 시뻘겋게 변하고 숨은 헐떡거렸다. 남자의 입가에 미소가 어리자 태령의 손끝이 짜릿짜릿하게 울려왔다. 산랑이 입을 열고 말했다. 머릿속으로 울리는 말이 아니라 분명하게 낮은 목소리가 귀로 들렸다.

"가자."

산랑의 강하고 아름다운 손을 바라보며 태령이 침을 삼켰다. 입에서 저도 모르게 나올 뻔한 말을 가까스로 머릿속에 가두었다. 단 한 번도 남자를 보고 느낀 적이 없는 그런 감정이었다.

'아름답다.'

6. 산신제

　도함공과 선명, 아후는 새벽에 산에서 내려온 일행을 보고 놀라서 기절할 뻔했다. 태령은 온몸이 피투성이인 데다 다리를 절었고 교운이 사담을 업고 있었다. 태령의 뒤로 산랑이 걸어왔다. 그런데 뭔가가 이상했다.

　산랑의 모습을 하고는 있지만 산랑이 아닌 듯. 무언가가 변했다. 아니면 산랑의 껍데기를 뒤집어쓴 다른 존재 같은 느낌이었다. 드러난 기운부터가 틀렸다.

　얼굴을 가리던 머리칼을 뒤로 쓸어서 묶었다. 그래서 그런가? 싶었지만 굵은 눈썹과 기다란 눈매가 드러난 것뿐이라 생각하기에는 사람이 달라졌다. 순박해 보이던 얼굴이 아니었다. 무심한 표정과 어딘지 모르게 거만하기까지 한 눈초리가 그를 함부로 대하지 못하게 만들었다. 게다가 말까지 했다. 이제껏 벙어리였던 그의 모습이 떠오르지 않을 정도였다. 낮은 저음에 우아하기까지 한 말투와 절제된 행동은 그를 완벽하게 다른 사람으로 인식시켰다.

아니, 말뿐이 아니었다. 산랑은 태령을 향해 강한 소유욕을 드러냈다. 태령의 곁에서 떠나려 하지 않았고 태령 또한 별다른 거부를 하지 않았다. 일행 전부가 경악했지만 태령만이 태연했다.

도함공은 사관과 함께 사담과 태령을 치료하고 산랑을 주시했다. 어린 신관은 무서워서 산랑과 눈도 마주치지 못했다.

태령이, 도함공이 정성스레 달인 약을 먹고 산랑을 찾았다. 산랑은 교운과 차를 마시고 있었다. 일행과 차를 마시는 것이 마치 평생 해온 일처럼 태연하고 자연스러웠다. 태령이 교운의 싸한 표정을 무심하게 무시하는 산랑을 보며 말했다.

"나에게 해줄 말이 없나?"

산랑이 태령을 바라보며 미소를 지었다. 교운의 표정이 더욱 굳었다. 산랑이 입을 열어서 말을 했다. 볼 때마다 신기했다. 저음의 목소리는 부드럽고 나긋했다.

"무슨 말?"

태령이 초조하게 주변을 살피다가 다시 산랑을 노려보았다.

"왜적들의 습격에 대해서."

산랑이 다시 차를 마셨다. 호로록 소리를 내며 마시는 모습이 엄청나게 얄밉다는 생각이 들었다. 인간도 아니면서 흉내는 엄청나게 잘 낸다.

대화를 듣던 교운의 표정이 달라졌다. 그는 심각한 표정으로 태령과 산랑을 바라보았다. 왜는 이제까지 거의 매달마다, 아니면 격월로 침입을 했다. 별다를 것이 없는 일상과도 같았다. 그런데 태령의 말투가 다르다. 그저 그런 습격이 아니라는 얘기였다. 산랑이 찻잔을 내려놓으며 태령을 보았다.

"해줄 말이 없는데."

태령이 이를 갈았다.

"그럼 서울에 가서 따로 이야기하지."

산랑이 다시 차를 마시면서 태령을 무심하게 바라보았다.

"내가 왜 금성으로 가야 하지?"

태령이 의자에서 벌떡 일어섰다. 그리고 산랑을 심각하게 바라보았다.

"나와 같이 서울로 안 간다고?"

산랑이 의아한 눈빛으로 태령을 보았다.

"내가 왜 가야 하지?"

태령이 산랑을 내려다보다가 화가 난 듯 손가락으로 가리키며 목소리를 높였다.

"당, 당신은 내 거니까!"

얼굴이 시퍼렇게 변한 교운이 벌떡 일어서서 밖으로 나가 버렸다. 여전히 앉아서 태령을 보던 산랑의 눈빛이 즐거운 듯 환하게 변했다.

"아니, 네가 내 것이지."

태령의 얼굴이 순식간에 새빨갛게 변했다. 자신의 볼에서 불이 나는 것이 보지 않아도 느껴졌다. 태령의 붉은 볼을 산랑이 손을 내밀어 쓰다듬었다. 그리고 마음에 드는 말인 듯 천천히 다시 읊조렸다.

"내 거, 내 것, 나의 것, 마음에 드는 말이야."

태령은 뭔가 억울한 심사가 들었다. 그래서 쌀쌀맞게 산랑을 향해 차갑게 중얼거렸다.

"나는 누구의 것이 아니다."

산랑이 힐긋 태령을 보더니 상냥한 표정으로 장난스럽게 웃으며 고개를 저었다.

"한 번도 신부가 없었지. 이백 년 동안. 허약하고 섬세한 인간은 싫어하니까. 약하고 약해서 그저 손짓, 숨결 한 번에 죽어버리거든. 뭔가를 소유하지도, 내 것이라고는 가진 적이 없었다. 그런데 이런 느낌이었군. 속이 간질거리는 것이 마음에 든다."

태령이 숨을 죽이고 있다가 희망에 차서 물었다.

"그럼 같이 가는 것인가?"

산랑이 문득 아, 그 문제가 있었지, 하는 표정을 지었다.

"하지만 금성에는 안 가."

태령이 화가 나서 욕을 내질렀다. 있는 욕, 없는 욕을 모조리 입에 담으며 소리를 지르는 태령을, 산랑이 흥미로운 표정으로 보았다. 그리고 말했다.

"네가 이곳에 있어야지."

태령이 순간 멈칫했다. 그리고 산랑을 보았다. 산랑의 단정하게 앉은 자세가 왕족과 같이 우아하고 품위가 있었다. 이제는 가릴 생각도 하지 않는 은회색의 눈동자에서 가느다란 황금색의 원이 보였다. 그 눈동자를 볼 때마다 가슴이 두근거렸다. 그리고 그 눈동자가 자신을 뚫어지게 바라보면 압박감에 손끝이 저려왔다.

태령이 웃으면서 고개를 뻣뻣이 세우고 산랑을 내려다보았다.

"아니, 나는 서울로 간다."

산랑이 의아한 눈빛으로 태령의 목 부분을 손으로 가리켰다. 푸른색의 늑대 무늬가 태령의 목에 찍힌 인장처럼 피어올랐다. 목걸이가 걸려 있던 자리이다. 푸른 기운은 산랑의 눈이 떨어지자 스륵 가려졌다.

"너는 나에게 바쳐진 제물이다. 그리고 너를 바친 사람은 너의 왕이야."

태령이 입을 꾹 다물고 화를 참는 듯, 아니면 숫자라도 세는 것처럼 한참 서 있었다. 그리고 태연하게 산랑을 돌아보았다.

"나는 외군 서부 사령관 장군이다. 나는 이 나라에 충성을 맹세했고 나의 왕도 그것을 알고 있지. 나의 임무는 누군가의 신부가 되는 것이 아니라 나라를 지키는 일이다."

산랑이 재미있다는 표정을 지었다.

"그래서 너를 나에게 보낸 것이 아닐까? 나를 유혹해 이용하라고 말이야."

태령이 당황해서 그를 보았다. 천천히 일어서서 그녀의 곁으로 다가오는 산랑의 모습은 천근 같은 무게를 가지고 무시무시한 느낌을 주었다. 이자는 자신을 이용할 것을 알면서 나를 신부로 받아들인 것일까?

"나를 이용해서 신라를 구하고 언젠가 신라가 통일을 하리라
는 희망을 품고."

바로 코앞으로 다가온 산랑이 고개를 숙여서 태령의 입술에
부드럽게 입을 맞췄다. 태령의 심장이 미친 듯이 뛰면서 정신까
지 아득해졌다. 입술이 저절로 벌어졌다.

"어, 어떻게?"

산랑이 약간은 장난스럽게 그리고 사악하게 웃으면서 고개를
뒤로 물렸다.

"먼저 유혹해야 이용당할 것이 아닌가."

태령의 손이 조급하게 산랑의 소매를 잡았다. 무슨 말을 해야
하는지 모른 채 절박하게 입을 뻐끔거리며 할 말을 찾았다.

"어떻게!"

산랑이 무심한 표정으로 슬그머니 소매를 빼면서 뒤로 돌아서
나가 버렸다. 태령은 화가 머리끝까지 나서 생각나는 모든 욕을
소리쳤다. 아는 욕이 꽤나 많아서 한나절이나 걸렸다.

선명이 입을 떡 벌리고 태령을 보았다.

"남자를 유혹하는 방법이요?"

태령이 고개를 끄덕였다. 선명이 더욱 기겁을 했다. 살다 보니
이런 날이 오는구나. 우리의 대장, 장군, 군사령관이 남자를 유
혹한다고?

"산랑 말인가요?"

태령이 다시 고개를 끄덕였다. 선명이 슬쩍 눈치를 보았다. 사담과 교운이 자세한 말은 하지 않았지만 산에서 산랑과 함께 내려온 후 산랑의 정체에 대해 그럭저럭 아는 것을 말해주었다. 태한산의 늑대신이라고는 말하지 않았지만 산에서 부딪쳐 싸움이 벌어진 백제군의 군병들을 백 명 가까이 순식간에 몰살할 수 있는 존재가 그리 흔한 것은 아니다. 교운과 사담은 정신이 없었고 거의 죽을 지경이라 정확히 어떤 신력을 만났는지 말하지 못했고 태령은 말하려들지 않았다.

산랑. 잘생기고 몸 좋은 일꾼이 늑대 신이었다니. 그러자 깨달은 사실은 자신이 산막에서 관계한 남자는 산랑이 아닐 것이란 것이었다. 그가 자신을 원하지 않았으니까. 같이 간 두 명의 일꾼이 틀림없었다. 제기랄, 선명은 다시 분했다. 그때 좀 더 적극적으로 노려볼걸. 아닌가? 잘못했다가는 그 백제군들처럼 화를 입었을 수도.

산랑에 대한 이야기를 들은 아후는 그가 태령을 대하는 것을 보면 모종의 거래가 있는 것이 틀림없다고 말했다. 그 곁에서 어린 신관이 거래가 아니라 늑대신의 신부라고 했다. 태령은 처녀가 틀림없으니 당연히 받아들일 텐데, 어째서 태령이 늑대 신을 유혹까지 해야 하지?

"그냥 신부면 끝 아닌가요? 왜 유혹씩이나 해야 하지요?"

태령의 얼굴이 시뻘겋게 달아오르더니 다시 시퍼렇게 변했다. 손을 쥐었다 폈다 하는 것이 어지간히 화가 난 것처럼 보인다.

"말을 안 들어."

선명이 호오, 하고 고개를 끄덕였다. 연인들이 초반에 싸우는 시기인가? 세력 다툼? 자신의 영역으로 끌어들이려는? 그래, 영역전이군.

선명이 태령의 귀에 대고 속닥거렸다. 태령이 고개를 갸웃거렸다. 인상도 찌푸리고 고개도 저었다. 선명이 단호한 표정을 짓자 태령이 마지못해 고개를 끄덕였다.

❖

회복한 사담을 위한 작은 술자리가 벌어졌다. 선명은 뭔가 잔뜩 기대한 표정으로 일행을 바라보며 천천히 걸어 나왔다. 마치 누군가를 소개하려는 듯한 모양새였다. 너희는 오늘 운이 좋은 게다, 생에 두 번 다시 보지 못할 환상적인 누군가를 선보여 주겠다, 그런 의미를 담은 눈빛을 모두에게 보냈다. 게다가 자신이 이 일을 주도했다는 자부심까지.

어디선가에서 본 적이 있는 장면 같아 아후가 한참을 생각하다가 아! 하고 손가락을 튕겼다.

"그래, 언젠가 눌지 마립간에게 왕후마마가 마무를 선보였다는 장면 같은데?"

전부 놀라서 움찔하고 아후를 보았다.

자비왕의 아버지. 눌지왕의 왕후는 할아버지 실성왕의 딸로 궁주였다. 물론 실성왕의 말년에 어린 후비가 낳은 왕녀이니 나이는 눌지왕보다 어렸다. 눌지왕은 자신보다 어린 아름다운 왕후이자 고모를 사랑했다. 물론 왕후도 잘생기고 자신에게는 한없이 상냥한 눌지왕을 사랑했다.

혼인을 하고도 아들을 낳지 못하는 나날이 너무나 길어지자 왕후는 어느 날 밤, 연회에서 자신의 친척 조카인 마무를 아름답게 장식하여 왕에게 소개했다. 마무는 사람이 아닌 듯 아름다웠다. 하지만 그날 분노한 왕은 마무가 아닌 왕후를 붙잡고 침실로 향했다. 그 자리에 있었던 몇 되지 않은 대신들이 중구난방으로 떠들어대는 이야기는 모두 제각각이었지만 한 가지는 모두 같았다. 왕이 울며 애원하는 왕후를 질질 끌고 침실로 갔다는 것이었다. 누군가는 머리채를 휘어잡고 갔다고도 했다.

왕후가 죽지는 않을까 겁을 먹은 대신도 있었다. 하지만 다음 날 왕후는 멀쩡했고 아무런 총애도 입지 못한 마무는 별수 없이 집으로 돌아갔다. 그리고 다음 해에 왕후는 아들인 자비를 낳았다. 후에 다른 왕족과 혼인을 한 마무는 왕후를 보면 항상 투정을 부리듯이 농을 했다. 자비왕의 탄생에 자신의 공이 제일 크다고 말이다.

뒤에서 문이 열리면서 누군가가 나타났다. 산랑이다. 산랑은 누군가를 찾다가 태령이 없자 다시 나가려고 몸을 돌렸다. 그때 선명이 산랑을 붙잡았다.

"지금 대장이 나올 것입니다."

다른 쪽의 문이 삐걱거리며 열리고 한 여인이 어색해하며 나타났다. 모두들 이상한 여인을 보면서 입을 쩍 벌리고 아무 말도 하지 못했다.

여인은 뭐라고 형용하기 매우 어려운 모습이었다. 아름다운 무희의 옷을 입고 있었는데 마치 남자가 여자의 옷을 입은 듯 어울리지 않는 차림새가 괴상하기까지 했다. 얼굴에 하얗게 분을 칠하고 길지도 않은 머리칼을 틀어 올리느라 힘껏 잡아당겨서 그런지 눈초리가 위로 올라가 희생제를 올리는 천관이 화장한 것 같은 무시무시한 느낌마저 주었다.

볼도 붉게 칠했고 입술도 빨갛게 칠했다. 여인들의 화장품을 한껏 썼는데 이렇게 여인 같은 느낌을 주지 않는 것도 용한 재주다.

삶의 절반 이상을 전쟁터에서 산 사람의 걷는 모습은 정해져 있다. 게다가 간부라면. 허리를 꼿꼿이 세우고 어깨를 편다. 고개를 거만하게 들고 눈은 내리깐 채 주위를 돌아보는 것이 사랑스러운 여인들의 모습과는 완벽하게 상이하다.

선명은 자세와 마음가짐을 교정하지 못했다는 깨달음에 눈을 질끈 감았다. 이 무섭기까지 한 공기에 어떻게 반응을 해야 하는지 알지 못하는 일행의 위로 느닷없이 웃음소리가 울려 퍼졌다.

산랑이 웃기 시작한 것이다.

"하하, 이런 굉장한 광경은 그 오랜 세월을 살아온 나에게도 정말 오랜만이군. 크하하하!"

태령은 산랑의 웃는 모습을 멍한 표정으로 바라보았다. 얼핏 같이 웃으려고 하려다 산랑의 웃음이 무엇으로 인해 나온 것인지 생각이 났다. 얼굴이 점점 붉어지더니 폭발하는 불꽃처럼 타올랐다.

모두들 따라 웃고는 싶지만 지금 웃었다가는 이 자리에서 태령의 손에 죽을 것이다. 숨을 죽이고 있는데 태령이 천천히 돌아서 방을 나갔다. 산랑이 웃다가 태령을 붙잡으려고 했지만 그녀가 째려보자 손을 거두고 숨죽여서 웃었다.

태령이 방을 나가자마자 모두가 선명을 향해 술과 술잔을 던지며 욕을 했다.

"사람을 봐가면서 여장을 시켜야지. 대장에게 가당키나 해?"

선명이 술잔이 이마에 부딪쳐 혹이 나자 화를 냈다.

"왜! 저 정도면 괜찮지! 여자에게 여자 옷을 입혔는데! 여장이라니!"

교운이 고개를 저으면서 방을 나갔다. 사담과 아후도 술잔을 들고 키득거리기 시작했다. 작게 시작한 웃음이 점점 커지더니 이내 배를 잡고 숨을 쉬지 못할 정도였다. 선명은 할 수 없다는 듯 술잔을 들고 술을 마시기 시작했다. 문득 고개를 들자 산랑은 벌써 사라지고 없었다.

태령은 입을 때부터 마음에 들지 않았던 무희의 옷을 벗었다. 너무 얇고 치렁치렁한 것이 걸을 때 방해도 되었다. 무희들은 이런 옷을 입고 어떻게 그렇게 가볍게 춤을 추는지 이해가 되지 않았다. 그리고 목욕탕으로 가서 얼굴을 닦기 시작했다. 누군가가 움켜쥐고 있는 것같이 묶었던 머리칼도 풀었다. 화장을 다 닦고 나니 말간 얼굴이 드러났다. 거울을 보고 있는데 피식 웃음이 나왔다. 그리고 웃음은 점점 더 커지더니 이내 숨이 멎을 것 같은 폭소가 목욕탕을 가득 채웠다.

아! 맨 처음 거울을 봤을 때, 정말 자신도 그런 얼굴은 처음 보았다. 긴장해서 어색한 것은 둘째 치고 괴상하고 난감한 얼굴이었다. 그런 얼굴을 보고 웃지 않는다면 그것은 사람이 아니리라. 산랑도 웃지 않았는가. 계속 웃음이 그치지 않았다.

문이 열리자 태령이 뒤를 돌아보지도 않고 웃으면서 말했다.

"내가 이상하다고 말했지 않는가. 선명 네놈은 나에게 한참을 맞아야……."

목에 축축한 것이 닿았다. 거울에 산랑의 선명한 은회색 눈동자가 자신을 내려다보는 것이 비쳤다. 태령의 웃음이 멈췄다. 목에 입술을 대고 있던 산랑이 얼굴을 들어 태령의 풀어헤친 머리칼에 코를 들이밀고 숨을 가득 들이마시고 눈을 감았다.

"목욕을 하는 중이다. 나가라."

산랑이 눈을 뜨고 태령의 입술을 손으로 쓸었다.

"아직 붉은 화장이 남아 있군."

태령이 쓴웃음을 지었다. 그런데 생각만 했을 뿐인데 느닷없이 다시 웃음이 터져 나오려고 했다.

"정말 큰 웃음을 주었지. 아마 자비왕의 광대도 이렇게 웃기는 않았을 것이다."

산랑이 태령의 턱을 살며시 쥐고 자신 쪽으로 돌렸다. 그리고 태령의 얼굴을 보았다. 아름답다. 굳은 얼굴도, 날카로운 눈매도, 뒤틀린 붉은 입술도. 흑요석처럼 빛나는 검은 밤하늘 같은 눈동자가 별과 같이 반짝거린다.

"아름답다."

태령이 불신에 가득 찬 눈빛으로 산랑을 보았다. 그리고 산랑의 얼굴을 올려다보며 두 손으로 산랑의 뺨을 감쌌다.

"그러면 나와 금성으로 갈 것인가?"

산랑의 뜨거운 눈빛이 태령의 얼굴을 뚫어지게 바라보았다.

"그곳에서 그대의 역할은 별로 없다. 모든 것은 하늘의 뜻이지."

태령이 고개를 돌리고 서늘하게 말했다.

"나가라."

산랑이 태령의 뻣뻣한 머리칼을 부드럽게 쓰다듬었다. 그리고 벌거벗은 태령의 나신을 감상하듯 천천히 뒤로 걸어서 나갔다.

✥

산신제를 올리라는 전서구가 왔다. 서라벌의 월성에서 천녀가 점괘를 내렸다. 산에서 벌어진 해괴한 개구리 현상이 뜻하는 것을 자신만 빼고 모두 알고 있었다. 태령이 이를 갈았다. 신라, 아니 백제의 신관들도 알고 있는 것을 나에게 조사하라고 보내다니.

하기는 '네가 태한산의 제물이니 죽으러 가라'고 면전에 말할 수는 없겠지. 그래도 분했다. 이런 같잖은 수작에 넘어가다니.

그리고 문제는, 자신이 제물인지 신부인지 알 수는 없지만 산랑이 자신과 함께 도성으로 가지 않겠다고 하는 것이었다. 태령은 전쟁을 대비하기 위해 하루라도 빨리 돌아가야 하는데 산랑을 이곳에 두고는 갈 수 없었다. 아직 어디에 써먹을지 궁리도 못했고, 자신이 그의 신부라면 그가 자신의 곁에 있어야 하는 것은 당연하지 않을까? 게다가 전쟁의 시기도 알아내지 못했다.

왜의 침입을 막으려면 자비왕에게 보고를 하고 실제로 적성을 대비해야 한다. 물론 적성을 대비하라고 전서구는 미리 보냈지만 그것만으로는 아무것도 될 수 없다. 내군과 외군, 전투 계획과 대책이 완벽해야 한다. 그러려면 왜의 침입 시기를 반드시 알아야 한다.

태령은 산신제를 올리고도 산랑이 말을 듣지 않으면 그를 납치하려는 계획까지 세웠다. 산신을 납치할 수 있을까? 모르겠다.

엄청난 물량의 제사 물건들이 속속 금성에서 태한산으로 도착했다. 신관들도 세 명이나 도착했다. 그중에는 월성의 천녀 가응의 제자인 서천도 있었다. 서천은 백제의 산신제가 실패로 끝났다는 정보도 알고 있었다.

서천은 실제로 보면 신관인지 의심이 들 정도로 태도가 불량하기 그지없다. 서천의 고명에 눈을 빛내며 기다리고 있던 태한산의 어린 신관은 시정잡배 같은 행동과 욕이 반 이상 차지하는 중년 아저씨의 말투에 울면서 신각으로 돌아가 버렸다.

"산랑님과 합방은 산신제가 끝나고 치르실 예정입니까?"

서천이 눈을 빛내면서 묻자 태령이 인상을 썼다. 중년 아저씨가 눈을 빛내면서 침까지 흘리는 것 같았다.

"서천관님, 그건 제가 결정하면 안 되겠습니까?"

서천이 흠, 하고 생각하는 척하더니 고개를 저었다.

"그건 그렇게 간단하게 장군께서 결정하실 일이 아닙니다. 아!

산랑님께 물어보는 것이 낫겠군."

서천이 나가려고 하자 태령이 그의 팔을 붙잡았다. 전쟁에 임하는 장군의 말에 이성적인 판단이 돋보였다.

"만약, 내가 원하는 정보가 없거나 실상 이용할 가치가 없으면 합방을 할 이유가 있습니까?"

서천이 태령의 얼굴을 보면서 고개를 끄덕였다. 하지만 말투는 빨리 술이나 마시라는 듯 성의 없는 대답이 이어졌다.

"흠, 그렇군요. 그럼 산신제 전에 빨리 정보를 받으십시오."

태령이 한숨을 쉬었다.

"그렇게 간단한 일이었다면 여기서 제나 지내고 있지 않았습니다. 벌써 금성에 도착했을 것입니다."

서천이 태령의 넋두리를 듣고 있더니 다른 데 정신을 파는 것처럼 벌떡 일어났다.

"뭐가 그렇게 어렵다고…… 자빠뜨리면…… 일단 술을 좀 마시고 오겠습니다."

태령이 서천의 엉거주춤한 발걸음을 보면서 다시 한숨을 쉬었다. 정말 저 인간이 서울에서 제일 유명한 신관이 맞는지, 정말 천녀 가웅이 가르친 인간이 맞는지. 도대체 알다가도 모를 일이다.

✛

산신제의 날이다. 자시에 제를 올리기 때문에 그전에 군병들이 태한산에 올라 샅샅이 살폈다. 백제의 산신제를 망쳐 놓은 직후였기 때문에 그들의 습격을 대비해야 한다. 산 위에서 제를 준비하는 것이 아니라 다 준비하고 올라가 제만 올리는 것으로 차례를 바꿨다. 서천이 태령의 신복을 준비했다.

태령은 기분이 살짝 나빴다. 이전까지 산랑은 항상 붙어 있었는데 산신제를 준비하는 동안은 어디로 사라졌는지 모습을 찾을 수가 없었다. 하지만 태령이 그를 정말 찾을 때는 어디에선가 나타나 얼굴을 보였다. 그러나 얼굴을 보이는 것은 보이는 것이고 아무리 태령이 왜의 침입 시기나, 백제의 침입에 대해 물어도 미소를 짓고 술만 마실 뿐이었다.

태령이 협박을 하고 떼를 쓰고 갑작스럽게 입을 맞추고 나중에는 그를 때리려고까지 했지만 산랑은 그녀의 주먹을 피해서 도망갈 뿐이었다. 마음대로 되는 것이 하나도 없다. 태령의 심사가 틀어져 입이 나왔다.

태령의 신복은 다른 사람의 신복과 달랐다. 움직임이 편하고 칼을 휘두르기 좋게 마치 무복처럼 만들어져 있다. 태령이 서천을 바라보자 그가 허둥지둥 달려와서 뭔가를 내려놓았다. 칼, 활, 화살, 도끼까지? 태령이 중무기들을 바라보다가 서천을 향해 말했다.

"이걸 다 들고 가야 합니까?"

서천이 고개를 끄덕였다. 그리고 나들이에 술을 잊지 말라는 말처럼 가볍게 곁들었다.

"습격이 있을 것입니다."

태령의 눈빛이 사나워졌다.

"백제군입니까? 아니면 가야군?"

서천이 아니라는 듯 손을 내저었다. 그리고 정말 술에라도 취한 듯 신나게 웃는다. 살펴보니 술내음도 나는 것 같았다.

"아닙니다. 산신들의 습격입니다."

산신? 한참 동안 서천을 보던 태령의 입술이 천천히 열렸다. 설마 자신의 생각이 맞는 것은 아니겠지.

"늑대가…… 습격을 할 거라는 말입니까?"

서천이 고개를 끄덕였다. 태령이 이해할 수 없는 눈빛으로 서천을 바라보았다.

"산랑은? 산랑이 아는 일입니까?"

서천이 태령의 굳은 얼굴을 보았다. 그리고 히죽 웃었다. 불만스럽지만 어쩌겠느냐는 표시로 어깨도 으쓱했다.

"산랑님은 아마 모르실 것입니다. 늑대들이 자신의 신부를 죽이려는 것을 어찌 아시겠습니까? 하지만 태령궁주가 해내셔야 하는 일입니다. 이 태한산에 어울리는 반려라는 사실을 입증하셔야 합니다."

태령은 서천의 얄미운 말투에 치미는 화를 참았다. 늑대를 죽이는 것을 그저 개미라도 죽이는 것처럼 말한다. 태한산의 늑대가 얼마나 큰지 알면서 하는 말인가? 태한산의 늑대는 장정의 어깨에 발을 걸고 설 수도 있을 정도다. 덩치는 얼마나 큰지 태한산의 곰이 늑대를 피해서 지나간 흔적도 보았었다.

"산랑은 어디에 있습니까?"

서천이 얼굴을 붉게 붉히면서 태령의 어깨를 살짝 밀었다. 태령의 입술이 일그러졌다. 하아, 이 징그러운 아저씨가!

"산랑님은 아마 오늘 합방을 위해 목욕을 하고 계실 것입니다."

태령은 더욱 화가 머리끝까지 치밀었다. 합방? 누구 맘대로! 정보는 주지도 않으면서 합방은 무슨! 늑대에게 죽지 않는 것이 오늘 자신이 할 수 있는 전부다.

태령이 아래에 늘어놓은 중무기를 하나씩 전부 옷에 밀어 넣었다. 굵은 허리 대에 칼과 단도, 도끼 등에는 화살통과 활, 손목과 발목에 방어용 철갑, 살인용 표창까지, 다 차비를 하자 마치 흙이라도 한 부대 짊어진 것처럼 온몸이 묵직했다. 살짝 질린 표정을 짓는 서천을 보면서 태령이 살의가 가득한 미소를 지었다.

산 중턱에 오르자 땀이 비 오듯이 흘렀다. 교운이 중간에 활과 화살 통을 대신 짊어졌다. 사담과 아후, 선명까지 제사를 위해 올라왔다. 산랑만 보이지 않았다. 태령의 입에서 쌍욕이 터져 나왔다. 도성에서 온 신관들과 신녀, 준비하는 사람들이 움찔했지만 서천이 아무렇지도 않게 재촉하자 제사는 성대하게 시작되었다. 햇불이 불타오르기 시작했다. 바람은 불지 않았다. 이상하리만큼 조용한 산속이다.

음식들을 하나씩 올리고 신관이 제문을 읽기 시작했다. 제문은 교묘하게 작성되었다. 하늘의 뜻을 받드는 산신. 하지만 인간의 왕은 하늘의 뜻을 거스르기로 결정했다. 어느 대목에서 하늘의 뜻을 곡해해야 하는가. 어떻게 말해야 하늘의 뜻을 받드는 것처럼 들리며 그 뜻에 어긋나는 자신의 원을 이룰 수 있는가.

　산신의 반려를 바친다.
　신라의 왕녀는 산신의 정당한 반려로 인정받으려 한다.
　그리고 그의 권능을 요구한다.
　신성한 늑대는 권능으로 신라의 왕녀를 지킬 것이다.

　마지막 문장의 왕녀를 왕실과 같은 의미로, 같은 단어로 쓰고 단장해서 처리했다. 그것이 이리저리 말을 꾸미고 살을 붙여서 아무도 알아듣지 못하게 된 제문의 속뜻이다. 낭독이 끝난 후, 제문이 적힌 종이들은 불태워졌다. 제문의 글들은 하늘로 날아가 자신의 역할을 할 것이다. 글이 말로 바뀌고 말은 주문으로 바뀌고 주문은 신령한 존재를 불러 그 권력을 강요할 것이다.
　절을 하고 제가 끝이 나자 바람이 불기 시작했다. 불탄 제문의 검은 재가 바람에 날렸다. 그리고 늑대들의 울음소리가 사납게 들렸다. 서천이 사람들을 재촉해서 서둘러 산을 내려가기 시작했다. 늑대들의 울음소리는 점점 더 사나워졌지만 사람들이 무사히 태한산에서 내려올 때까지 습격은 없었다. 태령은 거칠게 숨을 몰아쉬었다. 습격도 없는데 이 무거운 무기들을 나만 짊어지고 산을 오르게 해?
　별관으로 일행이 들어가고 태령만 신각에 남겨졌다. 신각은 아름답게 치장되어 있었다. 산신과의 첫날밤을 치르기 위해 엄청나게 큰 침실이 꾸며진 것이다.

태령은 신복을 입은 그대로 물을 마셨다. 순결한 밤을 위해서 채소와 과일, 곡식으로 이루어진 상이 준비되어 있었지만 무시하고 구운 고기를 잔뜩 들고 와 먹었다. 술도 마셨다. 밤이 깊었는데 아무도 나타나지 않는다.

태령은 다시 치밀어 오르는 화를 누르다가 곁에 놓인 거울을 보았다. 얼굴은 하루 종일 소용도 없는 힘든 노동을 해서 붉게 열이 오르고 몸에서는 퀴퀴한 냄새도 났다. 산속에서 땀을 손으로 이리저리 닦았는지 얼굴에 시커멓게 찌든 땀자국도 나 있다. 한심하다. 이런 신부라니.

자신이 생각해도 아무리 이백 년 동안 독수공방을 한 남자라도 이런 냄새나는 여인은 싫을 것이 틀림없다. 목욕을 하자.

태령은 문을 열고 밖으로 나왔다. 밤은 별도 없이 컴컴했다. 한 치 앞도 보이지 않을 정도였다. 고개를 들고 앞을 바라보았다.

어두운 복도 끝에 커다란 늑대가 이쪽을 노려보고 있었다. 색과 몸통을 보니 계곡의 위에서 보았던 무리의 대장임이 확실했다. 서슬 퍼런 눈동자가 황금색이다. 회색 늑대가 붉고 기다란 입을 열자 엄청난 송곳니가 번뜩였다.

"신라의 왕녀는 산신의 반려가 되지 못한다. 왕녀는 돌아가라."

머릿속에서 늑대가 말하고자 하는 뜻이 울렸다. 태령이 커다란 늑대를 노려보았다.

"이미 산신제가 끝났다."

늑대가 기다란 혀를 늘어뜨리고 태령을 노려보았다. 황금색의 눈이 대굴 구른다.

"하늘의 뜻은 왕녀가 바꿀 수 없다."

태령이 늑대를 보고 시익 웃었다. 손이 등을 향해 서서히 올라갔다.

"당연하지. 인간 왕녀가 어떻게 하늘의 뜻을 바꾸겠는가. 산신이라면 몰라도."

늑대가 으르렁거렸다. 분노로 시퍼렇고 기다란 이가 온통 드러났다.

"감히 산신님을 이용하려는 짓이냐!"

태령이 활에 화살을 메겼다. 그리고 힘껏 당겨 늑대를 노리며 냉정하게 대답했다.

"멸망의 앞에 서 있는 나는 뭐든지 할 수 있다."

크르르!

늑대가 달려들었다. 태령의 활이 강렬한 바람 소리를 내며 늑대를 향해 날아갔다. 늑대가 몸을 틀자 스쳐 지나간 활이 기둥에 박혀서 파르르 깃을 털었다.

활을 내던지자마자 칼을 꺼내드는 순간 늑대가 태령의 목을 겨냥해서 덤볐다. 달려드는 늑대의 입을 막으려 팔을 올리자 카드득! 하는 소리와 함께 늑대의 이빨이 팔의 철갑에 박혀서 카칵! 소리를 냈다. 송곳니를 박고 노려보는 늑대를 향해 태령이 칼을 내려쳤다. 칼이 늑대가 있던 기둥의 황금 장식을 갈아버리며 부딪쳐 파랗게 불꽃이 피었다. 왼손으로 단검을 바꿔서 든 태령이 다시 검을 내려치자 늑대가 훌쩍 뒤로 뛰어 올랐다.

늑대의 이빨이 박혔던 팔에서 피가 흐르기 시작한다. 철갑에 구멍이 몇 개 뚫렸다. 태령의 눈이 날카롭게 빛나며 자신의 빈틈을 노리고 빙빙 도는 늑대를 노려보았다.

다시 늑대가 뛰어오르자 태령이 늑대의 커다란 주둥이를 피하고 얼굴을 주먹으로 힘껏 쳤다. 손가락에 낀 뾰족한 철갑 고리에 피와 살점이 튀었다.

늑대는 태령의 칼을 피해 그녀의 오른손을 노리고 덤볐다. 날쌔게 공격을 피한 태령은, 늑대의 눈이 있는 방향으로 칼을 내려쳤다. 뒤로 뛰었지만 늑대의 한쪽 눈가에서 피가 흐르기 시작했다. 태령이 손가락마다 채운 뾰족한 강철로 만든 장갑을 다시 단단히 당겨서 끼었다. 몸을 허공에서 돌려 뒤로 물린 늑대가 혀를 휘둘러 피를 핥았다. 그리고 입가를 늘리는 것이 마치 웃는 것 같았다.

"태령궁주, 얕잡아 봤군."

태령이 천을 이용해 단도를 왼손에 단단히 감았다. 팔이 잘리지 않는 이상 이제 손에서 칼이 떨어질 일은 없을 것이다.

"그래, 누가 죽을지 각오를 다시 해야 할 것이다."

늑대가 뛰어 달려들자 태령이 발로 벽을 박차고 뛰어 올랐다. 위에서 날카로운 표창 여섯 개를 날리면서 늑대의 방향을 막아서고 기다란 칼을 휘둘렀다.

와장창!

늑대가 칼을 피해서 몸을 왼쪽으로 틀자 막다른 한쪽 벽의 창호 문이 늑대의 거대한 몸통에 완전히 박살이 났다. 뒤를 따라 달려드는 태령을 훌쩍 고개를 저어서 피한 늑대가 그녀의 등을 물었다.

와지끈! 콰콱!

화살 통이 기다란 이빨을 겨우 막아주었지만 힘껏 통을 물어 집어던지는 늑대의 힘에 태령이 다른 방으로 창호 문을 박살내며 나동그라졌다.

팔에 감았던 칼이 떨어졌다. 태령이 허리에서 도끼를 꺼내 들었다. 태령의 위로 달려든 늑대는 도끼를 방패 삼아 내민 태령을 물려고 으르렁거리며 위에서 그녀의 목을 노리고 고개를 들이밀었다. 늑대의 날카로운 이빨이 도끼의 날과 부딪쳐 소름끼치는 소리가 나자 태령이 거칠게 숨을 쉬었다.

태령은 코앞에서 거친 숨을 내쉬는 늑대의 눈을 바라보며 홱 목을 뺐다가 자신의 이마로 늑대의 이마를 쾅 내려쳤다. 박치기를 당한 늑대의 눈이 잠시 흐릿해졌다.

태령이 틈을 놓치지 않고 늑대의 배를 힘껏 걷어찼다. 컹! 하고 큰소리로 신음을 내뱉으며 펄쩍 뛰어서 물러선 늑대의 눈빛에서 잠시 혼란스러운 빛이 돌았다. 정말, 혹시, 오늘 궁주가 아니라 자신이 죽을 수도 있다는 것을 깨달은 듯했다. 하지만 다시 살기가 도는 황금색의 눈동자가 태령을 향해서 뛰어올랐다. 이제야 늑대의 단편적인 공격의 수를 읽은 태령이 고개를 슬쩍 숙여서 이빨과 앞발을 피하고는 커다란 도끼를 휘둘렀다.

늑대가 태령의 발목을 물고 넘어졌다. 넘어지는 태령을 향해 덤비려던 늑대가 힘 있게 휘둘러지는 도끼를 다시 물었다. 도끼에 주둥이를 찢긴 늑대가 피를 흘렸다. 몸부림을 치며 늑대가 고개를 돌려서 태령의 철갑을 두른 팔을 물었다.

피가 튀겼지만 물린 팔을 보며 눈을 빛내는 태령이 다른 손을 휘둘러 발목에서 단도를 빼 쥐고 늑대의 목을 향해 휘둘렀다.

늑대가 뒤로 뛰어오르려는 순간 단도를 집어던진 태령이 오른 손으로 꼬리를 홱 잡았다. 힘껏 당긴 꼬리에 몸통이 딸려오자 왼 손으로 번개같이 도끼를 내리찍었다.

컹! 크르르!

늑대의 발이 도끼에 찍혀 마루에 박혔다. 갑작스럽게 움직이지 못하게 된 늑대가 미친 듯이 몸부림을 쳤다. 태령이 천천히 일어 서서 칼을 주웠다. 태령의 칼이 늑대의 목을 노리고 뒤로 힘껏 올 라갔다. 늑대가 큰소리로 으르렁거렸다. 늑대의 피가 튄 얼굴에 서 흐릿한 미소가 흘렀다. 태령이 늑대의 가슴에 칼을 박았다. 늑대는 숨을 헐떡거리며 태령을 향해 으르렁거렸다.

태령이 칼을 비틀어서 뽑으려는 순간, 뒤에서 나지막한 목소리 가 들려왔다.

"그만."

아수라장이 된 신각의 입구에서 산랑이 모습을 드러냈다. 그 의 뒤로 환하지만 약간 기울기 시작한 달이 떠 있다. 감정이 담기 지 않은 담담한 표정이었지만 그의 얼굴을 보자 늑대와 태령이 동시에 놀라서 떨어졌다. 늑대는 꼬리를 뒤로 감고 피가 흐르는 눈과 입을 들어서, 발은 마루에 박힌 채, 칼도 잊고 산랑을 바라 보았다.

잠시 억울한 표정을 지었지만 회색 늑대의 대장은 눈을 내리깔

앉다. 역시 이빨 자국으로 팔에, 다리에 구멍이 나서 피를 뚝뚝 흘리면서 부들거리는 두 다리로 버티고 선 태령이 산랑을 향해 말했다.

"내가 이겼다."

늑대가 당장에라도 덤벼들 듯 태령을 향해 으르렁거렸다. 산랑이 천천히 다가와 늑대의 앞에 한쪽 무릎을 구부려 눈을 마주했다. 황금색의 눈동자가 늑대의 눈을 향했다.

"인정해라."

커다란 늑대의 몸이 팽팽하게 긴장했다. 산랑이 늑대의 눈과 입가, 발을 쓰다듬었다. 푸른색의 기운이 손에 잡힐 듯이 잠겨들었다. 산랑의 주변으로 푸른색의 물이 출렁거리며 순간 이 신각이 물속에 있기라도 한 것처럼 온몸이 서늘하게 습기로 잠겨들었다. 늑대의 가슴에 박혔던 칼이 서서히 뽑혔다.

챙! 요란한 소리를 내며 칼이 바닥으로 떨어져 잠시 떨다가 멈췄다. 늑대의 가슴에 흐르던 피가 멈추고 도끼날에 부서진 앞발의 신경과 힘줄이 부풀어 오르며 살아난다. 상처가 회복되는데도 침울하고 분노가 가득한 늑대의 말이 들렸다.

"지금이라도 왕녀를 돌려보내시면……."

산랑이 미소를 지었다. 보름달은 아니지만 큰 달이 환하게 빛났다. 은회색의 눈동자가 황금색으로 더 이상 커지지 않을 정도로 커졌다. 푸른색의 바다가 출렁거렸다. 신각 전체가 푸른 바다 속에서 출렁거렸다. 온 사방에, 온몸에 물의 기운이 넘치고 손가락 사이로 물방울이 떨어졌다. 산랑이 태령을 올려다보았다.

"내가 원치 않는다."

한 올 한 올 다 서서 부들부들 떨리던 늑대의 털이 일순 가라앉았다. 늑대는 한참을 그대로 고개를 숙이고 서 있었다. 그리고 돌아보지 않고 소리 없이 신각을 나갔다. 자신이 목숨을 걸고 낸 상처가 흔적도 없이 깨끗해지자 태령이 눈을 번뜩이며 산랑을 바라보았다. 그리고 자신이 입은 상처를 살폈다. 피야 스스로 멈췄을 뿐 아프고 찢겨진 상처는 그대로였다. 왜 저놈은 치료해 주고 나는?

산랑이 태령을 보았다. 태령은 황금색의 눈동자 가득 담긴 감정을 알아차렸다. 분노였다.

태령이 노려보고 있자 산랑이 서서히 그녀의 앞으로 다가왔다. 산랑이 또다시 피범벅이 된 태령의 얼굴을 보았다. 우습게도 속으로 든 생각은 그래도 화장을 한 얼굴보다는 낫다는 것이었다.

소용돌이치는 감정이 이중적이었다. 산랑은, 태령이 죽지 않을 것이라고 생각하고 있었으면서도 혹시 자신의 늑대가 그녀를 죽일까 겁이 났다. 그래서 화가 났다. 자신의 늑대들이고 늑대가 자신이었다. 늑대들은 태령이 그들의 대장을 이기지 않는 이상 그녀를 신부로 인정하지도, 그리고 산신제를 인정하지도 않을 것이다. 그러니 그녀와 늑대의 싸움에 끼어들 수는 없었다.

하지만…… 감정에 휘말리는 자신에게 화가 났다. 겁이 나다니. 불안하고 초조하고 공포까지 느끼게 되다니. 이 여자로 인해서.

아마 자신은 모든 것을 뒤집을 것이다. 이 흑요석처럼 새카만 눈동자의 여자를 위해서. 사람들의 삶을. 그래서 아마 전쟁까지도. 그 대가는 무엇일까?

산랑이 복잡한 표정으로 태령을 한참이나 보다가 입을 열었다. 그가 감정을 숨기고 있는 것이 느껴졌다.

"금성으로 가자."

태령은 갑작스럽게 분했다. 분하고 분해서 눈물이 터질 것만 같았다. 하지만 눈물은 흘려본 적이 없다. 어떻게 흘려야 하는 것이지? 어이가 없게도 감정이라는 것이 물밀 듯이 밀려왔다.

자신은 잘못한 것이 없다. 자신이 제물이라는 것도 몰랐고, 안 순간에도 그것에 저항하지 않았고 주어진 역할에 충실했다. 그를 잡아야 하니 잡은 것이다. 목숨을 걸고 늑대를 잡아서 그의 신부라는 것을 증명했다.

그런데 왜!

자신이 가장 원하는 것은 산랑을 붙잡아 서울로 가는 것이었는데 기쁘지가 않았다. 그가 보이는 감정들이 싫었다. 태령은 눈을 커다랗게 뜨고 여전히 산랑을 분한 눈빛으로 노려보았다.

산랑이 눈을 감았다. 다시 뜬 그의 눈에서 복잡한 감정이, 뭔가를 인정하고 슬프게까지 보이던 감정이 서서히 사라졌다. 산랑의 커다란 손이 다가왔다. 태령의 볼을 잡고 입술에 입을 맞췄다.

눈물에 잠기기라도 한 것처럼 입술은 짰다. 부드러운 입술에 태령이 숨을 헐떡였다. 그녀의 뺨을 붙잡은 손에 힘이 들어갔다. 산랑의 입술이 열리고 혀가 매끄럽게 넘어왔다. 허둥지둥 도망가는 혀를 잡아 부드럽게 누르고 안으로 넘어 들어오는 것을 느끼자 태령은 머릿속이 아득해졌다.

"너를 나에게 줄 것인가?"

갑자기 긴장이 풀린 것인지 다리에 힘이 들어가지 않았다. 그뿐이 아니다. 산랑이 옆으로 쓰러지는 그녀를 보면서 피식 웃는 모습이 보였다. 태령은 눈앞이 흐릿하게 변하고 의식이 멀어지는 것을 느꼈다. 피를 너무 흘린 탓일까? 한 번도 기절이라는 것을 해본 적이 없었는데 어째 이자를 만나고는 느닷없이 정신을 잃는 일이 잦다. 병인가? 생각이 멈추는 순간 눈앞이 캄캄해졌다.

7. 돌아가다

다음 날 아침, 신각이 부서지기 일보직전인 것을 사람들이 보고는 놀라서 기겁을 했다. 커다란 늑대의 발자국이 없었더라도 습격이 있었다는 것은 명확했다. 기둥만 멀쩡하지 문짝과 창호 문들은 전부 부서져 흘러내렸다.

사람들이 자고 있는 태령을 발견하고 달려갔다. 피는 흘린 것 같은데 상처는 거의 없었다. 팔의 철갑 등에 커다란 이빨구멍을 발견하고 놀라서 철갑을 벗겼지만 상처가 없자 사람들은 늑대신의 가호라며 소곤거렸다.

사람들은 다친 태령을 방으로 옮겨 간호했다. 교운과 사담, 선명, 아후도 말이 없는데 서천만이 떠들어댔다.

"합방의 기운이 너무 격렬하군요. 아하하하, 좋은 일입니다. 젊음이란 정말 좋군요! 아! 저도 이런 적이 있었는데, 제가 말한 적이 있었나요? 천주궁주께서 저와⋯⋯."

곁에서 어린 신관이 서천의 입을 손으로 막았다. 서천이 놀라서 신관을 내려다보다가 머쓱하게 웃었다.

신관들과 신녀들은 그날로 금성을 향해 먼저 출발했다. 태령의 몸이 좀 나아진 닷새 후에 일행은 서울로 출발했다. 서두른 덕분인지 며칠 만에 골화로 다시 들어섰다. 여우에게 홀린 적이 있는 여관을 제외하고 다른 여관으로 향하는 일행에게 뭔가 날렵한 것이 쏜살같이 달려들었다.

"형님!"

달려와 산랑에게 안겨드는 것은 아름다운 소녀다. 작은 체구, 가냘픈 몸매, 살짝 높은 코, 앵두 같은 입술, 입술이 살짝 들려 하얀 치아가 색스러운 소녀. 요전에 여관에서 만났던 그 여우였다. 선명과 태령의 눈이 치켜 올라갔다. 산랑에게 안긴 여우는 그의 넓은 가슴에 볼을 문지르고 난리다. 태령이 여우의 멱살을 잡고 홱 집어던졌다.

캐캥!

소녀가 공중제비를 넘으면서 사뿐 땅으로 내렸다. 그리고 태령을 보며 입을 삐죽거렸다.

"태령궁주, 보통은 넘을 것이라 생각은 했지만 진짜로 형님을 잡아올 줄은 몰랐습니다."

산랑이 한쪽 입가를 올리며 시익 웃었다.

"그래서 내 신부를 냉큼 삼키려고 했느냐?"

소녀가 억울하다는 눈빛으로 눈물을 흘렸다. 일행 중 남자들은 전부 홀려서 그것을 보고 침을 삼켰다.

"그 정도도 넘지 못하면 형님에게 손을 댈 수 없지요."

태령이 싸늘한 눈초리로 소녀를 노려보았다.

"대체 여기는 무슨 볼일이냐?"

소녀가 산랑의 등에 매달렸다. 산랑이 별 반응이 없자 태령의 심사가 부글부글 끓어올랐다.

"형님이 도성에서 무슨 봉변을 당할지 알고 혼자 보낸단 말입니까? 내가 형님의 호위로 따라갈 것입니다."

아무리 여우를 떼어내려 해도 소용이 없다. 게다가 이리저리 모습을 바꾸고 일행에 끼어드니 그때마다 소동이 일어났다. 태령은 별수 없이 여우에게 말을 주었다.

"가는 것은 네 맘이나 말을 산랑과 함께 탈 수는 없다."

소녀가 화를 내며 대들었다.

"왜! 형님과 나는 보통 사이가 아니오."

태령이 고함을 질렀다.

"내가 싫으니까! 이 여우 새끼가! 죽고 싶으냐. 내가 늑대를 이긴 것을 아느냐?"

소녀가 흠칫하고 뒤로 얌전히 물러났다.

"아까부터 말을 혼자 타려고 했습니다. 걱정하지 마십시오."

골화를 거쳐서 혈례를 지났다. 보령공이 멀리까지 마중을 나왔지만 일행은 그와 잠깐 이야기만 나누고 떠났다. 겨우 한, 두

달 사이에 혈례는 엄청나게 변해 있었다. 상인들과 순례자들이 들끓었고 사람들은 자신감에 차서 농산물과 지방의 특산물을 자랑했다. 부정과 부패가 많이 사라지고, 자신이 노력한 만큼 보상받는 정당성을 회복한 혈례는 사람들의 인성마저 바뀌었다.

죽은 듯이 말도 없던 소녀가 활기차게 조잘거리는 모습에 태령이 보령공을 보고 웃었다. 보령공이 태령의 손을 잡고 말했다.

"만약 무슨 도움이 필요하면 언제든 알려주십시오. 목숨을 걸고 가겠습니다."

태령이 보령공의 손을 잡고 작별인사를 했다.

"만약 내 괴물이 풀려나면 연락하겠소."

보령공이 뒤에서 지켜보는 산랑을 보고 미소를 지었다. 그리고 그 뒤에 바싹 붙은 소녀를 보고는 살짝 눈썹을 찌푸렸다.

"늑대와 여우를 부리고 다니시며 별 걱정을 다 하십니다."

금성의 성에 들어서자 사람들이 힐긋거렸다. 작은 소녀의 화려한 미모가 사람들의 눈길을 끌어당겼다. 선명이 투덜거렸다. 이제까지 일행에서 미모는 항상 자신의 담당이었는데 이등으로 밀리다니 자존심이 상했다.

"하아! 저 여우 새끼는 꼭 데리고 다녀야 합니까?"

아후가 웃으면서 선명을 보았다.

"늑대신이 아니라 저 여우 새끼 때문에 난리네."

서울로 들어서자 일행에게 휴식을 명령하고 태령은 교운, 그리고 산랑과 함께 왕궁으로 향했다. 궁으로 들어가자 자비왕이 기다리고 있었다. 왕의 회의실에는 태령과 산랑만이 허락되었다.

작은 소년이 태령과 산랑을 번갈아 보았다. 산랑이 어린 왕을 내려다보며 웃었다. 그래, 왕녀를 미끼로 나를 낚아서 어쩔 셈이냐?

무표정하게 보고 있던 자비는 산랑이 웃자 따라서 웃었다. 아이 같은 말간 웃음을 바라보고 있는 산랑도, 선이 날카롭고 강인하지만 아름다운 남자를 바라보는 어린 왕도, 서로의 틈을 노리고 있는 늑대들처럼 눈빛에 날이 서 있었다.

자비왕이 먼저 산랑에게 손을 내밀었다.

자비왕은 이런 상황이 될 줄은 몰랐다. 천녀 가응과 계획을 세울 적에는 태령의 죽음이 전제로 되어 있었다. 제물로 바쳐진 신부가 살아남는 경우는 거의 없었다. 태령의 무력을 믿고 있었지만 그녀가 늑대를 이기리라고 장담할 수 없었다. 그래서 그녀의 죽음으로 신라 멸망의 시계추를 조금이라도 돌리려고 하였다. 신에게도 사람에게도 생명의 부채는 한없이 크다. 그런데 신부가 살아남았다. 계획을 전부 수정해야 한다.

자비왕이 태령을 향해 신뢰의 눈빛을 보내며 말했다.

"태령 장군, 그대가 보내온 전서구의 내용을 확인했소. 그 건에 대해서는 전부 장군에게 일임할 것입니다. 각간에게 그대를 지지하라고 하였으니 일의 추이에 따라 보고를 하세요."

태령이 고개를 숙이고 각간과의 회의를 위해 물러났다. 태령을 따라 산랑이 나가려 하자 자비가 그를 불렀다.

"하늘의 뜻을 어찌 하시려는……."

산랑이 자비왕을 내려다보았다. 어린 왕이 맑은 눈망울을 빛내면서 산랑을 올려다보고 있었다. 이 모습을, 누가 자신을 옭아매려 온갖 계략을 세우는 전략가로 생각할 수 있으랴. 영악한 놈. 하지만 이놈의 계획이 어떻게 변해갈지 알 수가 없다. 원래의 계략은 어그러졌겠지.

태령을 인신공양의 재물로 삼아 하늘의 뜻을 비켜 가려 했을 것이고, 자신에게 왕녀를 살해했다는 죄목을 씌우고 생명의 값을 치르라는 협박으로 별수 없이 삼국의 전쟁에서 신라의 편을 들게 했을 것이다. 크게 거들지 않아도. 그저 가벼운 손짓 하나로도 무수히 많은 파동이 섞이고 수백, 수천의 뜻밖의 결과들이 폭풍처럼 일어난다.

"하늘의 뜻은 나중에 알게 되겠지. 나도, 너도."

자비왕이 산랑을 올려보며 미소를 지었다.

"최선을 다할 것입니다. 산신님을 위해서."

산랑이 웃기는 말을 들은 듯 크게 웃었다. 갑작스럽게 어린 왕이 노리는 것이 무엇인지 알 거 같은 느낌이 들었다. 결코 작은 것이 아니다. 멸망을 막는 것이 아니다. 그것보다 더 큰 것을 원하고 있다.

"네놈이 너를 위해 최선을 다하는 것을 모를 것 같으냐. 나도 그럴 것이다."

자비왕과 산랑이 부드럽게 웃으며 손을 맞잡았다. 마치 격투 시합을 앞둔 선수들이 시합 전에 선전을 다짐하면서 손을 맞잡고 격려를 하듯이 서로를 향해서 웃었다.

콰앙!

엄청나게 큰소리와 함께 문이 열리고 누군가 뛰어들었다. 뒤에서 두, 세 명의 궁인들이 따라 들어왔다. 무슨 일인가 하고 따라붙은 호위들까지 달고 온 사람은 갈문왕 김진환이다. 자비가 궁인들에게 손을 내저어서 나가라는 뜻을 보였다.

진환은 화가 머리끝까지 나 있었다. 자비왕의 곁에 서 있는 남자는 보이지도 않았다. 진환은 자비의 곁으로 성큼 걸어가며 고함에 가깝게 말을 했다. 그리고 그제야 곁에 서 있는 덩치가 큰 남자에게 힐긋 눈을 돌렸다.

"전하! 그게 무슨 말씀이십니까? 대체 내 딸이 왜 수리 아찬과 혼인을 하지 못한다는 것입니까? 이미 오래전에 혼인을 약조하였습니다."

자비왕의 눈빛이 흥미롭게 산랑을 둘러보았다. 그리고 진환을 보며 미소를 지었다.

"갈문왕께 소개를 하겠습니다."

자비가 산랑을 바라보자 그가 갈문왕을 보았다. 얼굴이 굳었다. 인간사에 무심하기는 했지만 그래도 신부의 아버지다. 그리고 자신의 신부를 지금 다른 남자에게 시집을 보낸다고 하는 것이고.

산랑이 심기가 불편한 얼굴로 진환을 향해 손을 내밀었다. 이곳에 온 것부터가 이미 인간사에 조금씩 개입을 하기 시작한 것이다. 정체를 밝혀서는 안 된다. 어긋나기 시작한 발자취가 누군가에게 어떻게 나타날지 아무도 모르는 상황이다.

"나는 태한산을 돌보는 자요."

갈문왕이 키가 큰 산랑을 힐긋 보고는 어색하게 자비왕을 향해 웃었다. 어째서 신관 같지도 않은 신관을 자신에게 소개하는 것이지? 눈빛도 은회색이고 키도 너무 컸다. 간혹 고구려를 통해서 들어오는 회회인은 세계의 끝에서, 멀리 서방에서 오는 이들이라고 했다. 남만에서 오는 검은 회회인하고는 덩치에서부터 차이가 났다. 게다가 신관이라니. 태한산이면 먼 지방이다. 신성한 산이라는 말은 들은 적은 있었지만 군인과는 상관이 없는 이야기다. 도성도 아니고, 지방의 신각에는 정식으로 제례를 올리는 법만 겨우 배운 어린 신관들이 주로 나갔다. 갈문왕의 알 수 없다는 표정을 보고 자비가 아이라도 달래는 듯 환한 웃음을 지었다.

"태령 장군은 중요한 전쟁을 앞두고 있습니다. 이 일이 해결되기 전에 장군께서는 혼인을 하실 수가 없습니다."

진환이 크게 한숨을 쉬었다. 매번 이런 식이다. 자비는 어린 조카이자 자신이 섬겨야 할 주군이기는 하지만 어린 나이에도 불구하고 알 수 없는 구석이 있었다. 게다가 자비의 결정은 대부분은 이성적인데 태령에 관해서는 그렇지 않았다. 그래서 한때 자신도 자비와 태령의 혼인을 생각해 본 적이 있었다. 나이차는 있으니 내연의 부인과 남편을 따로 두는 황실의 명목상의 혼인. 그 의견을 말했다가 태령과 돌이킬 수 없을 만큼 심각한 언쟁을 했다. 태령은 아버지에게, 수치를 모르는 탐욕의 귀신이라도 씌었냐고 고함을 지르고 그날로 나가서 따로 집을 마련했다. 내가 왜 어린 딸과 따로 살게 되었는데! 다 자비왕 때문이다.

"그때도! 그렇게 말했습니다! 백제의 습격이 있기 전에도, 고구려의 습격이 있었을 때에도! 그리고, 그리고! 하아, 전하, 주변의 적들이 끊임없이 공격을 하는데 대체 언제 그것을 다 마무리 짓고 혼인을 한다는 말입니까? 전하의 말씀 때문에 태령만 스무 살이 넘었습니다! 이러다 혼인도 못하고 죽으면."

진환의 말을 끊은 산랑이 냉랭하게 말했다.

"걱정하지 마시오. 태령궁주는 짝이 따로 있소."

진환이 산랑을 노려보았다. 신관이 아니라 무관같이 커다란 덩치에 눈빛이 무섭게 내려앉은 것도 이상하게는 보였다. 자비왕이 갑자기 진환의 손을 잡았다. 숙부가 뭔가 낌새를 채기 전에 구슬려서 보내야 했다.

"진환 숙부, 장군께서 말하셨습니다. 반드시 이겨야 하는 전쟁이 있고, 그 이겨야 할 때가 있다고 말입니다. 물론 혼인도 중요하지요. 이 전쟁이 끝나면 반드시 약조 드리겠습니다. 태령 장군도 짝을 얻게 될 것이라고 말입니다."

진환은 산랑의 묘한 황금색 눈동자를 멍하니 보고 있다가 정신을 차리고 자비왕을 돌아보았다. 뭔가 중요한 것을 잊은 것 같은데 뭔지 생각이 나지 않았다.

"네…… 반드시, 약조를 하셨습니다! 이번 전쟁이 끝나면 태령의 혼인을 허락하신다고 말씀입니다. 각간에게도 말씀을 해주십시오."

산랑이 자비왕을 돌아보았다. 자비왕이 환한 눈빛으로 굳은 표정의 산랑을 보면서 웃었다.

"각간에게 명을 내리겠습니다."

✦

태령은 각간과 대신들을 달달 볶으며 왜와의 지난 전투에서 허물어진 성벽과 지방의 성들의 복구대책을 마련하기 시작했다. 사담은 관령과 혼인 날짜를 잡고 준비를 했다.

교운만이 태령의 곁을 지키고 선명과 아후는 휴가를 즐겼다. 교운은 여전히 대신들과 태령의 전쟁 대책에 중요한 전갈을 들고 분주했다. 그래서 태령의 집은 더욱 시끄러웠다.

"이봐! 너, 저녁을 먹었으면 네 집에 가지 그래? 너는 집도 없냐?"

골화의 여우가 새침한 표정으로 교운을 향해서 투덜거렸다. 교운은 귀여운 소녀가 손을 허리에 짚고 턱을 내미는 것을 본 척도 하지 않았다. 곁에서 소녀를 향해 하인이 얼굴을 붉히면서 속삭였다.

"골화 아가씨, 교운 부장께서는 장군께서 가시라고 하셔도 안 가십니다. 서울에서도 워낙 첩자들의 기습을 많이 당하셔서요."

골화라고 불린 여우가 골을 내며 발로 탁탁 돌멩이를 교운에게 걸어찼다. 교운이 돌멩이를 피하더니 곧장 태령의 회의실로 들어가 버렸다.

"그건 옛날 일이지, 이제 우리 산랑 형님이 계시잖아! 두 분이 합방을 하셔야 하는데, 저놈이 이렇게나 붙어 있으니 방해가 된다고! 방해가!"

하인이 놀라서 주변을 둘러보고는 아무도 없는 것을 확인했다. 태령은 아무 지시도 내리지 않았다. 그리고 골화라는 아가씨도 손님방을 받았는데 산랑은 손님방을 받지 않았다. 그에 대해서 태령은 아무 말을 하지 않았다. 산랑이 어디서 자는지는 아무도 몰랐다.

"교운 부장을 떼어내고 싶어요?"

언제 왔는지 아후가 골화에게 눈을 빛내면서 말한다. 골화가 흥, 하고는 대답을 안 하자 아후가 골화에게 육포를 건넸다. 맛있어 보이는 육포에 골화가 눈을 반짝이며 바로 입에 넣고 냠냠 씹었다.

"교운 부장도 귀족 출신이고 아버님이 아찬 벼슬까지 하셨습니다. 은퇴는 했지만 꽤나 큰 저택을 갖고 계시죠. 이도 삼거리에 있는데 그 댁을 난장판으로 만들면 부모님이 교운 부장을 부를 테고 부모님이 부르면 부장도 가셔야지요."

골화가 아! 하고 좋은 생각이라고 웃었다. 골화는 육포를 씹으면서 기쁜 기색을 한다. 그러고는 또 너무 좋아하는 티를 낸 건 아닌가 싶어서 살짝 거만한 눈빛으로 아후를 보았다.

"좋은 계략을 생각해 내는구나. 제법이군. 다음에 사례하지. 흥."

아후의 육포가 다 떨어지자 골화가 아쉬운 눈빛을 한 채 바로 사라졌다. 아후가 웃으면서 회의실로 향했다.

"흥, 여우 아가씨가 제일 방해요, 이제 좀 산랑님에게서 떨어지겠지."

아후가 넓은 내당의 응접실로 들어가자 안에서는 태령과 교운이 밤을 새서 피곤한 병무대신을 붙잡고 아직도 대책을 세우고 있었다. 책상 위로 기밀서류와 지도, 온갖 서류들이 산같이 쌓여 있었다. 아후가 들어가자 태령이 손짓을 했다.

"이번 적성에서의 대책에 차질이 생겼다. 저번 습격에 무너진 성곽이 아직 복구가 덜 끝난 모양이야."

아후가 문을 닫으면서 슬쩍 밤하늘을 올려다보고 별과 위치를 쟀다. 시각을 확인하고 고개를 끄덕이며 급한 척 대답을 했다.

"그래요? 그러면……."

대책은 이리저리 중구난방 튀어나와 쌓여만 갔다. 아무리 생각을 해도 제일 중요한 것은 산랑에게 정보를 캐는 일이었다. 초조해진 태령은 손톱을 잘근잘근 씹었다. 피곤한 병무대신이 앉아서 졸고 있고 아후는 슬쩍 술을 가져와서 마시고 있었다. 교운이 눈살을 찌푸리는 것을 보고 아후가 문득 생각난 듯 말했다.

"산랑님은 어디에 계십니까?"

교운의 눈살이 더욱 찌푸려졌다.

"모른다."

갑자기 밖에서 소란이 일더니 누군가를 부르는 소리가 들렸다. 원래 소란스러운 것을 좋아하는 아후가 신나서 밖으로 튀어나갔다. 교운 부장을 부르는 소리였다. 교운이 의아한 눈초리로 일어서려 하는데 밖에서 하인이 들어왔다.

"교운 나으리, 댁에서 하인이 왔습니다. 저택에 나으리의 약혼녀라고 하는 분이 찾아와 계시다고, 혼사를 바로 준비하는 것이 맞냐고 하십니다."

교운이 벌떡 일어난 채로 굳었다. 놀란 눈을 보고 태령이 손짓을 했다.

"어서 집으로 가거라. 그리고 약혼녀가 맞으면 혼인을 해라. 생각해 보면 너도 이미 나이가 있는데 너무 내 생각만 했구나."

교운이 천천히 고개를 돌려서 태령을 보았다. 태령은 교운을 보지도 않고 서류에 코를 박고 있었다. 이제는 살짝 길어서 늘어진 검은 머리칼이 서류에 닿을 듯 말 듯 움직였다. 말간 얼굴이 뭔가 심각한 표정으로 종이를 노려보았다.

교운의 눈동자가 흔들렸다.

그녀를 마음에 담은 것이 언제였을까? 살인적인 주먹에 맞은 날? 열다섯 살, 전투에 들어선 자신을 보고 건방지다고 밤새 굴려지던 날? 죽을 것같이 눈앞이 흔들렸는데 그런 자신을 보고 마음에 든다는 듯 환하게 웃은 날? 백제군의 기습으로 포로가 된 밤에 부장을 구한다고 홀로 뛰어 들어 적진에 불을 내고, 그 와중에 구한 사람보다 죽은 사람이 더 많았지만 그래도 자신을 구해 부축하며 돌아가던 그 밤이었을까?

그래, 그때였을 것이다. 고문으로 허벅지가 갈기갈기 찢겨 다리를 움직이지 못하자 교운은 태령이 잡힐까 봐 겁을 집어먹고 그녀에게 왜 왔냐고 고래고래 소리 질렀다. 그때 태령이 말했다.

"내가 이 세상에서 제일 믿는 사람이 너다. 제일 아끼는 사람

또한 너다. 그러니 죽게 두지 않는다."

자신이 그때 울었던가?

교운은 여전히 태령의 옆모습을 물끄러미 지켜보고 있었다. 시간이 지나도 교운이 움직이지 않자 태령이 의아한 눈초리로 얼굴을 들었다. 교운이 급히 얼굴을 돌렸다. 태령이 자리에서 일어섰다. 그리고 아직도 꼼짝도 하지 않는 교운의 곁으로 천천히 걸어왔다. 태령의 부드러운, 한 번도 들어본 적이 없는 상냥한 목소리가 들렸다.

"아직도 나를 생각하느냐?"

교운이 급히 고개를 들고 먼 어딘가를 바라보았다. 태령이 교운을 올려다보았다. 흔들리는 눈동자가 다시 태령을 내려다본다. 교운의 눈에서 뚝 뭔가가 떨어졌다. 놀란 교운이 당황해서 손으로 눈을 닦았다. 이를 악물고 감정을 참고 있는 교운을 보며 태령이 담담히 말했다.

"미안하다. 네게, 오래전에 말해줬어야 했는데."

교운이 뒤로 한걸음 물러섰다. 낮게 가라앉은 목소리가 갈라져 나왔다.

"그러지 마십시오. 장군께서는 잘못이 없습니다."

교운이 웃음을 지었다. 알고 있었다. 그녀에게 닿을 수 없다는 것을. 그래도 좋았다. 그저 그녀를 보고 있는 것만으로 좋았다. 그녀가 가장 믿는 것이, 가장 아끼는 사람이 자신이라는 것이 좋았다. 자신의 소원이었다. 이대로 죽을 때까지.

태령이 교운의 손을 잡았다.

"지금도 내가 가장 믿고 있는 사람이, 내가 가장 아끼는 사람이 너라는 것은 변함이 없다. 그것은 죽을 때까지 변함이 없을 것이다."

교운의 눈에서 후두둑 눈물이 떨어졌다. 교운이 자신의 눈물을 보고 어이가 없어서 웃음을 터뜨렸다.

"걱정하지 마십시오. 이것은, 이것은 아무것도 아닙니다."

태령이 저보다 키가 큰 교운을, 어정쩡하게 선 자신의 부장을 꽉 끌어안았다.

"아무것도 아닌 감정이란 없다."

숨도 쉬지 못하고 얼어붙어 있는 교운을 놓은 태령이 크게 심호흡을 하고 이제는 냉정하게 변한 눈초리로 교운을 올려다보았다.

"진 교운, 총 부사령관, 내가 가장 사랑하는 친우. 집으로 가거라. 그리고 약혼녀와 혼인을 할 것을 명한다."

멍하니 태령을 보고 있던 교운이 커다란 손으로 얼굴을 스윽 닦았다. 그리고 굳은 표정으로 태령의 앞에 무릎을 꿇었다.

"부사령관, 명을 받듭니다."

교운이 벌떡 일어서 무거운 발을 이끌고 밖으로 나갔다. 밖에서 다시 소란스러운 소음이 왁자지껄 일어나자 졸고 있던 병무대신이 놀라서 눈을 떴다.

"무, 무슨 일입니까? 밖에 뭐가?"

태령이 한숨을 쉬고 손짓으로 다시 자라는 시늉을 했다.

"다시 주무십시오. 아무래도 부장이 혼사를 할 것 같아 일이

더딜 거 같습니다."

아후가 벙실거리는 웃음을 지으며 들어와서 태령을 향해 말했다.

"대장, 어머님께서 산랑님과 함께 잠시 오시라는 전갈을 보내셨습니다."

고개를 갸웃거리던 태령이 아후에게 서류를 맡기고 일어섰다. 밖으로 나서자 소란스럽던 게 언제였냐는 양 조용하다. 교운이 자신의 집에서 온 하인들을 이끌고 바로 출발을 한 모양이었다. 바깥마당으로 나가자 문 앞에 산랑이 서 있다. 이제껏 머리가 시끄러웠는데 신랑이 자신을 보고 잔잔하게 웃자 아무 생각이 나지 않았다.

밤의 공기가 달콤했다. 태령과 산랑은 천천히 밤거리를 걸었다. 아주 늦은 시간은 아니어서 아직도 시장에는 사람들이 북적거리고 있었다. 태령이 산랑을 올려다보았다. 새카만 머리칼은 위로 묶여 있는데 몇 가닥이 내려와서 살랑거렸다. 시선을 의식했는지 슬쩍 내려다보는 눈매가 날카로웠다. 의외로 도톰한 입술은 단정하게 닫혀 있다. 이목구비는 하나같이 섬세하고 우아한데 전체적으로 강한 남성의 기운을 풍겼다. 태령의 입술이 미묘하게 호선을 그리며 위로 움직였다.

"이제 내 머리가 마음에 드나?"

저음의 목소리가 들리면서 태령의 손을 산랑이 잡았다. 흠칫 놀라는 태령을 산랑이 고개를 기울이며 바라보았다. 태령의 귀가 빨개졌다. 대답이라도 요구하는 듯 잡은 손에 힘이 들어가자 태령이 고개를 끄덕였다. 산랑이 작게 웃었다.

물건을 치우는 난전을 천천히 구경을 하면서 지나치는데 장사꾼의 호객 소리가 들렸다.

"나으리, 아가씨에게 선물을 하시는 것은 어떻습니까?"

바라보자 작은 노리개와 팔찌 등 장신구를 파는 장사꾼이었다. 장사꾼이 꽃 모양의 장신구를 태령에게 들이댔다. 평소에는 차림새에 아무 신경도 쓰지 않지만 어머니가 부를 때에는 그나마 머리를 묶고 치마를 입었다. 남자 같은 차림새를, 어머니는 싫어하기 때문이다. 치마는 불편하지만 그래도 많고 많은 행사와 더 많은 축제를 겪은 덕분에 조금 부자연스럽기는 해도 눈에 띄지는 않았다. 그래서 아마 장사꾼은 아가씨에게 들이미는 것이 더 성공할 확률이 높다고 생각한 것이리라.

태령이 낯선 표정으로 장신구를 바라보았다. 이것을 어디다 어떻게 하라고 자신에게 들이미는 것인가? 산랑이 흥미로운 표정으로 태령을 바라보았다. 그리고 늘어져 있는 장신구들 사이로 작은 칼을 집어 들었다.

"이것은 어떤가?"

태령이 칼을 받아서 자세히 살펴보았다. 마음에 들었다. 작은 칼은 호신용으로 만들어진 듯하지만 호신용치고는 지나치게 상태가 좋았다. 게다가 장식도 별로 없어서 더 마음에 들었다. 아마 장식이 없어서 구석에 처박혀 있는 듯했다. 장사꾼은 잘생긴 아가씨와 더 잘생긴 남자의 조합을 재미난 듯 바라보다가 작은 반지도 내밀었다.

"이것은 칼과 함께 파는 것입니다. 함께 가져가십시오."

반지는 칼과 같은 소재로 만들어진 데다 같은 꽃문양이 새겨져 있었다. 산랑이 돈을 꺼내 장사꾼에게 내밀었다. 그리고 반지와 칼을 받아서 태령에게 주었다. 다시 바람이 불었다. 꽃향기가 풍겼다. 온 사방에 꽃향기가 가득했다.

길을 가려 하자 태령이 산랑의 손을 잡았다. 산랑의 손가락을 만지작거리던 태령이 그 손가락에 반지를 끼웠다. 반지는 칼과 같이 남성용이었던 듯 산랑의 약지에 얌전히 들어갔다. 산랑이 손을 들어 올려 반지를 살폈다. 그리고 태령을 보았다.

빤히 바라보는 산랑의 눈빛에 태령이 어색하게 웃었다. 산랑이 웃으면서 태령의 손을 잡았다. 갑작스럽게 돌풍이 일었다. 모래 먼지가 일어나며 바람이 장바닥에서 회오리치자 사람들이 눈을 가리고 옷으로 입을 가렸다.

산랑이 태령의 얼굴을 부드럽게 잡고 입술을 맞췄다. 캄캄한 밤이고 장이 끝나가는 구석이지만 그래도 사람들이 많은데, 태령이 당황했지만 황금색의 눈빛을 마주하자 걱정이 사라졌다. 살포시 꿈결같이 부드러운 입술이 태령의 입술을 삼켰다. 달콤한 숨을 들이키려 입술이 열리자 뜨거운 것이 입안으로 넘어왔다. 머릿속이 어지러웠다. 아니 눈앞도 어지러운 거 같다. 눈도, 입술도, 뜨거웠다. 매끄러운 것이 자신의 혀와 그 안, 목구멍까지 휘저으며 온통 돌아다녔다. 입술을 다시 핥아먹을 듯 강하게 빨아당긴 산랑이 겨우 얼굴을 놓아주었다.

휘몰아치던 돌풍이 가라앉았다. 난전과 천들을 잡고 있던 사람들이 투덜거리며 날아간 물건들을 잡으러 뛰어다녔다.

심장이 미칠 듯이 뛰고 얼굴은 붉어졌으며 이마는 뜨뜻해졌다. 태령은 벌어지는 입을 가리고 다른 생각을 하는 척 길을 갔다.

산랑이 뭔가를 보더니 태령의 손을 놓고 난전의 한 곳으로 걸어갔다. 태령이 뒤를 천천히 따라갔다. 산랑이 사오는 것을 보고 태령이 웃었다. 산랑의 손에 하얗고 자그마한 꽃들이 한 무리 들려 있었다. 태령이 산랑이 건네는 꽃을 보고 그의 얼굴을 올려다보았다.

"먹는 것인가?"

산랑이 태령의 손을 잡으며 장난스러운 웃음을 지었다.

"처음에도 그대에게 먹으라고 준 것이 아니었다. 그저 그대가 웃는 모습이 보고 싶어서 준 것이었다."

태령이 하얀 꽃을 만지작거렸다. 남자를 바라보자 가슴속에서 뭔가가 심장을 움켜쥔 듯 저릿하고 아파오기 시작했다. 자신도 모르게 가슴에 손이 올라갔다. 마치 실제로 화살을 맞은 그런 느낌이었다. 화살에 많이 맞아봐서 잘 알았다. 이건 심장에 박힌 것이고 목숨이 위험할 수도 있다는 것을 말이다. 그런데 미친 것인지 입가가 부드럽게 풀어졌다. 산랑이 태령의 손을 다시 잡으려 한 순간이었다. 둘의 곁으로 그림자가 다가왔다.

"태령 장군?"

태령이 곁을 보자 수리 아찬이 뒤에 몇 명의 젊은 호위들을 달고 서 있었다. 태령의 표정이 살짝 굳었다. 산랑이 앞의 남자들을 보고 무심하게 고개를 돌려 태령을 보았다. 수리는 태령의 곁에 서 있는 산랑을 수상쩍은 표정으로 훑어보았다.

"돌아오셨다고 들었습니다. 혼사가 미뤄져서 아버님이 걱정이 많습니다."

태령이 곤란한 표정을 지었다. 이제 그와의 혼인은 물 건너간 것이다. 전쟁에서 이겨도, 전쟁에서 져도. 웃음이 지어졌다. 지면 아무도 혼사고 나발이고 할 수 없다. 모조리 지옥으로 직행을 할 것이니.

전쟁이 어떻게 결말이 지어질지 모르는 상황인데 수리라도 다른 좋은 여인과 혼사를 하라고 조언을 해줘야 하나? 태령이 수리를 보았다. 미끈하게 생겼다. 수염도 자르고 머리에 두른 두건은 황금색으로 빛났다. 여인들이 그를 보면 너무 좋아서 손끝부터 물어뜯는다고 하는 소리도 들었다. 또 그가 유명한 관녀나, 아름다운 궁주와 함께 꽃놀이나 단풍구경을 즐겨 하는 것을 알고 있으니 자신까지 그의 걱정을 할 필요까지는 없을 것이다.

"그대와 혼사는 하지 못하게 되었으니 그리 아시오."

수리 아찬의 눈이 곁의 산랑에게로 돌아갔다. 그리고 산랑이 태령의 손을 잡는 것을 보았다. 태령이 그와 손을 맞잡고 수리를 향해 마치 지나가는 풀이라도 보듯이 별 감흥 없이 작별인사를 했다. 수리의 뾰족한 말이 날아왔다.

"그렇게 간단히 거절할 수 있는 일이 아닐 텐데요. 갈문왕과 각간의 약속입니다."

태령이 그러거나 말거나 뒤도 돌아보지 않고 산랑과 함께 천천히 길을 따라 갔다. 수리가 태령을 노려보았다.

처음 아버지가 태령궁주와 혼인을 하라고 했을 때는 거절했었다. 제가 뭐가 부족해서 그런 남자 같은 여자와 혼인을 해야 합니까? 항의까지 했었다. 태령궁주의 지위가 없어도 어린 자비왕 정도는 자신이 해결을 할 수 있었다. 자신도 진골이다. 물론 성골은 아니지만 그래도 그의 할머니가 실성왕의 여동생이었다. 왕위에 오르기만 하면. 왕위에 올라서 우기면 사람들이 뒤에서 욕은 할망정 그를 끌어내고 반대를 할 이유는 없었다.

그런데 태한산에 다녀온 태령은 변했다.

갈문왕과 함께 삼 개월 전 왕궁 밖에서 마주친 태령은 볼 적마다 놀랄 정도로 여자라는 느낌이 없었다. 혼인을 한다면 어떻게 그녀를 안아야 할지 걱정이 될 정도였다. 마음이 동하지 않으면 안지 않아도 되겠지? 라는 생각까지 하고 있었는데 지금 태령을 본 수리는 자신의 눈을 의심했다.

태령이 남자를 향해 미소를 지었다. 여인의 옷을 입은 태령은 전보다 긴 머리칼을 출렁거리며 수줍은 웃음을 지었다. 지금도 여자 같은 느낌은 없었다. 그런데 수리는 문득 자신의 여성관이 상당히 왜곡되었다는 사실을 깨달았다. 그에게 여자란 자신의 손에 들어올 수 있을 정도로 가냘픈 체구에 밀면 쓰러질 듯 연약한 것이었다. 머리칼은 길어서 치렁치렁해야 하고 걸을 적에도 휘청거려야 했으며 조금만 걸어도 힘에 겨워서 헐떡거려야 마땅했다. 그런데 한 번도 여자라고 생각해 본 적 없는 태령이 여자로 보였다.

가느다란 눈매가 남자를 향해 부드럽게 휘어 반달을 그리고 웃었다. 그 눈빛이 뭔가…… 달콤했다. 은근하고 두근거리는 미묘한 색기가 눈 안에서 맴돌며 남자를 향해 바람같이, 향기같이 은은히 풍겼다. 입술은 연진홍색으로 물들어서 입을 벌리고 말을 할 때마다 하얀 이와 붉은 혀가 보일 듯 말 듯했다.

그것이 이상하게 지켜보는 자신을 덥게 했다. 군복과 예복을 입었을 때에는 몰랐는데 태령의 목이 하얗고 길었다. 그리고 그 위로 머리칼이 출렁거리자 수리는 그곳에 자신의 잇자국을 내고 싶어졌다.

산랑이, 침을 삼키는 수리의 모습을 지켜보았다. 수리가 손짓을 하자 곁에 있던 호위들이 산랑의 곁으로 다가가 양팔을 잡았다. 태령이 수리를 향해 언짢은 기색을 드러냈다.

"뭐하는 것이오?"

"이 이상한 남자는 좀 조사를 해야 할 것 같습니다."

태령이 호위들을 노려보았다. 호위들이 움찔하고 뒤로 물러섰다. 태령은 외군 서부 사령관이다. 그녀가 화가 나면 이 자리에서도 바로 죽을 수 있었다. 태령이 주위를 돌아보았다. 수리 아찬을 알아본 상인들과 사람들이 서둘러 도망치고 있었다. 귀족들의 싸움에 휘말려 해를 입으면 자신만 손해였다. 누구에게 하소연을 해봤자 관에서도 군에서도 해결을 해주지 않았다.

수리의 입술이 꾹 다물렸다. 지금 태령의 화를 북돋고 있는 것은 알고 있었지만 그럼에도 이 이상한 남자를 붙잡아 손을 봐주고 싶었다. 서울 한복판에서 싸움은 일어나지 않을 것이다. 군인인 태령은 민간인과 싸움이 일어나는 것을 싫어했다. 잠깐이라도 좋았다. 태령이 관에 사람을 보내 남자를 빼 가기 전에. 짧은 순간이라도 효과적인 고문과 협박을 당하면 모두가 알았다. 이 금성에서 수리아찬이 마음에 둔 것은 그의 것이라는 사실을 말이다. 물건이든, 사람이든, 가령 태령이라는 궁주라도. 이 외부인도 그걸 곧 알게 될 것이다.

자신의 팔을 잡은 두 명을 보며 산랑이 수리를 돌아보았다. 그리고 한심하다는 표정으로 고개를 저었다. 수리의 뺨이 붉게 타오르며 머릿속에서 이성이 사라졌다.

"눈빛이 해괴한 것이 분명 허락도 없이 다니는 회회인이 틀림없으니 첩자일 수도 있습니다."

태령은 자신의 신념을 꺾어야 하나 망설였다. 그녀는 한 번도 도성에서 말썽을 일으킨 적이 없었다. 아무리 뛰어난 호위라도 해도 호위는 호위이고 군인은 군인이다. 군인을 상대로 호위가 이긴 적은 없었다.

그때 산랑이 자신을 거칠게 포박하려는 한 호위의 손을 부드럽게 잡았다.

빠가각, 투둑!

손가락뼈들이 부러지는 소리가 소름이 끼치게 크게 들렸다. 호위는 불가능한 방향으로 휘어진 자신의 손가락들을 보고 비명을 질렀다. 그 곁에 있던 호위 또한 산산조각으로 부서진 자신의 손을 멍하니 보고 있었다. 아직 자신의 손이 어떤 상태인지 인식하지 못한 것이다. 비명과 고함, 울부짖는 소리가 뒤늦게 터져 나오자 수리의 얼굴이 굳었다.

산랑이 희미하게 미소를 지으면서 태령의 손을 잡고 몸을 돌렸다. 호위들이 나뒹구는 것을 무시하고 둘은 마치 꽃향기라도 맡는 것처럼 손에 쥔 풀꽃을 올려 얼굴로 향하며 멀어졌다.

수리가 사람을 부르고 다시 멀어지는 산랑을 노려보았다. 자비왕을 압박해서라도 태령을 손에 넣어야겠다. 아직은 갈문왕이 자신의 편이니 태령은 결국 자신의 손에 들어올 것이다.

❖

보령부인이 차를 내왔다. 갈문왕 진환이 태령의 신랑으로 수리를 내세웠을 때 보령부인은 아무 말도 하지 않았다. 워낙에 다혈질이고 자신에게 반대하는 의견을 용납하지 않는 성정을 알고 있었기 때문에 그저 침묵하고 자신은 남편의 의견을 그리 반기지 않는다는 것을 넌지시 알릴 뿐이었다.

덕지 각간은 훌륭한 정치가였다. 자신의 한계도 확실히 알고 있었고 또 신라의 최고의 위치에 오른 이상 그 위를 바라지도 않았다. 하지만 그 아들은 아니다. 아찬 벼슬을 하고 빠른 출세를 하고 있지만 수리의 목표는 각간이 아니었다. 그 욕망을 집에서 아이들을 돌보며, 이제는 손자들을 돌보고 있는 자신도 알고 있는데 남편이 정말 모르는 일일까? 설마 남편은 그 욕망을 알고도 자신을 위해서 그 혼인을 추진하고 있는 것일까?

보령부인은 제 앞에서 얌전히 앉아 차를 마시는 태령과 이상한 남자를 보았다. 남자는 수리와는 다른 아름다움을 지니고 있었다. 태산 같은 묵직함이 있었다. 그가 어떤 말을 해도 믿을 수 있고 그가 어떤 행동을 해도 받아들일 수 있을 것 같은, 알 수 없는 신뢰가 샘솟았다.

검은 머리칼을 뒤로 느슨하게 묶은 얼굴은 서늘한 눈매와 도톰한 입술이 돋보였다. 남자는 매혹적이었다. 그를 보면 마치 봄을 맞은 소녀처럼 가슴이 뛰어서, 보령부인은 곁에 얌전히 앉은 태령을 향해 미소를 지었다.

그녀는 태령이 항상 걱정이었다. 딸이 남자를 멀리하면 할수록 더욱 걱정했다. 남자를 경멸하고 자신보다 약한 남자를 보기 싫어하는 딸이, 혼인을 해 남편을 맞이하는 즐거움과 아이의 무조건적인 사랑을 받는 기쁨을 얻지 못할까 봐 노심초사했었다.

"태한산의 신관이라고요?"

산랑이 잠시 생각하다가 고개를 끄덕였다. 태령이 웃으면서 어머니를 향해 투정했다.

"아버님을 말려주십시오. 수리와 혼인을 하지 않겠다고 말을 했는데 제 말은 들은 척도 하지 않으십니다."

보령부인이 따라서 웃었다. 보령부인은 하녀들이 내온 정과를 산랑에게 권했다.

"순리에 따라서 될 것이다. 너무 조급하게 생각하지 마라. 그리 평생을 살아오신 분인데 금세 그렇게 생각이 바뀌시겠느냐?"

태령이 한숨을 쉬었다.

"수리 아찬이 지금 만나는 천녀가 그의 아들도 낳았습니다. 그리고 그가 만나다가 버린 아영궁주가 자살을 시도하다 실패했을 때에 어머니가 가서 돌봐주셨다고 하셨습니다."

부인이 잠시 태령을 보다가 웃었다.

"그거 아느냐? 그건 네가 태한산에 가기 전에도 다 알고 있던 일들이다. 한데 지금에야 눈에 모로 들어서느냐?"

태령이 놀라서 어머니를 보았다. 곁에서 산랑이 태령의 손을 부드럽게 잡았다. 생각해 보니 모두가 다 알고 있는 사실이었다. 선명과 아후는 소문과 사실을 구분해서 모조리 알려주었고 이 남자를 알기 전에는 그 모든 것들이 자신과 아무런 상관이 없었다. 수리와 혼인을 한 후에 그가 서라벌의 모든 여자를 만난다고 해도, 그가 숨겨놓은 아들이 수십 명이라고 해도, 그런 것에 아무런 생각이 없었던 자신이었다.

산랑을 만나서 수리의 여자관계가 추잡하고 싫어진 것이 아니었다. 그의 그러한 여자 문제들이 얼마나 허무한지 그래서 그것이 안타깝다고. 그렇게 느껴진 것이었다. 놀라서 휘둥그레진 눈으로 태령이 산랑을 보았다. 산랑이 희미하게 미소를 지으며 태령을 바라보았다. 산랑이 속삭였다.

"너를 얻게 되어서 기쁘다."

보령부인이 살포시 웃음을 지으며 둘의 손을 잡았다.

"사랑을 얻게 되어 이 어미도 기쁘다."

❖

교운이 자신의 집 문을 열었다. 문 앞에는 하인들이 우르르 나와서 자신만 기다리고 있었다. 큰 저택은 대낮처럼 환히 등불을 밝히고 모든 사람이 깨어 있었다. 전각의 앞에서 이제는 하얗게 샌 머리칼의 아버님과 어머니가 교운을 반겼다.

아버지의 얼굴은 아무 기색이 없었지만 어머니의 표정은 달랐다. 아들이 혼인을 할 수도 있다는 반가움과 혹시나 그것이 성급한 기대일까 싶은 우려, 그래도 믿고 싶은 설렘이 뒤섞여 늙은 어머니의 얼굴을 상기시키고 있었다.

어머니가 손으로 교운의 얼굴을 어루만졌다. 정말 오랜만에 오는 아들이었다. 아들은 금성에 돌아와서도 집으로 오지 않고 항상 태령 장군의 집에 머물렀다. 그의 어머니는 태령궁주가 여자여서 더 걱정이 되었다. 그녀의 집안과는 이루어지지 않을 것이 확실하니까. 태령은 왕족이라서 왕족과 혼인을 할 가능성이 높았다. 귀족과 혼인을 한다고 해도 이제 은퇴를 한 한미한 교운의 집안은 아예 힘들었다.

"말랐구나."

교운이 굳은 표정으로 말했다.

"내 약혼녀라는 여자는 어디에 있습니까?"

아버지가 안쪽 전각을 가리켰다. 교운이 고개를 끄덕이고 전각으로 올라갔다. 넓은 마루를 지나 방으로 들어가자 안쪽에 앉아서 꿀떡을 먹고 있는 작은 여인이 보였다. 작은 체구, 가냘픈 몸매, 살짝 높은 코, 앵두 같은 입술, 입술이 살짝 들려 하얀 치아가 색스럽게 보이는 소녀.

그녀일 줄 알았다. 어쩐지 화가 치밀어 오르면서도 안심이 되었다.

교운이 들어오는 것을 힐끗 본 골화는 여전히 떡을 냠냠 먹었다. 말을 하고 싶지만 입에 가득 넣은 떡이 방해다. 문을 열고 부모님들이 들어왔다. 소녀의 곁에 서 있던 그는 부모님이 들어오자 앉으라고 손짓을 했다. 어머니의 기대에 찬 얼굴과 아버지의 무심한 표정을 보면서 그가 소녀의 곁에 앉았다.

"혼인을 올리겠습니다. 되도록 빠른 시일로."

부모님의 얼굴이 화들짝 놀라는 것이 보였다. 곁에서 더 놀란 골화의 입이 저절로 벌어져 씹고 있던 떡이 툭 떨어져 내렸다. 교운이 떡을 집어서 골화의 입에 집어넣었다. 여전히 벌어진 입이 닫히지 않자 침이 주룩 흘렀다. 휘둥그레진 눈망울이 교운을 보면서 꼼짝도 하지 않았다. 말을 하려는데 여전히 떡이 방해다. 골화가 떡을 삼켰다. 그런데 너무 큰 떡을 삼키다 보니 목이 막혔다.

"캑캑!"

골화가 떡이 목에 걸려서 숨이 막혀 손을 내저으며 바닥을 구르자 부모님이 놀라서 허둥지둥 하인을 부르고 난리가 났다. 교운이 골화를 잡고 등을 강하게 찰싹 때렸다. 그나마 꽉 막히지는 않았는지 크켁, 하는 소리와 함께 떡이 목에서 튀어나왔다.

골화가 겨우 정신을 차리고 몸을 일으키자 교운이 어머니에게 반지를 아무거나 한 개 달라고 했다. 부인이 놀란 눈으로 자신의 손가락에서 금가락지를 빼서 주자 교운이 반지를 골화의 손가락에 끼웠다. 자신의 약지에 끼워진 가락지를 보고 놀란 골화가 손을 휘저었다.

"아, 아니, 부장 나으리, 그게, 실은 내 말은 이런 뜻이 아니고……!"

교운이 골화의 손목을 강하게 잡았다. 끼잉거리며 아프다고 눈치를 보는 골화를 손으로 누르면서 교운이 으르렁거렸다.

"네 입으로 약혼녀라고 말했고 혼인을 한다고 내 부모님께 말했으니 책임을 져라. 태령 장군께서도 혼인을 명하셨고 나는 명을 어겨본 적이 없다. 말에는 주문의 힘이 있고 주문은 요물을 속박하니 너는 이제 내 것이다."

골화의 손가락에 끼워진 가락지에서 환하게 빛이 났다. 골화가 기겁을 하고 가락지를 벗으려 난리를 쳤다. 하지만 가락지는 손가락에 붙은 듯 벗겨지지 않았다. 울상이 된 골화를 보고 교운이 담담하게 하녀를 불렀다.

"골화 아가씨를 내 방으로 모셔라. 혼인은 이레 안에 한다. 부모님께서 도와줄 것이다."

골화는 아직도 벗겨지지 않는 가락지를 벗으려고 손가락을 문지르고 난리를 피웠다. 부모님이 교운이 하는 말에 놀라서 멍하니 보고 있다가 반지를 빼려고 야단법석인 골화를 보며 웃을 수도 울 수도 없는 표정을 지었다. 교운은 골화의 분한 눈동자를 바라보며 빙그레 웃었다.

"만족스럽군. 이렇게 아름다운 신부라니."

골화는 이를 갈면서 손가락을 긁었다. 그 밤에 골화가 도망을 쳤지만 교운은 잡아왔다. 몇 번이고 도망친 골화를 교운은 어떻게 알았는지 번번이 찾아 잡아왔다. 골화는 울고불고 난리를 쳤지만 혼례는 성대하게 치러졌다. 태령궁주가 참석을 했고 갈문왕도 왔다. 그리고 산랑도 태령을 따라왔다. 산랑을 보자 골화는 더욱 크게 울었지만 축하와 함께 꿀떡도 잔뜩 선물로 받자 훌쩍거리며 눈물을 그쳤다.

8. 전쟁

"곧 전쟁이 있을 것입니다. 왜적들의 침입이 예상됩니다."

태령의 말이 끝나자 대신들이 멍한 표정을 지었다. 하지만 잠시뿐 느닷없이 고성들이 쏟아져 나왔다.

"왜의 침입이야 항상 있던 일인데 뭐 그리 큰일이라고……."

"그깟 놈들은 대책을 세울 필요도 없습니다."

"저번 주에도, 그 저번 주에도, 아주 정기적으로 침입을 하니 그러려니 하고……."

순간 태령의 분노에 찬 목소리가 울렸다.

"그러려니 한다고요? 그걸 말이라고 하시는 겁니까? 침입을 받은 백성은 생각을 해보셨소? 형이 붙잡혀가서 열네 살짜리가 동생들을 먹이려고 물고기를 잡고 있소, 누나도 붙잡혀 갔고, 부모님은 죽임을 당했소! 그 앞에서 정기적으로 오니 그러려니 하라고 말하시겠소?"

다시 잠시의 침묵이 흘렀다. 하지만 역시 잠시뿐이다.

"하지만 무너진 적성을 고치는 데 너무 많은 돈이 들어간단 말입니다."

"그리고 지금은 농사철입니다! 지금 벼를 심지 못하면 다 굶어 죽어요."

소량 이찬이 못마땅한 눈빛으로 입을 열었다. 그는 병부를 쥐고 흔드는 갈문왕과 태령이 꼴 보기 싫어서 죽을 지경이었다.

"제가 흥미로운 것을 받았는데 말입니다."

모두들 소량 이찬을 바라보았다. 자비왕의 전폭적인 신임으로 태령이 주최한 전쟁 대책 회의여서 별관심도 없는데 다른 주제라니 졸던 잠도 달아났다.

소량 이찬이 태령을 힐긋 바라보았다.

"일길찬이 왜왕의 친서를 받았다고 합니다."

대신들이 소량 이찬의 입을 바라보았다. 긴장이 흘렀다. 일길찬? 그럴 리가. 일길찬이면 육두품이다. 진골도 아닌 육두품의 벼슬인 일길찬이 왜왕의 친서를 받았다고?

육두품이면 올라갈 수 있는 관직이래 봐야 아찬이 최고였다. 고위직인 파진찬, 소판, 이찬, 각간은 제아무리 놀라운 능력이 있어도 절대 불가능했다. 그로 인해 사실 능력 있는 귀족 육두품들의 시기와 불만이 적지 않았다.

태령은 일길찬을 기억했다. 그의 진분홍색의 공복이 너무 자색에 가깝다고, 진골의 귀족이 항의를 한 적이 있었다. 자색의 공복은 오로지 진골만 입을 수 있다. 그런데 지방에서 올라온 일길찬이 진분홍색의 육두품 공복을 희한하게 완벽한 보라색에 가깝게 물들여 입은 것이었다. 태령은 그 일로 일길찬이 가벼운 태형까지 받은 것을 기억했다.

덕지 각간이 소량 이찬을 향해 신중한 어조로 물었다.

"무슨 내용의 친서입니까?"

소량 이찬이 잠시 빼기듯이 주위를 돌아보다가 손을 올리고 자신의 공이라도 되는 듯 큰소리로 말했다.

"평화 회담입니다."

평화 회담? 대신들이 마치 끓어오르는 찻물처럼 웅성거렸다. 태령이 차갑게 말했다.

"평화 회담을 가장한 습격이겠지요."

소량 이찬이 빈정대듯이 태령을 향해서 입을 열었다.

"장군이야 그렇게 생각하시겠지요. 태령 장군이 왜를 믿을 수 없다고 말을 하는 것이 하루 이틀도 아니고 말입니다. 정말 궁금합니다. 평화를 싫어하시는 거 아닙니까? 저들이 평화를 구하면서 사절단을 보내온다는 내용입니다. 그러면 어떻게 해야 할까요? 우리는 평화라는 것을 싫어하니 꺼지라고요?"

대신들의 소란이 다시 끓어올랐다. 반은 저들의 평화사절단을 받아들여 회담을 해야 한다는 입장이고, 나머지 반은 끊임없이 침략을 하고 있는 놈들이 회담을 한다는 것을 어떻게 믿냐는 입장이었다.

덕지 각간이 피곤한 표정으로 소량 이찬을 향해 말했다.

"일길찬을 부르십시오. 실제인지 아닌지 확인을 해야 합니다. 그리고 서울의 대신이 받아야 하는 문서가 아닙니까? 지방관인 자에게 어째서 왜왕의 친서가 갔는지 궁금합니다."

소량 이찬이 마치 기다렸다는 듯이 밖에서 자신의 사찬을 불렀다. 사찬이 커다란 함을 가지고 들어왔다.

함은 화려한 금장으로 번쩍거렸다. 대신들의 입이 다물어졌다. 태령의 입이 비뚜름하게 비틀렸다. 황금이라면 사족을 못 쓰는 작자들 같으니.

소량 이찬이 함을 열어서 긴 두루마리를 각간에게 건넸다. 각간이 잠시 이찬을 노려보았다. 일길찬의 문서를 자신이 받고 마치 공이라도 노리듯이 회담에서 꺼내는 모양새가 못마땅했다. 이런 외교 문서를 아무런 제재도 없이 일길찬이나 이찬 같은 지위에서 마음대로 건네고 받고 하는 것이 이해할 수 없는 작태이기도 했다.

각간이 찬찬히 글을 살펴보는 와중에 함 안에 들어 있는 황금의 기운에 탐욕스러운 눈빛들이 향했다. 함 안에는 황금의 술잔과 병, 황금으로 만든 가지와 새들이 새겨진 보석함이 가득 들어 있었다.

각간이 태령을 힐긋 보았다.

"왜의 왕의 말에 의하면 왜적들은 자신의 뜻에 반해서 설치는 도적들이라 자신도 골머리를 앓는다고 합니다. 염려와 걱정으로 잠을 이룰 수가 없다며 사절단을 보내니 내외로 힘든 이때에 평화로 두 나라의 돈독한 정을 세우자고 합니다.”

태령이 차가운 눈빛으로 주위를 돌아보았다.

“믿을 수가 없습니다. 왜왕이 백제의 왕과 형제 사이라고 말하며 백제의 왕녀와 혼인을 하고 백제에서 문물과 학자들을 받아들이는 등 타국과 실제로 왕래가 끊임없는데 우리와 평화 회담을 한다고요?”

소량 이찬이 태령을 노려보았다.

“그것이 어째서 불가능합니까? 나라 간에는 적과 친구가 없습니다. 장군께서 외교적인 적과 친구의 개념을 잘 모르시는 모양입니다. 외교에서는 강인한 나라가 친구이고 약한 나라는 적입니다.”

태령이 이찬을 마주 노려보았다. 소리를 지르고 싶었다. 제정신인가? 곧 침범이 있을 것이란 말이다. 평화 회담이 아니라.

“그래서 우리를 적으로 생각하는 놈들과 친구 관계를 맺자고요?”

소량 이찬이 태령을 보며 한숨을 쉬었다.

“태령 장군은 이번 일에 맞지 않습니다. 사실 문제이지 않습니까? 전쟁밖에 모르는 군인들이 이렇게 외교를 논한다는 것 자체가요. 평화로 해결할 수 있는 문제에 어째서 피를 봐야 합니까? 장군이 염려하고 있는 백성들이 원하는 일입니다. 평화! 어서 회담을 해야 합니다!”

대신들의 눈이 아직도 함에서 떨어지지 않는다. 그리고 평화 회담을 하자는 쪽으로 의견이 기울기 시작했다.

"장군께서는 이번 일에는 빠지시는 것이 좋겠습니다. 전쟁을 그렇게 원하시니, 겁이 나서. 원."

태령은 문득 이찬이 언제 일길찬의 함을 금성으로 가지고 왔는지 궁금했다. 혹시 이 회의 전에, 아니면 훨씬 전에 가져왔을 수도 있다는 생각이 들었다. 혹시 대신들 중에는 함을 먼저 본 사람도 있지 않을까? 이미 황금을 조금 나눠 가졌을 수도. 눈물겨운 백성들을 생각해서 평화 회담을 성사시키기 위해서 말이다.

두루마리를 보던 각간이 한참을 고민 끝에 고개를 끄덕였다.

"회담을 왕께 말씀드리겠습니다. 일단 태령 장군께서는 평화 회담의 건에서는 빠지시는 것이 좋겠습니다."

태령이 무표정한 얼굴로 벌떡 일어서서 회의실을 나왔다.

집으로 돌아가자 응접실에는 아직도 두루마리와 전쟁의 대책을 위한 서류가 산더미였다.

태령이 집의 뒤쪽 정원으로 향했다. 되는 대로 아무 나무나 심어놓은 정원은 숲처럼 우거졌다. 귀족들은 아름답고 귀여운 정원을 만들기 위해 뭐든 작게 축소하는 기교와 절정의 기술을 선보이는 데 태령의 정원은 그저 우거졌다. 심지어 빽빽한 나무 때문에 하늘도 제대로 보이지 않았다. 대나무가 많은 탓에 바람소리마저 을씨년스러웠다.

목이 긴 술병과 잔을 들고 태령이 숲으로 들어갔다. 사절단이라, 도대체 왜 사절단 따위를 맞아야 한단 말인가. 그놈들은 겉과 속이 다르다. 해적들을 보내는 건 왜왕이 분명했다. 그러면서 겉으로는, 도적들은 나도 힘드니 어쩔 수가 없다고? 어디서 개수 작을. 왜놈들이 이전에도 이후에도 침략하리라는 것은 굳이 점 괘가 아니라도 모든 사람이 알고 있었다.

산랑의 목소리가 나직하게 들려왔다.

"무슨 일이지?"

주위를 돌아보자 아무도 보이지 않았다. 나무들만 흔들리고 있었다. 바로 앞의 나뭇가지에 배가 초록색인 작은 새가 앉아서 태령을 보고 있었다. 목을 좌우로 기울이며 자신을 보는 것이 상당히 귀여웠다. 태령이 손을 내밀었다.

"산랑?"

초록색의 새가 포롱 날아서 태령의 손끝에 앉았다. 새를 보고 웃었다.

"왜놈들의 사절단이 온다고 한다. 그놈들에게 물어볼까? 언제 침략할 것인지."

새가 다시 고개를 기울였다. 까만색의 눈동자가 아무것도 모르는 척 또랑또랑하다. 태령이 새의 깃털을 쓰다듬었다. 곁으로 검은 그림자가 다가와 태령의 머리에 손을 얹었다.

"새에게 물어보는 것인가?"

태령이 놀라서 소리를 지를 뻔했다. 산랑이 곁에 서 있었다. 새가 깃털을 부리로 고르다가 다시 태령을 보았다. 그리고 먹을 것이 있는가 싶어 날아왔는데 아무것도 없으니 실망한 눈초리로 숲을 향해 날아가 버렸다. 산랑이 미소를 지으면서 태령을 보았다. 태령의 눈이 슬쩍 산랑을 보았다. 설마 자신이 새를 산랑으로 착각하고 주절거린 것을 듣지는 않았겠지?

산랑이 태령의 볼을 쓰다듬었다.

"나는 여우와 달라 다른 존재로 변하지 못한다."

태령이 술을 잔에 따랐다. 그리고 산랑에게 건넸다. 산랑이 술을 받아서 마셨다. 바람이 불었다. 바람에서 숲의 향기가 불어왔다. 자신의 작은 숲이 아니라 계림이나 월성 쪽에서 부는 바람이다. 산랑이 고개를 기울이고 잔에 술을 부어 태령에게 주었다. 술잔은 하나로 산랑이 마시고 다시 태령이 마시고 하며 천천히 숲 사이를 걸었다. 술병을 흔들자 한 병을 다 마셨는지 밑바닥에서 술이 찰랑거렸다. 태령이 산랑을 향해 말했다.

"왜에서 사절단이 온다."

산랑이 태령을 보면서 술을 마셨다. 그리고 태령의 손을 잡았다. 따스하고 부드럽지만 강한 손이다.

"언약의 힘을 믿지 않는 자들과 회담이라……."

태령이 한참 동안 산랑을 보다가 무심하게 물었다.

"놈들이 언제 쳐들어오지? 전쟁은 언제 일어나는가?"

산랑이 태령의 손을 간지럽히면서 낮게 웃었다. 그리고 당연히 모두들 알고 있는 것을 태령만 모른다는 표정으로 고개를 기울였다.

"그것은 이미 시작되었다."

태령이 숲을 바라보며 한숨을 쉬었다. 산랑은 곤란한 상황에서 빠져나가는 능력을 타고난 것일까? 아니면 갈고닦은 것일까?

태령은 이제는 비어버린 술병을 탈탈 털었다. 그리고 얼마 마시지도 않았는데 붉어진 얼굴로 산랑을 보며 물었다.

"내가 언약을 한 것이 있나?"

산랑이 태령의 어깨를 부드럽게 감싸고 숲길을 걸었다. 고개를 끄덕이며 낮게 웃는 모습을 보면서 태령은 목까지 두근거리는 심장을 진정시키기 위해 애를 썼다. 산랑이 말했다.

"기다리고 있다. 네가 허락하기를."

❖

평화 회담을 위해서 사절단이 왔다. 자비왕에게 인사를 하고 휴식을 취한 다음 사신이 회담장에 들어섰다. 회담장에는 각간과 태령이 들어갔다. 일길찬과 이찬이 기를 쓰고 반대를 했지만 각간은 왕께서 지시한 일이라고 고개를 저었다. 회담장에 자신이 아는 일길찬과 이찬이 없는 것이 불안한 모양인지 왜왕의 사신은 자꾸 불만스럽게 중얼거리며 통역을 괴롭히고 있었다.

사신으로 온 이는 왜왕의 동생인 세와중신으로, 그는 마른 체격의 남자였다. 불안한 듯 눈알이 쉴 새 없이 돌아가고 있었다. 그는 병이라도 걸린 것처럼 손을 벌벌 떨고 입술은 파랗게 질렸다. 각간이 세와중신을 보면서 꺼림칙한 표정으로 말을 했다.

"일행이 이미 도성에 도착을 했는데 뒤를 이어 왜병들이 어째서 계속 서라벌로 들어오는 것이오?"

세와중신이 통역을 통해서 말을 듣고는 꾸물거리며 손을 맞잡고 말했다.

"사실 백제와 적대국인 신라와는 평화를 위해서라고 해도 정식 회담은 처음이 아니오? 왕께서 동생인 저의 안전에 근심이 많습니다. 그래서 호위 군사가 좀 많소이다."

각간의 이마에 주름살이 지어졌다. 각간은 수상한 눈빛으로 세와중신을 빤히 바라보다가 태령에게로 시선을 돌렸다.

"설마 우리가 세와중신을 해칠 것이라는 말이오? 호위 군사가 벌써 기백이라고 연락이 왔소."

세와중신의 다리가 달달 떨렸다.

"아, 그런 뜻이 아니라 혹시나 그게……."

태령이 각간과 왜왕의 동생을 보고 있다가 주위를 살폈다. 사절단이라고 하면서 사신은 세와중신 한 명뿐이다. 그런데 호위 군사가 기백이라, 그뿐이 아니다. 세와중신의 안전이 걱정이 되면 동행하는 것이 더 타당하다. 그런데 그는 진작 금성에 도착을 했는데 그의 호위군사는 이제야 왜관으로 들어오고 있었다. 이상한 일이다. 게다가 제일 이상한 것은 따로 있었다.

그의 호위무사는 세 명이 다였다. 보기에 그리 실력이 있는 것 같지도 않았다. 한 명은 황금장식이 된 접객실을 보고 입을 쩍 벌렸다. 세와중신의 호위들인데 그의 신변에 관심이 있는 자는 없었다. 다른 한 명은 어디서 술을 마셨는지 벌써 취해 있었고 나머지 한 명은 회담에 관심이 없는지 심드렁한 표정으로 맞은편에 앉은 각간의 얼굴을 보고 있었다. 도리어 각간과 자신의 호위들이 더 긴장을 한 상태였다.

뒤에서 교운이 다가왔다.

"세와중신의 왜병들이 왜관에서 움직여 적성 가까이에 이르렀습니다. 각간께서 왜관에서 이동을 금지하였는데 멋대로 이동을 해서 그곳까지 왔다고 합니다."

태령이 교운을 돌아보았다.

"몇 명이나 되느냐?"

"이미 이백 명이나 된다고 합니다."

"적성……."

태령은 세와중신의 멍청한 눈빛을 빤히 바라보았다. 별안간 태령은 화가 치밀어 오르는 얼굴로 뒤를 돌아서 방을 나갔다. 그리고 다른 방으로 교운과 사담, 아후와 선명을 불렀다.

"이미 전쟁은 시작되었다."

교운과 일행이 놀라서 얼어붙었다. 태령이 사담과 선명을 가리켰다.

"적성의 앞에 있는 노해로 군을 이끌고 서둘러 가거라. 교운과 아후는 따로 남아라, 다른 일이 있다."

사담과 선명이 날듯이 뛰어나갔다. 교운과 아후에게 할 일을 지시하고 태령이 교운과 다시 회담장으로 돌아왔다.

회담장의 앞에서 대신들이 소란을 피우고 있었다. 회담장 안에서도 소란이 일어난 듯했다. 안으로 들어가려는 태령을, 일길찬과 이찬이 노려보았다. 태령이 환하게 웃으면서 자신의 칼을 위협이라도 하듯이 자랑스럽게 보여주었다.

안으로 들어가자 회담이라고 하면서 회담다운 일은 아무도 하고 있지 않았다. 세와중신이 뭔가 당황한 듯 손을 내저었다. 통역이 그의 목소리에 귀를 기울였지만 괴성에 가까운 그의 말을 전혀 알아듣지 못했다.

느닷없이 문이 열리고 일길찬이 들어왔다. 중요한 회담에 하급 관리가 허락도 없이 들어오는 미친 짓을 했다. 각간이 일길찬을 향해 날카롭게 물었다.

"일길찬, 댁이 대답을 하시겠소? 왜왕이 와도 이렇게 많은 군병들이 왜관으로 들어오지는 못하오. 그런데 왜관에서 움직이지 말라는 지시를 듣지 않고 왜병들이 금성으로 향하고 있소이다. 평화 회담이 맞는 것이오? 대왕과 갈문왕께 설명을 하셔야 할 것입니다."

앞에서 소란이 일어났다. 세와중신이 통역을 칼로 후려쳤다. 통역이 피를 뿌리며 뒤로 넘어갔다. 각간이 놀라서 벌떡 일어섰다. 태령과 호위들이 그를 주시했다.

세와중신이 뭐라고 왜의 말을 소리치기 시작했다. 아마 자신을 무시하느냐는 말일 것이다. 갑자기 왜의 호위들이 벌떡 일어나서 칼을 뽑고 휘두르기 시작했다. 술에도 취하고 솜씨도 없는 허술한 모양새로 뭐하는 것인지 호위들이 어이없는 표정으로 보고 있을 때였다. 한 명의 왜인이 신라의 호위에게 덤벼들자 호위가 번개같이 칼을 내리쳐 왜인을 베어버렸다.

왜인들이 다시 소리를 지르기는 했지만 신라의 호위를 향해서가 아니었다. 각간이 뭔가 수상하다고 느끼는 순간이었다. 왜인들은 세와중신. 자신이 모시고 온 왕의 동생을 향해 사납게 소리를 질렀다.

세와중신이 자신의 칼을 집어 들고 벌벌 떨었다. 다른 두 명이 세와중신에게 뭐라고 또 소리를 지르자 눈이 시뻘겋게 충혈되어서 사시나무 떨 듯 온몸을 떨던 세와중신이 칼로 자신의 배를 푹 찔렀다.

각간과 일길찬, 태령이 너무나 놀란 나머지 자리에서 벌떡 일어섰다. 왜인 중 한 명이 자신의 칼로 세와중신의 등을 찔렀다. 태령이 눈짓을 하자 교운이 다가가서 세와중신에게 덤비려는 두 명을 칼로 두 동강을 내었다.

❖

이틀이나 지나고 회의가 열렸다. 자비왕의 앞에서 대신들이 고함을 질렀다. 갈문왕과 각간, 이찬, 어울리지 않게 일길찬까지. 모든 고위 대신들이 모여서 이 일을 어떻게 해야 하는지 중구난방으로 떠들었다.

"세와중신과 호위들을 전부 죽인 것은 사실이 아닙니까?"

태령이 소리를 치며 화를 냈다.

"그 미친놈은 자살을 한 것이오! 모르시겠습니까?"

일길찬이 침을 튀기며 악을 썼다.

"겨우 몇 백의 왜병들을 막고 왕의 동생을 모욕했으니 자존심이 높은 그가 자살을 하지요! 그 시체는 어떻게 하셨소? 태령 장군!"

태령이 혀를 찼다. 자존심? 태령은, 그 마른 놈에게 자존심 따위는 없다는 것에 자신의 목도 걸 수 있다. 일길찬이 주제도 모르고 또 고함을 질렀다.

"세와중신이 죽었다고 왜병들이 소란을 일으키고 있습니다. 벌써 전쟁 중이라는 소문입니다."

대신들 중 한 명이 태령의 눈치를 보면서 말을 이었다.

"태령 장군의 군대가 벌써 그곳에서 그놈들을 상대하고 있는 모양인데……."

일길찬이 태령에게 고함을 질렀다.

"왜 장군의 군대가 그곳에 있습니까? 대비라도 한 것처럼!"

태령이 일길찬을 노려보았다.

"그러면 왜병들이 우리 백성들을 죽이고 약탈하는 꼴을 보고만 있으라는 것입니까?"

일길찬이 손가락을 들고 태령을 향해 삿대질을 했다.

"내 말은! 전쟁이 일어날 것을 알고 있었는지 마치, 꼭 기다리기라도 했다는 듯 왜 그곳에 태령 장군의 군병들이 적시에 도착했냐는 말이오!"

태령이 웃었다. 그 웃음소리가 점점 커지자 일길찬과 대신들이 모두 제정신이 아닌 듯한 그녀를 약간 뜨악한 표정으로 보았다.

한참을 웃던 태령이 상냥한 표정으로 주변을 둘러보았다.

"누가 들으면 세와중신과 그 호위들도 내가 죽인 줄 알겠습니다? 원래 평화 회담 따위 반대했으니까 말입니다. 일부러 전쟁이라도 일으키려고 말입니다."

대신들이 움찔했다. 그렇게 생각한 사람들이 많은 모양이었다. 태령이 대신들을 일일이 바라보며 빈정거렸다.

"정말 서울의 정치판은 너무나 웃겨서 왕의 광대가 할 일이 없겠습니다. 도대체 이보다 더 웃기는 상황을 어떻게 광대가 만들겠습니까? 세와중신이 자실을 한 것이 그제입니다. 그런데 우리가 전서구를 날리지도 않았는데 한참 밑의 지방인 적성에서 왜병 장군이 세와중신이 죽었다고 말합니다. 이게 무슨 뜻인지 모르겠습니까?"

각간이 급하게 낮은 목소리로 말을 꺼냈다. 각간은 평화 회담에 찬성했다. 하지만 그렇다고 굴욕을 감수하고 나라의 수치를 눈감을 만큼 어리석지는 않았다. 각간은 회담이 이상하게 빗나가기 시작했다는 것을 회담장에서 벌써 눈치챘다. 각간이 주변의 대신들을 긴장한 얼굴로 돌아보았다.

"일부러 계획한 것입니다. 자살을 시키고 우리가 죽였다고 소문을 퍼뜨리고. 대내외로 침입을 당연시하게 만들려는 것입니다. 왜병들의 사기를 올리면서 왜관으로 진군을 하고 말입니다. 아니면 알지도 않은 세와중신의 죽음을 어떻게 말할 수가 있습니까? 아마 더 많은 왜병들이 쳐들어올 것입니다. 명분이 섰으니까."

일길찬이 각간을 향해서 소리를 낮추고 말을 전했다.

"그럴 리가 없습니다. 그리고 사실 우리가 그들을 전부 죽인 것은 사실이 아닙니까?"

태령이 화를 냈다.

"우리가 죽이지 않았소!"

일길찬은 태령을 본 척도 하지 않았다.

"그럼 시체를 몰래 처리한 것은 무엇이요? 죽은 세와중신을 끌고 나가서 시체도 보여주지 않는 것은 장군입니다. 우리가 사절단을 잘못 대접한 것입니다. 지금이라도 사죄하고 왜의 요구를 적당히 들어주면 됩니다."

태령이 어이가 없어서 웃음도 나오지 않았다. 일길찬을 향해 태령이 물었다.

"무엇을 말입니까? 사죄? 도대체 왜 하지도 않은 일을 사죄해야 합니까? 도대체 무슨 요구를 얼마나 들어주려고 하십니까?"

갈문왕은 난리를 치는 대신들을 무표정하게 보고 있는 자비왕을 힐긋 보면서 한숨을 쉬었다. 아직 이런 일에 대비할 수는 없을 것이다. 자비왕은 너무 어리다. 갈문왕이 일길찬에게 물었다.

"왜의 요구가 무엇이오?"

일길찬이 갈문왕의 말에 냉큼 대답했다.

"공식적인 사죄와 왕녀를 달라고 합니다. 그, 그리고 남해의 섬 일곱 개를 달라고 합니다."

갈문왕이 자비왕을 잠시 보았다. 그리고 일길찬을 보았다.

"영토는 줄 수 없소."

일길찬이 한숨을 쉬었다. 그리고 하찮은 요구라는 식으로 설명했다.

"섬이 천지입니다. 무인도가 얼마나 많은데 겨우 일곱 개를 넘기는 것을……."

자비왕이 자리에서 일어서서 피곤한 얼굴로 일길찬을 보며 말했다.

"영토는 돌멩이 한 개라도 줄 수 없소. 사죄 또한 할 수 없소. 대책을 마련해 보시오."

일어서는 갈문왕과 태령을 보며 자비왕이 명령을 내렸다.

"태령 장군은 적성으로 떠나시오. 왜군을 막으세요. 그리고 갈문왕은 도성을 수비하세요. 백성들이 혼란에 빠지지 않도록 하고 또 왜군들의 첩자를 잡아내십시오. 아마 수두룩할 테니."

태령 장군과 진환이 고개를 숙이고 나갔다. 떠들던 대신들이 자비왕에게 예를 올리고 나갔다. 일길찬의 얼굴이 약간 파랗게 질렸다.

태령은 진환에게 인사를 하고 교운과 함께 바로 적성으로 향했다. 교운이 잠시 망설이더니 물었다.

"산랑님은 함께 가지 않으십니까?"

태령이 고개를 저었다.

"그는 이 전쟁에 개입해서는 안 돼."

교운이 걱정스러운 눈빛으로 태령을 보았다.

"어째서요? 도성에 온 것부터가 이미 개입을 한 것인데."

태령이 교운을 향해 고개를 끄덕였다.

"그렇지, 이미 개입을 한 것이지. 그러니 더 이상은 안 돼. 누구의 도움 없이 우리 힘으로 막아야 한다. 그래야 바꿀 수 있어."

❖

진환은 넓은 월성의 대로를 말을 타고 지나다가 교운의 집이 있는 방향에서 이상한 광경을 목격했다. 자세히 살피기 위해 말에서 내려 바라보자 교운의 부인이 틀림없는 외모가 화려한 소녀가 산랑이라는 그 괴상한 신관의 가슴에 얼굴을 묻고 울고 있었다.

　산랑이 위로를 하는 듯하는데 골화라고 불린 소녀는 뭔가를 말하면서 정말 서러운 듯 울고 있다. 하기는 저렇게 예쁘고 귀여운 소녀가 울면서 하소연을 하면 누구든지 위로를 해줄 듯했다.

　그런데 저 신관이라는 자가 태령의 손을 잡고 다니는 것을 본 사람들이 있던데. 그래서 태령과 저자가 연인 사이라고 소문이 났다. 이제껏 한 번도 남자에게 관심이 없는 것 같아서 남자의 손을 잡았다는 소문에 차라리 잘됐다는 생각을 했었다. 혼인 전에 여러 남자를 자유롭게 만나는 것은 큰 흠이 아니다. 큰 흠은 다른 계급의 남자를 만나는 것이 아니라 다른 계급의 남자와 혼인을 한다고 말하는 것이었다.

　어쩌든 간에 혼인은 수리 아찬과 하면 되는 것이다. 그런데 아무 의미도 없다고 생각했는데 소녀가 산랑이라는 자에게 너무 달라붙어 있는 것 같다. 기분이 나빴다. 소녀는 혼인을 한 여자가 아닌가. 교운은 틀림없이 태령과 함께 적성으로 출발을 했을 텐데. 남편이 출정을 해서 무사할지 걱정이 되니 슬퍼서 그런가?

　"아름다운 여자군요."

　곁으로 수리가 다가왔다. 진환이 잔기침을 했다. 그리고 지나가려 하는데 수리가 진환을 붙잡고 산랑이라는 자를 가리켰다.

"저자가 태령궁주와 소문이 난 거 알고 계십니까?"

진환이 고개를 끄덕였다. 별로 수리와는 나누고 싶지 않은 주제였다. 수리는 뒤에 서 있던 하인에게 진환의 말고삐를 잡고 뒤따라오라고 시켰다. 진환이 이맛살을 찌푸렸다. 하지만 어쩔 수가 없다. 저자에 대해 묻고 싶은 것이 있는 모양인데 알고 있는 것은 알려줘야 할 것 같다. 하지만 사실 자신도 저자에 대해서는 잘 모른다.

며칠 전에 부인이 저자와 태령을 불러 이리저리 물어본 것이 있는 모양인데 단순히 인사를 한 모양인지 부인도 태령도 즐겁게 헤어진 것으로 알고 있었다. 진환이 천천히 길을 걷자 수리가 곁을 따르며 말했다.

"저자를 옥에 가둬서 정체를 밝히려고 했는데 궁주가 싫어하셔서 그만두었습니다."

"그래?"

진환이 고개를 끄덕였다. 태령이 좋아하든 싫어하든 별 상관을 하지 않을 거 같더니, 별일이다. 수리가 의아한 눈초리로 진환을 보며 말했다.

진환이 문득 돌아보자 수리의 눈초리가 상냥하고 더할 나위 없이 충실한 약혼자 것이었다. 약혼녀가 다른 남자와 소문이 나는 것에 걱정을 하고 질투하는 젊은 남자. 진환의 눈이 부드럽게 변했다. 이런 인간적인 작자라고 생각하지 않았는데 꽤나 마음에 드는 언사다.

"그렇지 않습니까? 첩자를 가려야 한다고 자비왕께서 말씀하셨는데 조금 걱정이 됩니다. 혹시 저자가 첩자는 아닐까 하고 말입니다. 고구려나 백제에는 회회인이 정말 많다고 합니다. 아주 눈이 푸르고 머리칼이 노란색인 회회인도 득실거린다고 합니다. 태한산에서 데리고 왔다고 하시던데 백제군들에게 태령궁주가 허벅지에 활도 맞았다고 하더라고요."

진환이 살짝 불쾌한 감정으로 수리를 보았다. 이런 말을 왜 자신에게 하는 것이지? 저자가 회회인일 가능성이 있기는 하지만 첩자는 아닐 것이다. 첩자라면 딸이 데리고 다닐 리가 없기 때문이다. 태령은 첩자 귀신이라고 소문이 돌 정도로 첩자라면 빠삭했다.

수리가 진환을 보고 웃었다.

"제가 한 번 저자를 조사해보고 싶은데…… 궁주께서도 도성에 안 계시고. 잠깐만 말입니다."

진환이 인상을 쓰고 다시 걷기 시작했다.

"글쎄, 태령이 별로 좋아하지 않을 거 같은데."

수리가 진환에게 다시 애걸을 하듯 졸랐다.

"각간께서 갈문왕께 부탁을 하라고 하셨습니다. 이번에 태한산 태수가 무엇을 했는지 아십니까? 엄청난 산신제를 열었답니다. 그리고 태령궁주가 제물이었다는 소문도……."

진환이 고개를 번쩍 들었다. 그런 소문은 들은 적이 없다. 설마 그럴 리는 없을 것이다. 하지만 많은 신관과 신녀들이 어디론가 갑자기 사라졌다가 다시 나타난 적은 있다. 그렇게 일사불란하게 행동을 하려면 왕궁의 신녀인 천부인 가웅의 명이 있어야 한다. 천부인이 하는 일은 모두 자비왕의 명령에 의해서다.

진환이 수리에게 고개를 끄덕였다.

"그럼…… 내 허락을 하겠네. 산랑이란 신관을 조사하도록 말이야. 태한산에서 무슨 일이 일어난 것인지, 혹 태령이 관련이 된 것인지 조사하도록 해. 태령이 돌아오기 전까지만."

수리가 허리를 숙이고 인사를 올렸다. 수리는 하인에게 진환을 댁으로 모시라는 말을 하고는 자신은 뒤쪽을 향해서 뛰어갔다.

✛

태령은 적성 앞 노해에 이르렀다. 적성을 멀리 두고 그 사이에 왜군이 언덕을 점령하고 대열을 이루고 있었다. 노해에서 아후와 선명이 눈이 시뻘겋게 되어 피곤한 얼굴로 나와서 태령을 맞았다. 이미 어두워져 밤이었다. 오백 명의 군병을 이끌고 빠른 속도로 행군을 해서 온몸이 먼지투성이다. 태령이 아후를 향해서 물었다.

"적의 상황은 어떤가?"

아후가 며칠 동안 잠을 제대로 못잔 듯 눈을 껌뻑였다.

"장군께 말을 듣고 바로 군을 끌고 내려왔는데 이틀 만에 오자마자 놈들이 발작이라도 하는 듯이 난리를 치면서 적성을 점령하려고 했습니다."

"오자마자?"

아후가 눈을 뜨고 잠이 든 듯 멍하니 있자 선명이 나섰다.

"네, 엄청난 속도로 도착했는데 군장을 풀기도 전에 적성의 앞에 있던 놈들이 자신들은 평화를 위해서 왔는데 홀대를 하느니, 그 왕의 동생이라는 놈이 죽었다고 꿈에 나왔다는 둥 하면서 더 이상 당할 수는 없다고 난리를 피우면서 적성을 향했다고 합니다. 그런데 우리가 제시간에 왔는지 일단 적성에는 들어가지 못했습니다."

태령은 적성 위를 바라보았다. 조용하고 사람도 없어 보였다. 적막하고 바람이 부는 소리가 적성을 휩쓸고 지나갔다.

"지금 적성의 상태는 어떤가?"

아후는 긴장이 풀렸는지 정말 쓰러져 버렸다. 태령이 아후를 데려가라고 사담에게 말하고 선명의 보고를 들었다.

"적성의 태수는 일길찬과 친한 사이입니다. 일길찬과의 관계가 수상하기는 한데 적성의 태수는 오랜 기간 태수였고 이번에 적성을 대대적으로 수리하게 한 사람이 태령 장군이라는 것을 알고 있습니다. 그래서 우리가 들어오기를 기다리는 눈치인데 그 중간 지점에 왜군이 있으니 이러지도 저러지도 못하는 상태 같습니다."

교운이 군열을 돌아보며 태령에게 말했다.

"아후와 선명이 먼저 와서 왜적이 마을과 백성들을 약탈하고 죽이는 것을 막고 있었습니다. 만약 적성이 점령당했다면 꽤나 곤란한 상태였을 것입니다. 내일 적성으로 진군할 것입니다."

태령이 멀리 보이는 적성의 불빛을 보았다.

"내일 새벽에 적성으로 진군한다. 적은 삼백 명 정도이다. 많지는 않지만 적지도 않다. 우리가 오백이고 본진을 합하면 군세는 우리가 더 월등하다. 빠르고 신속하게 적을 제압하고 단 한 명도 살려두지 않는다."

교운과 사담, 선명이 고개를 끄덕였다.

새벽이 되자 적성을 향해 진군을 시작했다. 적성의 앞으로 왜 군들이 마치 장렬하게 죽기라도 하겠다는 듯 열을 지어 서 있었 다. 대체 이 정보는 어디서 빠져나가는 것이지? 그리고 왜적과 내 통하는 자들은 누구지? 왜의 장군인 천수풍산이 시커먼 투구에 온갖 털이 휘날리는 갑옷을 입고 위엄을 보여주려는 듯 말에 올 라서 그들을 보고 있었다. 그의 곁에 서 있는 것은 일길찬이다. 왜 신라의 지방관인 일길찬이 저곳에 있단 말인가? 게다가 삼 일 전에 금성에서 보았는데 벌써 이곳에 있다니, 잽싸기는 또 엄청 나게 잽싼 자이다.

"신라의 장군은 들어라, 너희 왕이 우리 왕의 동생이자 왕족인 세와중신을 죽이고 평화를 위해 온 사신들을 조롱하고 살해했 다. 우리는 억울하게 타국에서 죽어 눈을 감지 못하는 세와중신 을 위해 거국적으로 군병을 일으킬 것이고 너희가 사죄를 할 때 까지 응징할 것이다!"

와아!

분노에 찬 왜병들의 함성 소리가 벌판을 울렸다.

아무 죄도 없이 평화를 위해 온 자신들의 왕족이 살해되었다. 자신들의 죽음이 문제가 아니라 죄도 없이 살해당한 자신들의 우상. 그들을 죽인 살인귀인 신라의 장수들. 눈에 보일 듯이 적의가 이글거렸다. 전쟁 또한 싸움이고, 싸움은 사실 얼마나 큰 분노, 그리고 강한 적의를 가지는가에 좌우된다. 기 싸움이라는 것이 전쟁에도 존재한다. 죄도 없이 살해당한 고귀한 영혼. 이것만큼 심금을 울리는 적의가 어디에 있으랴.

태령의 인상이 날카로워졌다. 꽤나 조직적인 작업이다. 언제부터 이렇게 준비를 했을까. 태령이 천수풍산의 얼굴을 보다가 곁에 서 있는 일길찬을 보며 소리쳤다.

"일길찬도 할 말이 있소?"

일길찬이 큰소리로 대답을 했다.

"자비대왕께서 답을 하셨습니다. 섬 일곱 개가 아니라 세 개를 주겠다고, 사죄와 왕녀는 바로 주겠다고 하셨습니다. 태령 장군은 대왕의 뜻을 받들어 모십시오."

태령이 웃었다. 자신의 의심이 빗나가지도 않는 상황이 한심스러울 지경이다.

저놈이 첩자였군. 한 나라의 외교를 돕는 귀족이, 일길찬이면 그래도 꽤나 높은 지위인데. 저렇게 당당하게 대놓고 첩자질이라니. 대체 저들이 뭘 약속했을까? 지금도 잘사는 인간이 도대체 뭐를 얻으려고 나라를 파는 것인가? 얻은 섬을 저놈에게 준다고 했을까? 신라를 삼키면 점령지의 왕위라도 준다고 하였을까?

태령이 고래고래 소리를 질렀다.

"내가 내려오기 전까지 아무 말씀이 없었던 대왕께서 일길찬에게만 나라를 배신하라고 명을 내린 모양이요? 도대체 너는 누구를 섬기고 있는 것인가?"

일길찬이 인상을 쓰는 것이 멀리서도 보였다. 태령이 군을 돌아보며 외쳤다.

"우리는 지금! 회담을 말하며 다른 나라를 삼키려는 탐욕스러운 괴물을 보고 있다! 평화라는 말을 하며 뒤로는 군병으로 남의 백성들을 죽이고 약탈하는 자들이다. 우리가 바보인가! 아니다! 우리는 일길찬의 감언이설에 넘어가서 나라를 파는 멍청이들이 아니다!"

와아아!

태령의 군세가 더 크다. 그녀는 자신이 가진 서부 국경군의 반을 끌고 왔다. 백제와 고구려의 국경도 신경을 쓰지 않을 수 없으니 서부의 전군을 끌고 올 수는 없었다. 군사들의 함성소리가 하늘에 닿을 듯 거세다. 파란 바탕에 거대한 거북의 문양이 그려진 전쟁기가 올랐다. 백색의 바탕에 화염같이 불타오르는 봉황의 깃발, 색색의 군대의 기와 거대한 노란색의 군기가 하늘에 가득 찼다. 엄청난 북소리들이 빠르게 울리기 시작했다. 뿔 고동소리와 북소리가 전투의 개시를 알렸다.

천수풍산이 커다란 칼을 휘두르자 왜군들이 함성을 질렀다. 때에 맞춰 태령이 함성을 지르며 칼을 휘두르고 말의 박차를 걸어찼다. 기마병이 전진을 시작하자 곁으로 교운과 아후가 커다란 소리로 명을 내렸다.

"앞의 궁수들은 활을 쏘아라!"

"왜군을 죽여라!"

"양옆의 기수들은 양쪽으로 돌아서 적성을 향해라!"

말들이 부딪치고 비처럼 쏟아지는 활에 맞아서 수많은 군병들이 쓰러졌다. 칼이 부딪치는 기세와 긴 창들의 습격에 말들이 놀라서 그 발굽에 쓰러지고 화살이 다시 비와 같이 쏟아졌다. 왜군들의 결연한 기세는 쉽게 꺾이지 않는다.

앞을 가로막는 적들을 정신없이 베던 태령이 문득 고개를 들어서 일길찬이 어디에 있는지 찾기 시작했다. 그자를 제일 먼저 처단해야 한다.

기수들이 말을 달려 적성으로 달려갔다. 걱정을 하진 않았다. 태령의 군병의 수가 월등하기 때문에 아무리 기세가 거세다고 해도 왜군은 질 것이다.

적성의 문이 열리며 안에서 느닷없이 군병들이 쏟아져 나왔다. 함성소리에 번쩍 고개를 든 교운이 쏟아져 나오는 군병들을 바라보다가 전장의 앞에서, 적성의 코앞에서 일길찬을 찾아 헤매는 태령을 보았다. 그리고 일길찬을 본 태령이 그자를 잡는 것을 보았다. 다시 적성의 군병들을 보던 교운이 갑자기 정신없이 고함을 지르며 태령을 향해 뛰기 시작했다.

"장군! 장군! 몸을 피하십시오! 저들은 신라의 군사가 아닙니다!"

태령이 일길찬의 멱살을 잡고 교운의 말에 놀라 뒤를 보았다. 왜병의 기세가 꺾였다기보다 이제 살아 있는 왜병이 별로 없었다.

그리고 그 살아남은 왜병들 수십 명이 마치 도움이라도 얻은 것처럼 적성의 관병들을 보고 있었다. 적성에서 쏟아져 나온 것은 당연히 신라의 군병이라고 생각했는데. 신라의 군병의 옷을 입은 왜군이다. 심지어 왜군 옷 그대로 입고 있는 자들도 있었다.

제일 앞에서 싸우고 있는 태령을 향해서 천수풍산이 달려들었다. 일길찬을 내던지고 태령이 천수풍산의 가슴을 발로 걷어찼다. 뒤로 넘어진 천수풍산이 엉거주춤 일어나는데 태령이 칼을 휘두르며 달려들었다.

쐐액!

화살이 태령의 갑옷을 뚫고 등에 박혔다. 또 다른 화살이 태령의 가슴을 향해 날아왔다. 가슴에 화살을 맞은 태령이 저도 모르게 신음 소리를 내며 앞으로 몸을 숙였다. 눈앞이 가물거렸다. 태령은 눈앞의 시체에 걸려 앞으로 쓰러졌다. 멀리서 뿔 고동소리와 북소리가 요란했다. 태령의 군사들이 왜군들을 몰살하며 적성을 향해서 진군하고 있었다.

그때, 마치 섬처럼 겨우 남아 있던 왜군들이 태령을 끌고 적성으로 쏜살같이 빨려 들어갔다. 군병들이 밀물처럼 몰려들었지만 안으로 들어가자마자 적성의 성문이 굳게 닫혔다.

앞에서 교운과 사담, 아후와 선명이 군병들과 몰려들었지만 굳게 닫힌 성문은 쉽게 열리지 않는다. 성벽 위에서 화살이 비처럼 쏟아져 내리자 교운이 뒤로 물러날 것을 명령했다. 다시 노해로 물러선 군이 전열을 재정비했다.

교운이 머리를 감싸 안고 괴성을 질렀다.

"아악! 제기랄!"

태령이 끌려갔다. 화살에 맞은 채로. 무슨 속셈이지? 그리고 언제 적성이 왜적의 손에 들어갔지?

피로 목욕을 한 것 같은 아후와 선명이 다가왔다.

"제대로 정보를 확인하지 않은 죄 죽여주십시오."

아후가 흐르는 피를 손등으로 닦으며 작은 소리로 말했다.

"아마 적성을 놈들이 맨 처음 점령한 것 같습니다. 그리고 일부는 밖에서 진군을 시도하고 백성들을 약탈하다가 급히 온 저희를 맞닥뜨린 것이 확실합니다. 회담이 아니라 처음부터 전쟁을 목적으로 온 것입니다."

선명이 기어가는 목소리로 중얼거렸다.

"적성의 태수도 한패입니다. 일길찬과 손을 잡은 것입니다. 놈들이…… 생각을 못한 것이 이 대응입니다. 평화 회담으로 왔으니 별 저항 없이 바로 금성으로…… 성공할 줄 알았던 모양입니다."

교운이 아후를 노려보았다.

"이곳에서 시간을 끌 계획이지?"

아후가 고개를 끄덕였다. 머리칼에서 핏방울이 떨어졌다.

"그래서 궁주를 잡고 적성의 안으로 들어간 것입니다. 이곳에서 더 많은 왜병들을 불러, 아마 백제연합군도…… 더 큰 전쟁으로 변할 것입니다. 만약 그것이 싫으면 왜의 요구를 들어주는 수밖에 없습니다."

교운이 성난 표정으로 선명을 보았다.

"왜의 요구를 들어주면 이 전쟁이 끝날 거라고 생각하는가?"

선명이 비웃듯이 입술의 한쪽 끝을 끌어올렸다.

"설마요. 우리가 전부 죽기 전에는 끝이 없을 것입니다. 저놈들이 원하는 것은 우리가 서 있는 땅입니다."

"태령 장군은? 살아 계실까?"

사담이 눈을 번뜩였다.

"살아 계실 것입니다. 궁주는 왕녀니까요. 갈문왕의 따님이고 갈문왕은 전군 사령관입니다."

교운이 이를 악물었다. 살아 계시다. 하지만 목숨이 위험하다. 그를 불러야 한다. 그녀를 당장 구해내야 한다. 이 전쟁은 오래 끌면 끌수록 신라가 손해였다. 이곳에 기운을 쏟으면 당장 서쪽이 뚫린다. 그러면 도성도 지킬 수 없다. 시간이 없다.

교운이 전서구와 동시에 전령을 도성으로 보냈다. 진환과 자비 대왕에게 고하고 성을 어떻게 공격해야 하는지 의견을 구했다. 이대로 공격을 시도하면 태령이 죽을 수도 있다. 아마 성벽에 태령의 목이 내걸릴 것이다. 교운이 이를 악물고 다시 새로운 전령을 불렀다.

"이 문서를 태령 장군의 댁에 있는 산랑이라는 신관에게 드려라. 만약 댁에 없으면 나의 집으로 가서 내 내자에게 산랑님을 찾아서 반드시 문서를 전하라고 하여라."

전령이 고개를 끄덕이며 문서를 가슴에 품었다.

❖

수리 아찬이 옥 안에 앉아 있는 남자를 빤히 바라보았다. 깊고 어두운 감옥 안에서도 남자는 태연했다. 남자의 얼굴에는 공포, 슬픔, 억울함, 분노, 그 어떤 감정도 담겨 있지 않았다.

아무리 심문을 해도 산랑은 아무 말도 하지 않았다. 그리고 전에 보였던 가공할 괴력이나 신기도 보여주지 않았다. 하지만 뭔가 기분이 나쁜 듯 자신을 보면서 입을 닫고 있었다. 수리가 한번 고문을 할까 생각하는 순간 산랑이 미소를 띠우며 직접 말을 했다.

"나에게는 통하지 않는다."

수리가 고문을 결심했다. 직접 하기로 결심했다. 군인인 태령만큼은 아니어도 아찬인 그도 상당히 고급 정보를 취급하고 있으므로 고문에는 익숙했다. 하지만 살을 태우는 인두나, 칼로 찌르는 고문 행위에도 불구하고 산랑은 아무런 반응이 없었다. 오히려 하루만 지나면 아무렇지도 않게 사라지는 상처와 무신경한 반응에 수리만 머릿속이 어지러웠다. 이자가 고문에 익숙하거나 반응을 이겨내고 있는 것이 아니라는 것을 그제야 알았다. 그리고 며칠이나 지나고야 수리는 깨달았다.

그가 이 안에 있는 것도, 고문을 받고 있는 것도, 그저 그가 그러고 싶어서라는 사실을 말이다.

산랑이라는 남자는 인간이 아니다. 그리고 혼령이나 귀신, 도성에 자주 나타난다는 악신이나 도깨비도 아니다. 이 남자는 그보다 더 위의 뭔가의, 주인이다. 그게 뭔지는 몰라도 인간의 것은 아니었다.

그가 단순히 자신에게 관심이 있어서 이 감옥에 있다는 것을 깨닫자 수리는 모욕감까지 느꼈다. 그리고 수리는 태한산으로 보낸 편지의 대답을 받았다. 태한산의 신관에게 유명한 도성의 신녀를 시켜 자세한 상황을 살피게 한 것이다. 신녀는 상당한 실력의 무녀여서 수리가 오랜 시간 가까이 한 여자였다. 신녀답게 교묘한 글과 압박으로 질문을 한 모양인지 답장에는 자세한, 도저히 믿을 수 없는 이야기가 있었다.

수리는 산랑을 찾았다. 그리고 옥의 문 앞에서 산랑을 보았다. 어두운 빛이 얼굴로 스며들었다.

자신을 바라보는 남자를 산랑이 보았다. 좀 피곤해 보이는 하얀 얼굴에 거만해 보이는 눈빛이었다. 그리고 파란 수염자국. 신라의 남자는 다 수염을 기르는데 이자는 어린 화랑처럼 수염을 기르지 않았다. 하관이 깔끔하고 매끈해 보인다.

이 남자의 머리를 잡고 목을 뽑아버릴까? 산랑의 입가에 잔인한 미소가 드리웠다. 자신이 느끼는 이 난해한 감정이 이해가 되지 않았다. 다시 흥미로운 눈길로 남자를 보았다. 이런 모습을 이곳의 여자들은 좋아하는 모양이었다. 이 남자가 대로에 있을 때 주변의 여자들의 눈길이 고깃덩이를 앞에 둔 늑대같이 변했었다.

산랑이 그에게 흥미를 느낀 것은 다른 이유가 아니다. 이자는 태령에게 흥미가 없었다. 자신과 태령이 같이 있었을 때 다가온 그가 태령에게 느끼는 감정은 아무것도 아니었다. 나무나 담을 볼 때 느끼는 아무것도 아닌 감정과 마찬가지였는데 갑자기 그의 감정이 변했다.

어째서일까? 태령에게 산랑이 붙어 있어서일까? 낯선 수컷이 자신의 암컷에게 붙어 있어서? 하지만 태령을 자신의 여인이라고 칭할 만큼의 애정이 없었는데. 느닷없이 생긴 감정은 무엇일까? 탐욕? 집착? 아니면 권력욕? 자신에게 있어도, 없어도 그만인 것을 다른 이가 가지면 없던 애정도 생기는 것일까?

그가 알지 못하는 사이에 태령에 대한 감정이 변했듯이 산랑이 이놈에게 느끼는 감정도 변했다. 수리라는 놈이 태령의 마음을 얻지 못하는 것은 중요하지 않았다. 감히 제 여인에게 집착하고 그녀를 노리고 있다는 것이 문제다.

처음이다. 산랑은 자신의 손을 천천히 들어서 그 모양을 들여다보았다. 인간의 모습으로 있지만 자신을 인간이라고 생각해 본 적이 없었는데 너무나 인간적이 감정이 속에서 들끓었다.

순수할 정도로 붉은 질투.

이놈의 얼굴을 볼 적마다 어두운 뱃속이 꿈틀거린다. 음침한 증오가 일어나고 야생의 살의가 스며들었다. 태산의 산신, 늑대들의 신으로 오랫동안 무감하게 살아왔는데 그 시간이 무색하게 이놈의 냄새만 맡아도 흥분했다.

산랑이 깊게 숨을 들이마셨다. 수리의 체취가 풍겼다. 눈동자의 황금색 고리가 급격하게 소용돌이 쳤다. 번뜩이는 눈동자가 수리를 노려보았다. 태령과 약속을 했다. 도성에서는 얌전히 있기로, 인간답게.

수리가 여전히 자신의 처리를 두고 고민을 하고 있자 산랑은 수리의 코앞에서 어젯밤을 생각했다. 그는 몰래 수리의 뒤를 따라갔다.

고문을 하고 피곤한지 발을 무겁게 끌며 관을 나와 집으로 향했었다. 그리고 산랑은 제 몸은 휴식을 위해 내버려 두고 의식만으로 슬그머니 수리의 뒤를 따라갔다.

바로 뒤에서 따라가도 눈치채지 못한다. 밤이 이슥하고 사위가 캄캄했다. 산랑은 늑대 같은 심정의 자신이 즐거웠다. 야생적인 폭력성이 목구멍까지 차오르고 넘실거렸다. 아무것도 모르는 수리를 뒤에서 덮쳐 갈기갈기 찢어버리고 싶은 충동이 일었다. 송곳니가 길어지고 침이 흐를 지경이었다.

좋아서 속으로 킬킬댔다.

제 암컷을 지키기 위해 음흉하게 발톱을 뻗는 수컷들은 전부 물어뜯고 씹어 먹을 테다. 산랑이 노란 눈을 번뜩이며 수리의 냄새를 맡았다. 흥분이, 영역과 암컷을 지키려는 투지의 피가 펄펄 끓었다.

목을 물어서 죽일까? 아니 우물에 빠뜨릴까? 그것도 아니다. 지나가다가 좀도둑의 칼에 죽도록? 무엇을 생각해도 즐거워서 미칠 지경이었다. 태령을 생각하자 더욱 흥분이 되었다. 태령이 돌아오면 그 하얀 목에 이를 박고 깨물어도 될까?

수리의 저택은 엄청나게 컸다. 하인들이 우르르 몰려 나와 그의 귀가를 맞았다. 수리가 이것저것 집안의 일들을 집사에게 지시를 하더니 안쪽의 별채로 사라졌다. 산랑은 보이지 않게 그를 따랐다.

별채에 들어선 산랑이 야릇한 체취에 숨을 멈추고 대들보 위로 모습을 숨겼다. 침상에 여자가 있었다. 여자는 수리를 두려운 눈빛으로 바라보았다. 수리가 여자의 곁으로 다가갔다.

"아영궁주, 몸은 어떠세요?"

여자가 말없이 고개를 끄덕였다. 머리칼이 마치 태령의 머리칼

만큼 짧게 잘려져 있었다. 하지만 여자는 가냘프게 생겼다. 눈이 커다랗고 눈꼬리가 순하게 내려와서 아이같이 사랑스러웠다. 허리도 한 줌이고 피부는 핏줄이 보일 정도로 투명했다. 태령과는 마치 하늘과 땅만큼이나 다른 생명체였다.

수리가 여자를 보다가 한숨을 쉬었다. 여자가 수리에게 다가갔다.

"머, 머리칼을 잘랐습니다."

수리는 여자를 한참 동안 바라보았다. 여자가 수리의 바지 속으로 손을 넣었다. 수리가 여자를 엎드리게 하더니 치마를 벗기고 욕정을 풀기 시작했다. 애무도 애정도 없는 삭막한 정사에도 여자는 가느다란 신음 소리를 내며 수리에게 매달렸다. 수리가 파정을 하고 몸을 떼어 앉아서 기다란 한숨을 쉬었다. 손으로 얼굴을 가리고 마치 후회라도 하는 것처럼 꼼짝도 하지 않았다. 여자가 겁에 질려서 수리를 바라보았다.

"머리칼은 왜 잘랐습니까? 당신은 태령궁주가 아닙니다."

여자의 눈에서 눈물이 흘렀다.

"그, 그냥 아찬께서 좋아하실 거…… 같아서."

수리가 여자를 물끄러미 바라보았다.

"저는 태령궁주와 혼인을 할 것입니다."

아영궁주라고 불린 여자가 가느다란 몸을 비틀며 눈물로 하소연을 했다.

"그, 그때는 그러시지 않았습니까? 태령과 혼인을 해도 저를 품을 거라고요, 그저 가문의 결합이라고……."

수리는 두 손에 얼굴을 묻었다. 저자가 손가락의 밑으로 웃고 있는지 울고 있는지 알 수가 없었다. 다시 얼굴을 든 수리가 손가락으로 여자의 머리칼을 쓰다듬었다.

"머리칼을 기르십시오. 당신은 태령궁주가 아닙니다."

수리는 옷을 입고 나가 버렸다. 여자는 이불 속으로 들어가 숨죽이고 울기 시작했다.

수리의 방으로 산랑이 숨어들었다. 수리는 거울 앞에 서서 작은 칼로 얼굴에 파랗게 난 수염 자국을 다듬고 있다. 산랑이 거울의 뒤편에서 수리를 노려보았다.

항상 이상하게 생각했다.

인간이란…… 정말 이상한 존재였다. 자신의 암컷이 있다면, 그저 눈길만 주고받아 아직 아무런 약속을 하지 않았어도 늑대들 사이에서는 둘만 존재했다. 자신과, 그녀.

다른 어떤 존재가 가까이 올 수도 끼어들 수도 없었다. 그런데 인간은 너무나 많은 욕망들이 존재했다. 다른 무게에 다른 모양의 욕망들이 수도 없이 가슴 속에 존재했다.

이자가 태령을 정말 마음에 두었다면 어째서 별채에 여인이 존재하는 것이지? 어떻게 그 극명하고 단순한 붉은 마음이 이리저리 나눠지는 것이지? 이해할 수 없는 일이다.

산랑의 얼굴에 기묘한 미소가 지어졌다.

"태령은 나의 것이다."

낮은 목소리가 들리자 수리는 놀라서 눈이 휘둥그레졌다. 주변을 둘러보는 수리를 산랑이 지켜보았다. 수리의 냄새가, 공포가 맡아졌다. 그의 눈에서 황금의 고리가 부풀어 올랐다. 남이 모르게 놈을 처리하는 일이 불필요하게 느껴졌다. 모두가 알아도 상관없었다. 당장에 저 부정한 놈의 목에 손톱을 박고 기다란 송곳니로 목을 물고 싶다.

손이 조금씩 수리의 등을 향해 나아갔다.

"태한산에서 편지가 왔습니다."

문밖에서 누군가가 수리를 불렀다. 산랑은 문밖을 힐긋 바라보고는 사라졌다. 방 안으로 하인이 들어왔다. 방 안이 서늘해서 하인은 아찬을 향해서 화로에 장작을 더 넣을 것인지, 목탄을 넣을 것인지 물었다. 수리가 목탄을 넣으라고 사람을 불렀다.

산랑은 날아서 집을 빠져나왔다.

감옥 앞에서 눈을 굴리는 수리를 산랑이 무표정하게 바라보았다. 아직도 결정을 내리지 못했다. 태령이 얌전히 있으라고 했는데…….

하지만 내 것을 빼앗으려고 하는 나쁜 놈을 응징하는 것은 상관이 없지 않을까? 그리고 여자의 감정을 이용하고 괴롭히는 놈은 나쁜 수컷이다. 늑대들은 그런 수컷은 바로 암컷들에 의해 살해당했다. 산랑은 자신의 살인 계획을 정당화하기 시작했다. 죽이는 방법 중에 뭐가 제일 좋을까?

수리가 마침내 정답에 가까운 말을 했다.

"인간이 아니군요?"

"……"

수리의 얄팍한 입술이 미소를 지었다.

"시간낭비를 했습니다."

산랑이 고개를 끄덕였다. 번뜩이는 눈이 수리를 노려보았다. 금방이라도 생쥐를 삼키려는 뱀의 눈빛과 같다.

"그래서?"

수리의 인상이 찌푸려졌다. 이제야 느껴지는 남자의 권위와 보이지 않는 거대한 힘이 그의 몸에 자연스럽게 감돌았다. 우아하고 강력했다. 그가 어째서 서울에 왔을까? 편지에는 그런 것은 쓰여 있지 않았다. 단지 그의 근본과 태령과의 믿을 수 없는 관계, 이런 것만 쓰여 있었다.

"그냥 나갈 수 있는데 어째서 이렇게 계십니까?"

산랑이 수리를 보며 장난스럽게 웃었다. 손을 뻗으면 목을 부러뜨릴 수 있다. 지금 잡을까? 조금 더 가깝게 앞으로 다가가면서 산랑이 눈을 가늘게 떴다.

"약속을 했다. 누군가와, 인간답게 있겠다고. 신력이나 믿을 수 없는 힘은 부리지 않기로. 그리고 인간의 일에 개입하지도 않기로."

수리도 좀 더 가까이 다가갔다.

산랑의 얼굴은 인간답게 생겼다. 굵은 눈썹과 곧은 코. 검은 머리칼과 부드럽게 자라난 수염은 그를 남자답게, 인간 중에서도 상당히 우아한 남자답게 보이게 했다. 산신이라고? 웃기는 소리. 산랑이 인간이 아니라는 것은 알겠지만 신령한 존재. 즉 그가 받들어야 할 존재라는 것은 믿지 않기로 했다.

"그런데 어째서 인간의 일에 개입하는 것입니까? 태령궁주는 저의 약혼자입니다."

산랑이 환하게 웃었다. 조금만 더. 아직은 한 뼘 정도 모자라다.

손을 뻗어서 목을 잡고 한 손으로 목뼈를 부수려면 조금만 더 가깝게 가야 한다. 실체의 몸 안에 있을 때는 이런 제한적인 신력이 아쉽다.

기다란 나무틀이 앞에서 놈을 가로막고 있었다. 수리가 앞으로 조금 더 다가왔다. 산랑의 눈빛이 반짝였다.

"그것은 너의 생각일 뿐이다."

수리의 이마에서 힘줄이 굵게 튀어나왔다. 산랑의 손가락이 수리의 옷깃을 스쳤다. 수리가 뒤를 슬쩍 보고 반걸음 정도 물러섰다. 산랑의 눈이 아쉽게 번뜩였다.

"각간과 갈문왕이 오래전에 약조를 한 것입니다."

산랑은 비웃듯이 고개를 저었다. 서서히 손을 내밀면서 옥사의 나무를 잡았다. 이제 코앞이다. 눈빛이 다시 수리의 목과 거리를 재고 있었다. 수리의 코가 반들거렸다.

"그들보다 먼저, 그보다 높은, 왕족의 혼사를 결정짓는 왕이 내게 태령을 보냈다. 나의 신부로 말이야."

수리의 눈이 휘둥그레졌다. 그곳으로 태령을 보낸 것은 자비왕이다. 그렇다면 모든 것은 자비왕의 계략인 것인가? 대체 뭘 대가로 그녀를 준 것이지?

밖이 뭔가 소란스러웠다. 밖을 살피느라 수리의 목이 뒤로 살짝 물러서자 산랑의 손가락이 다시 허공을 갈랐다. 목깃이 날카로운 손톱에 걸려 두 쪽으로 갈라진 것을 수리는 몰랐다.

"왕께선…… 자신의 왕권을 빼앗길까 봐 겁이 나는 모양이지요? 그래서 왕녀를 보내 자신의 왕권을 강화시켜 달라고 했습니까?"

산랑이 허공을 움켜쥔 제 손을 보았다가 수리의 눈을 바라보았다. 겨우 원하는 것이 그것이었나? 왕이라고? 일곱 살짜리 자비가 이놈보다 훨씬 머리가 좋았다.

"글쎄, 하기는 크게 생각하면 그럴 수도."

수리의 이가 드르륵 갈렸다. 태령을 제물로 왕권을 강화하려 해? 태령도, 왕좌도 이제는 포기할 수 없다. 수리는 산랑을 노려보았다. 먼저 이 어쭙잖은 인간도 아닌 존재를 쫓아내고, 그리고 왕도 쫓아내 버릴 테다. 수리가 산랑을 노려보며 다가갔다.

산랑의 눈빛이 황금색으로 번뜩거렸다. 입가에 미소가 떠오르고 이제 적이 확실하게 손아귀에 들어왔다고 확신하는 웃음이 만면에 지어졌다. 옥 안에서 커다란 손이 천천히 수리의 목을 향해 나갔다. 수리의 목을 잡아채려는 순간이다. 쾅, 하고 큰소리를 내며 뒤에서 문이 열렸다.

수리가 벌떡 일어서서 홱 뒤로 돌자 갈문왕 진환이 서 있었다. 수리가 놀라서 진환의 곁으로 다가갔다.

"무, 무슨 일입니까? 갈문왕 전하."

산랑을 보던 갈문왕의 눈이 휘둥그레지며 눈물까지 어렸다. 그리고 수리를 힐긋 바라보며 앙칼지게 소리 질렀다.

"당장 산랑님을 내보내라!"

수리가 진환을 보며 당황했다.

"아, 아직 조사가……."

진환이 더욱 크게 소리를 질렀다. 두 손을 맞잡고 앙증맞은 자세를 취했다.

"무슨 소리야! 엉터리 같은 소리를 하기는! 고문까지 하면서! 당장 풀어줘!"

수리는 진환의 떼를 쓰는 듯한 어조에 더욱 당황했다. 그는 마치 안에 갇힌 남자가 연인이라도 되는 것처럼 안타까운 눈빛으로 종종거리며 발을 굴렀다.

진환은 한 번도 공적으로 대신들에게 소리를 지르거나 화를 낸 적이 없었다. 거기에 떼를 쓰는 듯한, 어린아이 같은 말투는 누구도 믿지 못할 것이었다. 수리가 놀라서 얼어붙어 있자 뒤에서 달려온 관졸들이 산랑의 감옥 문을 열었다. 산랑이 우아하고 침착한 태도로 밖으로 나왔다. 그는 인상을 찌푸리고 있었는데 계획했던 것이 실패로 돌아가 살짝 기분이 나빠진 듯했다.

옷은 고문으로 헤졌지만 행동은 잠시 소풍이라도 온 것처럼 유쾌하기까지 했다. 산랑이 아쉬운 듯 수리의 목을 보며 말했다.

"나는 다른 이가 아니라 태령이 원해서 있는 것이다."

갈문왕은 산랑의 팔에 자신의 팔을 걸고 애인이라도 된 것처럼 애틋하게 걸어 나갔다.

훤히 열린 문을 보며 수리는 한참 동안 입을 벌리고 있었다. 나간 정신이 돌아오자 얼른 감옥을 나가려는 참이었다. 그때 갈문왕이 다시 들어왔다. 그리고 수리를 보며 당황한 어조로 말했다.

"혹시 여기 산랑이라는 신관을 아직도 붙잡고 있나?"

수리가 더욱 눈을 크게 뜨며 멍한 어조로 말했다.

"방금 전에 갈문왕 전하가 오셔서 풀어달라고 하셨잖습니까?"

진환이 어이없다는 표정으로 자신을 가리켰다.

"내가?"

"네!"

진환이 수리를 빤히 바라보며 그가 혹시 거짓말을 하는지 탐색하다가 한숨을 쉬고 고개를 돌렸다.

"아무튼 풀어줬다면 되었네."

수리는 진환에게 다가갔다. 먼저 들어왔던 갈문왕이 사실 갈문왕이 아닐 수도 있다는 생각은 들었지만 그게 무슨 상관인가. 지금 갈문왕이 온 것은 사실이다.

"누가 풀어주라고 하셨습니까? 어째서 그를."

진환은 수리를 외면하고 밖으로 나갔다. 그의 감언이설에 넘어가 그 신관을 감옥에 가두는 것이 아니었다. 아침에 적성에서 온 전령의 급서를 본 자비왕이 급하게 진환에게 산랑의 거취를 물었다. 태령과 같이 간 것이 아니라는 말에 자비왕은 당황한 표정으로 그럼 어디에 있냐고 추궁했다. 그가 관에서 조사를 받고 있다는 말에 자비왕은 대놓고 드러내지 않았지만 눈빛과 태도로 진환을 충분히 비난했다.

수리는 뭔가 감이 잡히는 표정으로 다시 물었다.

"대체 누가! ……자비왕께서 풀어주라고 하셨습니까?"

진환이 헛기침을 하며 인상을 쓰고 대답했다.

"그래, 왕께서 풀어주라고 하셨네. 지금 적성에서 급한 전령이 왔어."

수리가 놀라서 진환을 붙잡았다.

"무슨 일이?"

진환이 수리의 손을 떼고 고개를 흔들었다.

"나도 전서를 다 보지 못했네. 도중에 왕께서 산랑이라는 자의 행방을 물으셔서 조사를 받고 있다고 답을 올렸는데 나에게 호통을 치지는 않으셨지만 그러고 싶은 눈치였어. 당장 풀어주라고 하셔서 도중에 나왔네. 이번 일은 나의 실책이야. 나도 당장에 각간과 적성으로 내려가야 하니 다음에 말하세."

수리의 눈이 분노로 반짝거렸다. 실책이라고? 그러면 자비왕은!

수리가 부드럽게 웃었다.

"어서 서두르십시오. 전하, 무사하시기를 빌겠습니다."

진환은 잠시 망설이더니 고개를 끄덕였다.

"고맙네. 와서 보세."

✣

나흘이 지났다. 전투는 중단되었다. 왜적들이 적성의 문을 닫아걸고 꼼짝도 하지 않고 있는 데다가 비까지 몰아쳤다. 폭우가 내리면서 나흘 내내 바람이 사납게 불고 그 소리는 어마어마하게 울렸다. 어두운 하늘에서 폭풍이라도 휘몰아치듯이 바람이 소용돌이쳤다. 적성의 돌 벽 사이로 바람소리가 비명같이 흐느꼈다. 넓은 탁자에 앉은 일길찬이 소심하게 말했다.

"어떻게 하실 것입니까?"

검은 수염이 빽빽한 천수풍신이 음울한 얼굴로 일길찬을 향해 냉랭하게 말했다. 새파랗게 질린 통역이 곁에서 더듬거리며 음울한 내용을 전했다.

"일이 이렇게 수포로 돌아갈 거라고는 생각도 하지 못했소."

일길찬이 땀을 흘리며 고개를 저었다. 천수풍산이라는 왜의 장수는 얼굴을 보기만 해도 우울했다.

"아직 수포라고까지…… 태령궁주를 잡아오지 않았습니까?"

천수풍신이 거무죽죽한 얼굴을 더욱 찌푸렸다.

"나의 목표가, 아니 왕께서 겨우 왕녀 하나 얻고자 군병을 일으킨 줄 아시오? 섬 몇 개? 웃기지 마시오. 우리가 여기서 이렇게 버티는 것은 백제와 가야의 협력군이 뒤를 치기로 약조를 했기 때문이오. 그 진군에 맞춰서 우리도 대대적으로 상륙해서 밀고 들어오기로 했고 말이오."

적성의 태수가 풀죽은 표정으로 천수풍신의 얼굴을 보았다. 괴물 같은 투구는 좀 벗으면 좋겠는데 귀신도 아니고 왜 계속 저러고 있는지 모르겠다. 투구의 장식으로 얼굴도 보이지 않았다. 도대체 얼굴이 어떻게 생겼기에 투구를 계속 쓰고 있는지.

"연합군과 연락이 닿았습니까?"

천수풍신이 고개를 저었다.

"연락이 되지 않고 있소. 내 전서응도 보냈고, 연락이 되지 않아서 적성의 전서구도 보냈소. 따로 전령도 보냈고, 벌써 연락이 와도 올 시간인데 연락이 되지 않고 있소."

일길찬이 조심스럽게 입을 열었다. 낌새가 좋지 않았다. 하기는 처음에 태령 장군이 회담을 반대할 때부터 조짐이 좋지는 않았다. 마치 왜의 속내를 다 뚫어보고 있다는 듯 태령은 잠시의 주저도 없이 그들이 쳐들어올 거라고 단언을 했다.

"조금만 더 기다려 보시는……."

천수풍신이 붉은 눈으로 쏘아보자 일길찬이 움찔했다. 비난의 눈초리가 일길찬을 향했다. 그 많은 황금을 줄 때는 다 받고서 일은 저렇게 머저리같이 하다니.

"나는 당신이 활약을 할 줄 알았는데, 대신들을 조종하는 것이 그렇게 어렵소? 왕의 아우를 죽였지 않소? 그러면 사죄를 하고 왕녀를 내놓는 것이 당연한 것이 아니요? 땅은 그렇다고 해도, 사신을 죽여 미안하다 용서를 구하는 상황을 만드는 게 제일 중요하오. 왜인지 아시오?"

일길찬이 손수건을 꺼내서 땀을 닦았다. 시커먼 투구가 끄덕거리며 앞뒤로 흔들리고 검은 가면의 안으로 시커먼 동공이 이글거렸다. 천수풍신이 점점 더 말이 많아졌다.

"그래야 침략이 당연시된단 말이야! 정당성을 갖고 그래야 저항이 적고 점령과 우리의 지배가 당연한 것이 되지!"

적성의 태수는 고개를 저었다. 그는 울 것 같은 얼굴을 하고 있었다.

"도성에서 대대적인 군사가 올 수 있습니다. 만약 연합군이 오지 못하면 이대로 전멸입니다. 명분이고 뭐고 다 소용이 없습니다."

일길찬이 애써 웃으면서 손을 내저었다. 연합군이 오지 못할 수도 있었다. 적성을 떠나 금성을 포위하고 그리고 연합군을 만나기로 했다. 그런데 연합군이 금성도 아닌 적성까지 올 수가 있겠는가? 태령이 이렇게 빨리 자신들을 궁지로 몰 줄은 몰랐다.

"태령궁주가 있습니다. 그녀가 있는 한 갈문왕은 우리를 칠 수 없습니다. 그리고 자비왕도 그녀의 죽음을 바라지 않습니다. 우리의 요구를 들어주게 될 것입니다."

밖에서 갑자기 엄청난 함성이 들렸다.

신라의 군병들이 몰려든 것이다. 비바람이 몰아치는 때에 전투는 불가능하다. 서로 알아보기도 어려운데 싸움을 할 수는 없다.

무언가 할 말이 있는 것이었다.

성벽으로 나가자 성문과 가까이 앞에 서 있는 것은 덕지 각간과 갈문왕 진환이었다. 곁에 몇 명이 검은 옷을 입고 서 있었다. 천수풍신과 일길찬이 성벽의 가까운 곳으로 다가갔다. 고함을 치면 이 비바람 속에서도 소리가 들릴 수 있는 거리였다.

"땅과 왕녀, 사죄의 편지를 줄 것인가?"

각간이 일길찬을 노려보았다.

"땅과 왕녀, 사죄는 줄 수 없다. 하지만 교환을 할 것은 있지."

천수풍신이 비웃음을 던졌다.

"평화의 사신을 죽여놓고 무슨 말을 하는 것이냐? 왕의 동생이다! 왕족을 죽였단 말이다. 네놈들이 고귀한 혈통을 죽이고 다시 회담을 바라다니!"

각간이 천수풍신을 보며 옆에 검은 옷을 뒤집어쓴 남자를 홱 앞으로 밀었다. 성벽의 앞. 넓은 벌판에서 비틀거리다가 쓰러지는 왜소한 남자는 땅에서 꿈틀거렸다. 진환이 다가가서 남자의 얼굴에 뒤집어쓴 검은 천을 벗겼다. 세와중신이다. 얼굴이 창백하고 피곤해 보였지만 왜왕의 동생이자 평화 회담을 한다고 온 그 남자가 틀림없었다. 천수풍신과 일길찬, 적성의 태수까지. 아니 성벽에서 내려다보고 있던 모든 왜병이 놀랐다. 모든 군사들이 입을 떡 벌리고 살아 있는 자신들의 숭고한 희생물을 바라보았다.

각간이 소리 질렀다.

"손은 묶었다. 너의 왕의 명령으로 회담장에서 자살을 시도했다고 자백도 받았다. 용기가 없었는지 칼이 복부까지 닿지 않아서 큰 상처는 없다. 왜놈이 찌른 등의 상처도 그렇고, 치료를 받아 아주 멀쩡하다."

천수풍신이 고함을 질렀다. 당황한 목소리가 갈라졌다. 비바람을 뚫고 떨리는 말소리가 들렸다.

"그럴 리가 없다! 우리를 속이려는 계략이지! 닮은 자이다."

세와중신이 일어서서 비틀거렸다. 그리고 말을 했다. 경악을 한 사람들이 모두 조용해서 그런지 작지만 선명한 그의 말이 비바람 사이에서도 잘 들렸다. 진창에 발이 자꾸 미끄러져 서 있기도 힘든 것 같았지만 그래도 일어서려 안간힘을 썼다.

"아니오. 내가 맞소. 왜왕 우소노 세와의 동생 세와중신이오.

돌아가고 싶으니 교환에 응하시오."

세와중신의 마른 얼굴은 처음 신라에 왔을 때보다 오히려 안색이 좋았다. 자살에 실패하고 적에게 붙잡혀 정보를 털어놓고, 모든 것에 실패했지만 그래도 얼굴은 평안하고 손도, 발도 떨지 않았다. 세와는 소심했다. 칼로 복부를 깊숙이 찔러야 했지만 손에 힘이 들어가지 않았다. 할복은 그에게는 절대 불가능한 임무였다. 하지만 사죄를 받을 만큼 높은 지위의, 별 필요 없는 왕족은 자신뿐이었다. 그렇게 떠밀려 사신으로 왔다. 그가 원하는 것은 돌아가서 죽고 싶은 것뿐이었다.

각간이 천수풍신을 보며 고함을 질렀다.

"태령궁주를 돌려보내라. 네놈들이 그렇게 죽였다고 난리를 친 왜왕의 고귀한 동생은 데려가고 말이다. 아니면 백제와 가야의 연합군을 기다리고 있는가?"

일길찬이 목이 졸리는 듯 신음 소리를 흘렸다. 적성 태수의 하얗게 질린 얼굴이 보였다. 백제, 가야 연합군이 발각되어서 전원이 죽었거나, 자신들의 실패를 듣고 돌아간 것이다. 그래서 연락이 없었던 것이다. 완벽했던 계획이었는데. 어디서 잘못된 것이지?

태령이 문제다. 그놈의 장군이 처음부터 훼방을 놓았다. 자신이 그렇게 세와중신의 시체를 찾았는데 시체가 없었다. 태령이 빼돌려 살려놓은 것이다. 각간을 설득해서 몰래 숨겨놓고 이렇게 일격을 가하려고 말이다.

바람이 다시 벌판을 할퀴고 지나갔다. 비가 그쳤다. 윙윙거리는 바람과 적막, 긴장만이 적성의 앞을 흘렀다. 천수풍신이 아래를 향해서 천천히 대답했다.

"우소노 세와 왕의 뜻을 받들어 인질 교환은 없다. 세와중신은 왕의 명예를 더럽혔으니 자살을 하라. 태령궁주는 우리가 데려간다. 데려가지 못하면 왕녀는 왜왕의 명령으로 죽음을 받을 것이다."

자신들의 요구가 받아들여지지 않으면 결국 태령을 죽이겠다는 소리이다. 각간과 진환이 이를 갈았다.

하지만 적성의 공기는 미묘하게 변했다. 성벽에서 내려다보던 왜병들의 눈에 비틀거리며 손이 묶인 채 끌려가는 세와중신의 모습이 보였다. 그가 장렬하게 죽음을 당했다고 생각했는데, 그래서 죽을 각오로 싸움에 임했는데 그게 아니라니. 전부 침략을 정당화하기 위한 비열한 조작이었다니. 굴욕감과 자괴감이 적성에 감도는 공기를 오염시키기 시작했다.

결국 이 싸움으로 죽어간 동료들은 버리는 패였던 것인가? 아무 명예도 없이 이곳에서 죽어야 하는 것인가? 그들은 대장을 믿을 수가 없었다. 신뢰가 박살난 군대에서 자조의 음울함이 넘실거렸다.

심지어 그가 살아 있다면 구해야 하는 게 맞는 것이 아닌가? 자살하라는 명을 실행하지 못했다고 하여도 그는 왕의 동생이고 외교를 담당하는 왕실의 고귀한 피인데.

실패하면 고귀한 혈통도 지켜주지 않는 것이 믿음인가? 그렇다면 도대체 누구를 위해서, 무엇을 위해서 우리는 싸우고 있는 것이지? 누가 소중한 목숨을 생각해 주는 것이지? 집에서 기다리고 있을 처와 아이와 노모는……. 조용한 소요가 서서히 들끓었다.

천수풍신이 더욱 어두운 얼굴로 들어왔다. 일길찬이 한숨을 쉬었다. 의도적으로 뱉은 한숨은 가식적으로 들리기 시작했다.

"태령궁주를 어떻게 데려갈 것입니까?"

적성의 태수가 천수풍신을 바라보았다. 천수풍신이 웃기는 소리라도 들은 듯 웃었다. 그리고 일길찬을 향해 칼을 내밀었다.

"태령궁주는 당장 죽이시오."

일길찬의 눈이 휘둥그레졌다. 적성의 태수도 놀라서 입을 벌리고 왜의 장수를 보았다.

"무슨 소리입니까? 협상을 위해서 태령궁주를 끌고 왔고, 인질은 반드시 땅과 왕녀, 그리고 귀로를 열어줄 것입니다."

천수풍신이 어두운 표정으로 고개를 들자 얼굴이 시커멓게 보였다. 괴기한 투구와 합쳐져서 마치 이를 드러낸 도깨비같이 보였다.

"실패한 것이오. 왜의 침략에 대한 대비가 철저하지 않다고 하는 첩자의 정보를 믿었는데. 제일 간과한 것은 저 궁주로군. 겨우 궁주를 위해서 땅과, 사과문을 주리라 생각하시오? 아니, 이제 땅도 사과문도 받지 못하지. 세와중신이 살아 있는데. 우리는 살아서 돌아가지 못할 것이오."

일길찬이 떨리는 소리로 속삭였다. 아직 끝나지 않았다. 무사히 왜로 가기만 하면 된다. 궁주를 끌고 가면 된다.

"무슨 소리입니까? 살아 돌아가지 못하다니. 귀로만 열어달라고 해도, 궁주를 인질로."

천수풍신이 이를 드러내고 웃었다. 검게 변한 이가 어두운 얼굴을 더욱 침울하게 보이게 했다.

"살아서 가면 뭐하겠소? 세와중신이 살아 있고, 아니, 살아 있기 때문에 거짓 명분이 발각되어 비웃음과 경멸을 받을 것이오. 신라와, 백제, 고구려, 가야, 모든 나라에서. 경멸을 받는 군대는 누구를 상대해도 이기기 어렵소. 여기서 모두 죽는 것이 더 나은 일이오."

일길찬과 적성의 태수의 얼굴이 이제는 아주 파랗게 변했다. 왜장의 말은 사실이다. 거짓은 발각되면 안 된다. 그것은 명분이 없는 것보다 더 치명적이다. 진격보다 더 위험한 것이 후퇴인데 수치스러운 도망은 전멸로 이어질 뿐이다.

자신들도 죽을 것이다. 먼저 이 계략을 믿고 자신을 끌어들인 일길찬을 태수가 원망했다.

왕족이 될 거라고, 자신의 딸을 왕비로 삼아줄 거라는 일길찬의 말을 믿었다. 왜의 왕족과 혼인시켜 새로운 왜의 점령지에서 왕족으로 살 거라고 생각했는데, 여기서 죽다니.

일길찬은 태수의 원망의 눈초리를 겁에 질린 눈으로 보았다. 태수가 자신을 원망하고 있으니 살 방법은 스스로 찾아야 한다. 천수풍신이 술을 마시기 시작했다. 일길찬은 몰래 방을 나가 태령을 가둬둔 옥으로 향했다.

태령은 고열에 시달리고 있었다. 눈이 붉게 변하고 온몸에서 열이 났다. 가슴에 맞은 화살은 갑옷으로 인해 목숨이 위중할 정도는 아니었다. 오히려 등에 맞은 화살이 문제였다. 제때 치료받지 못한 등의 상처가 오염되어 화농으로 부풀어 올라 정신마저 혼미하게 만들었다. 제대로 등을 대고 눕지도 못하고 엎드려 있었다.

태령이 갇혀 있는 곳은 어둡고 차가운 지하의 옥이라고 생각했는데 조금 전부터 바람이 불어오고 있었다. 차가운 바람이 불어오자 열이 조금 식어서 기분은 좋았다. 귓가에 익숙한 목소리가 나지막하게 들렸다.

"나를 두고 갔지?"

산랑의 말투가 분명했지만 그는 이런 냉랭한 말투로 제게 말한 적이 없었다. 역시 꿈인가?

태령이 웃었다. 그리워서 꿈을 꾸는 것인데 이렇게 차갑고 냉담한 반응이라니. 나는 꿈에도 달달한 상상을 발휘하는 것이 역부족인가. 나중에 나으면 궐에서 유명한 시인인 노부에게 시와 노래를 배워야겠다. 노부가 자신만 보면 댁은 상상력이 부족해서 연애를 못하는 것이라고 놀리던 것이 생각났다. 노부의 아름다운 노래와 달달한 시 구절이 옛날에는 그렇게 소름끼쳤는데 지금은 어쩐지 듣고 싶다.

"이렇게 죽을 지경이 되고 말이다."

찬바람이 아니라 얼음폭풍이라도 치는 것 같은 말투다. 바로 귀 옆에서 들렸다.

아직도 악몽에 시달리는 것인가? 태령이 옆으로 꺾은 목을 조금 들었다. 두꺼운 창틀을 통과해서 들어온 개구리가 자신을 바라보고 있었다. 한참 동안 바라보자 개구리가 조금 움직이며 귀여운 발로 둥글고 커다란 눈을 닦기 시작했다. 주변에 연못이 있나? 아니면 비바람에 예까지 물이 들어온 것인가. 개구리에게 말했다.

"등이 아파."

개구리가 말소리에 놀란 듯 자신을 뚫어지게 보았다. 태령이 다시 개구리에게 말했다.

"너를 두고 간 것이 아니다. 내가 막을 수 있었다. 이 전쟁은 내가……."

개구리가 입을 연 것 같았다. 개골개골하는 소리 대신 산랑의 말소리가 들렸다.

"죽음은 막을 수 없지."

태령이 웃음을 지었다. 개구리는 귀여웠다. 산랑의 얼굴을 보고 싶었다. 그의 얼굴을 보고 죽을 수 있다면…… 신부라고 하면서 같이 잠도 못 잤다.

좀 기분이 나쁘기는 하다. 칼에 맞아 죽거나 활을 고슴도치처럼 맞아서 죽을 줄 알았는데, 이렇게 쇳독이 올라서 열병으로 죽다니. 항상 쇳독을, 감기를, 곰팡이를, 청결을 조심하라고 부하들에게 말하던 교운의 잔소리도 생각났다.

"산랑이 보고 싶구나."

사락거리는 발소리와 함께 누군가가 들어왔다. 일길찬이 허둥대며 들어와서 태령을 일으켰다. 고개가 저절로 떨어지는 것을 보며 일길찬이 태령을 흔들었다. 태령이 물을 찾자 일길찬이 물을 먹여주었다.

"태령궁주, 탈출해야 하오."

일길찬을 보면서 태령이 고개를 기울였다. 기운이 없어서 저절로 고개가 떨어졌다. 일길찬이 태령의 손목과 발목에 걸린 무거운 수갑을 보고 열쇠를 가지러 달려 나갔다.

개구리는 어디로 간 것이지? 태령은 몽롱한 눈으로 자신의 발목과 손목을 보았다. 부드러운 존재가 다가와서 그녀를 부축했다. 그리고 열쇠도 없이 수갑을 열었다. 강한 몸이 자신을 업었다. 상쾌하고 알싸한 숲의 나무 향이 코로 흘러들었다.

얼굴을 돌리려 했는데 힘이 들어가지 않았다. 누구지? 일길찬인가? 설마. 그자는 퉁퉁하고 키가 작았다. 그리고 그에게서는 자신이 싫어하는 냄새가 났다. 여자들의 화장품 냄새 같은 울렁거리는 냄새였다. 지금 자신을 업은 사람은 키가 크고 시원한 향이 난다. 물의 향 같기도 하고 숲의 향 같기도 했다. 산랑의 향기 같았다.

앞에서 달려오던 일길찬이 놀라서 허둥대며 도망쳤다. 파랗게 질린 얼굴이 뭔가 이상한 것을 본 모양이었다. 설마 내가 죽은 것은 아니겠지?

손목이 달랑거리며 흔들렸다. 자신의 손목이다. 태령의 눈이 감기기 시작했다. 열병에 걸려 내내 갈증에 시달렸는데 지금은 전혀 아무렇지 않았다.

산랑이 보고 싶구나.

자신을 업은 자가 나직하게 욕을 하며 화를 내는 소리가 들렸다. 암흑이 다가왔다.

일길찬은 태령을 보고 놀라서 도망을 쳤다가 다시 돌아와 몰래 뒤에서 엿보았다. 태령을 업은 남자가 있었다. 남자는 푸른 기운에 휩싸여 잘 보이지 않았다. 마치 낮에 해를 보면 눈이 부셔서 눈을 가리게 되듯이 푸른 빛에 휩싸인 그자의 모습을 아무리 보려고 해도 저절로 눈을 가리게 되었다. 하지만 해의 곁을 보면 해를 짐작할 수 있듯이 그의 주변을 통해 그의 모습을 미루어 볼 수 있었다.

키가 큰 남자는 태령을 업고 좁은 감옥의 벽을 마치 집 안의 복도라도 되는 듯 편하고 자연스럽게 오르고 있었다. 하지만 그의 등을 보는 것만으로도 그가 분노하고 있다는 것을 알았다. 그리고 그 지독한 분노는 아무도 막을 수가 없을 것이다. 그가 나타나면서 이상한 일들이 일어나고 있었다. 일길찬이 문득 창밖을 보다가 놀라서 멍하니 하늘을 보았다. 하늘이 온통 붉었다. 낮인데도 내내 비바람이 불며 사방이 밤처럼 어둡기만 했는데, 조금 전에 비가 멈추고 구름이 걷히는가 싶더니 이내 하늘이 붉어진 것이다. 노을 같은 것이 절대로 아니었다. 해를 보자 일길찬은 더욱 놀랐다. 해를 눈으로 볼 수가 있었다. 하늘에 붉은 해가 떠 있었다. 입을 벌린 채로 일길찬이 남자를 뒤따랐다.

커다란 문이 저절로 열리자 남자는 바람만 부는 밖으로 나갔다. 왜병들이 놀라서 고함을 지르고 손에 쥐고 있는 무기들로 공격을 시도했다.

하지만 왜병들도 남자를 못 보는 것은 마찬가지였다. 병사들은 눈을 가리고 무기를 휘둘러댔다. 남자가 그들을 향해 한심하다는 듯 낮은 한숨을 쉬었다.

"물러서라."

그에게 손을 뻗은 왜병들이 물러설 틈도 없이 파랗게 불타오르기 시작했다. 비명과 울부짖는 고함 소리가 남자의 앞에서 울리고 왜병들은 비명을 지르며 남자의 앞에 쓰러졌다. 아무리 곁에서 물을 끼얹어도 불길은 잡히지 않았다. 왜병들은 한 줌의 재가 될 때까지 끝없이 불타올랐다. 그를 보고 놀라서 뒤로 물러서는 사람들은 불길을 피했다. 하지만 부질없이 그를 잡으려고 하거나 눈도 못 뜨면서 자신이 뭘 휘두르는지 모르고 무턱대고 공격하는 자들은 모두 그 이상한 푸른 불길에 휩싸였다. 멀리서 날아오는 화살이나 창들도 파란 기운에 휩싸여 불타기는 마찬가지였다. 눈에 보이지도 않는 푸른 불길에 가까이 오는 모든 것은 까맣게 재가 되었다. 그자가 걷는 길의 뒤로 파랗게 빛나는 재들이 흩날렸다.

일길찬은 그의 뒤에서 하늘이 검게 변하는 것을 보았다. 태양이 마치 작은 원에 가려지는 것처럼 서서히 없어지고 있었다. 온 땅이 어둠에 휩싸였다. 하늘을 보는 사람들의 눈이 휘둥그레졌다. 그들의 입에서 비명과 두려움의 신음 소리가 터져 나왔다.

성의 중문이 열리고 있었다.

철커덕! 철렁! 드륵드륵,

남자가 앞으로 다가가자 저절로 쇠가 돌아가고 두꺼운 철 사슬이 허공을 돌면서 열렸다.

중문의 앞으로 천수풍신이 나타났다. 지나치게 커다란 칼을 들고 앞에 선 천수풍신이 태령을 업은 남자를 보고 입을 벌리고 눈을 휘둥그레 떴다. 그도 남자를 정면으로 보지 못하고 손으로 눈을 가리며 가까스로 서 있었다.

그의 귀신같이 시커먼 투구가 벗겨졌다. 머리가 벗겨진 왜소한 중년 남성의 모습이었다. 천수풍신의 본모습을 처음 본 왜병들이 놀라서 뒤로 물러섰다. 갑옷까지 벗겨졌다. 원래는 하얀색이었겠지만 때가 탄 옷은 회색으로 보였다. 음침한 눈초리에 검게 썩은 이가 우물거리며 움직였다.

"서라. 너는 누구냐?"

태령을 업은 남자는 천수풍신의 모습에도 동요의 기색이 없었다. 그저 힐긋 보고는 천천히 성문을 향해 걸어갔다.

천수풍신이 옷을 휘날리며 달려왔다. 손에 쥐고 있는, 그의 키보다 큰 칼이 태령을 향해 휘둘러졌다. 하지만 태령의 옷깃에 스치기도 전에 천수풍신의 기다란 칼끝부터 불길에 휩싸이기 시작했다.

사라락, 사락.

쇠로 만든 칼이 불타다니. 칼끝부터 시퍼렇게 타들어가는 불길은 천수풍신의 손과 팔, 그리고 다리를 타고 번지더니 제일 나중에 머리까지 삼켰다. 자신의 신체가 불타는 것을 지켜보며 천수풍신이 소름이 끼치는 비명을 질렀다. 왜병들은 그것을 보면서 아무도 움직이지 않았다.

암흑이 태양을 집어삼켰다. 캄캄한 하늘 탓에 순간 아무것도 보이지 않자 누구도 섣불리 움직이지 못했다. 오로지 궁주를 업은 남자만 천천히 움직일 뿐이었다. 조금씩 태양이 초승달처럼 빛을 나타냈다.

성문이 천천히 열렸다.

장정이 다섯 명은 덤벼야 열 수 있을 정도로 크고 무겁게 만들어진 성문이, 마치 작은 버들고리 열쇠라도 되는 것처럼 부드럽게 열렸다.

캄캄한 밤과 같은 어둠 속. 성문 밖에는 교운과 사담, 아후와 선명이 태령을 기다리고 있었다. 그들 모두 태령을 업은 남자의 정체를 알고 있는 듯했다. 아무렇지도 않게 남자를 둘러싼 그들은 곧장 신라의 진영으로 향했다.

이제는 다시 태양이 제 모습을 찾고 있었다. 하지만 제 모양을 찾게 된 것뿐이지 여전히 붉은색이었다.

일길찬이 날아다니는 그림자에서 하늘로 시선을 옮겼다. 마치 태양을 가리려는 듯이 검은 까마귀 떼가 하늘 가득 날아올랐다. 갑자기 어디서 나타난 까마귀인지 아무도 알지 못했다. 그저 보고 있자 한 시각도 되지 않아서 모조리 사라졌다.

마치 재앙의 전조인 듯 마지막 까마귀가 까마득한 하늘에서 날고 있었다.

성문이 열렸지만 당장에 군병들이 밀어닥치지는 않았다. 신라의 군병들은 물러나 멀찍이 자리를 잡고 있어서 당장 들어오기는 거리가 멀었다. 적성의 태수에게 속해 있던 신라의 관병들이 도망치기 시작했다. 관병들은 태수의 명으로 왜병에게 잡혀 있는 것과 다름이 없었다. 투항을 하려면 지금 해야 한다. 그래야 벌을 받더라도 죽음은 면할 수 있을 것이다.

그 뒤로 왜병들이 도망을 쳤다. 하지만 이제 군병들이 밀어닥치기 시작했다. 크게 반항도 못했지만 반항을 하는 왜병들은 죽임을 당했다. 태수가 잡히고 각간이 일길찬의 곁으로 다가왔다. 일길찬이 각간을 보면서 비굴하게 웃었다.

"목숨을 살려주시오. 덕지. 작년에 각간의 첩으로 간 내 딸을 봐서라도. 목숨만……."

덕지 각간이 무뚝뚝하게 말했다.

"가족을 위해 죽으시오."

각간이 손짓을 하자 군병이 일길찬의 목을 베었다.

9. 누명

　자비왕이 왜왕에게 비난과 협박이 가득한 공문을 내렸다. 세와중신은 그것을 들고 왜국으로 돌아갔다. 그가 죽었는지 살았는지는 아무도 몰랐다. 그리고 왕으로부터, 전혀 자신의 뜻이 아니라는, 동생이 멋대로 저지른 실수라는 정중한 대답과 상당한 공물, 금을 받았다. 백제와 가야 연합군은 실패의 낌새를 채자마자 돌아갔다. 그저 항상 있던 왜적들의 침입 중 하나로 기록될 전쟁이었다. 적성은 배신한 관병들에 의해 열리고 왜병들은 모두 죽었다. 역사에는 그렇게 기록되었다.

　태령은 급하게 금성으로 이송되어 치료를 받았다. 열병이 심해서 몇 번이고 죽을 고비를 넘겼다. 태령은 자비왕에게 별도의 부

름이 있을 때까지 휴식을 취하라는 명을 받았다. 갈문왕 진환이
교운과 함께 군을 이끌었다. 아후와 사담, 선명이 번갈아가면서
태령의 집에 들러 보고를 했다. 태령이 겨우 자리를 털고 일어났
을 때는 이미 여름이 한창이었다.

　태령은 눈을 떴다.
　이마에서 땀이 흘렀다. 한밤중이었다. 너무 더워서 저절로 눈
이 떠졌다. 달이 환하게 떠올라 방 안은 어둡지 않았다. 아니, 은
은한 달빛이 방 안을 환하게 비춰서 구석구석이 또렷하게 보였
다. 언젠가 잃어버렸다고 난리를 쳤던 금사를 입힌 작은 먹이 굴
러다니고 있는 것이 보였다.
　산랑이 보이지 않았다. 금성으로 돌아오고 산랑은 태령의 커
다란 정원과 뒤에 위치한 숲으로 들어가서 거의 나오지 않았다.
가끔 나와도 갈증에 시달리는 듯 더위를 탔다. 태령이 일어서서
정원으로 나갔다. 숲에서 바람이 슬쩍 불었다. 약간의 바람이 불
자 그래도 조금 시원해졌다.
　이리저리 산랑을 찾아서 헤매고 있던 태령이 이제는 숲의 안쪽
으로 향했다. 대숲의 향기가 물처럼 흘렀다. 밖은 여름이라 밤인
데도 뜨거운 열기가 가시지 않는데 이 숲은 언제나 청량했다. 이
전에는 이런 느낌이 아니었던 것 같은데……. 태령이 살짝 웃었
다. 하기는 자신이 이렇게 오래 집에 머문 적이 없었다. 언제나
한 달도 못가 다시 전쟁터로 향했다. 그녀가 누워 있는 사이에 교
운이 부장으로 군을 이끌었다. 진환이 장군으로 승진을 시키려

했지만 교운이 받으려 하지 않았다는 이야기도 들었다.

한참을 헤매던 태령이 발을 발견했다. 커다란 발이 풀숲에서 삐죽 나와 있었다. 어지간히 돌아다닌 듯 발바닥에 풀과 흙이 묻어 있었다. 풀물이 올라 발의 중간은 초록색이었다.

손을 뻗어 붙잡자 흠칫한 발이 어두운 대숲으로 조금 들어간다. 대나무가 많은 곳이다. 게다가 마치 지붕이라도 얹듯 대나무는 둥글게 안을 향해서 기울어져 무성한 잎들이 천막이라도 친 것처럼 안은 어두웠다. 대나무를 붙잡고 태령이 안으로 얼굴을 들이밀었다.

어두운 안에서 두 눈이 반짝였다. 은회색의 눈이다. 태령이 산랑을 노려보았다. 산랑은 아직도 화가 나 있다. 이렇게 끈질긴 늑대신을 보았나!

아무런 말도, 추궁도, 비난도 없었지만 산랑이 꾸준히 자신에게 화를 내고 있는 것은 알았다.

"내가 다시 건강해지지 않았습니까!"

산랑은 여전히 말이 없었다. 시위도 이런 시위가 없다. 돌아와서는 제풀에 산랑에게 존대도 하고 있었다.

"죄송합니다. 이제 다시는 그대를 떼놓고 다니지 않겠습니다."

은회색의 눈이 잠시 망설이듯 흔들렸다. 그러나 그는 다시 눈만 깜빡일 뿐 아무런 말도 하지 않았다. 태령이 하늘을 바라보았다. 달이 높게 떠서 아름다웠다. 환한 달빛이 대나무 숲을 은은하게 비추었다. 태령이 한참이나 어두운 숲을 바라보다가 윗옷을 벗었다. 은회색 눈동자가 놀라서 커졌다.

부드러운 달빛이 드러난 태령의 어깨를 비추었다. 제법 머리칼이 자라서 어깨를 덮고 가슴까지 내려왔다. 태령이 가슴을 묶은 치마끈을 풀려고 하는 순간, 돌아오고 나서 단 한 번도 태령에게 말을 하지 않던 산랑이 입을 열었다.

"그것을 바라고…… 화를 내는 것이 아니다."

태령은 놀라서 번쩍거리는 은회색 눈동자를 보았다. 황금색 고리가 점점 커졌다. 그리고 급하게 바로 말이 이어졌다.

"물론 바라지 않는 것은…… 아니다."

태령의 입가에 미소가 지어졌다. 태령은 다시 치마끈을 붙잡고 어두운 대나무 숲으로 고개를 들이밀었다.

"저는 몹시 바랍니다."

산랑이 눈을 감았는지 안은 온통 어두웠다. 그가 다시 눈을 뜨자 태령이 그에게 손을 내밀었다. 그리고 어쩐지 부끄러워서 눈을 감았다.

산랑은 어두운 대숲 은신처 안에서 밖을 바라보았다. 태령의 하얀 얼굴이 달빛을 받아서 은은하게 빛났다. 태령은 손을 내밀고 볼을 붉혔다. 산랑이 여전히 태령의 손을 바라보고 있었다. 심장이 두근거렸다.

손을 잡으면 안 돼.

자신의 안에서 뭔가가 속삭였다. 그녀의 목숨을 구하고 붉은 달과 검은 까마귀, 일식을 보았다. 파괴가 시작되었다. 감당할 수 있을까. 은회색 눈동자에 흐릿한 고통이 차올랐다. 암흑 속에 파묻힌 두 눈이 달빛을 받고 있는 태령을 뚫어지게 보았다.

태령의 눈이 반짝 뜨였다. 흑요석처럼 검은, 반짝이는 눈동자가 빤히 자신을 보았다. 내밀었던 손이 주저하며 슬그머니 뒤로 움직이자 산랑이 태령의 손을 홱 잡았다. 산랑이 몸을 일으켜 대숲에서 나왔다. 길게 자란 머리칼이 출렁였다.

태령은 자신의 것이다.

시작된 파괴가 태령을 향하지 않으면 된다. 자신을 향하는 것은 얼마든지 감당할 수 있다.

산랑이 부드럽게 웃었다. 부끄러운 듯 얼굴을 붉히고 태령의 손을 잡았다.

"너의 침실로 가자."

태령의 침실은 넓은 마루로 만들어진 커다란 방이다. 침대는 방의 반을 차지할 정도로 컸다. 거의 모든 귀족들의 침실은 난방을 이유로 크지는 않았다. 침대가 방의 거의 대부분을 차지했으며 침실은 정말 잠만 자는 곳이었다. 물론 생활공간은 따로 있었다. 회랑과 회랑이 방들을 연결하고 넓은 마루와 식당, 접견실, 서재 등 다 따로 있었다. 하지만 태령은 작은 방을 싫어해서 모든 방들이 다 컸다. 천장도 높았다. 창도 커서 달빛이 가득 들어왔다.

태령이 산랑을 노려보았다. 작은 탁자에 술과 쌀을 튀겨 만든 과자가 놓였다. 하녀가 태령의 눈치를 보았다.

"더 가져다 드릴 것이……?"

태령은 고개를 저었다. 그리고 꿀에 담근 떡과 과일 음료를 가져왔던 그릇을 주었다. 다시 산랑을 노려보다가 하녀를 향해 나가도 된다고 말을 했다. 야밤에 침실까지 와서 산랑은 배가 고프다며 떡을 먹고 싶다고 말했다. 떡과 음료를 먹고는 다시, 달콤한 것을 먹어서 그런지 짭짤한 것도 먹고 싶다고 말했다. 과자와 술을 받고는 즐거운 듯 먹는다. 태령은 술을 마셨다. 그리고 산랑이 먹는 모습을 눈을 가늘게 뜨고 바라보았다.

이 늑대신이 시간을 끌고 있다. 태령은 생각을 하는 시간은 길지만 결정을 내리면 행동은 언제나 빨랐다. 결정을 내리고 행동으로 옮기는 시간이 길어지는 것은 참을 수가 없다.

과자를 먹고 술을 마시자 태령이 그릇을 탁자에 올리고 탁자 자체를 옮겼다. 산랑이 눈을 휘둥그레 뜨고 과자를 손에 들고 뒤로 물러섰다. 태령이 산랑에게 다가갔다.

산랑의 목에 팔을 걸고 입술에 입을 맞췄다. 짭짤한 과자의 맛이 느껴졌다. 그리고 쌉싸래한 술과 달콤한 과일 맛이 좋았다. 얼굴을 떼고 산랑을 바라보았다.

산랑은 환하게 달빛을 받아 빛나는 태령의 얼굴을 보았다. 그의 은회색 눈 안에서 황금색 소용돌이가 커지고 있었다.

과자를 던지고 산랑은 눈을 반쯤 감은 채 자신의 품 안에서 바스락거리는 여자의 입술을 찾았다. 붉은 입술을 살짝 물고 입을 벌려 부드럽게 빨았다. 태령을 잡은 손가락에 힘이 들어갔다. 태령이 입술을 열었다. 산랑이 탐색하는 듯한 눈길로 태령의 머리칼을 붙잡았다. 뒤로 젖혀진 얼굴의 밑으로 하얀 목이 보였다. 두근거리는 심장 소리가 들렸다. 그리고 그것이 부끄러운 듯 태령의 눈이 감겼다.

산랑은 아직도 태령을 바라보고 있었다. 태령이 한쪽 눈만 뜨고 산랑을 보았다. 약간 수줍은 눈빛으로 자신을 보는 산랑이 보였다.

"확신하는가?"

태령의 얼굴이 붉어졌다. 그런가? 나는 이제 확신하는가? 그와 함께하고 싶은 것이, 지금의 이 붉고 설레고 선명한 감정이 확실하다고.

태령은 고개를 서서히 위아래로 끄덕였다. 커다란 두 손이 태령의 얼굴을 감쌌다. 입술이 열리고 안으로 붉은 혀가 밀려들었다. 자신을 감싸는 열기는 뜨거웠다. 안으로 깊숙이 들어와서 온통 헤집고 다니며 태령을 흔들고 흔들었다.

산랑은 태령을 침대 위에 내려놓았다. 이불은 어느새 멀리 밀려가고 얇은 자리옷은 커다란 손에 의해 뜯기듯 열렸다. 길게 자란 머리칼이 부드럽게 날렸다. 산랑이 벌거벗은 자신을 내려다보는 것이 갑작스럽게 부끄러웠다. 태령은 이제껏 벌거벗은 모습을 누가 보든지 상관하지 않았다. 아무런 감정도 들지 않았고 아무도 이상하게 보지 않았다. 적어도 겉으로는. 그런데 어두운 자신의 방에서 은회색 눈을 빛내고 있는 남자를 보자 부끄러웠다. 부끄러워서 미칠 것만 같았다. 태령의 손이 이리저리 흩어져 있는 옷을 잡았다. 산랑의 강한 손이 태령의 손가락을 휘어잡았다.

"아름다워."

그의 눈동자가 물결같이 거세게 흔들렸다. 붉은 입술이 자신을 통째로 삼키고 먹는 환상을 보았다.

산랑이 옷을 벗고 하얀 요의 위로 태령을 눕혔다. 입술은 떨어지지도 않고 여전히 태령을 핥고 있다. 혀가 목을 핥았다. 부드럽게 깨물고 강하게 빨았다. 누구의 입에서인지 모르지만 붉은 입술에서 신음 소리가 흘러나왔다. 커다랗고 강한 손이 태령의 부풀어 오른 가슴을 움켜쥐었다. 그의 입술이 손가락 사이로 나온 유두를 삼키고 강하게 빠는 것이 느껴졌다. 머릿속이 아니라 그가 빨고 있는 모든 곳이 아찔하게 어지러운 느낌이 들었다. 그리고 몸이 뜨끈해지는 것 같았다. 마치 구워지는 새처럼 모든 곳이 지글지글거렸다. 팔, 가슴, 납작한 배, 그리고 허벅지에서 산랑의 입술과 혀를 느끼고 태령이 헐떡였다.

태령이 헉, 하고 숨을 들이켰다.

"아아앗! 아!"

뜨겁고 괴상한 감각이 넘치고 넘쳤다. 그가 그녀를 삼켰다.

팽팽하게 잡아당긴 근육을 일시에 누군가가 끊어버린 것처럼, 물처럼, 태령이 풀어져 버렸다. 가물거리는 눈을 들어서 위를 올려보자 산랑이 태령의 얼굴을 부드럽게 핥았다. 강한 손이 태령의 다리를 잡고 벌렸다. 마치 자신의 모든 것이, 마음과 정신까지 활짝 열려서 그에게 보이는 것 같았다.

무릎을 부드럽게 어루만지던 산랑이 더 넓게 열었다. 태령이 긴장하자 산랑의 입술이 다시 그녀의 입술로 내려왔다. 입술을 열고 안으로 혀를 밀어 넣으면서 부드럽게 물기를 머금은 여자의 안으로 자신을 밀어 넣었다.

"하아, 아아, 하……."

산랑이 신음을 흘렸다. 태령의 안이 열렸다고 생각했는데 좁았다. 산랑의 눈썹이 찡그려졌다. 숨을 받게 쉬고 있던 태령이 산랑의 목을 강하게 끌어안았다. 긴장이 잠시 풀린 듯 태령의 안이 부드럽게 산랑을 끌어당겼다.

"아앗, 하악!"

상당한 충격으로 태령이 숨을 짧게 쉬었다. 순간 아팠다. 그런 곳이 아플 것이라고는 생각조차 해본 적이 없어서 그런지 낯선 느낌에 눈물까지 났다.

태령은 자신의 신음 소리가 낯설었다. 그리고 산랑의 거친 신음 소리는 더욱 낯설었다. 산랑의 흐트러지고 이성을 잃은 모습은 한 번도 본 적이 없어서 그를 이렇게 만들 수 있다는 것이 이상했다. 고개를 들자 산랑의 굳게 닫힌 입술과 붉게 타오르는 얼굴, 황금색으로 커다랗게 확장된 동공이 눈에 들어왔다. 그가 힘껏 참고 있는 것이 보이자 태령이 산랑의 떨리는 입술을 손가락으로 만졌다. 산랑이 손가락을 빨았다.

다시 태령의 안으로 힘껏 들어간 산랑이 숨을 거칠게 쉬었다. 산랑에게 태령이 매달렸다.

숨을 쉴 수가 없었다. 아픔은 이제 사라진 것인지, 아니면 느낄 수가 없는 것인지 잘 모르겠지만 태령은 그저 그에게 속절없이 휘둘렸다. 부드럽게 움직이던 산랑이 태령의 허리를 감싸 안았다. 힘이 빠지면서 뒤로 팔을 뻗어서 몸을 받친 태령이 산랑의 불타는 듯한 눈동자에 정신을 빼앗겼다.

태령의 눈을 뚫어지게 바라보며 산랑이 거칠게 그리고 점점 빠

르게 허리를 움직였다. 몸을 숙인 그대로 태령의 얼굴을 잡고 입
술을 삼켰다.

"핫, 하앗, 앗."

산랑이 태령의 모든 것을 불태우고 있었다. 숨을 쉴 수도 없었
다. 산랑이 태령의 허리를 끌어안고 더 거세게 움직였다. 태령의
안을 시작으로 등으로, 손으로, 발끝으로, 머리끝까지 번개가
치는 듯 안을 진탕으로 만들었다.

태령은 하얗게 불타고 있었다. 마침내 다리를 산랑의 허리에
감고 비명을 질렀다. 산랑의 영혼이, 머릿속이 폭발했다. 저절로
입이 벌어지고 고개는 뒤로 넘어가고 그 강렬한 쾌락을 온몸으로
느꼈다. 무아지경으로 만드는, 영혼이 통제를 벗어나는 그런 쾌
락으로 만든 세상이었다.

태령의 눈이 감겼다. 산랑은 자신의 밑에서 가쁜 숨을 몰아쉬
는 태령을 보았다. 영원의 순간. 눈이 마주치고 그 영원한 순간
에 완벽한 충족과 동시에 끝도 없는 탐욕이 느껴졌다.

산랑이 태령의 허벅지를 쓰다듬었다. 그녀를 만지작거리자 태
령이 한숨같이 신음을 흘렸다. 다시 태령을 안았다. 태령이 산랑
의 어깨를 잡고 쾌락에 흐느꼈다. 산랑은 눈을 감고 황홀경에 빠
져 느릿느릿 움직이기 시작했다.

✛

몇날 며칠이 흘렀는지 기억도 나지 않을 정도로 태령과 산랑은

248 태령궁주의 神狼

계속 밤낮으로 함께 있었다. 산랑은 태령을 안지 않을 때는 극도로 갈증에 시달렸다. 물을 마셔도, 물속에 있어도 갈증은 가시지 않았다. 오직 태령을 안고 있을 때만 갈증을 잊었다.

날은 더욱 뜨거워지고 비는 오지 않았다. 날이 갈수록 물이 말라가고 모든 것이 불타오르듯 열기는 더욱 강해졌다.

덕지 각간이 진환을 찾아왔다. 가뭄이 심해져 갔다. 날이 갈수록 보통이라고는 상상하기 힘들 정도로 더위가 여름의 수준을 넘어섰다. 작물과 채소는 말라붙었고 열매를 맺는 모든 식물들이 시들고 시커멓게 죽었다. 먹을 것이 점점 없어지고 물도 말라붙었다. 알천은 말할 것도 없고 큰 줄기의 먼 강도 말라붙었다. 마실 물도 없었다. 사람들은 싸움이 잦아졌다. 도둑들도 늘어갔다. 도성에서는 강도와 살인자들이 늘어갔다.

길바닥에 간혹 시체가 나와 있을 때도 있었다. 시체는 아이와 늙은 여자가 제일 많았다. 밤에는 아무도 밖으로 나가지 않았다. 멋모르고 길을 나선 사람들은 죽고 강간을 당했다. 대대적인 기우제의 날이 정해졌다. 그리고 흉흉한 소문들은 온 도성에 가득 찼다.

진환이 각간의 피곤한 얼굴을 보았다. 각간이 진환을 향해서 조심스럽게 말을 꺼냈다.

"그자, 태한산에서 온 신관을 잡아야 합니다."

진환이 이맛살을 찌푸렸다.

"그저 신관이 뭘 어쩐다고, 도대체 뭘 조사하려는 것이오?"

각간이 한숨을 쉬었다. 손가락으로 이마를 문질렀다. 머리가 너무나 아팠다.

"도성에 유언비어가 도를 넘고 있습니다. 별의별 이야기가 바람처럼 휘날리고 있습니다. 수리 아찬이 그제 잡아온 도적놈들이 하는 소리가, 태령 장군의 집에 있는 신관이 사람이 아니라고 합니다."

진환이 웃었다. 보통 하듯이 웃어넘기려 하지만 힘이 있지는 않았다.

"그놈들 눈에는 사람이 아니게 보일 테지. 회회인을 언제 보기나 했겠소?"

각간이 고개를 저었다. 그리고 진환의 눈치를 보았다.

"그게 아닙니다. 그가 태한산에서 태령궁주와 함께 왔다는 것과 태한산의 신관이 한 이야기가 꽤나 구체적으로 돌고 있습니다. 왕녀를 제물로 산신을 잡아와서 도성에 가뭄이 든 것이라고요."

진환의 눈썹이 꿈틀 움직였다. 자신도 그런 이야기를 들었다. 도성에 가뭄이 든 이유가 바로 그자 때문이라는 것이다. 먼 지방은 이렇게 심하지는 않았지만 금성은 마치 불에 타는 듯이 뜨거웠다. 비가 전혀 오지 않았다. 신관과 신녀들이 점괘를 보고 하는 소리도 비슷했다. 도성에 태산의 기운이 불타고 있어서 비가 오지 못한다는 것이었다.

각간이 진환의 망설임을 끊어버리듯이 말했다.

"이 사태를 진정시키지 않으면 백성들의 원망이 왕에게 돌아갈 것입니다. 그것을 원하시는 것은 아니시지요?"

진환이 별수 없다는 표정으로 고개를 끄덕이며 말했다.

"그러면 나도 함께 가겠소. 이전에 수리 아찬이 조사할 때에 고문으로 구설수에 올라서 말이오."

각간이 알았다고 하고는 슬쩍 수리가 부탁한 것을 덧붙였다.

"기우제가 엿새 뒤입니다. 기우제까지 잡아둘 것입니다. 기우제가 끝나도 만약 비가 오지 않으면 그를 희생시켜야 할지도 모릅니다."

갈문왕이 놀라서 각간을 보았다. 하지만 그도 짐작하고 있던 일이기도 했다.

"그를 죽인다는 말이오?"

각간이 별수 없다는 몸짓을 했다. 이미 이런 종류의 희생은 흔하고 흔했다. 대부분 노예나, 전쟁인질, 외부인들, 별수 없으면 돈으로 사람을 사서 희생시켰다.

"그러면 누구를 희생시킬 생각입니까? 비가 오지 않으면 누군가는 책임을 져야 합니다. 지금 금성에서 제일 낯설고 이상하고 이질적인 존재가 그라는 것을 알고 계시지요. 그런 자가 적임자입니다."

갈문왕 진환의 속이 복잡했다. 그와 태령이 사랑하는 사이라는 것은 하인들을 통해 들어 알고 있었다. 언제까지 그럴 것인지 모르겠지만 곧 태령이 수리와 혼인을 해야 한다면 이걸로 끝을 내는 것도 좋지 않을까? 기우제를 했는데도 비가 오지 않는다면 정말 누군가는 책임을 지고 희생을 해야 한다. 잘못하면 왕위까지 위험했다. 그것을 생각하면 그자가 책임을 지는 것이 적당해 보이지만 만약 태령이 그를 버리지 못한다면?

각간이 다시 진환을 재촉했다.

"기우제 다음에 자비왕께 부탁을 드릴 것입니다. 태령궁주와
수리 아찬의 혼인을 말이오. 꽤 크게 혼례식을 올리고 구제곡식
을 풀면 혹 비가 오지 않아도 민란 없이 가을까지는 버틸 수 있을
겁니다."

진환의 얼굴이 어두워졌다. 하지만 고개를 끄덕이고 수리의 의
견에 동의했다.

"나도 그자의 조사에 함께할 것이오."

❖

태령의 집 어두운 대숲에서 잠이 들어 있는 산랑을, 수리와 덕
지 각간이 잡아서 관으로 끌고 갔다. 태령이 멀리 떨어진 전투지
로 교운과 자신의 군병들을 보러 며칠 집을 비운 틈을 이용했다.
그리고 돌아온 태령에게는 자비왕의 다른 명령이 기다리고 있었
다. 그녀는 자택에 감금되었다. 태령이 왕에게 호소하고 상소를
올리고, 항의를 해도 소용이 없었다.

수리는 한낮 태양이 이글거리는 마당에서 산랑을 심문했다.

수리의 눈이 날카로웠다. 태령과 이자가 밤낮을 같이 지낸다는
것을 알고 있다. 자신이 가진 애인들의 수도 두 손으로 꼽을 수
없을 만큼 많았지만 태령은 애인이 아니라 부인이 될 것이다. 부
인의 애인은 죽여야 안심이 된다. 그래야 태령이 마음을 돌릴 수
있을 것이다.

수리는 산랑의 상태가 좋지 않은 것이 더욱 마음에 들었다. 뜨거운 태양을 견디지 못하는 것인지 산랑은 갈수록 기운이 떨어졌다. 끌려오면서도 단정하고 침착했던 그는 처음과 마찬가지로 아무런 감정의 표시도 없었다. 그런데 날이 지날수록 점점 더 더위를 이기지 못하고 의식을 잃었다. 물을 주어도 그의 갈증은 해소되지 않았고 그의 갈증은 물과는 상관이 없는 것도 같았다. 그는 그저 계속 태령을 찾았다.

지금은 곁에 갈문왕이 지켜보고 있으니 고문을 하지 못하지만 이자의 몸 상태가 형편없는 것이 고문을 하지 않아도 흡족할 정도였다.

"네가 산신이라는 헛소문이 퍼져 있다. 그것을 네가 말하고 다닌 것이냐?"

산랑이 눈살을 찌푸리고 하늘을 올려다보았다. 햇볕이 너무 뜨거웠다. 수리가 다시 천천히 질문했다.

"산신이라는 헛소문도 그렇지만 사람들에게 네 신력을 보여주고 왕권을 탐했다는 말이 있다."

산랑이 수리를 노려보았다. 그는 끌려온 이래로 거의 말을 하지 않았다. 수리가 손짓을 하자 옥이 있는 곳에서 몇 명이 끌려왔다. 길가에 흔히 돌아다니는 거지들로 보였다. 수리가 바라보자 거지들은 몸을 엎드리고 울며 마치 외워오기라도 한 듯 줄줄 말을 했다.

"네, 네, 저자입니다. 저자가 저희에게 신기한 힘을 보여주고 자기 말을 들으면 비도 내리고, 자신이 왕이 될 거라고 했습니다."

수리가 의기양양하게 산랑을 보았다. 산랑은 수리를 보지도, 거지들을 보지도 않았다. 갈증에 괴로워하며 그저 눈을 감고 숨을 작게 쉬고 있을 뿐이었다. 진환이 거지들을 향해 물었다.

"이자가 보여준 신기한 힘이 무엇이냐?"

거지들이 생각지도 못한 질문을 들은 듯 벌벌 떨기 시작했다. 그리고 도움이라도 구하듯 수리 아찬을 올려다며 답했다.

"그, 그게 신기한 힘이라는 게, 불, 불덩이를 손으로 만들었습니다."

"네, 그리고 사람을 죽였습니다."

"그, 눈도 빛나고 입에서 빛이 났습니다."

진환이 혀를 찼다. 붙잡혀 온 사람들의 진술이 똑같았다. 그의 짓이 아닌데 왜 이렇게까지 그를 몰아세우는지 수리의 행동이 의심스러웠다.

수리가 산랑을 향해 날카롭게 소리쳤다.

"할 말이 있느냐? 만약 스스로 변호를 하지 않으면 죄를 인정한 것으로 판단할 것이다!"

산랑이 무슨 말을 했다. 하지만 거의 쓰러질 지경이 되어 작게 속삭인 탓인지 잘 들리지 않았다. 수리가 손짓을 하자 관인이 산랑에게 다가가 말소리를 들었다. 진환이 물었다.

"무엇이라고 하느냐?"

관인이 우물쭈물하면서 주저하더니 진환을 향해 말했다.

"태령궁주를 만나게 해달라고 하십니다."

진환이 망설였다. 변명도 하지 않고 태령을 만나게 해달라고 하는데 만나게 해주는 게 낫지 않을까? 혹 마지막일지도 모르는데, 수리를 돌아보자 수리는 그럴 의사가 전혀 없다는 듯 고개를 번쩍 들었다.

수리의 냉정한 말이 관청의 허공에 울렸다.

"태령궁주는 죄인을 만날 의사가 없으시다. 죄인을 끌고 가라!"

진환은 수리의 뒷모습을 보면서 눈썹을 찡그렸다. 거짓말까지 하는 수리를 이해하지 못하겠다. 수리는 태령이 그를 만날 의사가 없다고 말하지만 태령은 가택연금 중이다. 집 밖으로 나오는 것이 자비왕에 의해 금지되었는데 그것은 그가 자비왕에게 부탁을 한 것이고 왕명을 하늘같이 생각하는 태령은 명을 어길 수 없었다. 수리가 원하는 것이 산랑이란 자의 심장에 비수를 꽂는 것일까? 이것이 그저 질투심에 사로잡힌 남자의 행동일 뿐일까?

그리고 이 신관이라는 자는 어째서 이상하리만큼 갈증에 시달리는 것인지?

진환이 거북한 속을 달래려 크게 숨을 쉬었다. 마른 먼지가 허공을 가득 채우고 뜨거운 열기는 이글거리며 타올랐다. 기우제까지는 닷새 남았다.

❖

능도는 밤하늘에 울려 퍼지는 비명 소리에 귀를 기울였다. 그가 앞쪽에서 마주친 도적들이 자신을 쫓아오다가 누군가와 또 마주친 모양이었다. 운도 나쁜 자이군. 능도는 혀를 찼다. 그리고 곧 자신을 위안하기 시작했다. 미안하기는 했지만 하마터면 저 비명 소리의 주인공이 자신이 될 뻔했다. 능도는 좀도둑일 뿐이다. 하지만 아까 길목에서 부딪친 도적들은 낮에도 금성의 시내를 돌아다니며 강도짓을 할 정도로 포악한 놈들이었다. 그들의 눈에 띈 이들은 대부분 죽었다.

능도는 그냥 가려다가 몸을 돌렸다. 놈들에게 당한 운도 지지리 나쁜 자가 누구인지 살펴보려 몸을 살짝 내밀어 어두운 그늘을 노려보았다.

남자는 흰 옷을 입고 느릿느릿 걷고 있었다. 죽지 않았나? 그러면 그 비명 소리는 누구의 것이지? 밤하늘에 가득한 구름이 슬쩍 걷히면서 허옇게 창백한 달이 비췄다. 사방이 환하게 밝았다. 남자의 발밑에는 도적들의 시체가 쌓여 있다. 능도의 입이 놀라서 벌어졌다. 소리를 내지 않았는데 남자는 천천히 그를 돌아보았다.

남자는 굵은 눈썹과 곧은 코, 검은 풍성한 머리칼을 느슨하게 묶어서 아름다웠다. 턱과 옆으로 자란 수염이 남자를 수컷으로, 그러면서도 강하고 우아하게 보이게 만들었다. 남자의 얼굴은 무표정했지만 살의를 띠지는 않았다. 능도에게 덤비려는 의도가 없는 것을 파악했는지 남자는 다시 몸을 돌려서 천천히 걸었다.

능도가 뒤를 따랐다. 밤에 번화가를 걷는 것이 언제부터인지 위험해지기 시작했는데 지금 이자를 따라가면 죽을 기회가 적을 것 같았다.

그런데 남자는 너무 천천히 걸었다. 아무리 자신이 느릿하게 걸어도 금세 남자의 뒤를 따라잡았다. 능도가 기왕 같이 길을 가는 김에 눈을 굴리며 남자에게 말을 걸었다.

"혹시, 아까 그 도적들 당신이 죽인 것이요?"

남자는 능도의 말에 관심이 없는 듯 그저 천천히 걷기만 했다.

"어디로 가는 것이오?"

남자는 잘생긴 얼굴로 멀리 보이는 계림을 향해 속삭이듯 말했다.

"계림······ 태령의 집으로."

능도는 남자의 목소리에 소름이 돋았다. 남자는 사람이 아닌 듯 말소리가 밤하늘을 울렸다. 동굴에서 말을 하는 것처럼 남자의 말은 사방에서 울렸다. 관에서 계림까지 가려면 한참을 가야 한다. 그런데 이 남자의 걸음으로 가면 아마 밤새 걸어도 도착할 수 없을 것 같았다. 능도는 그래도 어쩐지 남자가 마음에 들어 곁에서 그의 속도에 맞춰 길을 걸었다.

앞에서 누군가가 다가왔다. 능도가 남자의 뒤로 숨었다. 남자는 누가 다가오거나 말거나 상관하지 않았다. 아니 누가 다가오는 것을 보지도 못하는 것 같았다. 남자를 가만히 살펴보자 역시 이상했다. 열병을 앓는 사람처럼 뱉는 숨이 뜨거웠다. 갈증이 나는지 숨을 몰아쉬고 입술은 바싹 말라 있었다. 뺨은 열망으로 붉었고 눈은 한 가지에 몰두한 사람처럼 이글거렸다.

앞에서 불쑥 칼이 나와 번뜩였다.

"가진 것을 다 내놓아라."

칼을 휘두르는 도적은 능도도 아는 놈이었다. 요새 유명한 놈으로 악독하기 그지없었다. 굳이 죽이지 않아도 될 사람들까지도 전부 죽이고 살인을 자랑하는 잔인한 놈이었다. 능도는 그에게 도망치라고 말해주고 싶었지만 자신이 도망치는 것이 우선이었다. 그리고 뒤에서 남자가 아닌 도둑의 비명 소리가 터져 나오자 너무나 놀라서 도망치다가 뒤를 돌았다.

도적이 휘두르는 칼이 남자의 몸을 통과해서 그저 스윽 지나갔다. 남자는 아무렇지도 않게 계속 길을 가고 도적은 자신이 휘두르는 칼을 그대로 맞은 것처럼 두 쪽이 나서 쓰러졌다. 능도가 도적을 보러 뛰어갔다. 도적은 칼을 맞은 사람이 자신이라는 것을 믿을 수가 없는 것인지 눈을 둥그렇게 뜨고 쓰러져 허공을 보고 있었다. 이미 몸은 움직일 수 없는 상태였다. 헐떡거리던 도적이 능도를 보다가 의아한 표정 그대로 죽었다. 능도가 가만히 보다가 도적의 호주머니를 뒤졌다.

돈을 챙기고 남자를 바라보자 그는 여전히 계림 쪽으로 걷고 있었다. 어디선가 닭이 울었다. 야밤에 시각도 모르고 울다니 멍청한 닭이네 라고 생각하는데 앞에서 걷던 남자의 몸이 희미하게 변했다. 마치 새벽에 사라지는 밤안개처럼 남자의 몸이 흐릿하게 변하더니 사라져 버렸다. 능도는 멍하니 보고 있다가 멀리서 관병들이 돌아다니는 소리가 나자 놀라서 담을 타고 도망쳐 버렸다.

금성의 이도 사거리에서 두 건의 살인 사건이 일어났다. 죽은 것은 전부 도적들이었다. 마주친 사람을 죽이려고 한 모양이었다. 그런데 죽은 것은 되레 놈들이었다. 사람들은 천벌을 받은 것이라고 소곤거렸다.

수리는 도망치다가 관병들에게 잡힌 좀도둑을 바라보았다. 이놈의 감언이설에 속은 것은 아닐까 생각했지만 거짓말이라고 치기에는 좀 이상한 점이 많았다. 능도라는 그 좀도둑은 자신의 말을 증명하겠다며 시종일관 큰소리를 쳤다. 결국 놈을 끌고 야밤에 삼도 사거리에 나왔다.

능도는 잡혀서 감옥을 지나가다가 쓰러져 있는 산랑을 보고 놀라서 비명까지 질렀다. 수리가 심문을 하니 믿지 못할 말이 나왔다. 수리의 괴상한 표정을 본 능도는 자신도 이상했다고 열심히 강변했다. 그리고 도둑들을 죽인 것은 자신이 아니라고, 자신이 결백을 증명하겠다고 야밤에 삼도 사거리에 가자는 말을 했다. 감옥에 누워 있는 자가 야밤에 나타난다는 것이다.

그저 무시하면 그만이었는데 그것이 불가능했다.

산랑의 신발이 더러웠다. 아침이 되어 살펴보니 피투성이였다. 신발을 벗겨 조사를 했다. 그런데 그자의 피가 아니라 그저 신발이 젖어 있을 뿐이었다. 감옥에 갇혀서 단 한 발자국도 나가지 못하는 상태인데 야밤에 밖을 돌아다닌 것처럼 핏자국 등이 선명했다. 마치 살인 현장에라도 서 있었는지 신발은 시커멓고 피비린내가 났다.

그래서 좀도둑을 끌고 몰래 삼도 사거리에 나와서 이렇게 숨어 있는 것이었다. 능도라는 놈이 곁에서 계속 중얼거렸다.

"제가 어제 처음 본 것은 아니고요. 그 전에는 이도 사거리에서 보았었죠. 밤에 말입니다. 이도 사거리에서 악독한 놈들이 떼로 죽은 거 아시죠? 그래서 그 밤에 이도 사거리에 다시 가보았습니다. 그곳에서 그 남자가 다시 나타났습니다."

수리가 화가 난 어조로 말했다.

"그러면 이도 사거리로 가야 하는 거 아니냐!"

능도가 고개를 저었다. 한심스럽다는 듯 수리를 힐긋거리고 신중하게 타이르는 말투로 말했다.

"그제 이도 사거리에 나타나서 저와 또 길을 걸었단 말입니다. 너무 천천히 걸어서 삼도에 다다를 즈음에 닭이 울었습니다. 그리고 또 사라졌어요. 그래서 어제는 삼도 사거리에 가보았죠. 제 추측이 맞아서 어제는 삼도 사거리에 나타났습니다. 그자가 귀신인 모양인데 어째서 감옥에 갇혀 있는 것인지 모를 일입니다."

수리가 능도의 의아한 말투를 무시하고 다시 차갑게 물었다.

"그자가 어디로 간다고 했다고?"

능도가 수리의 얼굴을 힐긋 올려다보았다.

"태, 태령 장군의 댁으로……."

실체는 감옥에 갇혀 있는데 그자의 정신은 태령의 집으로 가고 있다. 달빛을 받고 앞을 가로막는 도적들과 강도들을 물리치면서. 실체까지 끌고 갈 힘이 없는 것일까?

수리의 얼굴에 찬바람이 돌았다.

개가 짖는 소리와 희미한 비명 소리가 그리 멀지 않은 곳에서 들렸다. 능도가 한숨을 쉬었다.

"어서 비가 내려야지. 지옥입니다. 땅이 말라붙어서 먹을 것이 없으니, 관에서 구제곡식을 풀었는데 힘이 없는 이들은 받은 곡식을 빼앗기고 또 그것을 빼앗아 달아나는 와중에 사람들을 죽이고 있답니다."

수리가 능도를 보면서 비웃었다.

"네놈이 걱정할 일이냐?"

능도는 수리를 뚫어지게 보다가 다른 곳으로 눈을 돌렸다. 달빛이 구름에 가려서 사방이 어두워졌다. 삼도 사거리의 끝을 보면서 능도가 손가락으로 가리켰다. 그곳에 그자가 서 있었다. 수리의 눈이 커졌다. 산랑은 관에서 보는 것과는 딴판이었다. 기운도 있고 단정한 기세가 처음 잡아왔을 때 같았다. 낮이 아니라서 그런 것일지도 몰랐다. 달아오른 열기는 그래도 서늘하게 식었고 움직이기는 낮보다 쉬웠다. 능도가 산랑에게 다가가자 수리가 뒤따랐다.

"어디로 가십니까?"

산랑이 능도를 보지도 않고 말했다.

"태령에게로……."

뒤에서 수리가 산랑을 보고 거칠게 고함이라도 지르듯이 말했다.

"태령궁주는 그대를 보고 싶어 하지 않습니다."

산랑이 고개를 돌려서 수리를 보았다. 창백한 얼굴이 마치 달빛이라도 통과하듯이 희미하게 보였다. 산랑이 수리를 알아보았다. 희미한 웃음이 산랑의 입가에 맴돌았다. 마른 목소리가 갈라져서 바람 소리같이 나왔다.

"태령은 나의 것이다."

수리가 산랑을 향해 칼을 빼들었다. 능도가 수리를 말리려다가 숨을 죽이고 뒤로 물러섰다. 차가운 목소리가 길에 울렸다.

"당신이 무어라고 생각하시오? 모든 신관들이 당신 때문에, 지금 이 가뭄이 금성을 뒤덮고 있다고 하는데 어째서 이곳을 떠날 생각을 하지 않는 것이요? 우리를 전부 죽일 셈이오?"

산랑이 수리를 노려보았다. 산랑은 갈증에 시달리는 몸을 이끌고 다시 금성의 천도를 보았다. 길은 이제 거의 끝이다. 삼도를 지나면 그 끝자락에 계림의 시작이 있고 그곳에 태령의 집이 있다.

산랑이 눈을 감았다. 태령에게로. 나의 신부에게로 가야 한다. 그녀가 기다리고 있을 것이다. 자신을 기다리고…… 기다리고 있을 것이다.

수리의 말소리가 다시 들렸다.

"당신이 어째서 고통을 느끼는지 알려드리지요. 신녀가 그러기를 부정하게 인간들의 싸움에 개입을 했다고 하더군요."

수리를 뒤로하고 산랑이 그대로 느릿느릿 길을 걸었다. 계림을 향하여. 태령이 기다리는 곳으로.

10. 작별

"그럴 수는 없습니다."

태령이 분노로 소리를 질렀다. 이럴 수는 없다. 멸망을 막기 위해 그를 이용하지 않았던가. 그런데 이제 그를 죽이려 하다니. 화를 내고 또 화를 내는 그녀를 보면서 자비왕은 잠자코 기다렸다. 태령은 한 번도 자신의 왕에게 애원을 한 적이 없었다. 부탁을 한 적도, 항의를 한 적도, 화를 낸 적도 없었다. 그가 장난을 치고 사적으로 친한 척을 할 적을 빼고는 공적으로 왕을 대했으므로 무례한 말이나 사적인 감정이라고는 한 점도 보인 적이 없었다. 그런데 그녀가 울고 분노했다.

울고 또 우는 그녀를 보면서 자비왕이 손수건을 건넸다. 태령의 쉰 목소리가 갈라졌다.

"그럴 수는 없습니다."

자비왕이 조용히 말을 했다. 손을 내밀고 태령의 거친 손을 잡았다.

"그러니 도와주세요. 그는 태한산으로 돌아가야 합니다. 돌아가지 않으면 기우제를 핑계로 내가 죽지 않아도 그는 소멸을 면하지 못합니다."

태령이 눈을 부릅떴다. 그가 고통스럽게 된 이유를 알았다. 자비왕이 직접 태령의 집으로 와서 친절하게 알려주었다.

"그가 산을 떠난 것은 크게 문제가 되지 않습니다. 하지만 적성에서 궁주의 생명을 구하고 인간사에 개입을 금하는 금기를 어겼습니다. 물론 하늘의 뜻을 어긴 나도 같이 벌을 받고 있습니다. 가뭄으로 백성들이 죽어가고 있어요. 그가 돌아가는 것이 최선입니다."

태령이 눈물을 닦고 희망이 어린 얼굴로 자신의 왕을 바라보았다. 제발 들어달라고, 애원을 담은 목소리가 덜덜 떨렸다. 한번도 애원을 한 적이 없었다. 그러니 이번만 들어달라고. 눈빛이 떨렸다.

"같이 떠나겠습니다. 그와 태한산으로 가겠습니다."

자비왕이 그녀를 물끄러미 바라보았다. 태령도 자비왕을 보았다. 맑고 깨끗한 두 눈을 슬프게 뜨고 소년이 태령을 지켜보았다. 아직 어리지만 언제나 차갑고 냉정하기만 한 아이가 태령을 보며 고개를 저었다.

"누님. 내가 이렇게 부르는 것이 처음이자 마지막일 것입니다. 제가 왜 이제껏 누님의 혼인을 막았는지 아십니까? 결코 지금과 같은 결과를 위해서가 아닙니다. 누님이 어째서 장군이 되셨는지 모르시지요? 그냥 검이 좋아서, 아기같이 취급하며 사랑은 주어도 결코 자랑스러워하지는 않는 갈문왕 때문이라고 생각하시지요?"

태령의 눈이 혼돈으로 가득 찼다.

자신의 인생은 자신의 의지로 만들었다. 왕녀로 태어나 풍족하게 생활하고 신라 제일의 남자와 혼인을 해서 평탄하게 살아갈 수 있는 인생이었다. 태령이 군인으로 살아가려 마음을 먹은 데는 여러 이유가 있지만 갈문왕이 제일 컸다.

딸들을 어여쁘게 바라보며 위해주고 사랑을 주었지만 그뿐이었다. 진환의 인생은 전쟁이었고 그는 그곳에서 인생의 의의를 만들고 지키는 사람이었다.

태령은 전투에서 최초로 이기고 돌아온 그날을 잊지 못했다. 아버지가 이제는 인정을 해주고 자신을 반드시 자랑스러워해 주리라 속으로 기쁨을 감추고 아버지의 막사로 다가간 날이었다. 그곳에 몇몇의 화랑 출신으로 새로 들어온 부하들이 있었다.

진환이 화랑 출신인 교운을 보던 그 눈빛을 잊을 수가 없었다. 자랑스러움. 그리고 부러움. 남자라는 자부심이 그의 부하인 교운을 향해서 세워졌다. 그녀의 아버지는 그런 남자였다.

자신의 아들이었다면 얼마나 좋을까 하는 부러움. 씩씩하고 건강한 신체에 반듯한 정신력까지 빛나는 남자아이를 보는 진환의 눈에는, 자신에게 자신의 모든 것을 물려줄 자랑스러운 아들이 없다는 절망감과 그래도 이런 좋은 군사를 거느리게 되었다는 자랑스러움이 동시에 번뜩였다. 진환의 눈동자에서 절망과 부러움 그리고 자랑스러움을 볼 때마다 태령은 좌절과 분노를 동시에 느꼈다. 자신이 아무리 검을 휘두르고 아무리 노력을 해도, 진환의 눈에서 자랑스러움은 찾을 수가 없었다.

그래서 도망치듯 외군으로 향했다. 남자보다 더 노력하고, 남자보다 더 잔인해지고, 더 강해지려고 발악을 했다. 그것에 보답하듯 진급을 하고 지위를 얻어도 진환의 눈에 자신은 여전히 어린아이며 귀여운 딸이었다.

아버지의 군인으로의 자부와 자긍심은 결코 자신의 것이 되지 않을 것이다. 그리고 이제는 더 이상 아버지가 자랑스러워하지 않아도 상관없었다. 그녀 자신이 그녀의 자부심이 되었다.

그런데 이런 삶이 내 의지의 결과가 아니라고?

자비왕이 태령의 소용돌이치는 머릿속을 짐작하듯 담담하게 웃었다.

"물론 궁주는 노력을 했습니다. 하지만 궁주가 나라를 지키는 사람이 된 것은 궁주가 그렇게 태어났기 때문입니다."

태령의 눈동자에서 다시 눈물이 떨어졌다. 이렇게 바보같이 울보가 되었는데, 나라를 지키는 운명을 타고났다고? 이해가 되지 않았다. 자비왕이 마치 슬픈 전설이라도 말하는 듯 자상하게 이야기했다.

"궁주가 태어나기 전에 천녀 가응이 예언을 했습니다. 태어날

아이가 서라벌을 지키고 호국신이 될 것이라고 말입니다. 그래서 아들인 줄 알고 진환 숙부가 얼마나 좋아했는지 아십니까? 따님 이라고 하자 마치 벼락이라도 맞은 듯이 놀라셨다고 아버님이 그 러셨습니다. 눌지대왕, 내 아버님께서는 그 상황을 장난처럼 말 하셨지만 아마 속으로는 매우 겁을 집어먹으셨을 거예요. 왕좌 를 빼앗기는 줄 알았을 테니까요."

태령의 눈에서는 여전히 눈물이 줄줄 흘렀다. 이게 전부 무슨 말인지. 그리고 무슨 의미가 있는 것인가? 자신은 그저 장군일 뿐이다. 많고 많은 장군 중에 한 명이다. 특별한 의미도, 특출 난 힘도 없었다.

"그래서 아버지께서는 정말 저와 태령 누님의 혼사를 진행시키 려고 했습니다. 그런데 제가 너무 늦게 태어났지요. 이후에는 이 미 궁주가 전쟁터에서 전투를 밥 먹듯이 하고 적들을 죽이는 것 에 아무런 거리낌이 없으셔서 아버님께서 눈물을 머금고 단념을 하셨습니다. 하하."

"대체 무슨 말씀을 하시는 것입니까?"

태령이 울면서 물었다. 이 모든 바보 같은 이야기가 무엇을 말 하는지 알 수가 없었다. 그리고 지금 자비왕이 왜 이 말을 하는 지도 모르겠다.

자비왕이 가만히 태령을 보았다. 어린 왕의 눈에서는 냉랭하고 차가운 이성만이 번뜩였다.

"태령궁주께서는 금성을 떠나실 수 없습니다. 그대는 여전히 호국신의 화신이니까요. 그를 보내주십시오. 태한산의 산신은 그저 그런 산신이 아닙니다. 그가 인간사에 개입하고, 죽을 운명인 궁주를 살리고도 즉시 소멸되지 않은 것이 그 증거입니다. 그런 그가 고통을 받고 있습니다. 당신이 놓아주어야 그가 돌아갈 수 있습니다. 그래야 그도, 저도 삽니다."

궁주의 눈이 번뜩였다. 자비의 말에 더 이상은 속아 넘어가지 않을 것이다.

"거짓말입니다! 제가 그곳에서 죽을 것이라고 생각하신 것을 알고 있습니다. 태한산에서. 그곳에 죽으라고 저를 보내셔놓고 호국신이라는 말을 하십니까?"

자비가 살짝 얼굴을 붉혔다. 마치 가책이라도 받는 것처럼 보였다. 그리고 어쩔 수 없이 사실을 말한다는 표정을 지으며 천천히 입을 열었다.

"사실······ 누님이 호국신의 화신이라는 예언을 듣기는 했는데 완전히 믿지는 않았습니다. 너무 옛날 일이기도 했고요. 궁주는 장군이니 어쩌면 살지도 모르겠다고 생각만 했을 뿐이지 정말 그대가 살아서 늑대를 잡고, 산신을 붙잡아 금성으로 데리고 올 줄은······ 정말 몰랐습니다. 하지만 궁주는 스스로 자신을 증명했습니다."

자비의 환하게 밝은 얼굴을 보고 태령이 절망적으로 고개를 숙였다. 그리고 이마를 방바닥에 붙였다. 태령은 다시 자신의 왕에게 호소하고 매달렸다.

"태한산에서 제가 노력할 것입니다. 그곳도 신라의 땅입니다. 그곳에서도 제가 나라를 지킬 수 있습니다."

자비왕이 천천히 일어섰다. 뒤에서 호위들과 신녀들이 우르르 일어섰다. 얼음 같은 말이 자비의 입에서 떨어졌다.

"그가 인간사에 개입을 하지 못하는데 어찌 나라를 지킨다고 하십니까? 나중에 답을 드릴 것입니다."

자비왕을 비롯한 많은 호위와 신녀들이 태령의 집을 떠났다. 집은 어두운 적막에 휩싸였다. 내일 기우제가 열릴 것이다. 비가 올 기미는 보이지 않았다. 열기는 여전했고 바람은 뜨거웠다. 만약 기우제가 열리고도 비가 오지 않으면 부정한 자들을 처형해서 하늘의 분노를 위로할 것이다. 산랑은 이미 붙잡혀 관에 끌려가 있었다.

그가 얼마나 갈증과 고통에 시달리는지 부하들이 알려주었다. 그를 부정한 자라고 누명을 씌운 사람은 수리가 틀림없었다. 하지만 수리가 아니더라도 자신의 아버지, 각간, 그리고 자비왕까지 그를 희생양으로 삼으려 하고 있었다. 태령의 눈에서 눈물이 흘렀다

어디선가 바람 소리가 들렸다. 태령이 눈을 뜨자 한밤중이다. 그대로 쓰러져 잠이 들었다. 울다가 지쳐서 탈진을 한 것 같다. 문을 두드리는 소리가 들렸다. 태령이 방을 나서자 아무도 없었다. 그 수많은 하인들은 전부 잠이 든 듯하고 하녀들도 없었다. 아무리 한밤중이라고 해도 몇 명은 항상 다니는 것을 보았는데 오늘 밤은 마치 누군가가 모두를 잠에 빠뜨린 듯 주위는 고요하고 숨소리도 들리지 않았다. 다시 문을 두드리는 소리는 났지만

아무도 문을 여는 사람은 없었다. 태령이 일어나서 옷을 갖춰 입었다. 문을 열자 키가 큰 청년이 서 있었다.

"너는 누구냐?"

청년은 태령의 얼굴을 보고 놀란 듯이 뒤로 물러섰다.

"혹시 태령궁주이십니까?"

태령은 무심한 얼굴로 고개를 끄덕였다. 하인도 없고 대문 밖에는 지나는 사람도 없었다. 가택 연금으로 항상 대문을 지키고 있던 군병도 없었다. 컴컴한 심연 속에 홀로 서 있는 느낌이었다.

"저는 능도라고 합니다. 산랑님이 모시고 오라고 하셔서 왔습니다."

태령이 산랑이란 말에 놀라서 밖으로 나가려다가 문 앞에 붉게 그어놓은 줄을 보고는 다시 발을 문 안으로 들였다. 태령이 움직이지 않자 능도라는 청년이 잠시 망설이다가 다시 말을 했다.

"산랑님이 같이 가셔야 한다고 하셨습니다."

태령이 청년을 물끄러미 보더니 잠시 기다리라고 하고는 집 안으로 들어갔다. 잠시 후에 다시 나타난 태령이 청년의 손에 주머니를 쥐어주었다. 청년이 안을 들여다보자 은괴가 세 덩이 들어 있었다. 막대한 돈에 놀라서 태령을 보자 태령이 청년의 손을 붙잡고 속삭였다.

"그를 태한산으로 모셔다 드려라. 무사히 모시면, 나중에 도성에 와 내게 오너라. 이 두 배를 주마."

능도라는 청년은 신중한 얼굴로 고개를 흔들었다.

"돈은 필요 없습니다. 산랑님께서 같이 가셔야 한다고……"

태령은 그에게 자신의 허리에 차고 있는 금장으로 아름답게 장식이 된 단도를 주었다.

"만약 그가 위협을 당하면 네가 도움을 주기를 바란다. 이것을 주마."

능도는 단도를 들고 어쩔 줄 모르고 우물쭈물하다가 할 수 없이 어둠속으로 뛰어갔다. 태령이 그대로 문가에 서 있었다. 청년이 사라지고 바람 소리만 들렸다. 바싹 마른 땅에서 흙먼지가 날리고 어디선가에서 불이 난 듯 매캐한 냄새가 가득했다.

태령이 몸을 돌려서 문을 닫으려 할 때였다. 앞에서 사락거리는 소리와 함께 나지막한 목소리가 들렸다.

"함께 가자."

산랑이 그곳에 서 있었다.

태령의 눈에서 눈물이 떨어졌다. 산랑은 피곤하고 어두운 눈빛이었다. 은회색 눈동자가 흐린 색으로 어둡게 빛이 났다. 옷은 심문이라도 받은 듯 너덜거리고 신발은 피에 젖고 또 젖어서 이제는 시커먼 색으로 변했다. 머리끈이 풀려서 긴 머리칼이 바람에 흩날렸다. 새카만 머리카락이 그녀를 향해서 나부꼈다. 산랑이 태령에게 손을 내밀었다. 태령이 그 손을 바라보았다. 한참 동안 손을 바라보던 태령이 고개를 저었다.

"갈 수 없습니다."

산랑이 태령의 눈을 바라보았다. 말도 없이 그녀를 보기만 하던 산랑이 분노를 참듯이 억눌린 작은 목소리로 말했다.

"그들은 너의 헌신을 받을 가치가 없다."

태령의 눈에서 눈물이 흘렀지만 말소리는 조용하기만 했다.

"가치 있는 자들을 위해서만 헌신을 하지 않습니다. 내 맡은바 임무가 그것이고, 내가 태어난 의미가 그것입니다. 저는 신라의 장군입니다."

소리를 내지 않고 눈물을 흘리는 태령을 향해 산랑이 손을 뻗었다. 태령의 뺨에 손가락이 닿았다. 눈물을 닦으며 산랑이 낮은 목소리로 말했다.

"울지 마라."

산랑이 눈을 감았다. 그리고 모든 것을 보았다. 금성이 어째서 가뭄으로 불타는지. 어째서 자신이 갈증에 시달리고, 고통에 휩싸이며, 주변의 모든 것이 불타오르는지. 사람들의 마음이 미움으로 가득차고, 폭력과 죽음이 도성을 휩쓸고 다니며 아이와 여자들은 죽어서 길에 버려지고, 모든 것이 오염되고 썩어가고 있었다.

탐욕이었다. 자신의 탐욕. 그는 그녀를 원했다. 그래서 생명들을 죽이고, 예고된 일들을 바꿨으며 죽어야 할 그녀를 구했다. 모든 것이 비틀어지고, 순리는 어그러졌다.

그의 욕망이 불타오르면 오를수록 이곳의 모든 것도 불타고 있었다. 산랑이 눈을 떴다. 눈앞에 태령이 서 있었다. 새카만 밤하늘과 같은 눈동자에서 눈물이 여전히 떨어지고 있었다.

그녀를 원한다.

모든 것을 알게 되었는데, 여전히 그녀를 원했다. 원하고 또 원했다. 가슴 속에 있는 줄도 몰랐던 인간의 감정과 늑대의 욕망이 용암처럼 들끓기 시작했다. 그녀에 대한 집착과 자신의 손을 잡지 않은 그녀에 대한 원망, 절망과 고통이 찰나에 지나고 더 큰 감정이, 분노가 거대한 파도로 밀려왔다.

공간이 확대되고 이제껏 지켜왔던 모든 것이, 금기가 손에서 풀려난다. 처음으로 신령한 늑대들의 영혼이 서서히 깨어났다. 깊은 눈동자에서 황금색 고리가 커지고 커지면서 커다랗게 뜨였다. 눈앞에서 움직이지 않는 태령의 영혼이 보였다. 그녀의 하얗고 강인한 영혼을 물고 도망가 버릴까?

그의 입가가 희미하게 올라갔다. 자신의 실체를 놓아버린다면 금기는 완전하게 풀리고, 온전한 신의 힘으로 깨어나면 상상할 수 없는 파괴의 힘을 부릴 수 있다. 소멸의 전 단계인 그 힘을 부리고 싶다. 태령과 함께 있지 못한다면 소멸이 되어도 상관없다. 그녀를 데리고 가지 못하면 금기를 풀고 파괴의 힘으로 서라벌을 불태워 버릴 테다.

이 검은 눈을 반짝이는 여자는 알고 있을까? 자신이 지금 서라벌의 멸망을 재촉하고 있다는 것을.

"너로 인해 이 서라벌이 전부 불탈 수가 있어."

태령이 그를 올려다보았다.

산랑이 깊은 심연처럼 그녀를 내려다보고 있었다. 자신에게 분노하는 그의 눈동자가 보름달처럼 환하고 커다랗게 불타오르고 있었다. 금방이라도 손에 잡힐 듯 생생한 그의 절망과 갈망이, 질식이라도 시킬 듯이 숨을 조이고 있었다. 그는 그럴 수가 있었다. 그는 단정하고 아름다운 입매에 웃음을 띤 채로 조용하게,

그리고 담담하게 자신의 손끝으로 이 금성을 시작으로 모든 신라의 땅들을 불길에 휩싸이게 할 수 있을 것이다. 그는 그것을 아마 즐거운 심정으로 웃으면서 할 것이다. 자신에게 내려진 형벌인 소멸을 기꺼이 받아들이고 신라를 불바다로 만들면서 멸망이라는 마지막을 향해 그녀의 손을 잡고 발을 내디딜 것이다.

태령의 눈에서 눈물이 다시 굴러 떨어졌다. 그런데 이상하게도 웃음이 지어졌다. 그가 자신을 지극히 사랑한다는 것을 이렇게 어이없게 알게 되어 정말 기쁘기만 했다. 한없이 기뻤다.

눈물을 닦고 웃으면서 태령이 속삭였다.

"저도 사랑합니다."

산랑이 얼어붙은 듯 그 자리에서 꼼짝도 하지 않았다. 은회색 눈동자에서 황금 고리의 소용돌이가 멈추었다. 부풀어 올라 황금색으로 변했던 그의 눈이 서서히 싸늘하고 차가운 은회색으로 돌아왔다.

바람이 불고 또 불었다. 어디선가에서 늑대의 노랫소리가 들렸다. 느릿느릿 밤하늘의 거대한 달을 향해서 그칠 듯 그치지 않는 울부짖음은 노랫소리라고 칭하기에는 이상했지만 그래도 길고도 길게 이어지는 그 구슬픈 음을 노래라고 말하지 않을 수도 없었다.

태령을 향해서 산랑이 손을 뻗었다. 두 손으로 태령의 눈물을 부드럽게 닦아주고 조심스럽게 뒤로 물러섰다.

"울지 마라."

우는 그녀를 위해 이곳을 떠나야 한다. 그녀가 살아 숨 쉬는 이 금성을 위해서, 자신의 의식 없는 실체를 이끌고 떠나야 한다. 누가 더 어리석은가? 자신의 소멸을 바라지 않아 자신을 놓으려는 그녀와 그녀를 잡고자 제 소멸을 희망하는 자신 중에.

아직도 모든 것을 불태우고 싶은 심정을 누르며 산랑이 몸을 돌려서 서서히 어둠속으로 사라졌다. 태령은 문을 닫고 방으로 돌아와 죽은 듯이 잠에 들었다.

❖

수리가 감옥 문을 열라는 손짓을 했다. 어제, 삼도 사거리에서 산랑을 붙잡으려 했는데 닭이 우는 소리와 함께 그는 사라졌다. 오늘은 기우제가 열리는 날이었다.

기우제가 끝나면 비가 오지 않는 것을 빌미로 그를 처형할 것이다. 공개적인 처형은 엄청나게 화려하고 꽤 돈을 많이 들이기 때문에 볼거리가 많은 행사였다. 자리에 모인 수많은 백성들은 그 화려함에 탄복하면서 사람을 처형하는 그 잔인함에 공포를 느낄 것이다. 그리고 지금 자신들의 고통은 전부 처형당하는 사람으로 인해 없어진다고 굳게 믿으면서 신과 왕을 더욱 경외하게 될 것이다.

이러한 행사는 가뭄, 홍수 등에는 항상 있었던 것이었다. 이번에 재수 없게도 도성에 나타난 이상한 존재가 희생이 되는 것이다. 그가 나타나면서 가뭄과 온갖 재해가 시작되었다고 탓하기가 용이했다. 이방인은 어디서나 의심과 박해를 받기 좋았다.

하지만 수리는 공개 처형이 별로 맘에 들지 않았다. 감옥에서 움직이지 않는 그의 실체는 자신이 죽이고 싶었다. 신령으로 돌아다니는 그는 너무나 강력했다. 감히 그가 손을 댈 수도 없는 존재였다.

하지만 실체는, 인간의 몸인 산랑은 다르다. 그리고 생각해 보니 자신의 생각이 한층 더 마음에 들었다. 그래서 그렇게 하기로 결심했다. 그가 살아서 몸부림을 치면 공개처형에서 더 극적이고 그래서 기우제는 더 효과적일 수 있지만 굳이 살아 있지 않아도 상관은 없었다. 그저 목만 붙어 있으면 되었다. 사람들은 멀어서 보이지 않을 것이고 돈만 두둑이 쥐어주면 죽은 남자가 살아 있는 척 연기를 해줄 백정은 차고 넘쳤다.

수리가 안으로 들어서자 산랑은 여전히 의식 없이 바닥에 누워 있었다. 수리가 산랑을 들여다보는데 밖에서 관병이 말을 했다.

"그 능도라는 좀도둑이 이자를 찾아왔습니다."

수리가 눈썹을 올려서 밖을 슬쩍 보았다. 북적거리는 소리가 들렸다. 그가 손짓으로 능도를 데리고 오라고 했다. 능도라는 좀도둑은 산랑을 형님처럼 위했다. 죄질이 가벼운 좀도둑이기도 하고 정보 제공을 했기에 풀어주었는데 산랑을 위해 물을 가져다 주고 옷을 입혀주고 먹을 것을 가져다 먹였다. 자신의 아비라도 그렇게는 보살피지 않을 것이다. 수리가 미소를 지었다. 능도란 좀도둑에게도 알려줘야겠다. 누가 이 세상의 주인인지.

능도가 감옥으로 들어오자 수리는 산랑을 일으키라고 말했다. 산랑을 일으키자 의식이 없는 얼굴이 보였다. 산랑의 입술은 하얇게 말라서 쩍쩍 갈라졌다. 갈라진 입술에서 피가 배어 나왔다. 능도가 물을 머금은 수건을 그의 입에 대었다.

"산랑님! 기운을 차리십시오."

수리가 밖의 관병들을 물리려고 몸을 일으키는데 느닷없이 각간이 등장했다. 놀란 수리가 몸을 일으켜 아버지를 맞았다.

덕지 각간이 관아를 찾아오는 것은 매우 드문 일이었다. 아니 아예 없는 일이나 마찬가지였다. 각간은 수리의 턱없이 높은 야망이 부담스러웠고 갑작스럽게 태령에게 애정이 깊은 듯한 행동을 하는 것도 이해하지 못했다. 그가 태령과 아들의 혼례를 받아들인 것은 개인적으로 친한 진환이 원해서이지 더 큰 권력을 원해서가 아니었다. 각간이 명령문을 수리에게 주면서 엄격하게 말했다.

"저자를 풀어주어라."

수리가 놀라서 각간을 바라보았다.

"무슨 말씀입니까? 이제 곧 기우제가 열릴 것입니다. 기우제를 올린다고 비가 올 것이라 생각하십니까? 지금 하늘은 청명하기 그지없고, 습기 한 점 없어 오히려 바싹 마른 숲 때문에 곳곳에 산불이 나고 있습니다. 비가 오지 않으면 민심은 극도로 불안해질 것입니다. 이 상황에서 인신공양은 꼭 필요합니다."

덕지 각간이 피식 웃었다.

감옥에 갇힌 이를 풀어주라는 자비왕의 명령에 그도 이와 똑같이, 토씨 하나 틀리지 않고 대답했었다. 자비왕이 뭐라고 말을 했었지? 각간은 그 이상한 명령을 다시 상기했다.

기우제의 시작 바로 직전에 자비왕이 그를 불러서 산랑이란 자를 풀어주라고 말했다. 인신공양이 필요하다고 진언을 하는 자신에게 자비왕은 고개를 기울이고 기묘한 눈빛으로 가만히 미소를 지었다.

"한 명이 죽으면 서라벌이 살 것이고, 한 명이 죽으면 서라벌이 불바다로 변할 것입니다. 누구를 죽이면 되겠습니까?"

이상한 질문에 덕지 각간이 한참 동안 자비왕을 바라보았다. 별 어려울 것도 없는 선택이다.

"당연히 서라벌을 살릴 사람을 죽이는 것이 마땅합니다."

자비왕이 씁쓸하게 웃었다. 그리고 각간을 애정에 넘치는 시선으로 보면서 부드럽게 말했다.

"나도 그렇게 생각합니다. 내가 각간을 제일 믿고 신뢰하는 것을 잊지 마십시오. 그리고 그대의 선택이 서라벌을 구했다는 사실도 잊지 마십시오."

산랑이란 자를 풀어주라고 말하며 자비왕이 한 말이었다. 그렇다면 이자가 죽으면 서라벌이 불바다로 변한다는 것이다. 어째서 이자가 죽으면 서라벌이 불바다로 변한다는 것이지? 이자는 도대체 누구일까? 생각에 잠겼던 각간이 고개를 저었다.

자비왕이 그렇다면 그런 것이지. 각간은 자비왕의 신기한 예언 능력을 짐작하고 있었기 때문에 그의 의견에 반할 의사는 없었다. 서라벌을 살린다면 그 대신 누가 죽든 크게 상관이 없었다.

각간이 수리에게 눈총을 주었다. 항상 느끼는 것이지만 아들은 공과 사를 구별하지 못했다. 그는 아버지이기 전에 각간이다.

대신 중에 제일 높은 지위인 그는 감히 아찬이 말대답을 할 지위가 아니었다.

"자비왕께서 명하셨다. 그자를 풀어주라고. 대왕의 명을 받들어라."

수리는 아버지를 노려보았다. 이제껏 자신의 편을 들어주지 않고 항상 왕의 편을 들어주는 아버지가 마음에 들지 않았다. 겨우 일곱 살짜리 꼬마가 뭐라고 그에게 절절 맨단 말인가.

수리가 공손하게 허리를 굽혔다.

"명령을 이행하겠습니다."

각간이 의심스러운 눈초리로 다시 아들을 훑어보며 호위들과 함께 나가면서도 불만스러운 표정을 숨기지 않았다.

관병들이 주변을 보면서 얼쩡거리자 수리가 관병들을 향해서 다시 손짓을 했다.

"나가서 기다려라. 이자가 이렇게 기운이 없으니 곧 죽을지도 모르겠구나. 살펴보고 부를 테니 밖에서 모두 기다려라."

관병들이 모두 나가자 수리가 능도에게도 손짓을 했다.

"너도 나가라."

능도가 고개를 저었다. 그리고 싹싹하게 산랑을 부축하려 했다.

"기운은 없으시기는 한데 제가 부축해서 나갈 수 있습니다. 걱정하지 마십시오."

수리의 입가가 느슨하게 벌어졌다. 이놈에게 덮어씌우면 되겠다. 산랑을 죽이고 능도란 놈에게 죄를 전가하면 일은 깔끔하게 끝날 수 있다. 수리가 허리춤에서 칼을 꺼냈다. 수리의 칼을 보자마자 능도가 놀라서 눈이 휘둥그레졌다.

"뭐, 뭐하시는 겁니까?"

수리가 웃으면서 능도를 보았다. 그리고 그를 설득이라도 하는 듯이 심하게 분개하는 시늉을 했다.

"이자는 내가 죽이고 싶었다. 내 약혼녀를 빼앗아 간 나쁜 놈이란 말이야."

능도가 비웃듯이 눈을 가늘게 떴다.

"무슨 말씀입니까? 이분과 태령궁주는 서로 사랑하는 사이입니다. 궁주께서 이분을 위해 눈물을 흘리시는 것을 보았는데요."

수리는 정말 놀라서 말까지 더듬었다. 그리고 당장에 믿을 수 없는 일을 반박했다.

"태, 태령궁주는 한 번도 운 적이 없다. 갈문왕께서 어릴 적에도 본 적이 없다고 하셨는데 언제 울었단 말이냐?"

능도가 여전히 날카롭게 수리를 응시했다.

"언제 울었든 간에 댁은 이분을 죽일 수 없습니다. 이분은 무사히 태한산까지 가셔야 합니다."

수리가 천천히 능도에게 다가갔다.

"얌전히 있으면 네놈은 살려주마."

굳이 좀도둑까지 죽일 필요는 없었다. 산랑의 죽음을 그에게 덮어씌우면, 살인의 벌은 국법으로 사형이다. 산랑의 가슴을 노린 수리의 칼이 더 큰 힘을 받기 위해 팔을 뒤로 힘껏 젖혀 허공을 갈랐다. 그 순간 날카로운 칼이 허공에서 멈췄다.

수리의 등에 뭔가가 꽂혔다. 입에서 피가 흐르자 수리가 놀라서 자신의 가슴을 보았다. 등에 꽂힌 칼끝이 심장을 찢고 가슴을 통과해서 앞으로 나왔다. 수리는 어이가 없어서 웃었다. 하얗게 빛나는 칼끝으로 보아 보통 명검이 아닌 듯했다.

"네놈은…… 이 칼이 어디서 났지?"

능도가 솜씨 좋게 칼을 등에서 비틀어 잡아 뽑았다. 수리의 입에서 쿨럭 피가 덩어리째 쏟아졌다. 능도는 칼을 휘두르기는 했지만 겁이 나는지 멀찍이 서서 수리에게 단검을 보여주었다.

"태령궁주께서 주셨소. 이분의 안위가 위험하면 쓰라고 말이오."

수리의 눈이 태령의 칼을 뚫어지게 바라보았다. 그의 손이 칼을 향해 움직이자 놀란 능도가 단도를 수리에게 홱 던졌다. 그는 칼을 움켜쥐려 허공에서 손을 움직이다가 그대로 바닥에 쓰러졌다.

능도는 겁에 질려서 보고 있다가 수리가 움직이지 않자 다가가서 그의 겉옷을 벗겼다. 그리고 그 옷을 산랑에게 대충 입혔다. 능도는 그를 감싸 안고 밖으로 나왔다. 관병들이 다가오자 능도가 고개를 저었다.

"아찬께서 피곤하다고 쉬고 싶다 하셨습니다. 옥에 갇힌 자는 명을 기다리라고 하셨습니다."

관병들이 보지도 않고 피곤한 듯 고개를 끄덕였다. 곧 기우제를 준비하는 제관들이 도움을 요청하자 관병들은 별수 없이 한숨을 쉬면서 그리로 달려갔다.

기우제가 열렸다. 긴 제사의 의식이 끝나고 신관이 제문을 불태울 때가 되자 하늘은 저물었다. 과일을 올리고 팥밥을 올렸다. 자비왕은 더욱 깊숙이 고개를 숙이고 하늘을 향해 머리를 조아렸다.

신녀 가응이 제문을 불태웠다. 작게 속삭이는 약속이 하늘을 향했다. 자비를 향해서 고개를 끄덕이며 가응이 노래를 불렀다.

"하늘님을 모실 것입니다. 신라는 그의 나라가 될 것입니다."

향이 불타올랐다. 제문이 날아올라 하늘로 피어올랐다. 해는 이미 지고 밤이 되었지만 제는 끝나지 않았다. 신관들이 주술을 외우고 승녀들이 불경을 읽었다. 신녀들은 노래를 끊임없이 느릿느릿 불렀다.

뜨거운 바람은 끝도 없이 제단의 위를 소용돌이 쳤다. 비는커녕 어두운 구름도 보이지 않았다. 투명한 공기는 열기를 품고 금성 위에서 꿈틀거렸다.

능도는 어리둥절해서 말을 바라보았다. 밖으로 나오자 사람들은 모두들 기우제가 열리는 월성 쪽으로 간 것인지 길은 한적했다. 그런데 한 무리의 사람들이 자신을 향해 다가오고 있었다. 능도가 뒤를 돌아보았다. 다년간의 좀도둑의 경험으로 보아 앞의 인간들은 모두가 군인이다. 예쁘장한 여자도 있었지만 역시 군인이다. 뒤를 돌아보며 퇴로를 모색했지만 산랑을 짊어지고 있어서 도망은 불가능하다는 것을 알고 있었다. 제기랄, 이대로 여기서 죽을 수는 없는데. 맨 앞에 선 단정하게 생긴 무장이 그를 보고 멈추었다. 그리고 의아한 눈으로 능도를 노려보았다.

"누구냐? 산랑님을 업고 있는 너는."

능도는 다리에 힘이 풀릴 뻔했다. 일단 자신을 죽이려는 자들은 아니었다. 아후가 교운을 지나쳐 능도의 등에서 흘러내리는 산랑을 부축했다.

"다치신 곳은 없습니다."

선명이, 한눈에 보기에도 비싸 보이는 명마를 끌고 와서 아후의 곁에 세웠다. 아후가 의식이 없는 산랑을 두꺼운 옷으로 감싸고 말의 등에 올렸다. 그리고 교운을 바라보았다.

"누가 갑니까?"

사담이 거대한 덩치를 내세우며 앞으로 나섰다. 곁에서 아후도 발을 내밀었다.

"내가 제일 기운이 셉니다."

"관령이 배가 이미 불렀습니다. 사담은 갈 수 없습니다."

사담이 아후를 노려보면서 입을 내밀었다.

"그러면 아후도 갈 수 없습니다."

선명이 말고삐를 쥐고 어쩔 수 없다는 듯 어깨를 으쓱했다.

"아직도 둘 다 자기가 아비라고 싸우니 그럼 둘 다 빼고 제가 가죠."

의식이 없는 산랑의 얼굴을 골화가 안타까운 눈으로 보면서 발을 동동 굴렸다.

"서방님아. 내가 골화까지만 배웅하면 안 될까? 응? 형님이 이렇게 의식이 없는데 떨어지면 어떡해."

교운이 고개를 저었다. 곤란한 표정으로 살짝 부푼 골화의 배를 가리켰다.

"너도 말 타기는 불가하다."

골화가 삐진 표정으로 교운을 노려보았다. 선명이 교운을 보면서 어깨를 으쓱했다.

"부장도 갈 수 없습니다. 내일 당장 전투가 있을 거라고 하던데요. 지휘관이 빠지면 사형입니다. 우리도 들키는 날에는 모두 사형입니다."

잠깐의 정적이 있었다. 뒤에서 작은 목소리가 들렸다.

"제가 가겠습니다."

모두가 놀라서 뒤를 돌아보았다. 모두가 그를 까먹고 있었다. 아후가 정보에 능통한 정책 담당답게 능도의 곁으로 가서 빈정거렸다.

"이놈은 좀도둑입니다. 제대로 태한산까지 갈 수 있을지 아무도 모릅니다. 만약 도적이라도 만나면 산랑님을 버리고 가버릴 놈입니다."

교운이 능도의 곁으로 다가갔다. 아직도 소년 같은 청년을 내려다보는 교운의 눈빛이 진지했다. 무장의 올곧은 시선을 받자 그 시선의 무게가 장난이 아니다.

"왜 가려 하느냐?"

능도가 식은땀을 흘렸다. 그냥 그러고 싶은 것뿐. 별다른 뜻이 있는 것이 아닌데 갑자기 물어보니 당황스럽다.

"그, 그게 제가 지금 아찬을 죽이고 나와서 잡히면 사, 사형이라서 도성을 떠나야 할 거 같은데…….”

모두가 놀라서 능도를 보았다. 아후와 사담이 다가와서 능도의 어깨를 두드리고 손을 잡아서 흔들었다. 아무도 어쩌다 그 높은 귀족을 죽였냐고 물어보지 않았다.

“야! 이 새끼 호감인데!”

“크게 될 놈이야. 믿음이 간다.”

교운이 말고삐를 쥐고 다가왔다. 교운은 능도에게 고삐를 쥐어주고 진지한 눈빛으로 그를 바라보았다. 능도를 한없이 신뢰하는 눈빛이다. 이제껏 양심 없이 살아온 능도는 살짝 죄책감이 들어 그의 곧은 눈빛을 피하고 싶은 심정이었다.

“너에게 산랑님을 맡긴다. 목숨이 아까워서 이분과 함께 가지 않는 것이 아니다. 우리가 죽으면 태령궁주를 지킬 사람이 없다. 이분에게 궁주는 한없이 귀중하다. 우리는 반드시 두 분을 지켜야 한다. 알았느냐?”

능도는 교운의 심각하고 진심 어린 당부에 감격해 심장이 떨렸다. 마치 위대한 군인이 된 듯한 뿌듯한 심정이었다. 열렬히 고개를 끄덕이고 능도가 말고삐를 쥐고 인사를 했다. 사담이 능도를 향해서 손을 내밀었다.

“이제 너도 장군의 군사다. 나와 동료란 말이야.”

능도의 눈이 휘둥그레졌다. 누구도 자신에게 동료라는 말을 해주지 않았다. 가뭄이 시작되기 전에도 길거리에서 좀도둑질을 하던 시절부터 항상 따돌림을 당하면 살아왔다.

동료……. 능도가 웃으려고 했지만 웃음이 잘 나오지 않았다.

잠자코 사담의 손을 잡았다. 눈물이 나올 뻔해서 놀라서 기침을 했다. 사담이 손을 잡고 흔들었다.

교운이 손가락으로 서쪽 관문을 향했다.

"기우제가 끝나기 전에 도성을 빠져나가야 한다. 위험할 수도 있어."

능도가 고개를 끄덕이고 말의 고삐를 잡았다.

서문의 가까이로 다가가자 수문장들이 성벽 위에서 내려다보고 있었다. 지나는 사람은 없었다. 대대적인 기우제가 열리고 있었다. 국가의 제가 열리는 때에는, 그것도 매우 중요한 제사일 경우에는 사람들의 도성 출입을 막는 경우가 있었다. 서문을 지키는 군사가 말 한 마리에 시체처럼 업힌 남자 하나와 곁에서 말을 끌고 오는 젊은 남자 하나를 바라보았다.

수문장이 출입을 금한다고 했었다. 군사가 성문의 앞으로 걸어갔다. 남자에게 당장 꺼지라고 소리를 치려는 순간이었다. 뒤에서 말이 들렸다.

"성문을 열어줘."

군사가 놀라서 뒤를 돌아보자 수문장이 서 있었다. 군사가 더 놀랐다. 아까까지 성벽 위에서 다른 부장들과 함께 있는 것을 보았는데 언제 오신 거지? 발소리도 안내고 오시다니 놀랄 일이다. 수문장은 거드름피우기 좋아하는 작자로 언제나 어디를 가더라도 떠들썩했다. 심지어는 잘 때도 시끄러웠다. 그런데 이렇게 조용히 돌아다니다니. 하지만 그는 명령불복종을 제일 싫어하니 군사가 급하게 성문을 열었다.

말을 이끄는 젊은 남자가 초조하게 그것을 보고 있었다. 조금 수상하다. 범죄자들이나 수배 중인 첩자일 수도 있는데. 꽤나 큰 성문을 힘겹게 겨우 연 군사가 남자를 잠시 부르려고 했다. 그런데 그게 불가능했다.

문이 열리자마자 능도와 산랑을 짊어진 말이 뜨거운 바람과 함께 서문을 통과했다. 그리고 그들의 발이 금성의 밖을 나가자 뜨거운 열풍이 순간 멈췄다.

그리고 문을 완전히 지나자 그와 동시에 금성의 밖에서 안으로 폭풍 같은 거센 바람이 마치 해일처럼 밀어닥쳤다. 바람에 휩싸여 군사는 길의 뒤쪽으로 나동그라졌다.

거센 바람에 밀려서 겨우 곁의 바위를 붙잡고 일어선 군사가 놀라서 하늘을 바라보았다. 그때까지 별이 총총하던 맑은 밤하늘에 갑자기 아무것도 보이지 않았다. 검은 구름이 사방에서 몰려들고 있었다. 바람의 소리가 마치 늑대의 울음소리처럼 사나웠다.

차가운 바람이, 출렁이는 물소리가 들리는 바람이 하늘을 뒤덮었다. 신라를 둘러싼 온 바다에서 바람이 불어댔다. 바닷물이 소용돌이 치고 회오리바람이 하늘에서 춤을 췄다. 시커멓게 변한 하늘 밑으로, 금성의 수많은 집들 위로 차가운 바람이 몰아쳤다.

사람들이 웅성거렸다. 비를 소원하던 사람들이 한 명, 두 명 밖으로 나왔다.

❖

태령이 자신의 작은 대숲에서 산랑의 머리끈을 발견했다. 검은색의 머리끈은 그의 새카만 머리칼을 느슨하게 올려서 묶었던 것이었다. 태령이 머리끈을 소중히 쥐고 그것을 심장에 가져다 대었다. 그리고 머리끈을 얼굴에 묻고 숨을 겨우 쉬듯이 심호흡을 하며 깊게 숨을 들이켰다.

검은 하늘을 올려다보자 툭. 하고 물이 이마 위로 떨어졌다.

툭, 투툭…… 툭툭툭.

이내 떨어지는 빗방울이 기세를 불리기 시작했다.

쏴아! 거센 소리를 내며 내리는 비에 사람들이 멍하니 그 자리에서 비를 맞았다. 비를 맞는 사람들의 얼굴이 점점 편안해지기 시작했다. 그 미움이, 증오가, 폭력과 살의가 비에 녹아서 점점 풀어졌다. 사람들이 웃고 웃다가 울기 시작했다. 사람들은 울면서 빗물을 모으기 시작했다. 물을 마시고 빗물을 모으고 밭에 물을 붓고 못에 물을 모았다. 서로 내민 손을 잡고 사람들이 도움을 주고받으며 함께 힘을 모았다.

기우제의 끝에서 비가 오자 왕을 칭송하는 목소리가 하늘을 치솟았다.

성문을 통과한 능도는 시커멓게 변하는 금성의 하늘 쪽을 바라보며 길을 서둘렀다. 바람이 서늘해지고 있었다. 흔들리는 말 위에서 눈을 뜬 산랑이 한숨과 같이 숨을 길게 내쉬었다. 소리를 들은 능도가 놀라서 황급히 말을 멈추게 하고 산랑의 곁으로 달려왔다.

"눈을 뜨셨습니까?"

가라앉은 은회색 눈동자가 능도를 바라보았다. 급하게 호리병에 든 물을 건네는 능도를 산랑이 한참이나 바라보다가 하얗게 말라붙은 입술을 움직였다.

"……어쩌면 헌신할 가치가 있을지도……."

능도는 산랑을 태우고 길을 서둘렀다.

관아에서 수리 아찬이 시체로 발견되었다. 수리 아찬을 죽인 사람은 능도라는 좀도둑이 틀림없는데 옥사에서 태령의 단검이 발견되었다. 태령은 자신의 단검이 왜 그곳에 있었는지, 능도라는 자가 어떻게 그것을 손에 넣었는지 말하지 않았다. 태령의 장군직은 박탈되고 가택 연금은 풀리지 않았다. 모두가 덕지 각간의 눈치를 보았다. 각간은 아들의 죽음을 물론 슬퍼했지만 이상하게 그것을 상당히 쉽게 받아들였다.

태령에게는 여전히 자비왕의 명을 기다리라는 벌이 떨어졌다.

11. 호국신

사담과 아후가 투덜거렸다.

"그래서 제가 교운 장군께 말을 올렸습니다. 제가 장난을 친 것이 아니라고요."

선명도 거들었다.

"그런데도 교운 장군께서 화를 내더란 말입니다. 우리가 뭐하려 꿀떡을 숨기겠습니까?"

태령이 웃었다.

"그럼 누구냐? 전쟁터까지 가져온 교운의 꿀떡을 먹은 자가?"

아후가 더욱 화가 난다는 듯 소리까지 쳤다.

"누구긴 누굽니까? 골화님이지요! 전쟁터에 몰래 숨어든 것입니다. 낭군님을 따라서요. 그런데 장군이 잠시 기다리게 했는데 그사이를 못 참고 꿀떡을 홀랑 먹어버린 것이지요. 골화님이 먹은 줄도 모르고 우리한테 화를 내다니 정말 팔불출이 아닙니까?"

태령이 큰소리로 웃었다. 태령을 바라보는 사담, 아후, 선명의 눈은 흐뭇하면서도 불안했다.

태령의 배는 둥글게 부풀어 있었다. 이미 칠 개월이 넘어서 입 덧도 가라앉고 어지럼증도 가라앉았다. 태령은 겉보기에는 많이 변했다. 부드럽게 웃는 얼굴이 아름다웠다. 여전히 날카로운 눈 매와 말간 미간이 서늘했지만 운동이나 훈련을 많이 하지 못해서 팔, 다리는 적당하게 살이 붙고 배가 둥실해지자 몸매도 여인의 것처럼 우아하게 변했다.

선명이 잠시 망설이다가 태령에게 말했다.

"자비왕께서는 아직도 아무 명이 없으신가요?"

태령이 고개를 끄덕였다. 산랑이 떠나고 임신이 된 것을 알게 되었다. 임신 소식을 전해들은 자비왕은 집에서 몸을 잘 조리하 라고 온갖 좋은 것은 다 주었다.

갈문왕만이 극도로 화를 냈다. 이제 겨우 제대로 된 혼인을 시 키나 했는데 임신이라니! 자비왕에게 임신을 하여도 상관없다고 귀족과 혼인을 시켜달라고 했지만 그는 곤란한 얼굴을 하고 거절 했다.

"그건 힘든 일입니다. 아이를 낳고 생각을 해보는 것이 좋습니 다."

태령은 자신의 집에서 대숲 속을 거닐며 지냈다. 밖으로 나가지 않아도 옛 부하들이 하루가 멀다 하고 찾아와 웃기는 이야기를 들려주었다. 그리고 교운과 골화도 자주 찾아와서 아웅다웅하며 웃음을 짓게 했다. 골화는 사내아기를 낳았다. 갓난아기가 너무 기운이 좋아서 골화는 지친 표정으로 태령의 집으로 오곤 했다. 그녀가 가끔 태한산의 소식을 전해주기도 했다.

"산랑님은 태한산에 무사히 도착하셨습니다. 많이 나으셨다고 합니다. 마을에 나타나시지는 않고 산에서만 지내시는 거 같습니다. 동행을 했던 그 좀도둑놈이 꽤나 수발을 잘 드는 모양인데 놈이 마을에 내려와서 소식을 전하곤 합니다."

태령은 산랑의 소식을 들으면 웃었다. 그녀의 웃음을 보면 애틋하고 아름다워서 가슴이 뭉클했다.

태령이 불편한 듯 몸을 움직이자 선명이 다른 이들에게 눈짓을 했다.

"그러면 쉬십시오. 오늘은 이만 돌아가겠습니다."

골화와 옛 부하들이 인사를 하고 문을 나서자마자 태령은 쓰러지듯이 잠에 빠졌다.

선명과 아후가 사담의 집으로 몰려갔다. 사담과 혼인을 한 관령이 꽤나 근사한 술상을 차려서 커다란 안방으로 들어왔다. 선명이 술잔에 술을 따르며 아후를 보았다.

"이대로 대장을 놔둘 수는 없습니다."

사담이 눈을 반짝였다.

"그러면?"

아후가 관령을 흘깃 보았다. 관령이 차를 마시다 아후를 노려보며 고개를 저었다.

"나를 빼고 의논하면 아이를 보여주지 않을 것입니다."

사담이 놀라서 관령을 보았다. 갓난아이가 작은 고치처럼 돌돌 부드러운 천에 말려서 자고 있었다.

혼인을 하기 전에 임신을 알았지만 누구의 아이인지는 확실하지 않았다. 관령도 사실 사담과 아후를 동시에 사귀고 있었으므로 아비를 몰랐다. 사담과 아후가 서로 자신의 아이라고 싸웠고 자신과 혼인을 해야 한다고 주장했다. 그리고 관령은 사담을 선택했다. 하지만 아비는 누구인지 정확히 모르니까 아후가 아이가 보고 싶으면 볼 수 있게 해주었다.

사담이 부드럽게 웃었다.

"그래도 그건 좀 너무한 처사 같은데?"

아후가 땅이 꺼져라 한숨을 쉬었다.

"나와 혼인을 했으면 이런 거지같은 일은 없었을 텐데."

관령이 새침하게 사담에게 몸을 기댔다.

"하지만 이이를 더 사랑하는걸요."

사담이 얼굴을 붉히고 웃자 아후가 술을 다시 마셨다. 선명이 혀를 찼다.

"그만 좀 하시고 대장의 일에 집중 하십시오."

아후가 머리를 긁었다.

"하지만 자비왕께서 가택연금을 풀지 않으면 방법이 있나?"

선명이 차갑게 남자들을 둘러보았다.

"그래서? 이제 곧 아기씨를 낳을 것인데 이대로 두자고요? 그러면 대장은 곧 다른 왕족과 혼인을 하게 되고 아기는 갈문왕이 데려갈 것입니다. 산랑님의 아기입니다. 그도 알아야 합니다."

아후가 한숨을 쉬었다.

"산랑님이 안다고 뭐가 달라지나? 그가 아이를 데리러 올 것 같아?"

사담이 한참을 생각하다가 중얼거리듯 말했다.

"오실 거 같은데……."

관령이 술병으로 손을 뻗다가 사담이 손을 잡자 한숨을 쉬고 찻잔을 들었다.

"저는 그때도 이해가 되지 않았어요. 태령궁주를 태한산에 보내셔도 되셨는데 어째서 자비왕께서 그분을 함께 보내드리지 않았는지 말이에요."

선명이 고개를 끄덕였다.

"나도, 정말 이해가 되지 않았어. 우리 대장은 태한산으로 가야 해! 그분이 이곳으로 오시지 못하면 대장이 가야지."

사담이 고개를 저었다. 그리고 단정하듯 말을 잘랐다.

"대장은 절대로 왕명을 거역하지 않아. 대장은 군인이고, 자비왕이 허락하지 않으면 아마 죽을 때까지 이곳에 갇혀 있을걸?"

"그러면 그분이 오셔야죠. 오셔서 태령궁주를 데리고 가셔야 합니다. 아이가 있다는 것을 아시면 바로 날아오실걸요."

관령이 숨을 죽이고 말했다. 낮고 마치 사포라도 긁는 듯한 거슬거슬한 목소리는 관령의 관능적인 매력 중에 최고였다. 사담과 아후가 넋을 잃고 관령을 보았다.

갑자기 아후가 눈살을 찌푸리며 손까지 내저었다.

"그때, 가뭄을 잊었어? 혹시 또 가뭄이 오면 어떡해?"

선명이 차갑게 대답했다.

"오셔서 대장만 바로 데리고 가시면 돼. 그리고 지금 봄인데 이제까지 꽤 비가 많이 왔잖아? 가뭄이 오지는 않을 거야."

아후가 크게 숨을 쉬고는 선명을 보면서 신중하게 물었다.

"그래서?"

선명이 눈을 빛내고 작게 속삭였다.

"태한산에 가서 그분께 알려, 아기를 낳는 즉시 갈문왕이 죽이려 할 것이라고. 그리고 태령궁주는 다른 왕족과 혼인을 하게 된다고 말이야. 자비왕도 한패라고. 무조건 궁주를 데리고 태한산으로 가셔야 한다고 말해."

사담과 아후가 심각한 왜곡에 눈살을 찌푸렸다.

"지금 모든 것이 거짓이라는 거 알게 되면 우리가 혼날 거 같은데?"

선명이 눈을 번뜩였다. 아름다운 눈동자가 주위의 사람들을 보면서 한 바퀴 돌았다.

"혼나는 게 대수야? 그리고 대장이 다른 이와 혼인을 하게 될 거라는 건 거의 사실이잖아!"

사담이 고개를 끄덕였다.

"내가 갈게."

걱정스러운 눈으로 사담을 바라보는 관령의 모습에, 아후가 머리칼을 쥐어뜯었다.

"나도 같이 가지."

선명이 흡족하게 고개를 끄덕이고 관령에게 차를 따라주었다. 선명은 자신의 술을 부럽다는 듯 침을 흘리며 보는 관령을 향해 만족스러운 미소를 날리면서 술을 홀짝 들이켰다.

✤

갈문왕 진환이 손가락으로 커다란 책상을 툭툭 두들겼다. 부장이 진환의 눈치를 보았다.

"그래? 교운 장군은? 그놈은 어쩌고 있느냐?"

부장이 급히 대답을 했다.

"교운 장군께서는 조용히 집에서 근신 중이라고 합니다."

진환이 말이 없자 부장이 살그머니 말을 이었다.

"대장군, 사실 교운 장군께서는 모르셨을 수 있습니다. 사담과 아후는 군장교지만 삼 개월 정도는 허가 하에 쉴 수 있습니다. 그들이 아직 법을 어겼다는 증거도 없는데 장군을 벌하시는 것은 좀⋯⋯."

진환이 부장을 보면서 웃었다. 호인같이 큰 웃음에 부장은 자신도 모르게 따라 웃었다. 갑자기 진환이 입을 다물고 차가운 표정을 지었다.

"그놈들은 언제나 태령의 군사다. 교운도 마찬가지지. 그 새끼도 다 한통속이야! 다 내 어린 딸을 그 신관이라는 놈이랑 엮지 못해서 난리지! 그 신관 놈을 그때 죽였어야 했는데!"

부장이 찔끔해서 입을 닫았다. 진환이 다른 부장을 불렀다.

"금성의 서문을 지켜라! 사담과 아후, 그 신관 놈이 태령을 납치하러 올 거야. 이번에는 내손으로 그놈을 없애 버릴 테다!"

나가려던 부장이 진환에게 다가가서 속삭였다.

"자비왕께 말씀을 드릴까요? 그 신관을 제거한다고……."

진환이 기분 나쁜 표정을 지었다. 이제야 진실을 알겠다. 자비왕이 태령의 혼인을 반대하는 이유를. 천녀인 가응이 예언을 했었다. 태령은 호국신이 될 것이며, 그녀의 핏줄이 그 힘을 이어받을 것이다. 그것이 두려운 것이다. 태령이 다른 왕족과 혼인을 해서 그 힘이 다른 이에게 혹시나 흘러갈까 말이다.

기우제때 그놈을 풀어준 것도 자비왕이었다. 그 신관 놈을 살려놓으면 태령은 결코 다른 남자와 혼인을 할 아이가 아니다. 그렇게 왕족과의 혼인을 막는 것이다. 그래서 그 보잘것없는 신관 나부랭이와 혼인을 하면 아무리 호국신의 힘을 물려받아도 왕권과는 영영 멀어지는 것이다. 진환은 지금 왕권에 도전하지 못한다고 영영 희망이 사라지는 꼴은 보기 싫었다. 생각하니 혈압이 올랐다.

"자비왕께서 그때 그놈을 풀어주신 거 아니냐!"

부장이 살짝 이상하다는 표정을 지었다.

"하지만 대장군, 그때 비가 왔으니 인신공양은 할 필요가 없었습니다. 풀어주는 것이 타당하셨는데요?"

갈문왕이 심각하게 눈살을 찌푸렸다.

"비가 오기 전에 풀어주셨지. 비가 올 낌새가 전혀 없었는데 말이야. 운이 좋게 마침 비가 왔지만 그것이 문제가 아니다. 자비왕이 그놈을 도와준다는 것이 문제야. 그놈이 내 딸을 노리고 있는데 말이다. 이번에야말로 그놈을 죽이고 태령을 고귀한 왕족과 혼인을 시켜 명예를 되찾는 것이 내가 아버지로서 해야 할 의무다."

부장이 살짝 고개를 저으면서 준비를 핑계로 밖으로 나갔다. 궁주는 길거리의 거지와 혼인을 해도 명예를 잃는 일이 없을 것이다. 태령은 스스로의 명예를 자신의 힘으로 만든 왕녀였다. 장군직을 박탈당했는데도 아직 태령을 흠모하는 수하들이 수두룩한데 어째서 갈문왕만 그녀를 그저 소녀로 여기는지.

마루를 지나 접견실로 다가가자 갈문왕의 아내 보령부인의 시녀가 다가왔다. 부장이 시녀에게 속삭였다.

"부인께 알리십시오. 갈문왕께서 신관을 잡으려고 합니다."

시녀가 날렵하게 보령부인의 전각으로 달려갔다.

✢

사담과 아후가 하늘을 올려다보았다. 빽빽한 산속은 여전했다. 눈앞이 어지러웠다. 같은 길을 오전 내내 걷고 있는 것 같다. 걷다가 다시 보면 어쩐지 같은 장소이다. 주먹밥을 꺼내며 사담이 아후를 걱정스러운 눈초리로 바라보았다.

"도함공 말을 들을 걸, 그랬어. 전문 수색꾼이나, 능도. 그놈이라도 데리고 가야 한다고 말이야."

아후가 딴청을 부리면서 주먹밥을 건네받았다.

"능도라는 놈이 이레나 지나서 온다는데 그때까지 기다리고 있을 여유는 없어. 궁주께서 언제 출산하실지 모르는데."

"그래도 우리끼리 산랑님을 찾을 수 있을까?"

아후가 여전히 어지러운 녹색 잎들을 노려보면서 고개를 끄덕였다.

"찾아야지."

뒤에서 나직하게 으르렁거리는 소리가 들렸다. 산짐승은 틀림없는데 대체 어떤 동물일까? 곰? 늑대? 모습은 보이지 않았지만 소리 없이 걷는 걸음과 살살 떨리는 잎들의 진동으로 보아 커다란 곰은 아니었다. 그리고 늑대들도 아니다. 늑대가 이렇게 사뿐사뿐 걷는다는 말을 들어본 적이 없다. 그렇다면 결론은 하나다. 호랑이.

태한산에 도착. 도함공을 만나 도움을 청하고 식량을 짊어지고 바로 산속으로 뛰어들었다. 서두르다 보니 제대로 된 무기가 없다. 사담은 다시 뒤를 돌아보았다. 아무것도 없다. 흔들리는 나뭇잎만 보였다.

한참을 걷던 아후가 우뚝 멈춰 섰다. 등에 코를 박은 사담이 앞을 내려다보았다. 앞에 흐르는 작은 시냇물을 바라보던 사담이 아후에게 속삭였다.

"이, 이거 아까 건넜던 시냇물 아냐?"

아후가 사담을 뒤돌아보았다. 얼굴색이 허옇다. 눈의 흰자위가 비정상적으로 많은 것이 뭔가 독을 먹은 사슴 같은 눈초리다.

아후가 입을 열었다. 눈과 입에서 뜨뜻한 열기가 피어오른다.

"우리 말이야. 산속에 들어오기 전에 백화를 먹었던가?"

사담이 고개를 저었다. 그의 겁에 질린 눈초리가 아후의 번들거리는 눈동자를 노려보았다. 아후가 뒤에서 어른거리는 뭔가를 뚫어지게 보자 사담이 놀라서 뒤를 돌아보았다. 잎들이 세차게 흔들렸다. 자신들의 뒤를 쫓는 짐승이 있었다. 사담이 아후를 노려보며 다급하게 말했다.

"뭐야! 너 뭐 봤어?"

아후가 사담을 보며 웃었다. 웃는 얼굴을 보자 아후는 제정신이 아닌 듯했다. 백화도 먹지 않고 숲속에 들어오면 안 된다고 들었는데 까먹었다. 아후의 잘생긴 입가에서 침이 주룩 흘렀다. 눈에는 거의 검은자가 보이지 않았다. 사담이 아후를 붙잡자 눈빛이 번뜩였다. 아후가 입을 열었다.

"관령은 너의 어디가 좋아서 혼인을 한 것일까?"

사담이 겁에 질린 눈빛으로 아후의 광기가 서린 눈을 들여다봤다. 아후가 사담을 내려다보며 입술을 일그러뜨렸다. 오랫동안 친우였지만 연적이기도 한 사담에게 쌓인 적의가 눈동자에서 이글거렸다.

"지금이라도 네가 죽으면 관령은 나에게 올 거야. 그렇지?"

사담이 아후를 흔들었다.

"정신 차려! 백화를 먹지 않아서 제정신이 아니야!"

아후는 고개를 기울이고 사담을 비릿하게 뚫어져라 보았다. 사담은 온통 흰 눈동자를 보자 급작스럽게 공포를 느꼈다. 아후의 입에서 침과 한숨이 흘러나왔다. 그리고 뭔가가 풀을 헤치는 소리는 점점 커지고 있었다.

"지금 너무나 제정신이야. 관령이 나를 차버리고 너에게 갈 것을 알고 있었지. 그런데, 그래도 포기가 되지 않아. 어떻게 생각해? 산에서는 사고가 많이 일어나잖아."

사담의 커다란 손이 아후의 뺨을 후려쳤다. 나동그라진 아후가 신음 소리를 내며 허리를 구부렸다. 다시 뒤에서 잎들이 흔들리며 나직하게 짐승의 으르렁거리는 소리가 들렸다.

"뭘 봤냐고? 이 멍청아!"

아후의 검은 눈동자가 돌아왔다. 그가 허리를 겨우 펴고는 기운 없이 대답했다.

"……노란 눈동자."

"늑대?"

아후가 고개를 저었다. 머리가 어지러운지 눈을 감았다가 다시 떴다.

"아니, 은회색이 아니라 그냥 노란색. 커다란 검은 동공. 호랑이."

사담이 허리에 쥔 도끼를 꺼내서 틀어쥐었다. 시냇물을 보다가 아후가 곁에 보이는 거대한 바위를 올려다보았다. 바위 또한 아까 본 그 바위다. 길을 잃은 것도 모자라 오전 내내 같은 장소를 뱅뱅 돌고 있던 것이다. 정신이 돌아오는 약초인 백화를 찾을 수도 없고 뭐가 백화인지 알지도 못했다. 아후가 바위를 가리켰다.

"이 위로 올라가보자. 길을 찾아야지."

아후와 사담이 바위를 타고 올라갔다. 바위가 크기도 컸다. 겨우 올라가자 산중턱에서 내려다보이는 풍경이 시야에 가득 찼다. 올라온 방향에서 멀리 태한산 관가 건물이 삐죽하니 보인다. 맑은 공기를 마셔서 그런지 약간 기분이 상쾌해진 것도 같았다.

"그런데 왜 나만 이상한 환각에 빠지고……."

"나야 머리를 잘 쓰지 않으니……."

사담이 웃으며 말을 하려는데 아후가 그의 등 뒤를 노려보았다. 뭔가를 보고 새파랗게 질린 얼굴이 된지라 사담이 뒤를 보자 그리 멀지 않은 곳에서 호랑이가 그들을 보고 있었다.

이제껏 그들을 쫓아온 놈이다. 배가 고파서인지 안광이 시퍼렇고 입가에서는 침이 줄줄 흘렸다. 입을 열자 기다랗고 커다란 이빨이 보인다. 사담이 도끼를 꺼내들고 아후가 허리춤에서 칼을 뽑았다.

잠시 주춤거리던 호랑이가 앞발을 치켜 올리며 아후를 향해 덤벼들었다. 커다란 앞발로 아후의 가슴을 치자 아후가 뒤쪽의 나무 덤불로 처박혔다. 아후가 엉덩이를 들고 덤불에서 빠져나오기도 전에 '어흥' 하는 포효 소리와 함께 호랑이가 사담의 팔을 물었다.

사담의 도끼가 번개같이 호랑이의 이마 위로 날아가자 놈은 물었던 팔을 놓고 뒤로 성큼 뛰었다. 뒤로 물러난 호랑이는 덩치가 큰 사담은 내버려 두고 겨우 일어선 아후를 향했다.

사담이 달려가기도 전에 호랑이가 아후의 어깨를 물고 땅에 뒹굴었다. 사담이 도끼를 힘껏 날렸다. 도끼가 호랑이의 어깨를 찍으며 땅에 떨어지자 짐승의 핏발 선 눈이 사담을 향했다. 사담에 겐 이제 무기도 없었다.

호랑이가 아후를 놓고 사담을 향해 슬금슬금 다가오자 그가 이를 악물었다. 만약 지금 죽게 된다면 아후라도 살려서 관령을 부탁해야 하나, 라는 생각마저 들었다.

"아후, 관령을⋯⋯."

아후가 인상을 쓰면서 퉤, 하고 침을 뱉고 일어섰다. 그리고 사담을 보더니 또다시 놀란 표정을 지었다. 사담의 뒤에서 검은 그림자가 어른거리며 나타났다. 작은 회색 늑대가 사담의 뒤에서 모습을 드러내며 호랑이를 노려보았다. 호랑이는 늑대 한 마리에 는 신경을 쓰지 않는 듯 여전히 사담을 노려보며 침을 흘렸다. 그런데 작은 늑대의 뒤로 그림자가 이어졌다. 한 마리. 다시 한 마리 더.

거대한 바위를 둘러싸고 늑대들이 모여들었다. 그중에는 어마어마한 크기의 늑대도 있었다. 호랑이는 그 늑대를 보자마자 잠시 움찔하더니 뒤로 돌아 수풀을 넘어 모습을 감추었다.

사담과 아후가 서로를 부축하며 겨우 일어섰다. 늑대들은 둘을 냉정한 시선으로 보고 있었다. 위협을 하지도, 공격성을 보이지도 않으면서 뭔가를 기다리듯 바라보고 있었다. 아후가 커다란 늑대를 향해 힘겹게 말했다.

"산랑님을 뵙고 싶소."

거대한 늑대가 그들을 보고 뒤로 돌았다. 늑대들이 대장을 따라 줄지어 앞쪽으로 사라지자 사담이 아후를 부축하고 그들을 뒤쫓았다. 한참을 구불구불 보이지도 않는 길을 가다가 겨우 작은 집에 도착했다.

아후의 어깨에서는 계속 피가 흐르고 있었고 사담은 팔을 천으로 꽁꽁 싸맸지만 그래도 피로 흥건하게 젖었다. 아담하고 튼튼해 보이는 집에서 능도가 나왔다. 능도는 그들을 보고 놀라서 달려왔다. 산랑은 어디에도 보이지 않았다.

"이게 무슨 일입니까?"

늑대들이 슬슬 자취를 감추자 아후가 늑대들을 향해서 고함을 질렀다.

"산랑님을 뵙고 싶소! 산랑님은 태령궁주께 가셔야 합니다."

늑대들은 여전히 그들을 못 본 척 사라졌다. 제일 큰 늑대가 뒤를 돌아서 그들을 빤히 바라보았다. 늑대를 향해서 사담이 고함쳤다.

"태령궁주께 산랑님이 필요합니다."

붉고 기다란 혀를 늘어뜨리고 늑대가 입을 열었다. 사람의 목소리가 늑대의 목에서 흘러나왔다. 은회색의 눈동자는 고요했다.

"그녀가 와야 한다."

사담이 고개를 흔들었다. 산랑을 설득해야 하는데 그는 어디에 있는 것이지? 저 늑대가 산랑일까? 궁주의 상태를 다 말해도 되는 것일까.

"지금 궁주께서 오실 수가 없습니다."

"갈문왕께서 궁주를 다른 왕족과 혼인을 시킬 것입니다!"

아후의 높은 목소리에도 커다란 늑대는 몸을 돌려서 그들을 외면했다. 늑대가 가버릴까 봐 사담이 다시 큰 목소리로 말했다.

"궁주는 홑몸이 아니십니다."

아후도 질세라 허겁지겁 목청을 높였다.

"갈문왕이 아기를 죽일 것입니다. 태령궁주께서도 죽음을 당하실 것입니다!"

늑대가 큰 몸을 돌렸다. 그의 은회색 눈이 하얗게 번뜩이며 빛났다. 무슨 생각을 하는지 늑대는 못이라도 박힌 듯 그 자리에서 움직이지 않았다. 이윽고 늑대의 눈동자가 흔들렸다.

"그녀가 와야 한다."

그가 무슨 생각을 하는지 알 수가 없었다. 늑대가 움직이는가 싶었는데 금세 모습이 사라졌다. 사담과 아후는 멍한 눈으로 주위를 둘러보았다.

능도가 그들을 부축해 집으로 들어가 둘의 상처를 씻고 약초를 붙여 싸맸다. 둘의 상처를 봐주는데 곁에서 사담과 아후는 능도를 향해 계속 설교를 했다가, 잔소리를 했다가, 윽박질렀다가, 호통을 치면서, 동시에 사정을 설명하며 눈물까지 짓고 이렇게 애절한 사랑 이야기를 산랑님께 전해달라고 떼를 썼다. 어떻게 해야 하느냐고 호소까지 했다. 능도는 나중에는 지겨운지 '네, 네' 하고 영혼 없는 대답만 연발했다.

밤하늘에 별이 반짝였다. 그녀의 새카만 눈동자가 보고 싶다. 반짝이는 별 같은 눈물도.

언덕 위에서 산랑이 하늘을 바라보다가 안이 소란스러운 작은 집을 바라보았다. 능도가 산속에서 묵는 집이다. 이 좀도둑은 이곳이 마음에 드는지 도성으로 돌아가지 않고 산속에 터를 잡았다. 변죽이 좋아서 장이 서는 날이면 산 밑으로 내려가 산짐승의 가죽이나 고기를 필요한 물건과 교환해서 들고 올라왔다. 능도는 대체 무엇일까? 자비왕의 수하일까? 저 녀석도 의심스럽다.

태령은 지금 무엇을 하고 있을까. 홀몸이 아니라고?

산랑의 눈이 반짝였다. 자신의 아이다. 산랑은 인간의 모습을 한 채 손을 바라보았다. 인간의 모습을 한 아이일까? 늑대일까? 태령에게 날아가고 싶은 욕망이 갈고리처럼 심장을 움켜쥔다. 밤하늘에 뜬금없이 꽃잎이 나부낀다. 봄이지만 개화는 아직 멀었는데 갑작스럽게 꽃향기가 온 산에 가득하다.

태령을 상상하자 그녀의 향기, 부슬거리는 머리카락. 맑고 단정한 눈매, 그리고 뜨거운 밤의 기억이 쏜살같이 몰려온다. 몰려와서 산랑의 모든 것을 짓누르고 깔아뭉갰다. 봄기운 같은 열기가 산의 공기를 진동시켰다.

아기와 태령이 자신을 향해 웃으며 손짓을 한다. 자신을 닮은 아이. 꿈이 날아오른다. 점점 둥실둥실 날아올라 하늘을 가득 채우고 공간을 채우고 이제껏 빈 줄도 몰랐던 자신의 가슴을 꽉 채웠다.

작은 집에서 소란스러운 말소리가 들렸다. 능도가 시끄럽다고 투덜거리는 소리도 들렸다.

"갈문왕이 얼마나 탐욕스러운지 아느냐? 그 인간은 아기를 죽이고 태령궁주를 왕족이라는 것 외에 볼 것 없는 한심스러운 인간에게 보낼 것이 틀림없다. 궁주가 반항하면 팔, 다리를 잘라서라도 보내 버릴 인간이다."

진환…… 태령의 아버지. 그는 얼마나 야심 있는 인간이지? 정말 태령과 아기를 살해할 인물이었나. 아기가 죽고, 태령도 죽을지 모른다고 상상을 하자 심장이 두근거렸다. 하지만 불안은 지금 산랑이 느끼는 감정의 실체가 아니었다. 짙은 암흑 같은 공포. 끝도 없이 떨어지는 추락과도 같은. 영원히 깰 수 없는 악몽 같은 그런. 무서운 공포였다.

그것이 그가 지금 느끼는 감정이었다. 산랑이 일어섰다. 인간과 거리를 두려고 그렇게 노력했던 모든 것이 허사다. 이백년이 아니라 이천년이 흘러도 이제 태령이 없는, 그녀를 느낄 수 없는 영원은 필요 없다.

하늘이 시커멓게 변하면서 비구름이 몰려왔다. 태령이 사라지다니 있을 수 없는 일이라고, 그가 공포를 느끼고, 애매하게 스스로를 핍박하는 순간부터 비가 내리기 시작했다. 심장이 갈래갈래 찢어지고 깊은 상처가 나면서부터 하늘에서 비가 왔다. 비가 엄청나게 쏟아진다. 산랑이 빗줄기를 우울하게 지켜보았다.

비가 내리면서 동시에 풀숲에서 바람과 함께 풀 향기가 날아올랐다. 나무의 축축한 향기가 어지러운 머릿속과는 별개로 상쾌하다. 산랑이 곰곰이 생각했다.

자비왕이 있다. 자비가 태령을 자신에게 보내주지 않은 이유가 태령의 임신에 있었을까? 그 녀석이 원하는 것이 무엇일까? 호국신인 태령과 자신의 아기.

내가 원하는 것은 무엇일까? 산랑이 멍한 눈으로 밤하늘에 흐르는 은하수를 보았다. 수백, 수천의 별들이 의도하는 그대로, 유유히 흘렀다.

태령에게 가야 한다. 알아내야 한다. 그가 아는 원칙이 아닌 다른 법칙이 있다. 모든 것에 상위하는 원칙이.

산랑은 숲에서 세 사람을 노려보았다. 사담과 아후가 꽤나 물이 풍부한 폭포에서 웃고 떠들면서 물놀이를 하고 있었다. 곁에서 능도가 투덜거렸다.

"아니, 산랑님은 가지 않는다고 하신다니까요."

사담이 걱정스러운 표정으로 물에서 나왔다. 능도가 나지막하게 욕을 하면서 홀딱 벗은 몸의 사담을 외면했다.

"산랑님께 말씀을 잘 전했냐?"

능도가 고개를 끄덕였다. 말을 전했다. 산랑은 그저 듣고만 있었다. 아무 대답도 없었다. 그는 태한산으로 돌아온 이래 거의 말이 없었다. 무슨 일이 있어도 웃지도, 화를 내지도, 어떤 감정의 표시도 없었다. 그런데 뭐라고 이들에게 답을 전한단 말인가.

능도가 다시 사담을 보다가 수건을 홱 던졌다. 엄청난 덩치라서 수건이 작을 거 같았다.

"옷 좀 입으시죠! 볼거리가 많기는 한데 저도 남자라서 별로 유쾌하지는 않네요."

아후가 뒤에서 킬킬거리고 웃다가 어기적거리며 걸어 나왔다.

그리고 바위에 널어놓은 바지를 입고 술병을 들고 마셨다.

"네놈이 금성으로 가지 못하니까 말을 잘 전하지 않은 거 아냐?"

사담이 놀라서 아후를 보았다. 그리고 무슨 말이냐는 듯 손가락으로 능도를 가리켰다.

"왜? 이놈은 금성에 못 가?"

아후가 술을 마시면서 턱으로 능도를 가리켰다. 능도의 눈이 가늘게 뜨였다.

"이놈의 수배령이 아직도 금성의 뒷골목에 붙어 있다고. 아찬 살해범으로 말이다."

능도가 아후를 노려보았다.

"아닙니다! 잘 전해드렸습니다. 태령궁주께서 다른 사람과 혼인을 하실 것이고, 그리고 임신을 하셨다고요."

아후가 손으로 능도의 머리통을 탁탁 때렸다. 능도가 화를 냈다. 아후가 화를 내는 능도를 무시하고 허리에 손을 짚었다.

"이봐, 이봐, 말이 어 다르고 아 다르다니까. 그렇게 말하면 궁주가 다른 사람과 혼인을 약속하고 그자의 아이를 가진 것 같잖아? 그런데 궁주께서는 지금 배가 이만해! 이만하다고!"

아후가 배를 한껏 내밀며 자신의 양손을 배 앞으로 뻗었다.

"당장 낼모레 한단 말이다. 구 개월 전이면 기우제 전이다. 이제 누구의 아이인지 알겠냐?"

능도가 불만스러운 눈빛으로 아후를 노려보았다.

"그래서 산랑님이 아비라서 어쩌라고요? 태령궁주께서 가택연금 중이잖아요! 그때도 왕명이라고 오지 않았는데 지금 가면 오시겠습니까?"

사담이 당황해서 아후를 쳐다보았다. 그건 그렇다.

"정말 궁주가 오시지 않으면 어쩌지?"

아후가 능도를 못마땅하게 바라보았다. 그리고 한참 동안 말을 하지 못했다. 홱 능도를 노려보던 아후가 이상하다는 듯 고개를 기울였다.

"너, 혹시 자비왕의 끄나풀이냐?"

능도가 혀를 찼다. 군인들이라서 그런지 머리를 굴리는 수준하고는. 숲에서 바스락거리는 소리가 들렸다. 길게 늘어진 머리칼을 머리끈으로 단정하게 묶은 산랑이 나타났다. 굳은 표정이 의아한 눈초리와 함께 기묘하게 흔들렸다. 산랑이 능도를 바라보며 조용히 말을 했다.

"자비왕과 상관이 없느냐?"

능도가 정말 억울하다는 표정을 지었다. 자신은 그저 좀도둑일 뿐이었다. 그 더운 여름에 밤마다 연인에게 가고자 지옥 같은 여정을 가던 이 산신이 마음에 들었다. 그래서 그에게 도움이 되고자 했을 뿐이다. 그와 사랑에 빠진 태령궁주가 안쓰러웠고 그와 그녀의 강인한 모습이 좋았을 뿐이다. 능도의 무뚝뚝한 말이 퉁명스럽게 울렸다.

"저는 자비왕이 신라의 왕이라는 것도 여기 와서 알았습니다."

산랑이 능도를 보다가 아후와 사담을 보았다.

"태령이 나의 아이를 가졌다고?"

아후와 사담이 동시에 고개를 끄덕였다. 그리고 아후가 급하게 말을 이었다.

"네. 그리고 이번에는 궁주께서 산랑님과 함께하실 것입니다. 아이를 갈문왕께서 빼앗아 가실 것이 뻔하니까요. 갈문왕이 아이를 빼앗고 궁주를 다른 왕족과 혼인을 시키려고 합니다. 자비왕도 한통속입니다. 궁주께서는 아이를 빼앗기느니 차라리 탈출을 하실 것입니다."

산랑이 능도를 보며 미소를 지었다.

모두가 놀란 눈으로 바라보았다. 능도를 보는 산랑의 눈빛이 기묘하게 유쾌하기까지 했다.

능도가 제일 당황했다. 산랑은 가을, 겨울, 그리고 봄이 되도록 거의 산에서 내려오지도, 자신을 향해 말을 하지도 않았다. 어떤 소식을 들어도 말없이 고개를 끄덕거릴 뿐이었다. 그런데 이렇게 환하게 미소를 지으며 자신을 보자 아무 짓도 안 했는데 살짝 겁이 나기도 했다.

산랑이 산 아래를 바라보며 자비왕을 생각했다. 자신의 생각이 틀렸다. 그놈의 계략이라고만 생각했는데 아니었다. 태령을 떠나서 아무런 생각도 들지 않았다. 금성을 잿더미로 만들 생각도 하지 않았고, 실제의 몸이 죽어서 태한산의 산신이 아무도 모르게 소멸되어도 상관이 없다고 생각했다. 그런데 이 좀도둑이 자신을 데리고 금성을 빠져나왔다. 자비의 명을 받았거나, 아니면 연관이 있다고 생각했는데 아니라면. 이 뜻하지 않은 개입은 누구의 뜻인가?

바람이 불기 시작했다. 산랑의 웃음이 점점 커졌다. 손가락사이로 꽃향기가 소용돌이쳤다. 모든 것이 제자리를 찾기 시작한다. 낮은 삶과 작은 의지들을 사랑하는 하늘의 뜻은 스스로가 원하는 것을 이루어낸다.

산랑이 아후에게 말했다.

"금성으로 갈 것이다. 하지만 태령을 위해서가 아니다. 내 아이를 데리러 갈 것이다."

사담이 놀라서 아후를 보았다. 산을 내려가는 산랑과 그 뒤를 허둥지둥 따라 내려가는 능도를 보면서 사담이 아후에게 속삭였다.

"태령 장군은 버린다는? 아이만 데리고 온다는 소리인가?"

아후가 속삭이는 사담의 얼굴을 밀었다. 그리고 귀찮다는 표정을 지었다.

"아직도 화가 난 거야. 장군께. 저분이 꽤 뒤끝이 있으시더라고. 아이를 데려오면 엄마가 당연히 따라오지. 아니겠냐?"

사담이 아, 하고 고개를 끄덕이며 아후를 따라 길을 내려갔다.

✢

달빛이 너무 환했다.

태령은 문득 눈을 떴다. 배가 너무 불러서 움직이기 힘들었다. 아직 산달이 한 달이나 남았는데 뱃속에서 아이가 꿈틀대며 배를 찼다. 크게 숨을 쉬며 저린 다리를 손으로 주무르고 있자 달빛이 환한 문밖에서 누군가가 다가왔다. 태령이 잠시 졸린 눈을 뜨고 한참을 그림자만 비추는 밖을 바라보았다.

"깨었느냐?"

낮은 목소리가 부드럽게 울렸다. 태령의 눈이 번쩍 뜨였다. 그다. 그가 틀림없다. 한 번도 잊은 적이 없는 목소리가 마치 어제도 들었던 것처럼 당연하게 찾아왔다. 창호를 연 그가 안을 들여다보았다. 태령이 눈을 깜빡이며 바라보았다.

하얀 옷을 입고 산랑이 마루에 걸터앉아서 자신의 방 안을 들여다보며 마치 여자의 방을 처음 보는 사람처럼 부끄럽게 볼을 붉히고 있었다. 여전히 잘생긴 얼굴이다. 그전보다는 살짝 마른 듯한 얼굴에 머리칼을 느슨하게 묶고 붉은 입술을 가진, 자신이 사랑하는 남자가 보였다.

"어쩐 일이십니까?"

"달이 너무 아름다워 너에게 보여주고 싶어서……."

태령이 무릎걸음으로 걸어서 그에게 다가갔다. 그의 곁에 기대서 밤하늘을 바라보자 커다랗고 둥근 황금색의 보름달이 보였다. 산랑을 바라보았다. 은회색의 눈이 흥분으로 반짝거리고 뭐가 그렇게 좋은지 크게 함박웃음을 짓고 있다. 머리칼 위로 달빛이 반짝거리며 춤을 추고 달을 후광으로 붙인 듯 산랑의 온몸은 환하게 빛났다. 설마 이게 꿈이 아니겠지? 태령이 자신의 볼을 꼬집었다. 아프기는 한 거 같은데, 자신의 집 마루에 산랑이 걸터앉아서 자신을 보고 달구경을 하자는 것이 사실이 아닌 듯 웃음만 계속 나왔다.

"달을 보여주고 싶어서 오시다니……."

산랑이 태령의 뺨을 쓸었다. 그리고 말을 재촉하듯이 눈썹을 치켜 올렸다. 태령이 멍한 눈으로 산랑을 보다가 살그머니 웃었다.

"근사합니다."

산랑이 태령의 입술에 입을 맞췄다. 살금살금 입술을 핥더니 태령의 입술을 꽉 깨물었다. 순간 너무 아파서 태령이 비명을 질렀다.

"아, 아픕니다."

산랑이 냉정하게 바라보면서 태령의 손을 잡았다. 태령의 얼굴을 봐서 기쁘고 사랑스럽기는 하지만 그건 그거고 생각하면 할수록 화가 났다.

"내게 알리려고는 했느냐?"

태령이 입술을 만지고 있다가 아프다는 사실에 놀라서 산랑을 얼굴을 올려보았다. 그리고 벌떡 일어섰다. 꿈이 아니다. 자신의 집에 산랑이 와 있다. 혹시나 그가 와서 뭔가 이상한 일이라도 일어나는 것은 아닐까? 얼굴 한가득 근심을 갖고 태령이 산랑에게 다가가서 얼굴을 감싸고 심각한 표정으로 말을 했다.

"어째서 온 것입니까?"

산랑의 손이 태령의 배를 살그머니 감쌌다. 둥실 부푼 배가 터질 듯하다.

"너와 아이를 데리러 왔다."

교운은 골화를 보았다. 여우인 주제에 토끼 같은 눈으로 자신을 보고 있었다. 아무 감정도 없다고, 어쩔 수 없이 혼인을 했다고 생각을 했는데 언제 이렇게 가슴속 깊은 곳에 자리를 잡고 있었을까?

골화가 안절부절못하는 눈빛으로 두 손을 잡았다 폈다 하며 그의 눈치를 보았다. 서문의 수문장이 연락을 했다. 조금 전에 사담과 아후가 젊은 남자와 함께 서문을 통과했다는 전언이었다. 그리고 부장들은 바로 자신의 저택으로 달려왔다. 자신의 허락도 없이 일을 저지르기는 했지만 태령을 함께 모시던 이들이다. 그들이 잘못이라는 생각은 들지 않았다. 아니, 자신이 알았다면 먼저 서두르자고 했을 일이다. 그리고 부장들은 진환의 군사들과 마주친 이야기를 했다. 교운은 사태의 심각성을 깨달았다.

보령부인에게서 비밀리에 전언이 왔다. 갈문왕이 서문의 수문장에게 사담과 아후가 금성으로 들어오면 바로 알리라고 했다는 것이다. 진환은 산랑이 태한산의 산신이라는 것을 모른다. 그런데 아마 알아도 별로 감명을 받지는 않을 거라는 생각이 들었다. 진환은 눈에 보이지 않는 신력이나 귀신의 존재에 별 감흥이 없었다. 보통을 넘어서는 권능이나 신의 능력에 무지한 면에서는 거의 최강이었다. 그래서 이번에는 아무래도 그냥 넘어가지 않을 것 같다.

진환은 산랑을 죽이려들 것이고 산랑은 진환의 방해를 같잖게 생각할 것이 뻔했다. 그러면 둘 중 하나는 죽을 수 있고 죽는 것은 사람. 즉 진환이 될 가능성이 높았다.

아무리 궁주가 아버지를 싫어한다고 해도 아버지가 죽는다면 산랑을 따라서 태한산으로 가지 못할 확률이 높았다. 막아야 한다. 진환과 산랑의 충돌을 자신들이 막아야 한다.

교운이 골화의 곁으로 다가갔다.

"작년에 고향으로 내려가신 부모님은 안전할 것이다. 먼 곳이니 힘들겠지만 급히 아이만 데리고 부모님이 계신 고향으로 가겠느냐? 아니면 네가 원하는 곳으로 가도 좋다."

골화가 얼굴을 빨갛게 붉히며 중얼거렸다.

"서, 서방님은?"

교운이 골화의 손을 잡았다. 긴장을 했는지 머리 위로 귀가 삐죽 나와 팔랑거렸다. 긴장하거나 놀라거나, 정신을 놓을 때면 여우 귀가 쫑긋 튀어나올 때가 있었다. 처음에는 놀라고 기분도 나빴는데 이제는 귀여워서 죽을 지경이다. 교운이 귀를 쓰다듬었다.

"……돌아오지 못할 수도 있다. 갈문왕은 무신의 칭호도 받은 분이야. 그분을 상대로 싸움이 벌어진다면 살아남는 것이…… 조금 힘들다."

골화가 손을 홱 뿌리쳤다. 귀가 전투적으로 양쪽을 향해서 삐죽 선 것을 보니 화가 단단히 났다.

"나는…… 서방님을 기다릴 겁니다."

골이 난 골화를 보며 교운이 시익 웃었다. 그리고 작은 두 손을 잡았다.

"마지막이 되면 어쩌려고 삐지느냐? 삐진 모습을 마지막으로 기억하고 싶지는 않다."

골화도 화를 풀고 싶지만 마음대로 되지 않았다. 삐진 모습은 싫다는 교운의 목소리에 어쩔 줄을 모르고 울 것 같은, 하지만 결코 울지는 않겠다는 표정으로 교운을 보았다. 우는 얼굴은 조금 못생겼으므로 그런 모습은 절대 보여주지 않으리라고 교화가 속으로 다짐했다.

교운이 큰소리로 웃었다. 자신의 귀여운 부인에게 다가가서 작은 몸을 꽉 끌어안았다.

"내가 태어나서 처음 보는 이상한 표정이다. 정말 이상하게 생겼구나."

골화가 큰소리로 화를 냈다.

"생전 그런 소리는 처음 듣습니다! 내가 얼마나 예쁜데!"

교운이 끌어안은 작은 여자를 좌우로 살짝 흔들었다.

"그래, 그래, 얼마나 예쁜지 안다. 그러니 도망가거라. 알았느냐?"

골화가 아무 대답도 없자 교운이 다시 얼굴을 들여다보았다. 여전히 요상한 표정으로 입을 꽉 닫고 미간을 찡그린 골화가 교운을 보았다.

"어찌 대답이 없느냐? 답을 해야지."

골화가 뾰족한 목소리로 더 크게 화를 냈다.

"네, 네, 서방님이 죽어도, 살아도, 상관없이 도망을 칠 것이니 걱정하지 마십시오! 살아 돌아와도 저는 도망가고 없을 것입니다."

교운이 천천히 고개를 끄덕이며 웃었다.

"그래, 네가 어디로 도망을 가든 내가 반드시 잡으러 갈 테니 걱정하지 말고."

골화가 얼굴을 교운의 가슴에 묻고 울지 않으려고 씩씩하게 말했다. 과하게 씩씩한 이상한 말투에 교운이 다시 웃었다.

"내가 쉽게 잡힐 거 같습니까!"

교운이 한참 동안 골화를 품에 안고 있다가 겨우 손을 놓고 밖으로 나갔다.

전각 밖에 아후와 사담, 선명이 심각한 표정으로 서 있었다.

진환을 상대할 줄은 생각도 못했다. 진환에게 산랑님에 대해 말해볼까 생각도 해봤지만 근본적으로 그는 부하들에게 설득되는 사람이 아니었다. 그것도 산신이라는 말도 안 되는 존재에 대해서는 더욱 어려웠다.

다 떠나서 제일 큰 이유는 진환이 자신이 왕족이라는 것에 대한 자부심이 너무 큰 사람이라는 것이었다. 자신의 딸인 왕녀가 왕족, 적어도 그만큼 높은 귀족이 아닌 사람과 혼인을 한다는 것을 두고 볼 인물이 아니었다.

그러니 당연히 반대되는 의견에 대해서도 듣는 것을 싫어했다. 그저 자신의 경험과 겪어서 아는 것이 전부였다. 신성을 믿지 않는 군인에게 신성을 설명하는 것은 불가능하다. 이것이 그들이 진환과의 오랜 경험에서 얻은 사실이었다.

사담과 아후가 산랑과 함께 도성의 서쪽 관문을 넘자마자 갈문왕의 군병들이 그들을 잡으려 몰려들었다. 그들은 산랑이 계림의 방향으로 사라지는 것을 보고는 교운의 집으로 달려왔다.

교운이 장군이 되면서 새로 받은 저택은 꽤나 컸다. 그 넓은 마당에 외군이 수십 명 모여 있었다. 모을 수 있는 외군은 전부 모았지만 그리 많지는 않았다.

진환의 무력이 태령과 산랑을 향하지 않도록 충돌을 막는 역할만. 그 정도라도 하면 좋겠지만 진환이 워낙에 다혈질이고 또 흥분하면 물불을 가리지 않는 사람이라 모두들 긴장을 했다.

충돌을 하면 전부 죽을 수도 있다. 외군은 도성으로의 진군이 금지되어 있기 때문에 도성 밖의 외군을 들일 수는 없었다. 지금 인원은 아마 갈문왕 사병들의 반 정도도 되지 않을 것이다.

교운이 그들을 모으고 조용히 말했다.

"오늘 죽을 수도 있다."

수십 명의 외군들이 교운을 두려운 기색으로 올려다보았다. 교운이 단정한 얼굴에 미소를 지었다.

"우리는 태령 장군의 군인이다. 나는 장군을 위해 죽는 것이 두렵지 않다."

외군들의 술렁이던 숨소리, 말소리가 조용해졌다.

"진환 대장군이 무력을 쓰려 한다면 태령 장군과 그분을 보호하는 것이 우리의 임무다."

외군들이 자신들의 무기를 들어 올려 허공을 향해 열광적으로 흔들었다.

자비는 어깨를 흔드는 누군가에 의해 눈을 떴다. 흐릿한 등잔 불빛이 들어오자 방 안의 황금색 장식들이 반사광을 뿜어냈다. 눈을 찡그리고 가늘게 뜨자 천녀 가웅의 얼굴이 보였다.

자비는 눈을 비비고 하품을 하면서 일어났다. 가웅의 옆에 있던 적신이, 거대한 몸집을 억지로 구겨서 앉아 자비의 작은 얼굴을 내려다보며 속삭였다.

"일어나십시오. 큰일이 났습니다."

"무슨 일인가?"

자비가 가웅의 심각한 눈을 보며 물었다. 보통 심각한 일은 아닌 것은 확실했다. 가웅은 아무리 심각한 일이라고 해도 밤중에 잠을 깨우는 일은 없었다. 잠을 잘 자야 무슨 일이고 처리할 대책이 생각난다는 것이 이제는 노인이 다 된 신녀의 이론이었다.

가웅이 시녀들을 불러 자비왕이 옷을 입는 것을 거들었다. 기다리는 가웅의 손가락이 초조하게 떨렸다.

"보령부인이 전갈을 보냈습니다. 태한산의 산랑님이 금성에 들어왔다고 합니다."

자비왕이 살짝 눈살을 찌푸렸다.

"태한산의 산신이?"

가웅이 작은 소리로 왕에게 말했다.

"네. 지금 태령 장군의 집에 있습니다."

자비왕이 옷을 서둘러 입었다. 작은 머리가 쉴 새 없이 돌아갔다. 지금 그가 오면 안 되는데. 만약 태령궁주가 그를 따라 금성을 탈출하려고 하면 어쩌지? 아니, 그래도 상관은 없다. 아기가 태어난 후면. 하지만 아직 아기가 태어나려면 한 달이나 남았는데.

"그가…… 아직 산달은 한 달이나 남았는데……."

가응의 파랗게 질린 입술이 달달 떨렸다. 자비왕이 가응의 얼굴을 의아하게 바라보았다.

"큰일은 다른 것입니다. 갈문왕 진환께서 그분을 죽이려고 하신답니다."

자비가 벌떡 고개를 드는 바람에 머리카락을 묶어 관을 씌우려던 시녀가 놀라서 비녀를 떨어뜨렸다.

"어째서! 도대체 갑자기 갈문왕은 왜 끼어드는 것이지? 제기랄! 그 꼰대가 일을 저지를 줄 알았다니까!"

머리칼이 흘러내리는 것도 모르고 자비가 큰소리로 화를 냈다. 자신이 어떻게 세운 계획인데 거의 다 완성이 된 마당에 그것을 진환이 부수려고 든단 말인가.

가응이 고개를 끄덕이며 마주한 손을 꽉 잡고 떨리는 목소리를 주체하지 못했다.

"누군가가 끼어들었습니다. 그가 뭔가를 알고 행동을 하는 것이…… 누군가가 산랑님에게 아이의 존재를 알리고 태령궁주를 위해 오시라고 한 것이 틀림없습니다. 갈문왕께서는 산랑님의 실체를 알지도 못하면서 위해를 가하려고 멍청한 짓을 하고 말입니다. 만약 아기님에게 큰일이라도 일어난다면……."

자비가 단정하게 머리를 묶은 후 신을 신고 침전을 나섰다. 최악의 사태에 대비해야 한다. 지금이라도 점을 치고 예언을 엿보면 좋겠지만 그럴 시간이 별로 없을 것이다. 갈문왕을 막고 태령의 이해를 구해야 한다. 산랑은 자신을 싫어하겠지만 태령은 자신을 이해할 것이다. 반드시 그렇게 만들어야 한다.

자비왕이 가웅을 향해 조급하게 물었다.

"조금 빠르기는 하지만 성수는? 성수는 준비되어 있겠지?"

가웅이 고개를 끄덕이자 자비가 적신을 향해 명을 내렸다.

"점괘를 보지 못했지만 만약의 사태에 대비하는 것이 좋다. 성수를 준비하고 태령궁주의 집으로 출발한다. 그리고 혹시 모를 갈문왕의 사병들을 대비해야 하니 궐의 군병들을 전부 동원하라."

적신이 명을 받들고 뛰어 일어나 궐의 모든 호위와 군병들을 깨웠다. 가웅이 금성의 남산과 계림에서 받은 성수를 준비하고 시녀들을 이끌고 자비왕과 함께 태령의 집으로 출발하였다.

✣

태령이 산랑을 올려다보며 걱정스럽게 하지만 자신감이 충만해서 말했다.

"아이를 낳으면 자비왕께 허락을 구하고 태한산으로 가려 했습니다. 일부러 말하지 않은 것은 아닙니다."

산랑이 태령의 뺨을 부드럽게 쓰다듬었다. 고집 세고, 정직하고, 계략에 잘 빠지고, 하지만 원망하지 않고, 그곳에서 태연히 피투성이로 걸어 나오는 자신의 여자. 산랑은 태령을 잠자코 바라보았다. 갑작스럽게 또 이 여자가 너무 좋아서 손끝까지 짜릿했다. 그래서 이를 드러내고 늑대같이 웃었다.

"그 영악한 놈은 너를 풀어줄 놈이 아니다. 풀어주려 했으면 나와 함께 태한산으로 가게 해주었지. 아직도 그놈을 믿고 있느냐?"

태령이 한숨을 쉬었다. 물론 자신도 자비왕을 믿는 것은 아니었다. 하지만······.

"그렇지만 이렇게 떠날 수는 없습니다. 그러면 왕명을 거역한 것이 되고 저는 군병들에게 쫓기게 될 것입니다."

산랑이 고개를 들어서 밤하늘을 바라보았다. 별들의 움직임을 읽으면서 그가 속삭였다.

"태한산까지만 가면 된다."

태령이 한숨을 쉬었다. 그리고 자신의 배를 내려다보았다. 배가 너무 커져서 움직이기도 힘든데 어떻게 그곳까지 말을 달려간단 말인가. 군병들이 쫓아오면 더 빠른 속도로 움직여야 하는데 태한산은커녕 금성을 빠져나가지도 못할 것이다. 태령이 고개를 저었다.

"일단 이곳에 계십시오. 아기를 낳고 함께 돌아가는 것이 좋을 듯합니다. 지금은 제가 움직이지 못합니다."

산랑이 태령의 배를 보았다. 태령이 인간이라는 것을 간과했다는 생각이 들었다. 게다가 태령은 임산부이다. 그것도 당장 아

호국신   323

이를 낳아도 이상하지 않을 마지막 달의 임부. 한숨을 내쉬면서 동시에 멍청함이 느껴졌다. 그녀의 용감무쌍한 과거만 생각하고 지금의 어려운 상황을 조금도 고려하지 못한 것이 한심스러울 정도였다. 그녀는 지금 움직이는 것도 힘들어서 숨이 찬다. 산랑이 태령의 배 위로 손을 얹었다.

"생각이 짧았구나."

밖이 소란스러웠다. 집사와 집 안의 호위들이 태령의 방으로 몰려들었다. 하인들이, 교운 장군이 군병들과 함께 찾아왔다고 전했다.

태령이 산랑과 함께 밖으로 나갔다. 넓은 마당에 교운과 사담, 아후, 선명까지 옛 부하들이 모조리 있었다. 교운이 태령과 산랑을 향해서 다가왔다. 진중한 얼굴에 심각한 표정을 했다.

"갈문왕께서 사병을 이끌고 저택으로 다가오고 있습니다. 산랑님을 잡아가시려고 하는 거 같습니다."

태령이 놀라서 산랑을 보았다. 자신이 장군직에 있었다면 사병이 충분히 있었겠지만 집 안에는 겨우 몇 십 명의 호위가 다였다. 교운의 사병을 합해도 아버지를 막을 수 없다. 그리고 산랑이 마음만 먹는다면 아버지는 죽은 목숨이었다. 산랑을 막을 수 있을까?

"지, 지금은 피해 계시는 것이 좋겠습니다."

산랑이 고개를 저었다.

살벌한 미소가 산랑의 얼굴 가득히 떠올랐다. 환하게 밝은 보름달과 같이 완벽하게 아름다웠다. 점점 밝혀지는 모든 것들이 늑대신의 가슴을 두근거리게 만들었다. 그것을 모르고 있었다니. 그리고 그 작은 사기꾼 녀석을 잡을 생각을 하자 마치 달빛에라도 취한 것처럼 흥이 났다.

태령이 걱정을 하고 있다. 진환의 멍청한 짓거리도 더 이상 참을 수가 없다. 멍청한 장기판의 졸 같은 놈이라니. 더 이상은 아무리 태령의 아비라 해도 방해와 살해 위협을 참을 수가 없다. 자신이 누군지도 모르는 그 늙은 장수의 아집은 산랑의 심기를 매우 거슬렀다. 인내심이 이제 바닥이 났다. 태령과 아이를 위협하고 자신을 떼어놓으려는 행동에는 없는 인내심을 보일 이유도 없었다.

"그에게, 나를 방해했다가는 모두 죽을 것이라고 말하라."

교운과 아후가 동시에 한숨을 쉬었다. 한 명은 태한산의 산신이라서 자신을 방해하는 인간을 이해하지 못하고, 다른 한 명은 신라의 왕족으로 자기를 가로막을 자는 없다고 생각하는 자이니 둘 사이에 끼어서 태령과 자신들만 죽어난다.

선명이 웃으면서 긴장으로 팽팽해진 주위를 보았다. 그리고 말을 더듬으며 농담이라고 해괴한 말을 했다.

"오호, 고부 사이에 낀 아들 같은데? 부인과 어머니 사이에 끼어서 이렇게도 저렇게도 하지 못하는 남자 말이야."

태령이 선명을 노려보며 화를 냈다.

"그럴 리가 있느냐? 혼인을 했으면 당연히 부인의 편을 들어야지. 그리고 아버님은 말을 하면 들으실 것이다. 어리석은 분은 아니니까 말이다."

교운 일행이 놀라서 태령을 보았다. 그럴 리가. 궁주께서 이런 싸움을 겪으신 적이 없어서 잘 모르시는구나. 그리고 아버지에 대해서도 아직 잘 모르시는 것이 확실했다.

횃불과 사병들로 인해서 주변은 점점 더 밝아지고 소란스러워 졌다. 모두가 태령을 바라보았다. 지금 이 상황을 누군가가 정리를 해야 하는데 그 사람이 숨을 쉬기도 힘들어하는 임산부다.

태령이 고개를 절래 저었다.

횃불과 등불들이 합쳐져서 마치 때도 아닌데 한여름 밤 축제처럼 사람들이 몰려들고 있었다. 아주 금성의 인간이란 인간들은 전부 몰려들 기세다.

교운이 군장을 잡고 칼집을 쥐었다. 태령이 손을 내밀어 가로막았다. 먼저 대화로 풀어보아야 한다. 아버지와 친하지도 않지만 그렇게 이제껏 그에게서 도망을 친 것이 잘못이었다.

아버지가 자신의 삶을 좌지우지할 수 있다고 생각할 여지를 준 것이다. 이제 아버지가 한계를 깨닫게 하는 것이 자신이 할 일이었다.

쾅! 문이 거칠게 열렸다.

하인들이 기겁을 하고 뒤로 물러섰다. 갈문왕과 도성의 수문장인 장수들이 기세등등하게 태령의 전각으로 들어왔다. 태령의 곁에 교운 일행과 산랑이 서 있는 것을 보고 진환이 인상을 쓰면서 일행을 노려보았다.

태령이 잠시 심호흡을 하고 말했다.

"아버지."

"그자는 자비왕의 명령으로 도성으로 들어오는 것이 금지되어 있다. 그자를 당장 넘겨라."

산랑이 진환을 보며 입가를 올려 비웃었다.

"나는 내가 원하는 어느 곳이라면 어디든 갈 수 있다."

태령이 그의 앞을 막았지만 진환은 신관 따위가 자신을 비웃자 순간 화가 머리끝까지 치솟았다.

"감히 누구에게 반항을 하는 것이냐!"

"아버지!"

태령이 어이가 없어서 진환과 산랑을 번갈아 보았다. 이분들이 자신은 보이지도 않는 것인지. 산랑이 진환을 향해 거만하게 그리고 한마디씩 느긋하게 똑같이 대답했다.

"너는 누구에게 반항을 하는지 알고나 있는 것이냐?"

"……!"

잠시 아무도 말이 없었다. 진환이 산랑을 잠자코 노려보았다.

엄청나게 큰 보름달이 뜬 밤이다. 달은 온 사방을 밝혀 굳이 횃불이 없더라도 주위는 환하게 잘 보였다. 산랑은 보름달을 후광으로 받은 듯 온몸에서 은은하게 빛이 났다. 뭔가 이상하다. 저자는 도대체 뭐지? 인간이 아닌가? 진환이 살짝 당황했다. 태령이 때를 놓치지 않고 진환을 향해서 말을 꺼냈다.

"아버지!"

진환이 놀라서 앞에 서 있는 태령을 보았다. 태령의 배가 둥실 부풀어 터질 듯이 커다랗다.

화가 갑자기 치밀어 올랐다. 뒷목을 잡지 않아도 혈압이 오르고 눈이 붉어지며 분하고 미칠 듯이 화가 났다. 자신의 막내딸이 혼인도 안 했는데 임신을 해서 이렇게 배가 불러 있었다. 이 아이가 태어날 때 사내아이가 아니라서 실망을 했지만 그래도 누구보다 사랑하고 아끼는 딸인데.

고귀한 왕족과 혼인을 해서 서라벌을 발밑에 두고 살아도 자신의 딸이 아까울 판인데 누구의 축복도 받지 못하고 이렇게 배가 부풀어 신관 따위의 곁에 서 있는 걸 보자 눈에서 불똥이 튀었다.

이 빌어먹을 자격도 없고, 책임감도 없는 놈팡이를 당장 죽여 버려야겠다는 결심이 확고해졌다. 진환이 딸에게 손을 내밀었다.

"이리 오너라."

이제는 태령이 당황했다. 아버지가 왜 갑자기 자애로운 아버지의 흉내를 내려고 하는지 이해를 못하겠다. 태령이 고개를 저었다. 지금은 진환이 너무 흥분했다. 나중에 따로 이야기를 하는 것이 서로에게 나았다. 아버지가 바보같이 산랑에게 덤비는 사태만 피하면 된다.

"돌아가십시오. 갈문왕 전하. 어째서 오셨는지 잘 모르겠지만 제 일은 제가 알아서 합니다. 이제껏 그래왔고, 또 앞으로도 그럴 것입니다. 저는 이이의 신부이고 그와 함께 태한산으로 갈 것입니다."

진환의 분노가 폭발했다. 원래도 욱하는 성질머리였는데 이제 혼인을 하지 않은 딸이라고, 하나 남은 딸아이의 반항이 눈에 보이는 것이 없게 만들었다. 진환이 성큼성큼 다가와서 불쑥 태령의 팔을 잡았다. 끌고 가려는 순간 태령의 몸을 산랑이 잡아서 뒤로 끌어당겼다.

진환은 뒤로 순식간에 끌려가는 태령을 보면서 자신이 놓아야 한다고 생각했다. 태령이 다치는 것이 싫으면 지금 놓아야 한다. 그리고 동시에 지금 놓으면 이제 아예 딸아이를 저 도적놈에게 빼앗기고 다시는 볼 수 없으리라는 막연한 불안감이 머릿속을 급습했다.

뒤에서 태령을 잡고 있던 산랑은 진환이 손을 놓으려는 것을 보고 자신도 손을 놓았다. 산랑이 손을 놓자 진환은 놓으려던 손가락에 더욱 힘을 주어서 그녀를 바로 잡아당겼다.

그러지 않아도 배가 아파서 불안하게 서 있던 태령이 균형을 잃고 넘어져 땅 위로 뒹굴었다. 팽팽하게 긴장된 공기가 일순 깨지고 비명과 고함 소리가 일행의 위로 치솟았다.

"대장! 대장! 괜찮으세요?"

"태령아!"

"태령궁주!"

사람들이 그녀에게 달려가기도 전에 산랑이 태령을 부드럽게 안아 올렸다. 진환이 놓을 것이라고 예상하고 자신도 손을 놓은 것이 실수였다. 얼굴에 낭패함이 가득했다. 산랑이 태령의 눈을 바라보며 걱정스럽게 물었다.

"괜찮은가?"

태령이 고개를 끄덕였다. 그리고 한숨을 쉬었다.

"괜찮습니다."

태령과 산랑이 앞을 바라보았다. 사람들의 표정이 이상했다. 입술이 파랗게 질린 선명이 손끝을 덜덜 떨리며 말을 했다.

"지, 지금 당장 안으로, 방으로 가셔야 합니다."

몸을 내려 땅에 선 태령이 자신의 치마를 바라보았다. 붉은 피의 흔적이 점점 커지고 있었다. 갑작스럽게 날카로운 통증이 배안 깊숙이 퍼졌다.

방 앞에서 갈문왕은 초조하게 주변을 돌아다녔다. 태령이 방으로 들려서 들어가고 시녀들이 우르르 따라 들어가고 나서 다시 몇명이 나오더니 미리 알아놓은 산파를 데리러 갔다. 일행과 진환의 안색이 파랗게 질렸다. 산랑은 아무렇지도 않은 표정을 했지만 자꾸 방으로 들어가려 해서 주변에서 그를 붙잡느라 난리였다.

안에서 태령의 고통스러운 비명 소리가 울려 퍼졌다. 진환의 표정은 더욱 새파랗게 질렸다. 산랑의 눈동자가 황금색으로 불타올랐다. 태령의 신음이 들릴 적마다 눈빛이 요동쳤다. 산랑이 방으로 다시 들어가려 하자 선명이 막으며 고개를 저었다.

불려온 산파는 방 앞의 기묘한 상황에 눈을 크게 떴다. 덩치가 큰 남자들이 방 앞의 큰 마루에 득실거렸다. 갑옷까지 입고서 금방이라도 대결을 벌일 듯이 노려보며 대치 중이었다. 안에서 신음 소리가 들리자 시녀들이 산파를 재촉했다. 정신을 차린 산파가 부랴부랴 방으로 들어갔다.

기운을 내시라는 산파의 중얼거리는 말과 함께 시간이 흘렀다. 가끔 산파가 문을 열고 뜨거운 물과 태령이 마실 물을 들였다. 대문 쪽이 소란스럽더니 중문이 열리고 보령부인이 들어왔다. 그녀는 방 앞에서 진을 치고 있는 남자들을 한심스럽게 바라보며 안으로 들어갔다. 태령을 위로하며 낮게 속삭이는 소리와 태령이 한숨같이 짧게 숨을 쉬는 소리가 들려왔다. 너무 작아서 무슨 말인지 잘 들리지는 않았다.

태령이 다시 신음 소리를 냈다. 그리고 부산스러운 움직임이 방 안에서 일었다. 그때였다. 방 안에서 기묘한 정적이 흘렀다. 누군가가 털썩 쓰러지는 소리와 함께 시녀들이 보령부인을 부르는 소리가 들렸다.

"보령부인! 부인!"

"꺄아악!"

시녀의 비명 소리가 들렸다. 산랑이 문을 열고 방 안으로 들어갔다. 그 뒤를 진환이 따라 들어갔다. 교운이 놀랐지만 바로 문을 닫고 밖에서 방문 앞을 지켰다.

피비린내와 공포가 방 안에 가득했다. 시녀들 몇 명은 기절을 했고 나머지는 모두 구석으로 몰려가 덜덜 떨고 있었다.

산파만이 태령의 몸을 닦고 부드러운 옷을 입히고 있었다. 태령이 넋이 나간 표정으로 하얀 수건에 싸인 것을 물끄러미 바라보았다. 산랑이 태령의 곁으로 다가갔다. 넓은 침대에 피가 흠뻑 젖은 이불들이 아직도 쌓여 있었다. 보령부인은 기절을 했고 두세 명의 시녀들이 그녀를 안고 울고 있었다. 산파가 조심스럽게 수건을 태령의 곁으로 내려놓고 뒤로 물러섰다.

하얀 수건이 움직였다. 태령은 수건이 움직일 때마다 놀라서 파랗게 질려갔다. 산랑이 다가오자 태령이 그를 붙잡았다. 산랑이 건드리기도 전에 뭔가가 안에서 꼬물거리며 수건을 발로 찬 듯 수건이 흘러내렸다.

아이가 새카맣다. 뒤에서 들여다보던 진환이 숨을 헉, 하고 들이켰다.

산랑이 태령의 손을 부드럽게 잡았다. 태령이 멍한 시선을 올려 산랑을 보았다. 태령이 아이를 조심스럽게 안았다. 새카만 털로 뒤덮인 아기는 마치 작은 늑대나 곰의 새끼같이 보였다. 하지만 자세히 들여다보자 사람이 아닌 것 같아 보였지만 또 사람 같기도 했다. 온몸이 새카만 털로 뒤덮여 짐승의 새끼 같아 보이기는 했지만 이목구비는 짐승의 얼굴과는 달랐다. 주둥이가 튀어나오지도, 귀나 코가 짐승의 것과 같지도 않았다. 태령이 조심스럽게 손으로 아기의 얼굴을 만지려 했다.

느닷없이 뒤에서 진환이 불쑥 손을 내밀어 아기를 빼앗았다. 태령이 놀라서 짧게 비명을 질렀다. 진환이 혐오스러운 것을 보는 듯 아기를 싼 수건을 왼손으로 잡고 오른손을 자신의 요대에 넣었다. 태령이 떨리는 소리로 물었다.

"뭐하시는 것입니까?"

진환이 요대에서 커다란 단검을 꺼냈다.

"사람이 아니다. 후환을 없애야 한다."

산랑의 은회색 눈동자가 싸늘하게 빛났다. 산랑이 허리를 펴고 고개를 좌우로 흔들었다, 그의 온몸에서 살기가 흘렀다. 진환을 노려보며 산랑이 담담하게 말했다. 조용한 말투가 정말 궁금한 것처럼 은근하게 들렸다.

"나의 아이를…… 죽이려는 것인가?"

진환이 산랑을 보며 제정신이 아닌 듯 혼돈과 적의에 차서 소리를 질렀다.

"인간이 아니야! 괴물이다!"

이런 일은 난생처음이라서 어떻게 해야 할지 몰랐다. 하지만 이 짐승이 사람이 아닌 것은 확실하고 자신의 딸이, 신라의 궁주가 이런 괴물을 낳았다는 사실을 아무도 몰라야 했다. 태령은 아직도 젊었다. 앞으로 얼마든지 새로 혼인을 하고 멀쩡한 아이를 낳으면 이런 괴이한 일은 잊을 것이다.

태령이 진환의 말에 충격을 받고 얼어붙었다. 산랑의 황금색 눈동자가 점점 커졌다. 방 안의 압력이 점점 올라갔다. 이제는 모두가 온몸으로 느낄 수 있을 정도로 살기가 따가웠다. 시녀들 중 몇 명은 눈동자와 입에서 피가 흐르기 시작했다.

태령이 분노에 차서 소리를 질렀다. 마치 전장에서 부하들을 향해 고함을 지를 때처럼 사자같이 방 안이 떠나가라 고함을 질렀다.

"내 아이입니다! 내 아이라고요!"

주먹 쥐고 부들부들 떨면서 이를 악문 태령이 진환을 노려보았다. 그리고 다시 진환에게 손을 내밀었다.

"이리 주십시오."

진환의 눈이 아이의 위 어딘가를 헤맸다. 보고 싶지도 않고 태령의 아이라고는 더욱 인정하고 싶지도 않았다. 태령이 미친 것이 분명했다. 하기는 이런 아이를 낳으면 누군들 미치지 않겠는가. 진환은 자신이 아이를 죽이고 딸의 원망을 받기로 결정했다. 나중에 아마 한참 후에는 태령도 자신을 이해할 날이 올 것이다.

"재앙이야. 살아서는 안 돼. 태령은 이런 것을 낳은 적이 없다. 결코 이런 괴물은 살아서는 안 돼."

산랑의 눈동자가 이제는 황금색에서 붉은색으로 변하기 시작했다. 이가 으드득 갈리는 소리와 함께 손끝에서 시퍼런 살기가 피어올랐다.

"네가 무엇인데 삶과 죽음을 결정하는 것이냐?"

손가락에서 물처럼 흐르는 시퍼런 살기가 방바닥에 떨어지자 두꺼운 돌 판이 쩍쩍 갈라졌다. 가공할 파괴의 힘들이 손가락을 따라 바닥과 벽들을 타고 흘렀다. 벽의 돌이 먼지같이 부서져 내렸다. 손끝이 허공에서 휘어져 진환을 향했다. 푸른 살기가 진환을 따라 달렸다.

"감히!"

살기에 벽이 무너지고 바닥의 돌들이 튀었다. 진환을 향해 돌들이 날아들었다. 진환이 왼손으로 아기를 싼 수건을 움켜쥐고 오른손으로 칼을 휘둘러 돌들을 후려쳤다. 태령이 아이를 향해서 뛰었다. 돌들이 회오리치는 것에도 아랑곳하지 않았다. 산랑이 신음 소리를 내며 태령을 잡으려 진환을 향해 후려치던 손을 내렸다. 순간 진환이 태령을 등지고 아이를 감싼 수건을 내려놓았다. 그리고 그가 칼을 움켜쥐었을 때 눈앞에서 문이 부드럽게 열렸다.

모두가 놀라서 멈춘 순간. 문 앞에는 자비왕이 서 있었다.

자비왕은 마치 지옥 같은 풍경 안으로 들어왔다. 회오리치는 돌들이 진환의 머리를 향해 달려들고 있었으며 태령은 아버지에게 맞서 그의 손을 잡고 칼을 빼앗고 있었고, 산랑은 태령을 향하는 돌들을 막으려 급하게 바람을 잡아채고 갈무리하고 있었다.

열린 문을 통해 아수라장인 방을 본 장수들이 입을 떡 벌리고 움직이지 못했다.

자비왕이 눈짓을 하자 문이 닫혔다.

자비왕이 사태를 정리하라는 듯 곁에 선 적신에게 손짓을 했다. 적신과 호위들이 시녀들과 산파, 기절한 보령부인을 밖으로 이끌어냈다. 호위도 밖으로 물리고 가웅과 신녀 몇 명이 남았다.

숨을 헐떡거리는 태령의 앞에서 자비왕이 손을 내밀었다. 마치 귀여운 아기를 잠시 봐도 되겠냐는 눈빛이다. 자비의 눈에서 아기를 해치지 않으리라는 확신을 읽고 태령이 아기를 싼 수건을 조심스럽게 내주었다.

수건을 조심스럽게 열고 자비왕이 미소를 지었다. 자비가 천천히 어르자 아기가 눈을 떴다. 그리고 그제야 입을 열어서 울음을 울었다. 보통의 아기같이 사람의 울음소리를 내며 힘없게 울었다.

자비왕이 방 안을 돌아보았다. 엉망진창인 것이 전쟁터가 따로 없다. 방 안이 다 부서지고 피비린내가 난다.

분노에 찬 산랑이 온몸으로 살기를 떨치는 바람에 가구와 바닥이 온통 갈라지고 부서져 돌이 튀고 엉망이었다. 그 와중에 태령은 방금 아이를 낳은 여자답지 않게 일어서 아기에게서 시선을 떼지 않고 있었다. 진환은 아기가 무사한 것이, 그리고 아기가 자비왕의 손에 있는 것이 마음에 들지 않는 듯 인상을 찡그리고 있었다.

자비왕이 혀를 차며 주위를 돌아보았다. 그리고 진환을 향해서 한숨을 쉬고 고개를 저었다.

"아기를 죽이려 들다니요. 숙부."

진환이 자비왕을 향해 울분에 차서 대답했다.

"이건 집안일입니다! 그, 그것은 괴물입니다!"

자비왕이 진환을 향해 다시 한숨을 쉬었다. 아기를 싼 하얀 수건이 이리저리 휘둘러지며 둘둘 만 것이 풀어지려 했다. 자비왕이 수건을 다시 돌돌 잘 말면서 아기를 향해 웃었다. 검은 털로 뒤덮인, 마치 털 뭉치 같은 아기를 귀엽다는 듯 우쭈쭈 어르기까지 했다.

잠시 아기를 어르던 자비왕이 흠흠, 하고 목을 가다듬고 모두를 향해 선언이라도 하듯 조용히 말을 했다.

"이 아기는 제 왕후가 될 것입니다. 저도 낄 수 있습니다. 제 왕후를 죽이려 들다니 반역으로 처리할 수도 있습니다. 하아, 하지만 갈문왕께서 잘 모르시고 하신 일이니 이번은 용서를 해드리지요."

태령이 들은 척도 하지 않고 산랑을 돌아보자 산랑이 자비왕에게 다가갔다. 그리고 손을 내밀었다. 자비는 처음 계획대로 아기를 궁으로 빼돌리고 싶은 마음에 슬쩍 산랑을 보았다. 그리고 놀라서 얼어붙었다. 무시무시한 신의 모습이 적나라하게 드러났다. 이제껏 한 번도 이런 모습의 산랑을 본 적이 없는 것이 운이 좋을 뿐이었다.

산랑의 검은 머리칼이 파랗게 한 올 한 올 곤두서서 공중에서 헤엄치고 있었다. 온몸에서 피어오르는 푸른 기운이 꿈틀거리며 소용돌이친다. 빛처럼 술렁거리는 신성한 힘이 주변을 넘어 온 사방, 태령의 집과 숲을 감싸 안았다.

산랑의 살벌한 기운에 자비왕이 눈치를 보면서 아기를 싼 수건을 얌전히 건넸다. 산랑이 아기를 태령에게 안겨주었다. 그리고 자비왕을 냉정한 눈빛으로 바라보며 날카로운 미소를 지었다.

"나의 아기는 태령과 함께 태한산으로 갈 것이다."

자비왕이 흠, 하고 고민이라도 하는 듯 고개를 끄덕였다.

"태령궁주는 호국신이라 금성을 떠날 수가 없습니다."

산랑이 재밌는 말이라도 들은 듯 웃기 시작했다.

"네놈이 노리는 것이 태령의 아이라는 것을 알고 있다."

태령이 아기를 품에 안고 칭얼대는 것을 어르다가 놀라서 입을 떡 벌리고 산랑을 보았다. 자비왕이 노리는 것이 정말 아기라고? 진환도 놀라서 고개를 번쩍 들고 자비왕을 보았다.

자비왕은 아무 표정의 변화도 없이 태연하게 산랑을 보고 있었다. 산랑이 희미하게 미소를 지으며 자비를 노려보았다.

태령이 아이를 가졌다는 말을 듣고 나서야. 그제야 자비왕이 어째서 태령을 놓아주지 않았는지를 알았다. 그리고 이놈의 원대한 야망을 그때 알아차렸다.

"네놈과 저 천녀의 계획이겠지. 호국신의 핏줄과 태한산의 산신의 가호를 받는 아기가 얼마나 소중하고 중요한지 아니 말이다. 만약 그런 아기를 네놈이 왕후로 맞이한다면, 그리고 그 아기의 혈통으로 왕가를 이어간다면 신라는 더 이상 소국으로만 머무르지 않겠지. 아마 점점 더 커지고 늑대같이 무자비해질 것이며 야망도 커질 것이다. 언젠가 네놈의 후손이 삼국을 모조리 먹어치울 날이 올지도 모른다. 네놈이 원하는 것이 그거야."

자비왕이 고개를 저으며 자신의 결백을 주장했다.

"제가 태어날 아기가 여아인지 어찌 알아서요?"

산랑의 서늘한 눈빛이 더욱 폭풍처럼 사나워졌다.

"태령과 나의 아기가 남아였다면, 네놈은 태령을 나와 함께 태한산으로 보냈을 것이다. 중앙에서 멀리 보내고 나중에 따로 암살자를 보냈을 테지. 왕권을 위협하지 않겠다고 약속을 해야 숨이라도 쉬게 해줬을 것이다. 네놈의 천관들이 왕후의 별이 빛나는 것을 점치고 확신은 못하지만 여아라고 하니 이런 일들을 꾸민 것이야. 아니냐?"

자비왕이 이제는 살그머니 웃었다.

"약속을 해주십시오. 아기가 저의 왕후가 되는 것을 허락하겠다고 말입니다. 열여섯 살에 궐로 와서 저와 혼인을 한다고 약속을 하면 보내드리겠습니다. 모두를 말입니다."

산랑이 고개를 저었다.

"싫다. 이 교활한 놈아! 안 돼!"

태령이 아기를 품에 안자 아기가 엄마의 가슴을 찾았다. 태령이 뒤로 돌아서 아기에게 젖을 물렸다. 산랑이 자비를 보면서 냉정하게 말했다.

"우리는 태한산에서 조용히 살아갈 것이다."

자비왕은 태령의 뒷모습을 보며 생각해 보라는 듯 손가락을 올렸다. 마치 자신은 전혀 사적인 욕심 따위는 없다는 듯 객관적으로 생각을 하라는 손짓이다.

"이렇게 짐승의 털이 난 아기를 데리고 태한산으로 간다고요? 그곳에서 사람들에게 돌을 맞고 짐승이라고 손가락질당하고, 아이들도 침을 뱉고 어쩌다 잘못해서 사람들의 눈에 띄면 붙잡혀 죽을 수도 있습니다. 나와 궐에서 사는 편이 좋습니다."

산랑이 입을 닫았다. 하지만 자비의 말이 틀린 말은 아니었다. 그 모든 박해를 알고 있기 때문에 산랑은 분노가 타오르는 것과는 별도로 심상하게 대답을 했다. 아니 심상하게, 아무렇지도 않게 보이려 했다.

"산속에서 살 것이다. 사람들의 눈에 띄지 않을 것이다."

자비가 어리석은 고집을 부리는 아이를 보는 눈으로 상냥하게 다시 지적을 했다.

"아이입니다. 점점 크면서 돌아다닐 텐데 어디까지 따라다닐 것입니까? 누구와 놀 것입니까? 사람의 몸이니 동물들과 어울릴 수도 없고, 이런 모양이니 사람들이 증오할 것입니다. 아이가 외로움에 죽어가는 것을 바라는 것입니까?"

산랑이 순간 당황한 눈빛으로 태령을 보자 그녀가 그의 손을 마주 잡았다. 그리고 자비왕을 향해서 미안하다는 눈빛으로 고개를 저었다. 아기는 사람이 아니라고 손가락질을 당할 것이다.
그런데 어떻게 왕후로 삼는다는 말인지. 태령이 작은 소리로 말
했다.

"아기는 왕후가 되지 못합니다."

뒤에서 진환이 울분에 찬 목소리로 고함을 질렀다. 커다란 칼
로 바닥을 쿵쿵 내려쳤다.

"이 아기는 지금 죽어야 합니다! 태령이 낳은 아이라고 말하고
다니는 것을 나는 보지 못합니다!"

자비왕이 진환을 노려보았다. 그리고 잠시 생각에 잠기더니 결
심을 한 듯 고개를 끄덕였다. 자비가 가응에게 손짓을 했다. 가
응이 뒤에 서 있는 신녀들에게 뭔가를 가져오게 했다. 황금으로
만든 큰 물통이었다. 금으로 만든 대야에 물을 부었다. 자비왕이
투덜거렸다.

"나는 사실 털이 많아도 상관이 없는데, 갈문왕께서 고집을
부리시니 내 고집은 꺾겠습니다."

가응이 태령에게 아기를 달라고 손을 내밀었다. 아기가 잠이 들
려 하던 참이라 태령이 망설이다가 조심스럽게 건넸다. 가응이 아
기를 대야에 반쯤 넣었다. 물을 살살 부으며 아기를 씻기기 시작
했다. 물이 싫은 듯 아기가 칭얼거리며 울기 시작했다. 가응이 작
게 중얼거리는 것 같은 소리로 노래를 흥얼거리며 아기를 달랬다.

"괜찮습니다. 왕후 전하, 이제 모든 것이 완벽하게 돌아갈 것
입니다. 산신님과 호국신의 아기가 신라의 왕과 함께할 것입니다.
신성한 힘이 왕가와 함께 흐르고 우리는 모든 것을 지켜나가고

바꿀 것입니다."

신녀들이 물을 살살 부었다. 아기가 꼬물거리며 더 크게 울었다. 아기의 몸에서 시커먼 털들이 물과 함께 흘러내렸다. 그리고 조금씩, 조금씩 털이 씻겨나간 아기는 뽀얗고 하얀 여자아기였다. 짧은 머리칼은 검은색이고 반짝 뜬 눈은 은회색으로 반짝였다. 눈 색을 제외하고 사람과 같다는 것을 가응이 증명이라도 하듯 성수로 깨끗이 씻긴 아기를 태령의 품에 안겨주었다.

태령은 자신도 모르게 눈물을 흘렸다. 아기가 온전하지 않다고, 사람과 같지 않다고 해도 부끄럽지 않았다. 잘 키울 수 있다고, 자신은 아기가 어떻게 생겼든 사랑할 수 있다고 자신했고 그런 줄 알았다. 그런데 가응이 씻겨서 자신에게 돌려준 아기가 이제 사람과 같다는 것을 확인하자 안도가 되었다. 그리고 부끄러웠다. 각오를 했는데, 그렇다고 생각을 했는데 그것이 아니었다.

아기가 겪을 편견과 핍박이 두렵고 무서워서 지금의 이 상황이 너무나 안심이 돼 눈물이 쏟아진 것이었다. 태령이 숨을 죽이고 눈물을 흘리자 산랑이 잠자코 자비왕을 보았다.

자비왕이 아기의 짐승 같은 털이 다 빠져서 달라진 모습에 눈이 휘둥그레진 진환을 향해서 상냥하게 말했다.

"돌아가십시오, 갈문왕, 그리고 태령궁주의 신랑은 태한산의 산신입니다. 이분을 거스르려 하지 마십시오. 이제 손녀가 제 왕후이니 소원하셨던 왕위는 증손자가 쥘 것입니다. 그 아이가 태어날 때까지 정정하게 사셔야 하니 돌아가셔서 힘써 전장을 지키시길 바랍니다. 신라는 점점 커질 것이고 더 많은, 서로 모양이

다른 사람들이 함께 살 것이라는 것을 염두에 두시고요."

진환이 산랑을 바라보았다. 태한산의 산신이라고? 믿지 않을 수는 없었다. 아까 똑똑히 보았다. 이자가 부린 힘으로 돌들이 자신의 머리를 향해서 날아오는 모습을.

태령이 아기를 위해서 자신을 향해 달려들지 않았다면 그래서 그 돌들이 자칫 태령을 때릴까 봐 이자가 스스로 그 모든 것을 끌어당기지 않았다면 자신은 이렇게 멀쩡히 서 있지 못할 것이다. 머릿속이 복잡하고 이 모든 상황이 사실이 아닌 것 같았지만 분명한 것도 있었다. 자신이 이해할 수 있는 사실이.

이자는 자비왕도 무시하지 못할 강력한 신의 권력을 지녔고 그 것은 영원할 것이라는 사실이었다. 태령이 보잘것없는 자와 혼인을 한 것이 아니라는 것이 증명이 되었고 제일 중요한 것은 아기가 멀쩡하게 변했다는 것이다. 그리고 그 아기가 자비왕의 왕후가 될 것이라는 사실. 그러면 자신의 증손자가 신라의 왕위를 물려받을 것이다. 그것으로 충분했다.

진환이 무뚝뚝하게 자비왕에게 고개를 숙이고 인사를 했다. 그리고 태령의 저택 밖에서 교운의 군사와 서로 대치하며 신호를 기다리고 있던 자신의 호위와 사병들을 이끌고 부인과 함께 저택으로 돌아갔다.

밖에서 조용한 소요가 일어났다. 교운은 갈문왕이 사병을 물리는 것을 보고 긴장을 풀었다. 적신이 왕궁의 군사들이 있으니 걱정하지 말고 사병을 물리라고 말을 했지만 태령의 명령을 받고 물러나겠다는 교운과 병사들의 의지를 꺾지는 못했다.

산랑이 자비왕을 묘한 눈빛으로 바라보았다.

"나의 아기가 늑대의 털에 싸여 태어날 것이라고 어찌 알았느냐? 계림의 성수가 그 털을 씻겨낼 거라는 것은?"

자비왕이 살짝 산랑의 눈치를 보았다. 산랑이 부드럽게 말했다.

"답을 해라. 네게 말해줄 것이 있다."

자비왕이 가응에게 손짓을 하자 가응이 신녀들을 이끌고 태령과 아기를 보호하며 방에서 나갔다. 태령은 아기를 품에 안고 살살 어르고 있었다. 아기는 태어나서 짧은 시간 너무 많은 위기를 겪어서 피곤한지 잠이 들었다. 태령 또한 아기를 안고 다른 방으로 들어가 눕자마자 바로 잠이 들었다.

자비왕이 단정하게 앉았다. 산랑과 마지막으로 결판을 내야만 하는 시점이라는 것을 알았다. 그리고 마치 그리 화내실 일이 아니라는 듯. 별것이 아니라고 조심스럽게 답을 했다.

"태한산의 산신께서는 반려를 맞은 적이 없으시지요. 아예 인간사에 관심도 없으셨고요. 그러니 산신과 인간이 혼인을 하여 아이의 모양새가 어찌 태어나는지 모르실 수밖에 없습니다. 하지만 천녀는 알고 있습니다. 월성의 궁 안에 가응이 갖고 있는 두루마리에는 온갖 산제와 그 제물, 그리고 아이가 태어난 경우와 수많은 사례들이 적혀 있습니다. 모든 신성한 산에서 제를 치르고 그 과정과 결과는 기록으로 월성의 천녀에게 보내지니까요. 우리는 그 결과에 대비했습니다. 성수는 물론이고 혹시 늑대를 낳으실까 봐 월성에 커다란 방도 마련해 놓았습니다."

산랑이 고개를 끄덕였다.

"늑대가 태어날 수도 있다고?"

자비왕이 부드럽게 산랑을 응시했다.

"네. 나중에 늑대에서 사람으로 변하는 경우도 있고, 사람에서 늑대로 변하는 경우도 있습니다. 같은 상황에서도 무수히 많은 결과가 있습니다."

"진짜로 왕후의 별을 본 것이냐?"

자비가 고분고분 응답했다.

"네. 왕후의 별이나, 제왕의 별만은 관측할 수 있어서, 처음부터 알고 있었습니다."

"아들이면 아예 태령을 죽이려 했느냐?"

자비왕이 미소를 지으며 고개를 저었다.

"그런 도박은 할 수 없겠지요. 나중에 산랑님이 알게 되면 나는 물론이고 신라 전체가 불살라질 텐데요."

산랑이 희미하게 한쪽 입술을 올려 웃었다. 자비왕이 살그머니 산랑의 얼굴을 보았다. 산랑은 모든 계략에 속아 넘어가 분한 표정이 아니다. 그 모든 것에 초월한 듯 자비왕의 작은 얼굴을 그저 묘한 눈빛으로 바라보고 있었다. 자비의 등에서 식은땀이 흘렀다.

산랑이 한참을 생각하는 듯 자비왕을 보고 있다가 입을 열었다.

"고맙게 생각한다. 아이를 씻겨서 근심을 덜지 않았다면 태령은 이후로도 많이 힘들었을 것이다. 그것을 보는 나도 그러했을 것이고."

자비가 살짝 웃음을 지으면서 말을 했다.

"그러면 제게 따님을……."

산랑이 피식 웃으면서 자비왕을 고개를 기울이고 바라보았다.

"물론 네놈이 자비로운 마음으로 그러지 않았다는 것도 알고 있지. 갈문왕도 이해를 시켜야 하고 멀쩡한 왕이 털북숭이 늑대를 왕후로 맞겠다고 하면 모두가 네놈을 돌았다고 생각을 할 테니까 말이다."

자비가 이제는 초조한 눈빛으로 산랑을 바라보았다.

"그래도 제가 얼마나 많이 도움을 드렸는지……."

산랑이 조용히 벽을 바라보았다. 부슬부슬 돌들이 떨어져 내리는 벽은 약간은 위태로운 모양으로 서 있었다. 산랑이 걱정스러운 눈빛으로 벽을 보고 고개를 저었다.

"네놈이 잘한 것은 태령을 나에게 보낸 것 하나뿐이야."

자비는 긴장했다. 어차피 모든 일은 이 늑대신이 결정을 해야 할 일이었다. 그를 완벽하게 몰아넣었다고 생각했는데.

산랑이 잠시 주위를 돌아보는 것을 멈추고 자비왕의 앞으로 다가왔다.

"나를 잘 속였다고 생각하느냐?"

자비왕이 침을 삼켰다. 그리고 한참 동안 침묵을 한 끝에 작은 목소리로 대답했다.

"적어도 태령궁주는 속았습니다."

산랑이 고개를 끄덕였다. 그리고 그 사실이 짜증이 나는지 이맛살을 찌푸렸다. 홱 고개를 돌리고 자비왕을 노려보는 것이 지금이라도 모든 것을 부숴 버리고 싶은 눈치다.

"네놈이 속일 수 있는 것은 사람까지다. 다시는 산신이나 하늘을 속이려 하지 마라."

자비왕이 작은 손을 맞잡았다. 그리고 더는 궁금증을 참을 수가 없었다. 도대체 어디에서 자신이 실수를 했을까? 그를 잡아서 궁주가 나라를 구하고. 호국신과 태한산의 가호를 받은 아이를 왕후로 맞아 반드시 신라의 이름으로, 언젠가는 자신의 후대가 통일을 이룰 것이라고 완벽한 계획을 세웠는데. 그래서 늑대신도 소멸의 직전까지 몰아넣었고 태령궁주도 억지로 잡아둔 것이었다. 그런데 산신은 어떻게 이 모든 것을 꿰뚫어보게 된 것일까?

"제가 무엇을 실수한 것입니까?"

산랑이 부드럽게 웃었다. 생각해 보면 이놈도 열심히 자신의 역할을 했다. 운이 좋은 놈이라고밖에. 아닌가?

"그 가뭄이 한창일 때. 네놈이 잘해서 가뭄을, 그 종말을 비켜간 것 같으냐?"

자비왕의 시선이 날카로워졌다.

"제가 산랑님을 풀어주었습니다. 그래서 금성을 빠져나가자마자 비가 온 것이고요."

산랑이 생각해 보니 부끄러움에 얼굴을 붉혔다. 자신이 인간에게 속아서 모든 것을 놓으려고 했던 것을 이 교활한 놈에게 자백을 하려니 기분도 꿀꿀했다. 산랑이 일어서서 주변을 다시 돌아보았다. 그리고 멀찍이 앉아서 굴러다니는 돌들로 폐허 같은 곳을 쓸고 굴러다니는 물병을 일으켜 남은 물을 마셨다.

"나는 그때. 정말 소멸을 결심했었다. 태령이 자신은 갈 수 없다고 혼자 가라고 나를 떠밀었지. 그녀를 설득할 수 없으니 물러서기는 했지만 힘이 나지 않았어. 일어서서 걸어갈 힘도 없었다."

자비왕이 놀라서 산랑을 바라보았다. 그러면 그가 불타는 금성에서 어떻게 탈출을 한 것일까? 그리고 점괘에 수리 아찬이 죽는 결과가 나왔었다. 당연히 산랑이 수리를 죽인 것으로 생각했는데. 그가 아니라면 누가 그를 도와준 것이지? 태령의 부하들은 분명 아니었다.

산랑이 자비를 돌아보았다. 놀라서 눈을 동그랗게 뜬 자비왕이 이제야 어려 보였다.

"나는 그놈이 네가 보내서 온 놈이라고 생각을 했었지. 그래서 네놈에게 속은 것만 생각하고 분해하며 눈을 감고 있었다."

자비의 손이 살짝 떨렸다. 그것이 누구지? 산랑을 구함으로써 불바다가 될 서라벌의 모든 생명을 구했다.

산랑이 한참 동안 말이 없다가 빙긋 웃었다. 이 작은 아이를 원망할 일이 아니다. 이 녀석도 작은 조각이고, 자신도 작은 조각이다. 하늘의 뜻이 어떤 것이었지? 모든 것을 자신이 거슬렸다고, 순리를 역행했다고 생각했는데 그것이 아니라는 것을 하늘이 보여줬다.

"그놈은 작은 좀도둑이야. 서라벌의 장터에서 흔히 볼 수 있는 그런 도둑 말이다. 사람들에게 핍박을 받고, 배가 고파서 물건을 훔치고, 힘이 센 강도를 보면 도망가기 바쁘지."

자비왕의 눈동자가 커졌다. 그런 자가 산랑을 구해서 자신을, 그리고 신라를 구했다는 말인가.

산랑이 자비왕의 경악한 표정을 보면서 말간 표정을 지었다.

"이곳으로 오면서 생각을 했다. 어째서? 어째서 그놈일까? 그놈은 태령의 도움을 받은 적도 없었고 네 은덕도 받은 적이 없다. 물론 나와도 마주친 적이 없지. 그놈의 말에 의하면 그저 내가 마음에 들었다고 한다. 태령궁주가 안쓰러웠고 나와 그녀가 불쌍해서 도와주었다고 말이야."

자비왕의 앞으로 산랑이 서서히 다가갔다. 그리고 작은 손을 잡았다. 놀라서 그를 올려다보는 자비왕의 작은 눈동자가 흔들렸다.

"너의 나라는 네가 아니라 스스로를 구했다. 너의 백성이 남을 가여워하는 마음이. 그 염원이. 가장 밑바닥에 있는 그 도둑이 스스로 자신의 운명을 구한 것이야. 그것이 하늘의 뜻이다. 그래서 내가 소멸의 위기에서 용서를 받은 것이고 그래서 비가 내린 것이다."

방 안에 침묵이 흘렀다.

툭툭 나무 조각이 부서져 내리는 문틈으로 서서히 여명이 밝아왔다. 푸르스름한 기운이 부서진 방 안에 스며들더니 이내 환하게 황금색으로 변하기 시작했다. 산랑의 새파랗던 기운이 점점 변했다. 온몸이 빛으로 변하는 것처럼 흰색으로 변해갔다. 햇빛이 반사하듯 눈을 뜰 수 없을 정도로 환하게 빛나더니 이내 신성한 힘이 산랑의 안으로 조용히 갈무리되었다.

황금빛으로 빛나는 산랑을 보면서 자비왕이 문득 입을 열었다.

"그래서 따님을 제게 왕후로 주실 것입니까?"

산랑이 웃음을 터뜨렸다.

"아직도 그것을 생각하고 있느냐?"

자비가 부서진 창과 문으로 들어오는 햇살을 받고 담담하게 웃었다.

"신라의 호국신과 태한산 산신의 가호를 받는 신부를 맞을 기회가 날마다 오는 것은 아니니까요."

산랑이 부드럽게 일어섰다. 그리고 조금 냉정하게 자비를 바라보았다.

"말대로 나와 태령, 아기는 태한산으로 가서 살 것이다. 우리는 이미 너에게 많은 것을 주었다. 있지도 않은 부채를 말하지는 마라."

자비가 일어서서 산랑을 따랐다. 그리고 뒤에서 애교라도 떨듯이 말했다.

"태령궁주는 저를 사위로 받아줄 것입니다. 저에게 기회를 줄 것입니다."

산랑이 우뚝 멈췄다. 그 생각을 못했다. 태령은 자비왕과 친척이고, 뼛속까지 호국신이니 어쩌면 자비왕의 구혼을 좋게 생각할 가능성이 높았다. 산랑이 뒤를 돌았다. 희미한 은회색의 눈동자가 번쩍였다.

"이렇게 하지."

자비왕이 간절한 눈으로 보았다. 지금은 뭐든 잡아야 했다. 이대로 자신의 신부를 놓칠 수는 없었다. 산랑이 자비를 보면서 차갑게 말을 이었다.

"내 딸이 열여섯 살이 되면 금성으로 와서 너에게 선을 보여주마. 너는 그때 내 딸의 마음을 얻어야 한다. 만약 나의 딸이 네놈이 싫다고, 너와 혼인은 하지 않겠다고 하면 태령이 아무리 너를 인정한다고 해도 나의 딸은 얻을 수 없다. 알겠느냐?"

자비왕이 고개를 끄덕였다. 산랑이 자비왕의 결연한 표정을 보면서 한참을 생각하다가 말을 해주기로 했다. 물론 말을 해준다고 이놈이 이제까지의 행태를 고칠지는 모르겠지만 그래도 마지막으로. 일단은 태령을 보내준 것은 이놈이니 호의를 베풀었다.

"사람의 마음을 얻는 것은 진심뿐이다."

자비가 어린아이 같은 얼굴로, 마치 장난감을 빼앗긴 뒤에 네가 착하게 굴면 다시 돌려주겠다는 유모의 말을 들은 표정으로 입을 내밀고 뚱한 표정을 지었다.

산랑이 밖으로 나왔다. 자비왕이 적신과 군병들을 향해 지시를 내렸다.

"태령궁주께서 아기를 빨리 낳으셔서 힘이 드시다. 충분히 휴식하고 원하는 때에 따님과 태한산으로 출발하실 수 있도록 만반의 준비를 하도록 하여라. 궁주의 따님은 나와 약혼을 하였고 열여섯 살에 궐로 돌아와 성혼을 할 것이니 왕후를 대하는 마음가짐을 가지도록 하라."

산랑이 자비를 보면서 고개를 저었다. 보통 노력으로는 저 나쁜 버릇을 고치기는 어렵겠다. 이제는 저 지긋지긋한 놈을 안 보고 살게 되기를 바라면서 산랑이 태령의 방으로 향했다.

자비왕은 아침을 맞으면서 궐로 호위들과 돌아갔다. 교운과 일행도 무사한 아기를 보고 기뻐하며 모두가 죽지 않고 밤을 넘긴 것에 감사했다. 태령의 복귀 명령을 확인한 교운 일행도 외군들과 집으로 돌아갔다.

도성의 사람들은 아침에 많은 군사들이 진환의 집으로, 월성으로, 교운의 집으로 움직이는 것을 의아하게 생각하기는 했지만 한밤에 태령궁주가 여아를 낳았고 자비왕께서 그 따님과 약혼을 하여 탄생을 축하하는 뜻으로 곡식을 내린다는 방이 붙자 아버지가 누구인지 아무도 모른다는 사실은 젖혀두고 새로운 궁주이자 왕후의 탄생을 기쁘게 환영했다.

태령은 아기와 함께 별채로 방을 옮겼다. 태령의 방은 자비왕의 명으로 바로 명장들이 들이닥쳐 수리를 시작했다. 태령의 아이가 태한산에서 도성으로 오면 머무는 저택이 될 터이니 완벽하게 자신의 취향으로 고치는 것이 그의 기분에도 맞는 듯했다.

산랑이 태령의 품에 안긴 작은 머리를 신기한 듯 바라보았다. 아기는 잠을 아주 많이 잤다. 눈을 뜨면 태령의 젖을 먹고 가끔 한참 동안 자신을 들여다보는 태령과 산랑의 눈을 마주보기도 했다. 웃을 때도 있었지만 거의 대부분은 울었다.

산랑이 태령의 입술에 입을 맞췄다. 태령이 그를 보다가 문득 궁금한지 고개를 기울이며 물었다.

"누가 가서 모시고 온 것입니까? 사담입니까? 아후입니까?"

산랑이 태령의 품에서 잠이 든 아기를 쓰다듬었다. 태령이 곁의 이불에 아기를 내려놓았다. 잠시 팔을 버둥대던 아기는 곧 깊은 잠에 빠졌다.

"둘 다. 내게 와서 태령이 임신을 했고 이제 곧 아기를 낳을 텐데 갈문왕께서 출산 후에 살해할 가능성이 높다고 하더구나. 그리고 너를 곧 왕족에 시집을 보낼 것이고, 아마 자비왕도 한패라고 하며 내게 속히 도성으로 가자고 협박을 하였다."

태령이 작은 소리로 웃었다.

"그래서 그 말을 믿었습니까?"

산랑이 태령의 손을 잡고 입술을 맞췄다.

"다 사실이지 않았느냐? 진환이 실제로 나의 아기를 살해하려고 하였지. 사실 자비왕이 끼어들지 않았다면 내가 그를 죽였을 것이고 너는 나를 따라가기 싫었을 것이다. 아기도 살기가 어려웠겠지."

태령이 산랑의 가슴에 머리를 묻었다.

"그래서 자비왕께 약혼을 허락한 것입니까?"

산랑이 태령을 품에 안고 미소를 지었다. 그리고 고개를 저으면서 냉정한 표정을 지었다.

"아니, 그럴 리가. 내가 얼마나 뒤끝이 긴 산신인지 그놈이 확실하게 알게 될 것이다."

태령이 한참 동안 얼굴을 그의 가슴에 묻었다. 바람이 불면서 꽃잎이 흩날렸다. 아기를 보던 산랑이 태령의 입술에 입을 맞췄다. 태령이 작은 소리로 물었다.

"만약 아기가 없었으면 오지 않았을 것입니까?"

산랑이 태령을 물끄러미 보면서 고개를 끄덕였다.

"그래, 오지 않으려고 하였다. 나를 보내고 잘 살고 있는 네가 꼴 보기 싫어서 영영 오지 않으려고 했다."

태령이 얼굴을 가슴에 묻고 움직이지 않았다. 산랑이 태령의 뒤통수를 내려다보았다. 커다란 손이 태령의 뒤통수를 감쌌다. 산랑의 입술이 내려와 태령이 머리를 눌렀다. 여전히 태령이 움직이지 않자 산랑이 태령의 머리카락을 만지작거렸다.

한숨과 함께 태령의 머리 위에서 낮은 목소리가 살짝 떨렸다.

"아니, 오려고 했었다."

그래도 태령은 움직이지 않았다. 산랑이 태령의 머리를 쓰다듬었다. 다시 열어놓은 창으로 꽃잎이 하늘하늘 떨어졌다. 아기의 분홍색 입술 위로 꽃잎이 떨어졌다. 산랑이 태령의 머리 위로 턱을 올려놓으며 나지막한 목소리로 우울하게 말했다.

"나는 언제나 기다리는 쪽이었지. 평생을 말이다. 네가 오지 않을 것을 알면서도 너를 기다렸다. 네가 나에게 오기를. 그러면서 나에게 물었지. 만약 네가 온다고 한다면 내가 너에게 뭐를 줄 수 있을까? 물질적인 것이 아니다. 하지만 너는 왕족으로 평생을 섬김을 받고 살아왔는데 태한산에는 아무것도 없다. 산에 나 외에는 없어. 나는 너를 섬기고 살 수 있지만 너는 나로 만족할 수 있을까?"

태령이 고개를 번쩍 들었다. 눈이 붉었다. 눈물을 어떻게 닦았는지 물기가 없는 눈에 화가 잔뜩 담겼다.

"그래서 이제껏 오지 않으신 것입니까?"

산랑이 태령의 뺨에 입을 맞췄다. 화가 난 태령이 고개를 돌렸다. 산랑이 태령의 손가락을 잡고 힘을 주었다.

"사담과 아후, 그들이 나의 산에 들어왔을 때 나는 너무 행복해서 산에는 돌풍이 불고 바람에 꽃들이 흩날렸다. 봄도 아니었는데 말이다. 너의 명을 받고 네가 나에게 오고 있다고 생각을 했어. 그런데 그들이 전한 이야기는 그것이 아니었지. 그들의 말을 듣고 나는 절반도 사실이 아니리라고 생각했다. 인간들이 얼마나 거짓말에 능한지 아니까 말이다. 그런데도 너무나 절망해서 그 밤에 산에 폭우가 내렸다. 그들이 나를 재촉하고 협박을 하지 않았다면 태한산의 근방에 사는 사람들은 전부 느닷없는 홍수로 곤란을 당했을 것이다."

태령이 산랑의 얼굴을 올려다보았다. 그는 항상 이런 식으로 자신에게 사랑을 속삭였다. 사랑한다고 말을 하지 않아도 그의 이런 말들은 언제나 변함없이 태령의 가슴을 두들겼다.

검은 밤하늘을 닮은 눈동자가 반짝거렸다.

"저도 사랑합니다."

산랑이 태령의 뺨에 다시 입을 맞췄다. 태령이 눈을 감고 웃었다. 산랑이 태령의 입에 입맞춤을 했다.

골화는 정말 아기를 데리고 도망을 가고 없었다. 교운은 느긋하게 집에서 움직이지 않았다. 그리고 이틀도 되지 않아서 골화가 마치 장에라도 다녀오는 것처럼 스윽 집으로 들어섰다. 그리고 교운을 향해 두부를 들어 올려 보여주었다. 교운이 골화를 보면서 웃었다.

"그게 무엇이냐?"

골화가 기운차게 움직이는 아기를 교운에게 안겨주고 두부를 반듯하게 잘라서 상을 보았다.

"두부를 먹어야 다시는 부인을 두고 간다는 그런 나쁜 생각을 하지 않는다고 합니다. 그러니 드십시오."

교운이 아기와 함께 두부를 먹었다. 두부가 고소해서 술도 마시게 되었고 그리고 그 밤에 둘째도 가지게 되었다.

❖

한 달 뒤에 자비왕과 진환의 배웅을 받으며 산랑은 태령과 아기와 함께 태한산으로 출발했다. 태령은 태한산의 외군을 통솔하는 책임을 맡았다. 삼국이 경계를 하는 지역이니 원래도 중요한 곳이었는데 이제 다른 의미가 있었다. 커다란 외군사령관의 관사가 지어지고 태령은 서북 장군의 지위를 맡게 되었다. 교운과 사담, 아후와 선명이 부장으로 신청을 하고 대기를 하고 있었다. 교운은 장군의 위치여서 부장으로 갈 수가 없다고 진환이 만류했지만 그들은 모두 관직 따위는 상관이 없으니 태령의 밑에서 복무를 하겠다는 소원을 말했다.

산랑은 태령이 관직을 받았다는 말을 듣고 웃었다. 자신은 인간사에 관여를 하지 않는다고 하였지만 이제 그런 것은 무의미했다. 인간들은 태령의 신랑이 누구인지 관심도 없었고, 그저 태한산의 신관일 거라고 하는 사람이 태반이었지만 신령한 존재들은 이제 모두가 태령의 신랑이 누구인지 알았다. 그리고 태령의 아기가 어떤 존재인지도 알았다.

태령이 호국신인 이상은 그녀가 언제나 신라의 보호에 힘을 쓴다는 것을 알았다. 산랑은 하늘이 제일 중요하게 생각하는 사람의 마음을 얻어서 하늘의 용서를 받았고 태령이 호국신으로 자신의 곁에 서는 것을 인정받았다. 태한산의 산신이 인간사에 적극적으로 관여하는 일은 없겠지만 태령과 그녀의 딸이 늑대신의 보호를 받는 것은 당연한 일이었다.

산랑이 아기를 안고 태령은 부관을 지휘하면서 태한산에 도착을 하였다. 태령이 오기 전에 이미 새로 지어진 외군사령관의 저택으로 들어가자 하인들과 호위들을 이끌고 능도가 마중을 나왔다.

아기를 보자 능도가 예쁘다고 감탄을 했다. 그리고 자신이 보모를 할 거라며 안아들었다. 태령은 곤란한 얼굴을 했지만 산랑이 재미있다는 표정을 지었다. 그리고 한참 동안 생각하는 척을 하더니 마지못해 허락하며 승낙을 했다.

"잘 지켜라."

능도가 환한 표정으로 고개를 끄덕였다.

"걱정하지 마십시오."

태령이 걱정스러운 표정으로 산랑을 노려보자 그는 그것이 마음에 들어서 큰소리로 웃었다.

외전

눈이 하얗게 오고 있었다. 발밑에서 바스락바스락 소리가 났다. 저번에 온 눈도 녹지 않아서 얼어붙었는데 그 위로 쌀가루 같은 눈이 소용돌이치며 춤을 췄다. 여인은 길을 가다가 희미한 소리에 귀를 쫑긋 세웠다. 그리고 뭔가를 짐작이라도 하듯 뒤를 핵 돌았다. 하지만 뒤로 황량한 눈 풍경만 가득할 뿐 아무것도 보이지 않았다. 잠시 의아하게 고개를 기울이고 여인은 다시 길을 걸었다.

"하아, 하아……."

산속의 길은 험해졌다. 여인의 입에서 거친 입김과 피곤한 숨소리가 새어나왔다. 산짐승들의 울음소리가 들린다. 겨울의 산속에는 배고픈 야수들이 가득하다. 자칫 산에서 길을 잃으면 배고픈 늑대 떼에게 둘러싸일 것이다.

여인의 가는 허리에 두른 굵은 허리띠에서 시퍼런 칼과 날렵한 도끼가 달랑거리고 흔들렸다. 그녀는 연장을 살펴보고는 다시 앞을 향했다. 뒤에서 또다시 바스락 소리가 났다. 여인이 뒤를 돌아보려다가 앞에 쌓인 눈 더미를 못 보고 눈에 걸려 풀썩 넘어졌다. 쓰러진 여인은 정신을 잃었는지 전혀 움직임이 없다. 바람만 메마른 소리를 내며 위로 스쳐 지나갔다.

잠시 시간이 지나자 뒤에서 작은 동물이 도도도 달려왔다. 쿵쿵거리고 그녀의 냄새를 맡으며 작은 코로 옷자락을 풀썩거렸다. 손가락에 부드러운 털이 스치자 여자의 손이 잽싸게 다리를 낚아챈다.

"태후! 이럴 줄 알았지!"

새끼 늑대가 뒷발로 여인의 콧잔등을 걷어차고 몸을 틀어 손아귀에서 빠져나왔다. 새끼는 화가 난 여인의 얼굴을 보면서 도도한 표정을 짓는다. 다른 곳을 바라보다가 힐긋 여인을 돌아보았다. 그리고 풀쩍풀쩍 제자리에서 뛰었다. 마치 여우의 쥐잡기라도 흉내 내듯이 뛰다가 다시 여인을 힐긋 보았다. 뚱한 주둥이가 뭘 잘못했는데? 라는 표정이다.

"아버지와 있으라고 했지. 왜 따라온 것이냐!"

새끼 늑대는 여전히 앉아서 뒷발로 귀를 긁었다. 여인의 말을 귓등으로 듣는 듯한 몸짓이 잔소리는 별로 듣고 싶지 않은 눈치였다. 외군사령관 태령은 화가 머리끝까지 났다.

"후야! 돌아가면 글씨쓰기 백 자 추가다!"

자그마한 늑대는 다시 힐긋 태령을 보면서 기다란 입을 열고 웃듯이 혀를 내밀었다. 눈이 반달을 그리며 웃는 모습이 귀여웠다. 태령이 기가 막혀서 웃음이 나왔다.

"후야, 어미가 할 일은 네가 곁에 있으면 위험하다. 어서 돌아가."

발딱 일어선 새끼 늑대가 제자리에서 빙빙 돌며 자신의 꼬리를 잡느라 정신이 없다. 태령의 입에서 한숨이 나왔다.

태령이 낳은 여자아기는 세 살이 넘어가며 늑대의 신체로 변신이 가능했다. 잠시만 눈을 떼면 늑대의 몸으로 바꾸고 뒷마당을 뛰어다녔다. 처음에는 스스로도 당황한 눈치더니 점점 몸을 바꾸는 데에 재미가 들렸는지 변신의 능력을 키워나갔다. 다섯 살이 된 지금은 자신이 원하는 때에 얼마든지 늑대로 변해서 말썽을 부렸다. 가끔 오는 외부인은 잘 모르고 태령궁주 댁에서 키우는 강아지가 말썽꾸러기라고 했다.

바람이 세차게 불어왔다. 태령이 새끼 늑대를 바라보았다. 혀를 내밀고 반달을 그린 눈매가 웃음이 가득이다. 태령이 별수 없이 길을 서둘렀다. 뒤에서 태후가 줄레줄레 따라왔다. 태령이 웃음을 지으며 딸에게 말했다.

"이럴 때는 나도 늑대로 변했으면 좋겠구나. 날씨가 추워서 손발은 물론이고 이가 딱딱 떨린다."

늑대는 도도하게 눈을 내리깔고는 사뿐사뿐 눈 위를 걷는다. 두툼한 털이 보기만 해도 따뜻해 보였다.

교운과 골화가 아이의 문제로 싸움을 하고 골화가 집을 나가 버렸다. 교운은 돌아올 거라고 장담을 하며 집에서 꼼짝도 하지 않고 있는데 이 한겨울에 벌써 사흘이나 지났다. 아무리 골화가 여우라서 걱정이 없다고 하지만 그래도 자신이 장악하고 지내오던 지역이 아니라 태한산의 자락이 아닌가. 교운을 따라서 이곳까지 온 것도 골화에게는 큰일인데 다른 것은 모두 골화의 의견에 따르는 교운이 아이의 교육에서만큼은 절대로 골화에게 지지 않았다.

골화는 여우 새끼니 '네 마음대로 놀아라'라는 식이고 교운은 반듯하게 공부를 하고 훈련을 해서 나라에 보탬이 되는 인재가 되어야 한다는 주의였다.

능도가 산 건너에서 연기가 난다고 수색을 하려 한다는 말을 듣고 태령은 자신이 먼저 가보기로 했다. 골화가 생고기도 먹기는 하지만 아이를 낳고는 인간의 삶에 익숙한 것인지 뭐든지 구워 먹었다. 산속으로 도망친 것이면 달래서 데려와야 한다.

골화가 무슨 희한한 고집을 부릴지 몰라서 부하도 없이, 산랑에게 말도 하지 않고. 혼자 서두른 것인데 말썽꾸러기 딸이 따라붙은 것이다.

산골짜기를 지나고 한참을 지나 오후가 넘어서야 겨우 국경에 맞닿은 경계까지 다다랐다. 작은 공터에서 누군가가 뭔가를 구워 먹고 있었다. 길고 두터운 두루마기를 보니 백제의 귀족이 분명했다. 가까이 가던 태령이 놀라서 멈췄다. 두루마기를 입은 귀족의 앞에 골화가 손발이 묶여 웅크리고 있었다.

눈밭이라 입과 손발이 파랗게 질렸다. 언제부터 이렇게 묶여 있었을까.

태령이 가까이 가서 골화를 살폈다. 천으로 입이 막힌 골화가 태령을 보더니 반가워서 발작이라도 하듯 꿈틀거렸다. 태령은 곁에 앉아서 뭔가를 굽고 있는 사람을 보았다. 여자는 하얀 머리칼을 길게 늘어뜨리고 까만 눈을 깜빡거렸다. 태령을 보더니 방긋 웃은 여자는 굽고 있던 고기를 그녀에게 내밀었다.

"드시겠습니까?"

태령이 고개를 저었다. 대신에 태령의 발목에 붙어 있던 새끼 늑대가 침을 흘렸다. 여자는 새끼에게 고기를 던져 주었다. 새끼 늑대는 움찔하고는 태령의 뒤로 숨었다. 날카로운 은회색의 눈빛이 뾰족해지며 이를 드러내고 으르렁거렸다. 여자가 미소를 지으며 손으로 새끼 늑대를 가리켰다.

"애완 늑대입니까?"

태령이 고개를 저었다.

"내 딸이다."

백발의 여인은 고개를 끄덕였다. 여자는 상당한 미모이고 범상치 않은 자태를 자랑하고 있었다. 골화를 잡아 묶은 것을 보니 무력도 꽤나 기대할 만해 보였다.

여인은 붉은 입술을 오물거리며 고기를 먹었다. 검게 문신을 한 손톱이 인상적이었다. 어린 처녀는 아니지만 그렇다고 늙어 보이지도 않는다. 나이를 짐작할 수 없는 것을 보아 평범한 인간은 아닌 듯했다.

362 태령궁주의 神狼

태령이 골화를 가리키며 여인을 향해 물었다.

"어째서 골화를 묶어둔 것이냐? 풀어주겠다."

여인은 빤히 태령을 보았다. 얼핏 남자 같아 보이지만 여자가 분명했다. 두꺼운 산짐승 가죽을 둘러쓰고 머리와 어깨에 눈을 잔뜩 쌓은 채, 곁에는 귀여운 새끼 늑대를 데리고 무인이 분명한 듯 무장을 했다. 허리띠에 달린 칼과 도끼에는 날이 서 있다.

백발의 여인은 고기를 먹으면서 판단을 했다. 이 여자를 공격하면 글쎄…… 이길 수 있을지 장담을 할 수 없다.

백려는 이제껏 사람과 싸워 진 적이 없었지만 아무래도 이 여인은 뒷배가 엄청날 것 같은 느낌이 들었다. 괜히 싸웠다가 자신이 낭패를 볼 수도 있다. 백려가 여전히 고기를 씹으면서 말을 걸었다.

"당신은 누구입니까? 이 산은 늑대 산이라고 알고 있는데 이제껏 늑대라고는 털 한 오라기도 보이지 않고 잡은 것은 여우고, 나중에 나타난 사람은 늑대를 낳았다고 하는 여자고. 큰 늑대는 어디서 볼 수 있을지요?"

태령은 대답을 않고 골화에게 다가갔다. 백발의 여인은 골화의 몸을 묶은 끈을 푸는 태령을 빤히 보았다.

"나는 신라의 외군사령관이다. 늑대는 뭐하려 보려 하느냐? 이곳의 늑대를 보면 대가를 치러야 한다."

여인은 끈에서 풀려난 골화가 몸을 뒤틀면서 에구구, 하고 일어나는 것을 보았다. 온몸이 아픈 듯 팔, 다리를 두들겼다.

"이 산의 늑대신에게 청이 있어서 왔습니다."

태령은 여인을 다시 돌아보았다. 손, 발이 풀리고 입을 막은 수건도 풀리자 골화가 빽 소리를 질렀다.

"듣지 마십시오, 대장! 저 미친년이 감히 산랑님에게 자기를 신부로 맞아달라고 한답니다."

태령이 놀라서 눈을 둥그렇게 떴다. 골화가 곁에서 다시 소리를 질렀다.

"산랑님은 이미 신부가 있으시다. 따님도 있으시지!"

여인이 미소를 지었다. 웃으니 미모가 꽤나 화사하다.

"그게 무슨 상관입니까? 신부는 또 들일 수도 있지요. 태한산의 산신 정도이면 신부를 해마다 맞이해도 크게 욕이 되지 않습니다. 그리고 그 신부가 신라의 궁주라고 들었는데 그렇다면 백제의 궁주도 받아주셔야 공평하지요."

태령이 웃었다.

"그러면 고구려의 신부도, 가야의 신부도 받아야 하는데? 모두 받아야 한단 말인가?"

백발의 여인은 고개를 끄덕였다.

"그렇습니다. 누구는 받고, 누구는 싫다고 하시면 안 됩니다."

"흠, 늑대들은 그렇게 짝을 짓지 않는다. 반려를 정하면 오로지 그이와 의리를 지키지."

여인이 어깨를 으쓱했다. 성향이 이해하지 못하는 것은 노력하지 않는 것이 분명했다.

"산신님은 그런 짐승의 본능에 억매일 필요가 없습니다."

골화가 화를 펄펄 내며 날뛰었다.

"미친 게냐? 대체 신부를 몇 명이나 들이란 말이야!"

곁에서 새끼 늑대가 이빨을 온통 드러내고 으르렁거렸다. 어린 치기와 분명한 적의가 백발의 여인을 향해서 뿜어졌다.

태령이 눈짓을 하자 뒤에서 골화가 늑대를 말리듯 안아들었다. 태령이 여인을 향해서 말했다.

"늑대신이 있는 곳으로 갈 테냐? 원한다면 내가 안내하겠다."

백발의 여인은 고개를 끄덕였다. 가볍게 일어서서 두툼한 두루마기를 단단히 여몄다.

"감사히 따르겠습니다."

눈보라가 본격적으로 치기 시작했다. 태령이 앞장을 서고 백발의 여인이 뒤를 따라갔다. 맨 뒤에서 골화가 새끼 늑대와 투덜거리며 여인의 뒷모습에 구멍이라도 내려는 듯 노려보며 따랐다.

❖

산랑은 한참이나 무슨 말인지 이해를 하지 못하고 듣기만 했다. 산에서 태령이 골화를 찾기는 했는데 이상한 여인도 데리고 왔다. 골화는 집으로 돌아가고 태령이 백발의 여인을 외군사령부로 데려왔다.

그리고 그 여인은 태한산 산신의 신부가 되겠다고 주장하고 있었다. 접견실에서 교운과 사담, 아후, 선명이 산랑과 이상한 여인을 번갈아 보았다.

"신부?"

백발의 여인은 두툼한 두루마기를 벗었다. 두루마기와 행색을 보아 백제의 귀족이 분명한데 태한산의 동쪽 신라군 사령부에 들어와서 접객실에 얌전하게 앉은 모양이 작은 배포는 아니었다. 부장들이 불쾌한 눈초리로 여인을 노려보았다.

"백제 개로왕의 세 번째 누이 백려라고 합니다."

산랑이 살짝 불쾌한 눈길로 태령을 보았다. 태령이 힐긋 외면하자 산랑은 더욱 화가 난 표정이 되었다. 일반 백성들은 아무도 산랑이 산신임을 알지 못했다. 그저 태한산의 신관 정도로 알고 있는데 이런 이상한 여인을 데리고 오다니. 산랑의 기분이 더욱 가라앉았다.

"신부가 될 수 있을 거라 생각하느냐?"

백려가 말간 얼굴로 산랑을 보았다. 산랑의 잘생긴 얼굴이 백려의 마음을 설레게 만들었다.

"신라의 궁주를 신부로 들였다고 들었습니다. 그렇다면 백제의 궁주에게도 기회를 주셔야 한다고 생각합니다."

산랑의 얼굴에서 표정이 굳었다. 화가 나면 날수록 산랑은 얼굴에서 표정이 사라졌다.

"그래? 너는 신라의 궁주가 한 것처럼 태한산의 늑대를 이길 수 있다는 말인가?"

백려가 고개를 끄덕였다. 과한 자신감이 사람이 아닌 듯 이상한 괴리를 느끼게 했지만 그렇다고 요괴나 신령처럼 특이하게 이상해 보이지도 않았다. 만약 사람이 아니라면 혼혈이 틀림없다.

"네, 그렇습니다."

산랑이 태령을 보았다. 태령이 어깨를 으쓱했다. '상관이 없으니 알아서 하십시오'라는 얼굴을 보자 산랑이 미소를 지었다. 정말 화가 났다. 그의 오싹한 미소에 모여 있던 장수들이 슬금슬금 뒤로 물러섰다. 살벌한 눈빛으로 태령을 보던 산랑이 백발의 아름다운 여인을 향해 과하게 상냥한 웃음을 지었다.

"그래? 내일 늑대에게 물어보고 너에게 답을 주겠다."

백려에게 손님방을 내주라고 태령이 명을 내렸다. 아직도 늑대의 변신을 풀지 않고 흥분한 태후는 으르렁거리며 온통 방들을 뛰어다녔다. 접견실에 들어오지 못하게 했는데 언제 태후를 따라왔는지 교운의 아들인 호운도 여우로 둔갑해서 뛰어다녔다. 교운과 사담이 새끼 늑대와 새끼 여우를 잡아서 옆구리에 끼고 방을 나갔다.

아후가 고개를 갸웃하고 기울였다. 선명이 아후를 힐긋 보고 웃었다.

"알아보았냐?"

아후가 고개를 끄덕였다.

"백려는 누이가 아닌 걸로 알고 있는데. 개로왕의 후비가 아니던가?"

"그리고…… 뭔가가 있어. 골화가 손발이 묶여 있었다고 했는데 그런 게 가능한 사람은 드물거든."

선명이 희미하게 미소를 지으면서 손가락을 까딱거렸다.

"알아봐야지. 이런 건."

산랑은 잠이 들은 척을 했다. 태령을 닮은 딸을 안고 이불 속에서 움직이지 않았다. 태령이 그의 어깨에 턱을 올려놓았다. 잠든 척을 하고 있지만 숨소리가 점차 흐트러졌다. 태령이 작은 목소리로 물었다.

"화가 난 것입니까?"

산랑이 벌떡 일어나려다가 품에서 뒤척이는 아이를 보고는 살짝 이불을 눌러 바람이 들어가지 않도록 했다. 그리고 태령의 손목을 잡아 밖으로 이끌었다. 서재로 들어가서 의자에 앉히고는 태령을 뚫어지게 노려보았다. 태령이 어색하게 웃음을 지었지만 산랑은 고개를 돌리려는 태령을 두 손으로 볼을 잡고 자신의 눈을 보게 만들었다.

"나에게 다른 신부는 필요 없다."

태령은 한숨을 쉬었다. 물론 그가 다른 여자에게 관심이 없다는 것을 알고 있다. 아무리 아름다운 여인이 나타나 유혹을 해도 그는 눈길도 주지 않았다. 아니, 다른 여인의 존재를 깨닫지도 못했다. 하지만 머릿속에서 항상 똑같은 생각이, 궁금증이 맴돌았다.

만약에 자신이 아니라, 늑대를 잡을 수 있는 다른 여인이 나타났다면 산랑은 그녀와 혼인을 했을까? 그저 자신이 운 좋게 그를 먼저 만나 이 모든 복을 누리는 것은 아닐까? 솔직히 그 백발의 여인보다 자신이 예쁘다고 할 수는 없었다.

군인으로서는 결코 자신감이 떨어진 적이 없는데 여인으로서는 이 남자에게 내가 충분한 것인지, 나로 인해 그가 정말 행복한 것인지 궁금하고 불안했다.

산랑이 태령의 손을 잡아서 자신의 가슴에 올려놓았다. 심장이 두근거렸다. 마치 밖으로 튀어나오려는 듯 손바닥 가득히 울리는 소리가 태령의 심장으로 따스하게 흘러들어갔다.

"너를 보면. 너만 보면. 내 모든 것이 울려댄다. 너를 향해서. 믿지 못하느냐."

태령이 산랑을 올려다보았다. 산랑이 태령의 입술에 입술을 포갰다. 붉은 입술을 깨물고 혀가 부드럽게 안으로 미끄러져 들어갔다. 그녀가 양손을 산랑의 목에 두르고 그의 유혹에 부끄럽고 수줍어하며 답을 했다.

정신이 아득하고 온통 매끄러운 입술의 감각에 정신을 빼앗겼는데 멀리서 동물의 울음소리가 들려왔다. 고개를 번쩍 든 태령이 멍하니 있다가 산랑에게 말했다.

"태후의 울음소리입니다."

산랑이 문을 열고 뛰어나갔다. 태령이 뒤따라 뛰었다. 그들의 침실의 문짝이 부서져 널브러져 있었다. 안에는 백발의 여자와 거대한 늑대, 새끼 늑대가 보였다. 작은 늑대의 앞을 대장 늑대가 막고 있었다. 늑대들은 태후를 신의 아이로, 목숨같이 아끼고 사랑했다. 백발의 여인이 무엇을 노렸는지 짐작이 갔다.

침대에서 잠을 자던 태후는 언제 변신을 했는지 늑대의 모습으로 온몸의 털을 세우고 백발 여자를 향해 으르렁거렸다. 태후의 앞발이 피로 흥건했다.

자리를 비운 것은 그리 길지 않았는데, 언제. 어느새 침실로 스며든 것이지? 태후가 혼자 있으면 언제나 곁을 지키는 커다란 늑대가 모습을 나타냈다.

백발의 여인이 어째서 태령의 침실에 나타났는지, 그리고 왜 아이를 공격했는지 알 수가 없다. 하지만 공격을 한 것이 틀림없다.

그러자 아이를 지키던 녀석이 여인을 공격한 것이다. 여인은 다리를 절었다. 피를 흘리는 다리와 손에 든 기묘한 채찍이 백발의 여인의 정체를 수상하게 만들었다. 시커먼 채찍이 한 몸인 듯 유연하게 움직이는 것을 보면 싸움에도 능숙한 것이 분명했다. 이 여자가 원하는 것은 늑대신의 신부가 되는 것이 아닐지도 모른다.

커다란 늑대가 그녀가 들고 있는 채찍을 피하며 이미 그녀의 다리에 구멍을 내놓았다. 그런데 여자는 구멍이 난 다리가 아니라 사람들이 순식간에 몰려들자 살짝 당황한 눈치였다. 싸움에 익숙한 모양새와 상처에도 아랑곳하지 않는 태도가 이 여인의 진짜 목적이 산신의 신부 같은 달달한 제의가 아니라 어쩌면 유아살해 같은 임무 수행일지도 모른다고 주장한다.

대장 늑대가 번뜩이는 눈으로 여자를 훑어보았다. 하지만 보통 늑대를 잘 잡는다고, 그런 경험이 많다고 해도 태한산에 와서 이런 자신감을 보이는 것은 곤란하다. 겁도 없이 태한산 산신의 따님을 살해하려고 하다니. 대장 늑대의 입가가 비웃음같이 느슨하게 늘어졌다.

본인의 입으로 늑대를 잡을 수 있다고 말했지만 여인은 체구가 태령의 반만 했다. 손목도 발목도 가늘었다. 힘으로 무술을 하는 사람이 아니었다. 체력도, 무기도, 싸움의 기술도 그저 그랬다.

여인의 장점은 아마 선명과 같은 그런 종류일 것이다. 암살, 색을 이용한 유혹, 독살, 그리고 첩자. 현재의 몸 상태가 아니라, 최상의 상태라고 해도 그녀는 태한산의 늑대를 이길 수 없다. 그리고 실력으로 이기지 못하면 죽음뿐이다.

그때이다. 백발의 여인이 검은 채찍을 휘둘렀다. 검은 채찍이 스치고 지난 곳마다 검은 자국이 남았다. 고약한 냄새와 흐릿한 연기를 남기고 채찍이 닿는 곳은 모두 검게 물들었다. 그리고 검게 물든 곳은 얼음이라도 녹는 것처럼 찐득하게 변해 흘러내렸다.

점점 사람들이 몰려들자 산랑이 방으로 들어갔다. 백발의 여인은 황급히 그에게 고개를 숙이고 웃음을 지었다. 묘한 웃음이다. 등 뒤로 숨긴 손가락들이 채찍을 한껏 말아 올렸다.

백발의 여인이 주변을 둘러보며 다시 호호 웃었다.

"길을 잃어서 방을 잘못 찾았는데 커다란 늑대가 덤비려 하여 무례를 저질렀습니다."

산랑이 고개를 기울이고 백발의 여인을 괴이한 눈빛으로 바라보았다.

"이곳은 길을 잃을 구조가 아니다. 이 별채는 나와 신부. 아이만이 쓰고 있는 전각이니까."

거대한 늑대는 아이를 향해 코를 킁킁대며 냄새를 맡더니 발가락 말고는 아무 상처도 없는 것을 확인하고는 열린 창으로 훌쩍 나가 버렸다. 태후가 태령을 보더니 달려와서 안겼다. 그리고 금세 작은 여자아이의 모습으로 변신했다. 그 모습을 보고는 백발의 여인이 손가락으로 아이를 가리켰다. 놀라지도 않았으면서 놀란 척을 하는 것이 눈에 훤히 보였다.

"아이가 늑대로 변하다니 괴물이 아닙니까?"

산랑이 더욱 의심스러운 눈초리를 보냈다. 이 여인이 전각에 몰래 들어온 것이 언제지? 태령을 노린 것인지, 아이를 노린 것인지 헷갈렸다. 보통의 여인이 아닌 것은 확실했다. 그리고 신부라니. 결코 용납할 수 없는 제의였다.

여인의 무례하고 건방진 말투에 태후를 유모처럼 안아 키운 능도의 화가 폭발했다. 여자의 말에 능도가 칼을 빼어들었다. 뒤에서 달려온 교운, 사담의 눈초리도 험하게 변했다. 태령이 웃으면서 딸을 안고 뺨에 입술을 대었다.

"그래서?"

여자가 거만한 얼굴로 태령을 노려보았다. 백발의 머리칼이 번쩍거리면서 하늘거리기 시작했다.

"괴물은 처단하고 신부를 버리셔야 마땅합니다. 제대로 된 신부를 맞이하시면 되니까요."

산랑이 눈을 반짝였다. 칼로 벤 듯한 냉정한 분노가 보일 듯 말 듯 했다.

"제대로 된 신부라."

백발의 여자는 턱을 치켜 올리고 부장들과 태령을 내려다보았다.

"태한산 산신의 신부가 이런 여자라니. 아름답지도, 신성한 능력도 없습니다. 그 정도라면 저도 가능하겠지요."

능도의 칼이 쐐액, 소리를 내며 날아갔다. 백발의 여인이 능도의 칼을 피하면서 기다란 채찍으로 능도를 후려쳤다. 능도의 갑옷이 쪼개져 녹아내렸다. 뒤로 튕겨나간 능도가 겨우 몸을 일으켰다.

태령이 뒤에서 다가온 사담에게 아이를 넘겼다. 그리고 벽에 걸린 칼을 집었다. 백발이 태령을 향해 큰소리로 깔깔 웃었다.

"이제 제대로 겨루어볼 수 있겠습니다. 그대는 산랑님께 어울리지 않는, 쓸모없는 여인입니다."

태령은 마치 뱀처럼 낭창거리며 움직이는 채찍을 보지도 않고 여자의 눈을 뚫어지게 바라보았다.

"아무것도 모르는군. 세상 쓸모없는 사람이라도 사랑하는 사람들에게는 삶의 전부인 법이다."

백발의 눈초리가 살벌하게 변했다.

"쓸모없는 인간은 없어져야 합니다."

태령이 나서기도 전에 산랑의 발이 쿵, 하고 움직였다. 검은 채찍이 파랗게 빛나더니 불타면서 검은 재로 변해 우수수 날렸다. 하지만 푸른 불꽃은 여인의 손가락에 휘감기기는 했지만 불이 붙지 않았다. 치직거리며 불꽃은 사그라졌다.

신성한 불꽃이 백발의 여인에게 통하지 않았다. 산랑은 괴이하게 시선으로 여인을 바라보았다. 강력한 신성력은 끌어내지도 않았지만 그래도 그의 불꽃을, 모든 것을 불살라 버리는 그 힘을 막아내는 인간은 없었다.

산랑의 공격을 받은 백발의 여인의 안색이 창백하게 변해서 그를 돌아보았다. 거만한 눈초리가 믿을 수 없다는 듯 분한 기색이다. 무슨 자신감인지 모르겠지만 그녀는 자신의 말과 행동에 거침이 없다.

"이게 무슨 일입니까? 제가 신부가 될 것입니다!"

산랑의 은회색의 눈동자가 번뜩였다. 희미하게 미소 짓고 고개를 저으면서 여전히 이상하다는 표정으로 여자를 보았다.

"너는 누구냐?"

백발의 여인이 큰소리로 웃었다. 웃음소리를 듣자 산랑의 눈빛이 변했다. 산랑의 손에서 푸른 물길이 휘몰아쳤다. 물길은 마치 바람처럼 부풀어 안개처럼 방 안을 채우기 시작했다. 사람들의 손가락과 팔에서 물들이 묻어나왔다. 물길이 사람들을 방어하듯 덮자마자 백발의 여인의 손에서 다시 검은 채찍이 뱀처럼 뻗어 나와 사방으로 휘둘러졌다. 채찍이 푸른 물길에 막히자 여인의 입에서 이를 가는 소리가 들렸다. 다시 산랑이 한쪽 발을 굴렀다.

쾅!

커다란 물의 공간에서 마치 화살처럼 물들이 백발의 여인을 향해 날아갔다. 여자는 시퍼런 물의 화살을 피해서 이리저리 몸을 피했다. 동시에 방의 공기와 산랑이 만들어낸 물길이 출렁거리며 사람들을 휘감았다. 사람들은 마치 물속을 헤엄치는 것처럼 허우적거렸다.

그때였다. 밖에서 소리가 들렸다.

피리리…… 피리리…….

작은 피리 소리가 들렸다. 열리고 부서진 문을 요리조리 피하면서 아후와 선명이 모습을 드러냈다. 아후는 작은 피리를 불고 있었다. 백발의 여인은 피리 소리를 듣자 자신의 머리칼과 같은 색으로 얼굴이 하얗게 변했다. 손, 발. 그리고 눈동자까지 하얗게 변한 여자는 피리 소리를 듣기 싫은 듯 귀를 막고 비명을 질렀다.

비명 소리에 덩달아 아후와 선명이 놀라서 귀를 막았다. 다른 사람들은 산랑이 만들어낸 거대한 물의 보호막 안에 들어가 헤엄치고 있어 피해가 없었지만 아후와 선명은 급히 귀를 막았는데도 귀에서 피가 흘렀다. 백발의 여인은 마른 꽃처럼 바삭하게 변해서 풀씨가 날아가듯 열린 문을 통해서 어디론가 날아가 버렸다.

산랑이 물의 보호막을 없애고 아후와 선명의 귀를 살폈다. 다행히 크게 다친 곳이 없는 것을 확인하고 태령이 아후에게 물었다.

"도대체 저 여인은 무엇이냐?"

선명이 태령을 향했다. 여전히 귀가 먹먹한 듯 귀를 손으로 막고 있었다.

"백려라는 여인은 개로왕의 세 번째 후비입니다. 사람이 아닙니다. 개로왕이 배를 타고 바다를 건너면서 얻은 뱀의 딸이라고 들었습니다."

"죽은 것이냐?"

선명이 고개를 저었다.

"도망간 것입니다. 저 정도의 요괴는 쉽게 죽지 않습니다. 백제의 왕에게 본령이 있을 것입니다."

아후가 피리를 태령에게 보였다. 태령이 피리를 자세히 살폈다. 어딘지 낯이 익었다.

"이게······."

선명이 고개를 끄덕였다.

"몇 년 전에 백제 궁에 몰래 들어갔을 때 손에 잡히기에 들고 온 것입니다. 뱀의 뼈로 만들어서 뱀을 조종하고 뱀 요괴의 힘을 순간적으로 없앤다고 알려졌는데 제가 독사의 독이나 침을 모으기 위해 갖고 다녔던 것입니다."

능도가 눈살을 찌푸리며 선명을 향해서 투덜거렸다. 자신이 애써 만든 좋은 갑옷이 형편없이 녹아서 없어졌다.

"뱀 요괴라고 알았으면 진작 도움을 줄 것이지 뭐하고 있었습니까?"

아후와 선명이 약간 쑥스러운 표정을 지었다. 그리고 산랑을 바라보았다.

"혹시나, 산랑님이 뱀 요괴를 신부로 맞을 수도 있을 거 같아서요. 얼굴이 심하게 예쁘지 않았습니까? 욕심을 조금만 부렸으면 괜찮았을 텐데. 우리 태후님을 없애려 하다니, 그것만은 용서할 수 없어서."

산랑이 둘의 이야기를 듣다가 돌아보았다. 선명과 아후는 산랑의 파랗게 날이 선 눈빛을 보고 놀라서 고개를 저었다.

"아닙니다. 신부라니. 터무니없는 소리라고 생각했습니다."

"그럼요! 그저 이 피리가 효과가 없으면 어쩌지, 하고 생각하고 있다가 그 요괴가 날뛸 때까지 기다린 거뿐입니다."

사담이 둘을 향해 고함을 쳤다.

"그게 더 나빠!"

태령이 둘을 향해 상냥하게 말했다.

"둘이 이렇게 신중하게 일을 하는지 몰랐구나. 상으로 둘의 짝을 각각 지어주겠다. 지금껏 반려가 없으니 말썽을 배로 부리는 듯하여 말이다. 이제부터 모든 부장들은 적극적으로 아후와 선명의 짝을 내게 추천해 주기 바란다. 마땅한 짝이면 반드시 혼인을 시킬 테니. 부디 기쁜 마음으로 기다려라."

아후와 선명의 얼굴이 퍼렇게 질렸다.

둘 다 마음에 맞는 대로 연애만 좇는 인간들이다 보니 진심, 반려, 성실, 수절이라는 말과는 담을 쌓고 살았는데. 혼인이라니!

능도와 교운, 사담이 혀를 차며 밖으로 나갔다. 태후가 쪼르륵 달려와 산랑에게 안겼다. 아후와 선명은 하얗게 질린 채 입을 쩍 벌리고 부장들을 쫓아서 나갔다.

엉망으로 녹아내린 방을 보며 태령이 한숨을 쉬었다. 백제 개로왕의 후비는 아마 호국신일 가능성이 높았다. 산신이 아닌 경우 왕과의 혼인으로 호국신이 되고자 하는 잡신들이 많았다. 하지만 뱀신의 딸이기도 하니 자신보다 더 전투력이 높을 가능성도 있다. 또 백발의 뱀 요괴를 볼 일이 있을까?

태령이 태후를 보았다. 어린 딸은 다시 잠이 오는 듯 속눈썹에 잠이 주렁주렁 매달렸다. 잠투정을 하는 입이 우물거리고 작은 손이 산랑의 옷을 꼭 잡고 있었다. 앙증맞은 손을 입으로 가까이 가더니 엄지손가락을 빨기 시작했다.

태령의 걱정스러운 눈빛을 보며 산랑이 어린 딸의 머리에 입을 맞췄다.

"걱정하지 마라. 내 딸 또한 자신의 몫의 시련과 즐거움을 누리며 살아갈 것이다. 네가 끼어들 수 없는 일이야."

태령이 아이의 부드러운 머리칼을 쓰다듬었다.

✥

교운이 골화를 보았다. 골화는 두 눈을 데굴데굴 굴렸다. 교운이 입을 열자 골화가 먼저 선수를 쳤다.

"내가 잘못한 것이 아닙니다! 궁주께서! 궁주께서 산랑님께 안내해 주겠다고 했어요. 제가 그 자리에서 죽여 버리자고 하려 했는데 그 백발의 이상한 년을!"

교운이 고개를 저었다. 그리고 골화의 손을 잡았다. 골화가 놀라서 지아비를 빤히 보았다.

"아니, 내가 잘못했다. 네가 산속에서 그렇게 고초를 겪고 있었는데 그것도 모르고 걱정이 없다고 생각을 했다니. 천 번, 만 번. 잘못한 일이야."

곁으로 호운이 살며시 다가왔다. 귀엽게 생긴 아들이 곁에서 똘망똘망한 눈으로 골화를 보면서 말했다.

"어머니, 호아에게 제가 쥐를 잡아주었습니다."

"흐엑!"

골화가 기겁을 하고 아들을 향해 비명같이 말했다.

"네 동생은 겨우 네 살인데 쥐를 잡아주었다고?"

호운이 고개를 끄덕이며 자랑스럽게 말했다.

"네. 배가 고프다고 해서 잡아주었어요."

골화가 교운을 노려보았다. 교운이 황급하게 고개를 저었다. 아니다. 절대 아이들을 굶기지 않았다. 밥도 많이 먹이고 고기도 먹였다. 요놈들은 배가 고파서 쥐를 잡는 녀석들이 아니다.

"부인, 아니, 그게 아니라."

골화가 소리를 빽 질렀다.

"아이들을 굶기지 않았다면 어째서 쥐 따위를 먹겠어요? 네? 내가 없으면 둔갑도 잘 안 하는 아이들인데! 낭군님은 너무해요!"

교운이 입을 쩍 벌리고 아들을 바라보았다. 아들은 환하게 웃으며 골화가 울면서 호아를 찾으러 뛰어나가자 아비에게 말했다.

"걱정하지 마세요. 아버지. 쥐를 잡기는 했는데 먹지는 않았어요. 전에 호아가 쥐는 별로 맛이 없다고 하더라고요. 그래서 그냥 키우는 고양이에게 주었어요. 그놈도 별로 땡기는 눈치는 아니었어요."

교운이 한숨을 쉬었다. 그리고 생각난 김에 아들에게 물었다.

"호아는 둔갑을 너만큼 하느냐? 여우 말고 다른 것으로 할 수도 있는 것이냐?"

호운이 곰곰이 생각하더니 고개를 저었다.

"아닙니다. 겨우 여우로만 둔갑을 하고 아직은 할 수 있는 것이 없습니다."

교운이 안심을 하고 고개를 끄덕였다. 아들의 머리를 쓰다듬으며 그래도 또 모르니 다시 타일렀다.

"어머니가 생식을 싫어하니, 쥐를 먹었다거나, 쥐를 먹였다거나 해서는 안 된다. 더구나 쥐는 불결하다. 차라리 생선을 잡아 주어라."

호운이 얌전히 알았습니다. 라고 대답했다. 하지만 생선이라니. 고양이도 아닌데. 이미 호아가 둔갑을 능숙히 한다는 이야기를 하면 나가서 놀 기회가 적어질 가능성이 높다. 자신도 마찬가지였다. 교운이 다시 아들에게 상냥한 목소리로 말했다.

"그리고 글공부를 게을리 하면 안 된다. 무술 수련도 마찬가지고."

호운이 한숨을 쉬었다. 아버지는 언제나 좋은 분인데 단 한 가지 단점은 항상 나라의 인재가 되라는 말만 한다는 점이다.

"꼭 그래야 하나요? 태후도 맨날 노는데요."

한참 동안 호운을 보던 교운이 단정한 말투로 말했다.

"호운아. 태후가 너와 매일같이 노는 것을 알고 있다. 그런데 태후는 약혼자가 있단다. 그놈이 태후를 먹여 살릴 테니 걱정을 하지 않는 것일 수도 있지."

호운은 충격을 받았다. 아비의 말에 눈이 둥그렇게 변하고 입이 쩍 벌어졌다. 그리고 아비를 바라보았다. 그럴 리가.

하지만 아버지는 결코 거짓말은 하지 않는다. 차라리 말을 하지 않을지언정 거짓말은 못하는 사람이었다.

"그, 그깟 약혼자는 내가 이길 수 있습니다."

교운이 눈을 가늘게 뜨고 호운을 보았다. 짐작하던 대로다. 담담하게 웃으면서 말을 이었다.

"그런데 태후의 약혼자는 네가 당해낼 수 없을지도 모른다. 꽤나 강력한 권력을 쥐고 있거든."

호운이 놀라서 눈을 더 크게 떴다. 한 번도 이런 심한 말을 들어본 적이 없어서 뭐라 대답을 해야 할지 알 수가 없었다. 여기에서는 호운보다 더 머리가 좋고, 더 약은 녀석도 없었고, 태후를 제외하면 더 권력이 높은 놈도 없었다.

"누, 누굽니까? 그 썩을 놈이!"

교운이 빤히 아들을 바라보았다. 그리고 마침내 입을 열었다.

"나중에 알려주마. 하지만 나라에서 제일가는 권력자라는 것만 기억해라."

호운이 너무 긴장을 하고 흥분한 나머지 머리칼을 뚫고 귀가 뾰족하게 튀어 나왔다. 골화가 호아를 안고 상한 것을 먹어서 아픈 데는 없는지 살펴본 후에 방 안으로 들어오다가 호운을 보고는 놀라서 달려왔다.

"뭐라고 운이에게 꾸중을 하셨기에 귀가 튀어나옵니까?"

교운이 다시 당황해서 고개를 저었다.

"그게 아니라, 공부와 수련을 게을리 하면 안 된다는……."

골화는 호아가 오빠를 보고 자신도 귀를 세우는 것을 보자 두 손으로 침을 발라서 아기의 여우 귀를 꾹꾹 눌렀다. 골화가 엄격한 표정의 지아비를 보며 눈에 쌍심지를 키려고 한 순간이다.

호운이 벌떡 일어서서 선언을 하듯 비장하게 말했다

"이제, 글공부와 수련을 열심히 할 것입니다 그래서, 막강한 권력을 이기겠습니다."

골화가 무슨 말인지 모르고 놀라서 아들을 바라보았다. 교운이 의미심장하게 호운을 보았다.

"아비가 힘껏 도울 것이다."

〈完〉

몰도비아 장편소설

라플라카가 손을 내밀었다.
얼결에 따라 악수를 하면서 윤희는 고개를 가웃거렸다.

"뭘 잘 부탁해?"
"앞으로 잘 부탁한다고."
"그러니까 뭘……?"
"나, 이제부터 여기서 살 거야."

천진하게 대답하는 라플라카는 참으로 기뻐 보였다.

꿈과 희망이 없는 사람은 볼 수 없는 라플라카와
꿈을 좇는 윤희의 기묘한 동거가 시작되었다.
그저 라플라카를 가사도우미 정도로 생각했던 윤희와
그저 자신을 볼 수만 있다면 누구여도 상관없었던 라플라카.
둘은 어느덧 서로의 감정을 공유하게 된다.

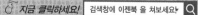

메리미 달링

Marry me Darling

윤재희 장편소설

우연히 잘못 들어간 방으로 인해 웃지 못할 해프닝이 생겼다.

"저번에 그랬죠. 결혼이 아닌, 비즈니스 파트너로 만나자고요.
그럼 우리, 비즈니스 파트너 할래요?"
"결혼으로요?"
"네. 돈 같은 건 필요 없다고 하셨지만 계약 조건이
은재 씨한테 절대 나쁘지 않을 거라고 자신해요."

바로, 톱스타 선우와의 계약 결혼이었다!

"선금은 우선 오천. 그리고 저랑 결혼해 주신다면,
제가 할아버지께 받게 되는 주식의 삼분의 일을 드릴게요."

선우는 나긋한 목소리로 은재에게 그럴듯한 미끼를 던졌다.

과연 그들의 결혼은 단순한 계약만일까?

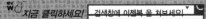